『狂歌百物語』の妖怪　京極夏彦——五

狂歌百物語

狂歌百物語——一七

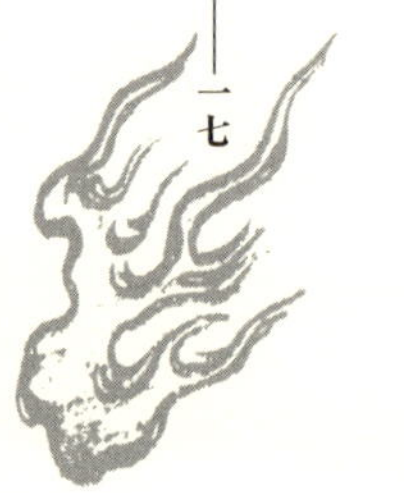

❖初編——一九
◉見越入道……二〇　◉狐火……二二　◉船幽霊……二四　◉平家蟹……二六　◉姑獲鳥……三〇　◉陰火……三二
◉狸……三四　◉一ツ家……三六　◉実方雀……三八　◉三ツ目……四〇　◉鬼……四二　◉髪切……四四

❖弐編——四七
◉轆轤首……四八　◉皿屋舗……五二　◉舌長娘……五六　◉狒々……五八　◉片輪車……六〇　◉雪女……六二
◉送狼……六四　◉蝦蟆……六六　◉天狗……六八　◉提灯小僧……七〇　◉河童……七二　◉文福茶釜……七四

❖三編——七七
◉離魂病……七八　◉人魂……八二　◉累……八四　◉骸骨……八六　◉千首……八八　◉牡丹燈籠……九〇
◉五位鷺……九二　◉枕返シ……九四　◉逆柱……九六　◉飛倉……九八　◉古戦場……一〇〇　◉一目……一〇二

❖四編——一〇五
◉三井寺鼠……一〇六　◉光物……一一〇　◉神隠……一一二　◉陶子……一一四　◉楠霊……一一六　◉貓……一一八
◉両頭蛇……一二〇　◉豆腐小僧……一二二　◉山男……一二四　◉雷獣……一二六　◉夜鳴石……一二八　◉海坊主……一三〇

❖五編―――一三三
◉四谷於岩……一三四　◉化鳥……一三八　◉化地蔵……一四〇　◉家鳴……一四二　◉蝮蝎……一四四　◉金玉……一四六
◉貂……一四八　◉土蜘……一五〇　◉縁切榎……一五二　◉鎌鼬……一五四　◉疱瘡神……一五六　◉古椿……一五八

❖六編―――一六一
◉小坂部姫……一六二　◉犬神……一六六　◉魔風……一六八　◉小袖手……一七〇　◉猪熊……一七四　◉尾崎狐……一七六
◉木魂……一七八　◉山姥……一八〇　◉一寸法師……一八二　◉龍燈……一八四　◉玉藻前……一八六　◉古寺……一九〇

❖七編―――一九三
◉小幡小平治……一九四　◉立山……一九八　◉逆幽霊……二〇二　◉大座頭……二〇六　◉飛龍……二〇八　◉蜃気楼……二一〇
◉後髪……二一二　◉あやかし……二一四　◉おいてけ堀……二一六　◉八幡不知……二一八　◉川獺……二二〇　◉女首……二二二

❖八編―――二二五
◉化物屋敷……二二六　◉不知火……二三〇　◉さとり……二三二　◉山鳥……二三四　◉羅生門……二三六　◉生霊……二三八
◉鬼女……二四〇　◉のっぺらぼう……二四二　◉札へがし……二四四　◉大入道……二四六　◉橋姫……二四八　◉大鵬……二五〇

【附録】狂歌百鬼夜興之図―――二五三

『妖怪画本・狂歌百物語』妖怪総覧　多田克己―――二七一

江戸の狂歌　須永朝彦―――三一三

妖怪名索引―――三二〇

凡例

一、本書には、『狂歌百物語』（一八五三年刊）の全図版と収録狂歌の翻刻を収めた。併せて、附録として『狂歌百鬼夜興』（一八三〇年刊）の全図版を掲載した。使用底本の所蔵先は次の通りである。

●『狂歌百物語』古典文庫

●『狂歌百鬼夜興』川崎市市民ミュージアム

一、狂歌の翻刻は、読みやすさを図り、原則として新字体・歴史的仮名遣いに統一し、難読漢字にはルビを付した。また、上句と下句の間を一字空きにした。〔　〕内は簡単な語釈、（　）内は掛詞の類。判読不能の文字は□とした。

一、『狂歌百物語』収録の狂歌は、図版中に書かれてある歌を各項目の冒頭に掲載した。各項目の火の玉印　以下は、原本では各編末尾にまとめて掲載されている歌である。

京極夏彦

『狂歌百物語』の妖怪

野暮と化け物は箱根より先——と謂う。

箱根より先とは「江戸の方から見て」先の意である。これはつまり、箱根の東側——関東——に野暮と化け物はいない、という意味なのだ。粋でいなせなお江戸には野暮も化け物も住んでいないのだという、江戸っ子の言葉である。

さて、化け物はともかく、野暮とは何だろう。

野暮とは、遊里の決まりごとなどを解さぬこと、或いは解さぬ者のことである。転じて、言動が垢抜けないことや都会的なセンスに欠けること——そうした者——をも示す。

ひと昔前ならイモ、ダサい、少し前なら「空気が読めない」あたりが近いニュアンスになるだろうか。知的でないという意味合いではインターネットスラングのDQNなどにも多少通ずるところがあるかもしれない。

要するに、「知っていて当然」のことを知らず、「察して当然」のことを察することが出来ず、「わざわざ説明するまでもない」説明を求めたり、「言うまでもない」ことを言ってしまったりすること——する人を、野暮と呼ぶのである。

駄洒落を聞いても笑い飛ばすことをせず、なる程コレとアレとを懸けているのかと感心して座をしらけさせてしまうような——宴席からこっそり抜け出した男女の姿を認めて、あの二人はいったい何処に何をしに行ったのかとしつこく聞き廻って顰蹙を買ってしまうような——そうしたタイプの人を野暮と呼ぶのである。

化け物はこの野暮と一緒くたにされて、箱根の先に追放されてしまった訳である。

さて、野暮は無粋ともいう。つまり対語となるのは粋である。当たり前に考えれば、野暮の同類であるところのお化けは、粋なものではないということになってしまうだろう。

しかし。

化け物を「粋なものではない」としてしまうのは、些か早計だろうと思う。

江戸時代の〝化け物〟は、現在私たちが〝妖怪〟と呼び習わしているモノに、たいそう近いモノである。同じではないのかと仰る向きもいらっしゃるだろうが、厳密にいえば同じではない。とはいえ、〝化け物〟の品目——本書の目次に並んでいる連中——見越し入道だの轆轤首だの姑獲鳥だの——は、悉皆〝妖怪〟である。

ならば同じではないか——ということになるのだが、実はそうではない。

〝妖怪〟は〝化け物〟をベースにして近代以降に形成された概念である。後発である〝妖怪〟の方が容量が大きかったため、〝幽霊〟の一部を除く殆ど総ての〝化け物〟品目が後から出来た〝妖怪〟のカテゴリに回収されてしまった、と考えるべきだろう。

それでは、どこが違うのか。

〝化け物〟も〝妖怪〟も、共にこの世のモノではない。謂わば彼岸から来る不可視なるモノどもである。目に見えぬ奴らを、私たちはキャラとして記号化し、キャラクターとして諒解している。その点に就いていえば、今も昔もそう変わりはない。例えば、江戸時代だからといって、「化け物の存在が固く信じられていた」だとか、或いは「化け物が大いに

畏(おそ)れられていた」とは到底思えない。本書を繙(ひもと)くまでもなく、江戸の〝化け物〟は、大人にとっては知的遊技の素材であり、子供にとっては玩具(おもちゃ)であったのだ。本書に揃い踏みしている江戸の〝化け物〟どもは、今で謂うなら水木しげるの漫画に登場する〝妖怪〟キャラクターなのである。

それでも、〝化け物〟と〝妖怪〟は違う。

ひと口に述べるならば、〝化け物〟は「収斂(しゅうれん)して行くもの」で、〝妖怪〟は「拡散して行くもの」である。〝化け物〟は淘汰(とうた)されるもので〝妖怪〟は増殖するものだ——と言い換えてもいいだろう。

〝化け物〟も〝妖怪〟も、元を辿(たど)れば民俗社会で採集される、リアリティを持った体験や現象の*ようなもの*に還元されるだろう。体験・現象とせず、*ようなもの*とするのは、それが現実に起きた事象であるとは限らないからで、また実際に起きていなくとも一向に構わないものだからである。

それは、多く〝怪異〟という言葉で言い表わされる。

例えば、本書の劈頭(へきとう)を飾る見越し入道は、そもそも「歩行者の目の前に現れ、見上げればどんどん大きくなって行く僧形の化け物」であるとされる。

こうした属性をもつ怪しいモノは日本各地に謂い伝えられている。それが何であれ、謂い伝えはある。幻覚だろうが錯覚だろうが、様々な文化集団がそうした体験・現象の*よう*

なものを認め、「怪しいモノ」「不思議なコト」として処理している（いた）のである。

それらの性質はどれも大同小異、いずれ似たようなものである。

但し。

それらは、全く同じではない。例えば呼び方——名称は違っている。「次第高（しだいだか）」「伸び上がり」「見上げ入道」「高坊主」等々、土地土地で異った名付けがされている。

そうした地方の謂い伝えは、実はそれだけで完結していたものである。他でどう呼ばれていようと、別に構うものではない。そういう「怪しいモノ」がいるのだ、「不思議なコト」は起こるのだとしておくことで、民俗社会は長く（過不足なく）機能していたのである。

ところが。

ある時期から事情は変わる。人や物と一緒に、情報化した「怪しいモノ」「不思議なコト」が「流通」し始めるのである。

周辺→中央——という図式は、情報の場合も同じである。地方の「怪しいモノ」「不思議なコト」は、都市部に集中し、やがて「文字」となり「絵」となった。民俗社会で培われた多くの怪しいモノゴトが、都市部の知識階級によってリニュウアルされた訳である。

この段階で、情報は整理され、統合された。同じような属性を持つモノは同じモノとして捉えられ、誤謬や差違は何らかの形で解消されてしまった。そもそも形を持たなかった不可視のモノどもに、それらしい姿形が与えられ、それは大勢の手に掛かることで洗練されて、ガイドラインめいたものが発生する。そして、まちまちだった土地土地の「怪しい

モノ」は、江戸の〝化け物〟に生まれ変わることになる。全国各地の「怪しいモノ」を統合整理することで〝化け物〟は生成されたのである。

一方、それを雛型として誕生した〝妖怪〟は、全く逆の性質を持っている。

〝妖怪〟は江戸の〝化け物〟と民俗学の接触によってその輪郭を顕（あらわ）にしたと考えられる。

民俗学は「語彙による分類」を情報整理の基礎的方法として採る。その場合、名称は属性ではなくなってしまう。名前は動かし難いものとして、まず固定化されてしまうのである。

〝妖怪〟は、その性質を引き継いでいる。つまり、「次第高」は（同じ属性を持っていたとしても）見越し入道ではない、ということになる。名前が違う以上、別の「キャラ」としてカウントしなくてはならなくなるのである。そこで〝妖怪〟は、「次第高」に見越し入道とは別なビジュアルを（無理矢理に）与えなければならなくなる。

だから〝妖怪〟はどんどんと増えて行くのである。多くの「個」を統合整理することで生まれた「種」としての〝化け物〟をも、一つの「個」としてカウントすることで、〝妖怪〟は成り立っている。

江戸の〝化け物〟と現代の〝妖怪〟は、同じモノでありながら、実は真逆の方を向いているのである。

その所為（せい）か、〝妖怪〟はメジャーなもの程、無駄に長大な説明を施されることが多い。

反対に〝化け物〟は洗練されればされる程、説明が少なくなって行く。

そう、言わずもがな、が〝化け物〟の身上なのである。柳の下にざんばら髪の女が立っていて、もしも赤ん坊を抱いていたなら――それは聞くまでもなく産褥で亡くなった者の死霊であり、言うまでもなくウブメと呼ばれる〝化け物〟なのである。いちいち説明をするまでもないのだ。

説明などされずとも多くは諒解されている――諒解されていることが前提となる――それが〝化け物〟なのである。例えば、豆腐小僧などは、「皆さま御存じ豆腐小僧」で済んでしまうのである。所謂、〝お約束〟である。〝お約束〟を知らない者は、何だか解らない。

それが江戸の〝化け物〟なのだ。

従って〝化け物〟に就いて、いろいろと尋ねることこそが――。

野暮なのである。

ぐだぐだ述べるのは、実は駄洒落の解説をするようなものなのだ。

本書に登場する〝化け物〟どもは、現代でいう〝妖怪〟ではない。のみならず、民俗社会で畏れられていた「モノゴト」それ自体でもない。

江戸の〝化け物〟を作ったのは、都市の文化人――知識階級なのである。江戸の〝化け物〟は、田舎に伝わる「怪しいモノ」「不思議なコト」を材料にして、当時における「最新の知」を織り込むことで、都市で生み出された知的遊戯のためのアイテムなのだ。

江戸の〝化け物〟は、文化的〝ツール〟として作られたモノなのである。

日本の文化は、とても抽象化に優れている。その文化は、擬（もどき）、揃（そろえ）、尽（つくし）、見立て——そうした巧緻な知的遊戯を編み出してきた。敷延（ふえん）するなら、侘（わび）、寂（さび）、雅（みやび）、粋（いき）といった独特の価値観もまた、そうした文化的土壌あってこそ培われたものともいえるだろう。

文芸であれ絵画であれ歌舞であれ、本邦の幾多の〝芸〟には、それ自体の素晴らしさや美しさ——表現力や完成度といった技術力（テクニック）——とは、また別の次元での凄みや可笑（おか）しみが宿っている。それは偏（ひとえ）に、そうした精神性を基盤に据える形で凡（すべ）てが作られているからに他ならないだろう。形而上での〝遊技性〟が形而下において細部にまで余すところなく綿密に織り込まれてしまう訳である。

同時に、それらの作品を受け取る側にも、そうした素地は求められることになる。それがなくては、解らない、愉しめない——ということになるからである。

例えば、俳句などは書かれていないところこそが読みどころとなる。十七音の言葉で伝えられる情報は本来であれば僅かなものでしかない。書かれた文字の数倍、数十倍もの情報を受容者が汲み上げて再構成する——そうした行為なくしては、俳句は文芸作品として成り立たなくなる。俳句は受容理論なくして成立しない文芸ジャンルなのだ。

紙背を読む、行間を読む、言外に伝える——そうした高度な受容テクニックは、本邦においては当たり前に備えているべきものとして諒解されている。それが出来ない者が、野暮と呼ばれるのである。

教科書などに載っている「鑑賞の手引き」的な文章は、（敢えてそうしているとはいえ）不十分に過ぎる上に、野暮の骨頂といえるものだろう。

さて、狂歌である。

狂歌は、本来は文字通り「狂ったように歌う」ことであるという。転じて、滑稽や諧謔を詠んだ漢詩を指すようになった。更に転じて、滑稽や諧謔の意を言葉や構造に織り込んだ和歌を、そう呼ぶようになったらしい。掛け詞や暗喩などの文芸テクニックを駆使して多層の意味を持たせた和歌、と言えばよいだろうか。

そう、狂歌は、書いてある通りに読んではいけないものなのだ。いや、書いてある通りに読んでは面白くないもの、という方が正しいだろう。

読み取る能力を備えた者は、文字が伝える情報Aとはまるで違った情報Bや情報Cを汲み取ることが出来る。歌自体に滑稽なことが書かれている訳ではない。情報AとBとの落差こそが滑稽や諧謔となる仕組みである。

書いてあるものを額面通りにしか受け取れない者は、全く面白がることが出来ない。

そうした者こそを——野暮というのである。

本書『狂歌百物語』には江戸の〝化け物〟が網羅的に取り上げられている。一品目ずつビジュアルも備えられているので、恰も「妖怪図鑑的」な佇まいでもあるだろう。

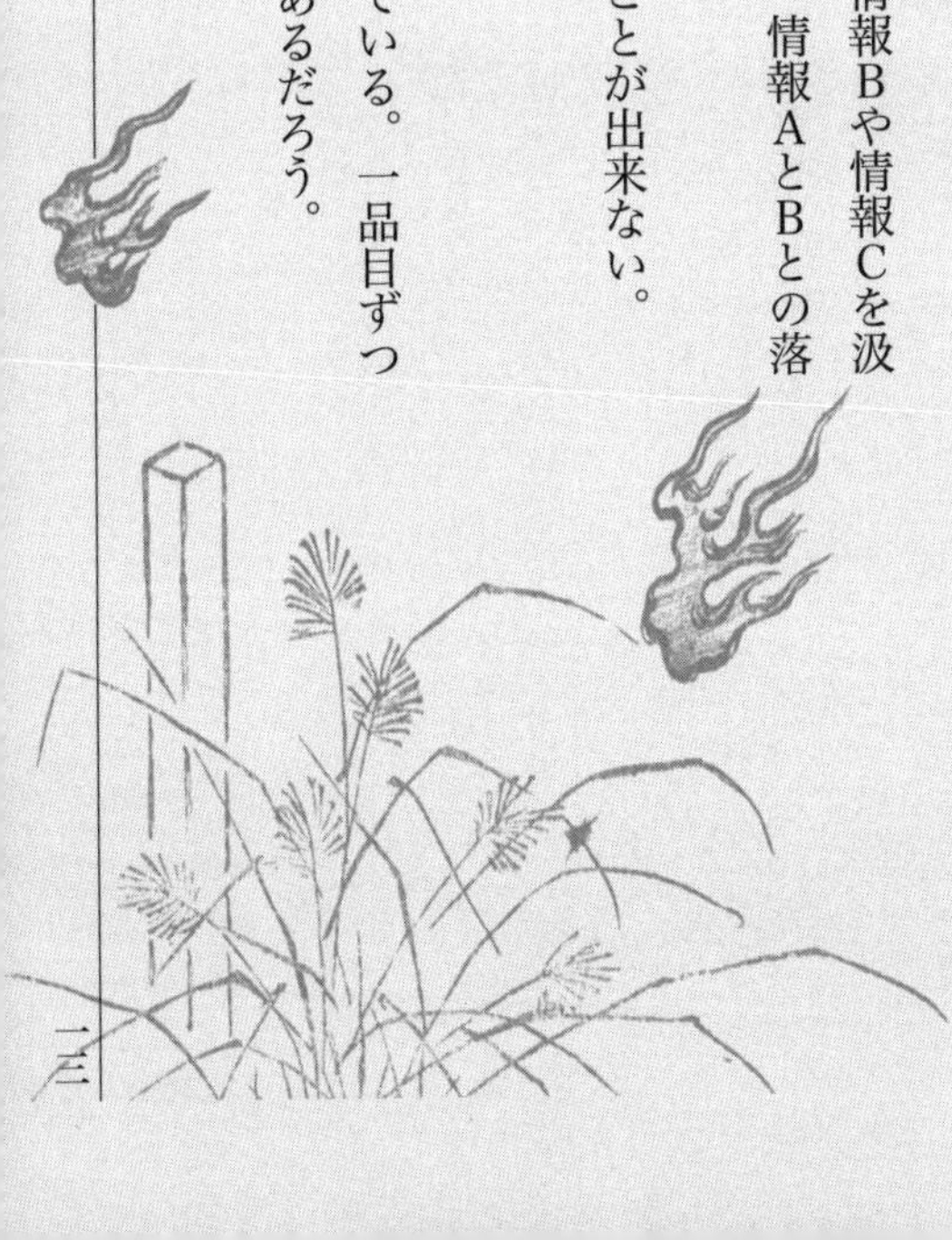

しかし。

繰り返すが、江戸の〝化け物〟は地方に伝わる「怪しいモノ」でもなければ近代的〝妖怪〟でもない。「こうした用途」のために作り出された知的遊戯用ツールなのである。

書かれている〝化け物〟品目を額面通りに捉えてしまうなら――それは野暮ということになるのだ。それでは全然面白くないのである。

野暮と化け物は箱根から先――とは、実はそういう意味である。

見越し入道を見て、「おお恐い、ばけものじゃ」と思うだけの者は無粋で無教養な田舎者である――と、江戸っ子は言っているのだ（因みに田舎者というのは差別的な発言である訳だが、筆者に地方出身者を蔑視する意図は全くないことをお断りしておく）。

見越し入道の背後に何を読み取るか――それで粋か野暮かが決まる。〝化け物〟は、受容者に文化的素養があるかないかを見定める試金石の如きツールなのである。

江戸狂歌は、安永のころを中心に爆発的に大流行した。江戸の〝化け物〟がスタイルを確固たるものとしたのも、同じ時期である。

つまり、その時代の大多数が狂歌を、そして〝化け物〟を「面白がることが出来た」ということだろう。その時代の人々は〝化け物〟キャラクターから豊饒な日本文化が作り出した「知的な可笑しみ」を、きちんと汲み上げることが出来ていたのである。

私たちは――どうだろうか。

この『狂歌百物語』を面白がることが出来るだろうか。それ以前に何かひとつでも汲み取ることが出来るだろうか。愚劣な疑似科学に翻弄され、何かというと野暮を通り越した無知な御託を並べ立ててしまう現代人の方が、狂歌を娯(たの)しんでいた江戸の人たちより遥かに愚かしく思えてしまうのは――私だけだろうか。


ただ――本書を繙(ひもと)くのに畏(かしこ)まる必要はない。

構えた鹿爪(しかつめ)らしい態度で臨むのもまた、野暮のうちなのだ。

まず、娯しむ姿勢こそが肝心なのである。粋に娯しまなくては、きっと何も解らない。

何より、〝化け物〟は娯楽のために生み出されたツールであるということを失念してはならないだろう。折角〝化け物〟という愉快で便利なツールが用意されているのであるから、娯しまなくては嘘である。〝化け物〟を娯しむことが出来たなら、私たちが嘗(かつ)て〝知的遊技のテクニシャン〟であったこともおのずと知れる筈である。

いや、私たちはもう先(せん)から知っている筈なのだ。

その高度なテクニックが、やがて私たちのよく知る〝妖怪〟を生み出すことになるのであるから。〝妖怪〟は難解な学問の場や荘厳な宗教の座で生まれた訳ではない。〝妖怪〟を生み出したのは通俗娯楽のシーン――つまり私たち自身なのである。

狂歌百物語

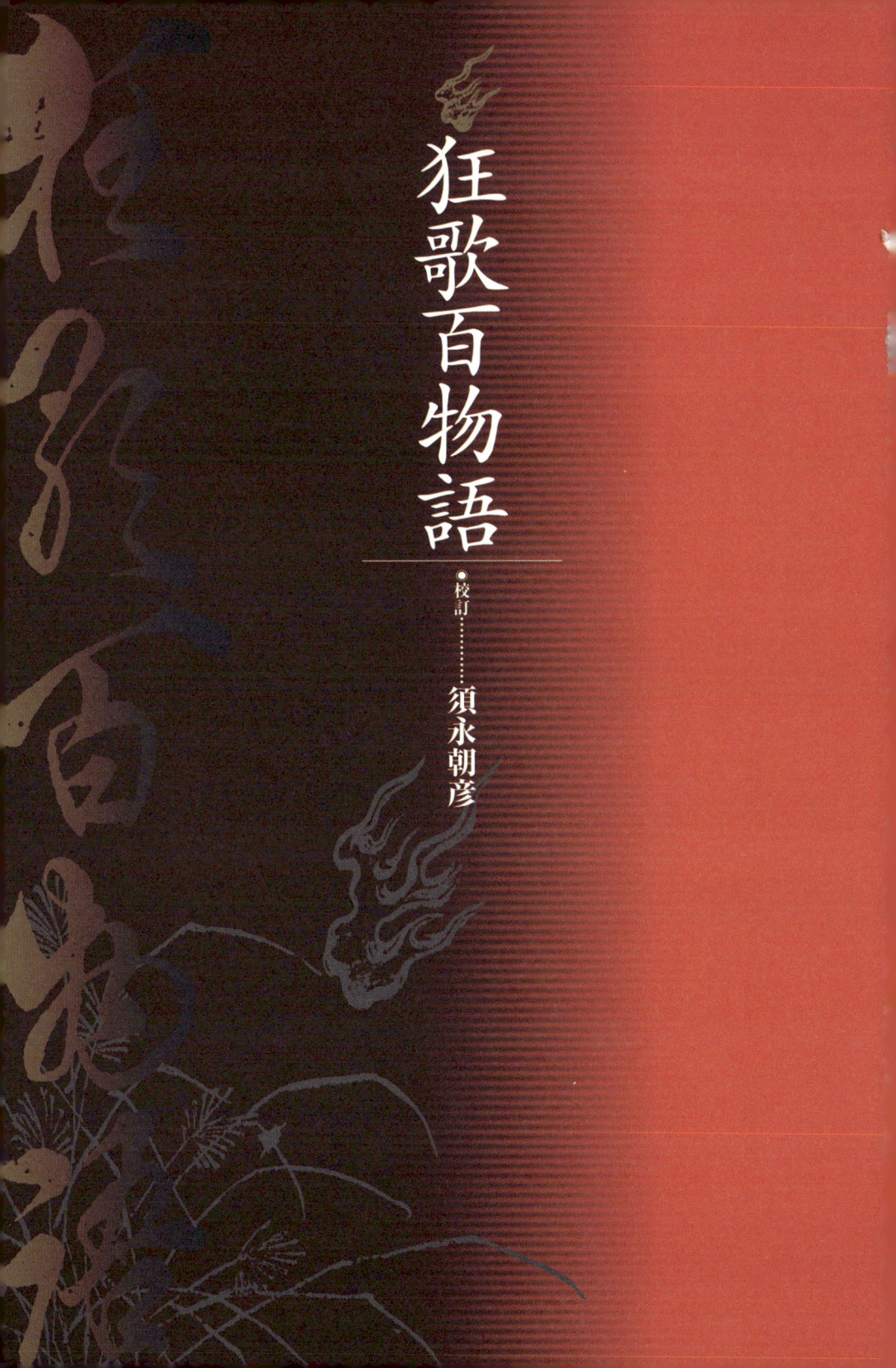

●校訂……須永朝彦

幽霊に時代世話を分かちたるは、『鶉衣』の作者〔横井也有〕の恐しき働きにして、怨霊に男女の情体を仕分けたるは、戸板返しの俳優〔「東海道四谷怪談」初演俳優・三世尾上菊五郎〕が骨折り、ぞつとする仕打になん。そも狂文は、一幕の戯場に等しければ、狂歌また万物の鸚鵡石なるべきか。此の頃、小槌座の太夫元、題摺の役割を出して、百物語の続き狂言を興行するに、売出しの達者たち、兼題の役不足をいはず、出精の新詠に妙案の工夫を凝らすこと、梅幸〔三世菊五郎の俳名〕いまだ巧みを尽さず、南北〔四世鶴屋南北〕かつて筆を立てざるのところ、実に作者の苦心凄いものと謂ひつべし。されば、打ち出し満尾のシヤギリまで、人魂の呼ぶ糸引きも切らす仕掛け、焔硝〔煙硝〕の立ち消えせず、ドロドロの大入疑ひなしと、まづ蓋あけた初日から、先を見越の入道代つて、其の為口上述ぶる者は、何廼舎のあるじ香以山人

竜斎道人書く

玉櫛笥、箱根向ふより仕入れ持参し、お化の荷物、蓋あけわたる天道星、てんとう任せの並べ店、船幽霊の竹柄杓、お菊が数へる皿せばち、轆轤首の衣紋竹、文福茶釜の茶ほうじまで、天明風と文政風俗、何でもかでも読取り見取り、三十一字の点の安売り、もゝんぢゞいの評判々々。

狂歌百物語——初編

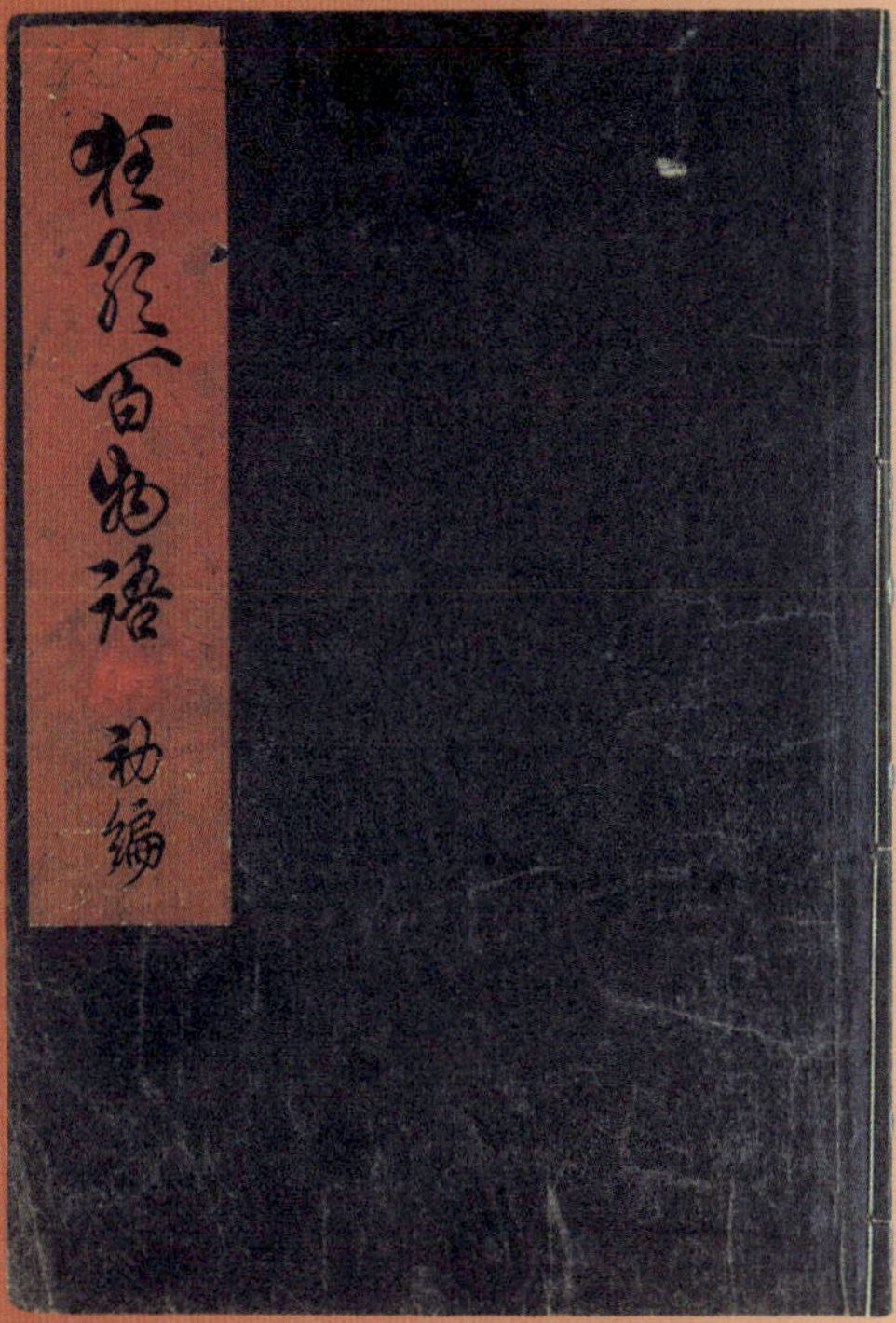

狂歌百物語初会
天明老人尽語楼内匠撰

【兼題】
見越入道
狐火
船幽霊
平家蟹
姑獲鳥
陰火
狸
一ツ家
実方雀
三ツ目
鬼
髪切

見越入道

みこしにゅうどう

影すこし夜風に雲も破(や)れ紙帳　見越して覗く松が枝(え)の月　鶴序

箱根からこなたに無しと言はるれば　関の東を見越入道　雛好

入道が見越す一寸先は闇　六分も縮む五分の魂　俵舎

坊主ともなりし身のまた化けて出る　仏の国を見越し入道　松梅亭槙住(しょうばいていまきすみ)

東路(あづまぢ)に野暮と化物なしといふ　箱根山から見越入道　上総大堀　花月楼

臆病とあなどりてこそ脅すらめ　人の心を見こし入道　水々亭楳星(すいすいていうめぼし)

うしろから人を見こしの入道は　何の毛もなき坊主なりけり　藤園高見

化物の氏神とこそ立てらるれ　出(い)づる夜宮の見こし入道　桃実園雛好

驚きてしかともみえず見たやうに　咄す人こそ見こし入道　館林　美通歌垣久雄

入道のみこしの国の雪の中に　ひやひやとして縮みゐるなり　江戸崎　緑亀園広丸

冷汗の水をしぼるや青ざめし　糸瓜(へちま)の棚を見こし入道　和風亭国吉

ぞつとするばかりに我を見越路(みこしぢ)や　雪の夜道の寒き襟元　館林　小竹の屋直幹

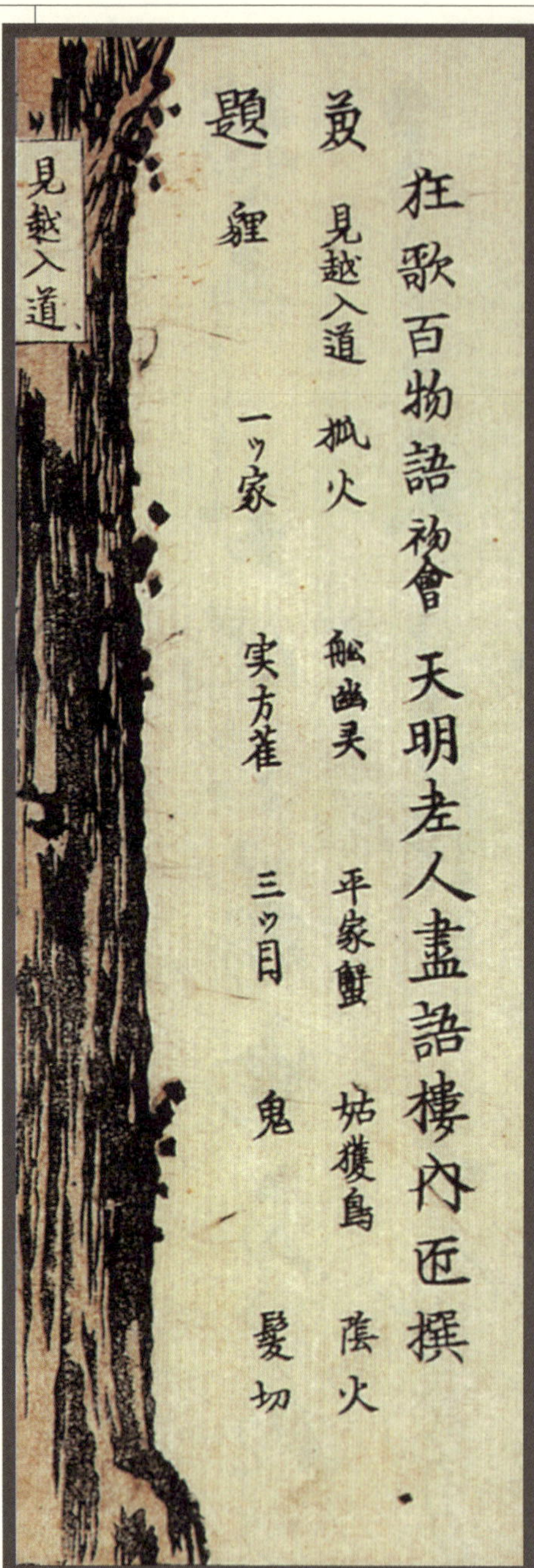

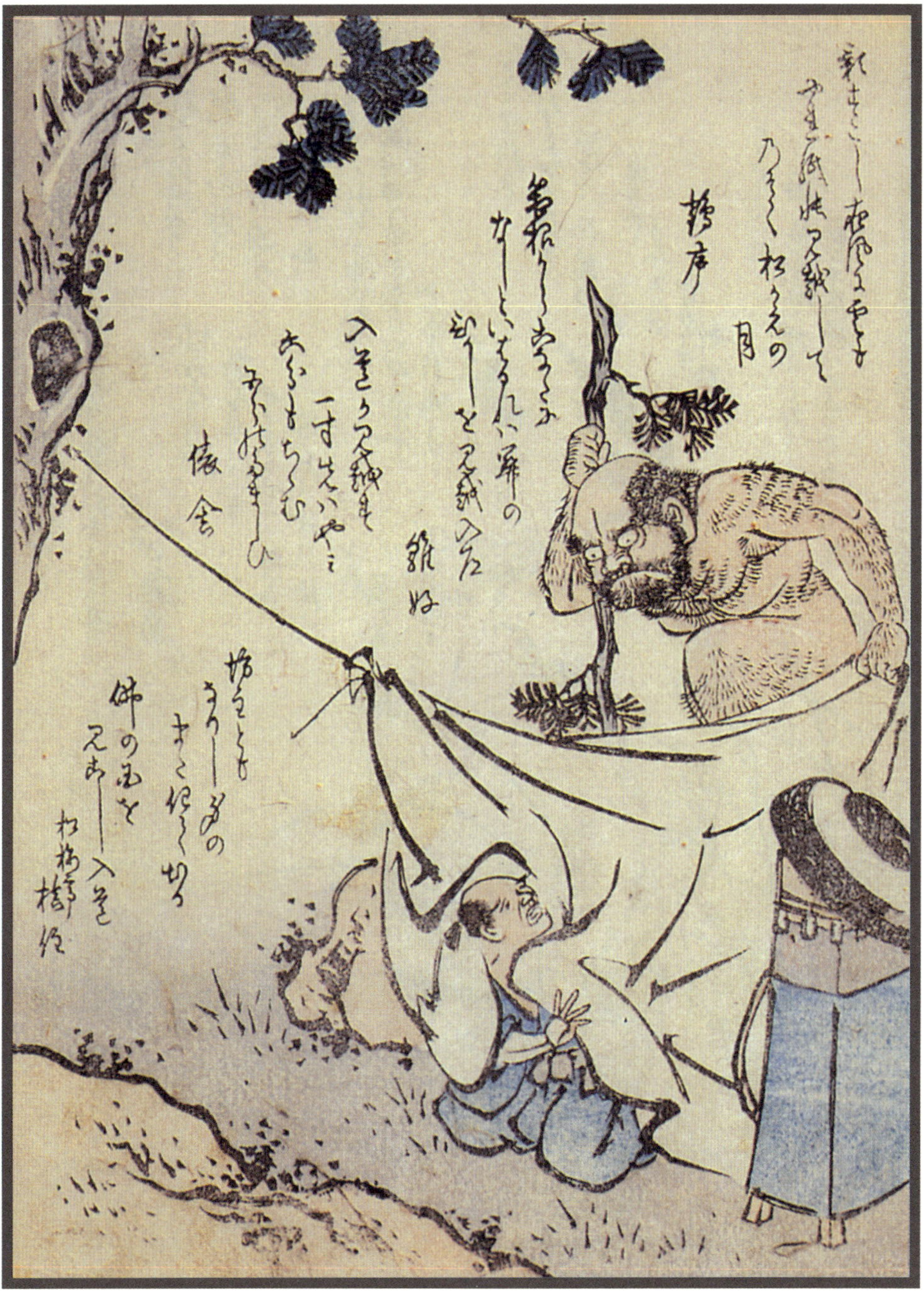

鉄の棒つきほどの目で出雲崎　見こしの眉も雪の越後路　語安台有恒

狐火　きつねび

嫁入りはよき玉姫と行列の　夜を松崎にすゝむ狐火　雛好

賑はしく数見ゆるほど淋しさの　まさるは野辺にともす狐火　草加篠田　稲丸

はぶかれて群を離れし狐火は　何国の馬の骨や燃やせる　和木亭仲好

くだかけの油鶏をや餌に食みし　夜ごとに狐は火をともしけり　幸亭喜多留

松明をともし送ると見えつるは　嫁取りをする夜の殿たち　草加　四角園

はめなどの鶏を焼くべき火も見せて　背なか帰りを化かす狐火　千住　茂群

火ともして狐の化せし遊び女は　いづくの馬の骨にやあるらん　青梅　槙柱園千本

人の目を迷はし鳥やもの言はぬ　口に火ともす稲荷山道　三輪園甘喜

挑燈か松明なるか疑へば　迷はし鳥の火をともすらん　下総結城　文左堂弓雄

宵闇の廿日鼠の油揚げ　火をも点してさがす小狐　弓の屋

闇の夜も挑燈持てば迷はぬを　人迷はしに燃やす狐火　下毛葉鹿　松園其春

狐火の燃ゆるにつけて我魂の　消ゆるやうなり心細道　鬼面亭角有

時雨する稲荷の山の狐火も　青かりしより燃え初めにけん　館林　久雄

末終に火口とならん穂薄の　枯れ伏す野辺に燃ゆる狐火　幸亭喜多留

挑燈を灯しつらねて行列を　するかと見るは夜の殿様　高見

田鼠は鶉毛虫は蝶となれど　け(消)して知れざる闇の狐火　上総飯野　烏柿廼部た成

小夜時雨湿る薄の花火口　見えみ見えずみ燃ゆる狐火　梅樹園

狐火に雨こんこんと降る夜半は　差してこそゆけ笠森稲荷　小倉庵金鍔

狐火の燃ゆる雨夜のひとり旅　見つけて汗を消すばかりなり　尺雪園旧左

油揚を喰ひにし口に燃やす火か　雨にも消えぬ野狐の業　南勢大淀浦　春の門松也

稲荷山三つの燈火影添ひて　木陰に燃ゆる夜半の狐火　八王子　檜旭園

螢影はや絶々になりしころ　草の葉末に燃ゆる狐火　下総結城　文左堂弓雄

遠近と飛火の野辺の狐火は　枯れし尾花に火のつくが如　南在居美雄

彼方よりいつか此方へ狐火の　数はひいふう三廻りの土手　萬々斎筬丸

狐等の不知火ともす筑紫路や　野辺の尾花の浪のまにまに　下毛小倉　文廼門楳良

狐火

船幽霊

ふなゆうれい

生魚を積み来る船も腐つたる　匂ひたまらぬ夜半の幽霊　　花前亭

乗りし人覆さんと取りつくは　船幽霊の罪の面（重）楫　　和風亭国吉

襟元へ水かけらるゝ心地せり　柄杓貸せてふ船のこわねに　　江戸崎　有文

底ぬけの柄杓を借りて酒船へ　水を割らんと出づる幽霊　　雲井園

友盛（知盛）の姿か何か白浪に　船を泊めたる怒り（錨）顔にも　　於三坊菱持

落ち入りて魚の餌食となりにけん　船幽霊もなまぐさき風　　桃江園金実

幽霊に投げてやつても垢柄杓　また底気味のわるき船頭　　扇風

おのが身を沈めし海を乗る船に　浮かまんとてか縋る幽霊　　南向堂

浮かまんと船を慕へる幽霊は　沈みし人の思ひなるらん　　下毛葉鹿　其春

罪ふかき海に沈みし幽霊の　浮かまんとてや船に縋れる　　美雄

傾げたる重身に海を浮かばれぬ　怒り（錨）の見ゆる友盛（知盛）の霊　　栄寿堂

伊勢の海柄杓の底の抜参り　船幽霊ぞ一文（一門）も無き　　花門改　注連のや春雄

船ゆれて水泡喰へとの武蔵坊　弁慶祈る友盛の霊　　有恒

恨めしき姿は凄き幽霊の　楫を邪魔する船の知盛　　無多垣壁成

幽霊は黄なる泉の人ながら　青海原になどて出づらむ　　日光　不二門守黙

沈みては浮かむ瀬のなき幽霊の　青錆見ゆる新中（真鍮）納言　　南寿園長年

沖遠くたゞよふ船は幽霊に　取らす柄杓も底しれぬ海　　星屋

南無三と逃げる船足早けれど　船幽霊もやはり足なし　　近江日野　淡海のや敬喜

大物の浦み（恨み）の浪に友盛の　怒り（錨）に船を停むる幽霊　　松楳亭楨住

幽霊は酒舟に来てわめくゆゑ　出だす柄杓も底抜け上戸　　雛好

罪ふかき水屑の中に染まりけん　出づるも青き幽霊の顔　　南伊勢大淀浦　松也

幽霊の叫ぶを聞きて乗る船の　下は地獄の思ひありけり　　常陸大谷　稜威のや千別

弁慶の数珠の功力に友盛の　姿も浮かむ船の幽霊　　語吉窓喜樽

幽霊に貸す柄杓よりいち早く　己が腰も抜ける船長　　結城　椿園

罪ふかき海にさまよふ魂は　そも弘誓の船に乗りかねにけん　　常陸大谷　千別

船底の板の下なる地獄より　浮かまんとてや出づる幽霊　　常陸村田　緑洞園菊成

奈落まで深く沈みて恨むなり　波に浮かべる船の幽霊　　上総大堀　可明

其の姿錨（怒り）を負ひてつきまとふ　船の舳先や知盛の霊　　蝶々舎登麻呂

なうなうと声もかすかな幽霊に　艫（共）にひつくりかへる船人　　五常亭真守

船幽霊
雲井園

西海の水屑（みくづ）となりて平らなる　浪も逆立つ船の幽霊　秋田舎稲守

平家蟹（へいけがに）

紅き毛の生えてぞ見ゆる平家蟹　おらんだ文字の横にあゆみて　宝珠亭船唄

汐煙立てゝ飯炊く（まま）平家蟹　兵粮方（ひやうらうがた）の武士（もののふ）のはて　語安台有恒

中々に岸に三つ四つ平家蟹　弁慶蟹をとりこにぞする　萬々斎筬丸

平家蟹兜蟹とや挑みあふ　錣引（しころびき）せし昔しのびて　万丁庵柏木

水鳥に今もおどろく平家蟹　逃げながら目を空ざまにして　於三坊菱持

怨念も鵯越（ひよどりご）えや偲ぶらん　空ざまに目のつく平家蟹　大堀　花月楼

緋の袴（はかま）着し面影や室の津へ　身を沈めたる平家蟹らは　松廼門鶴子（まつのかどつるこ）

執（しふ）ねきのまだ懲（こ）りやらぬ平家蟹　するどき鋏前立（まへだて）にして　花躬

味方みな押し潰されし平家蟹　遺恨を胸にはさみ持ちけり　金鍔

鯛ひらめ中に交れど平家蟹　けして奢（おご）りの坐には出ぬなり　羽毛多楼比可留（はげたろうひかる）

火の消えしごとにはあれど磯岩に　群れつゝ飯を炊く平家蟹　駿府　東遊亭芝人

奢りたる果（はて）こそ見ゆる平家蟹　烟（けむり）も立てず飯や炊くらん　結城　椿園

海（うな）そこの海老とむつみて平家蟹　伊勢と呼ばれし武士（もののふ）のはて　金剛舎玉芳

水鳥の羽音に沫（あわ）を吹きたりし　その怨念や蟹となりなん　青梅　千本

政道も曲げる平家のしるしには　蟹に成りても横道を行く　角有

戦ひに負けても敵に後ろをば　見せぬ平家の蟹の横這ひ　雛好

浴深き海の底なる平家蟹　爪長くせし人の果てかも　静洲園

前の海後ろの山ゆ攻められて　霊も横ゆく蟹となりけん　駿府　若葉

友盛〔知盛〕のなりし蟹とも見ゆるなり　鋏に持ちし長刀（なぎなた）ほゝつき　語智窓腹光（ごちさうはらみつ）

まねきたる夕日の色の平家蟹　泡をふく腹（福原）の昔偲びつ　常陸村田　菊成

石垣の穴にこもれる平家蟹　浪の寄せ手に泡や吹くらん　楳星

奢りたるねぢけ平家の武士（もののふ）は　横に道行く蟹となりけり　歌評子頓々（うたびやうしとんとん）

壇の浦戦ふ波の来（こ）しかたや　兵粮飯も炊く平家蟹　国吉

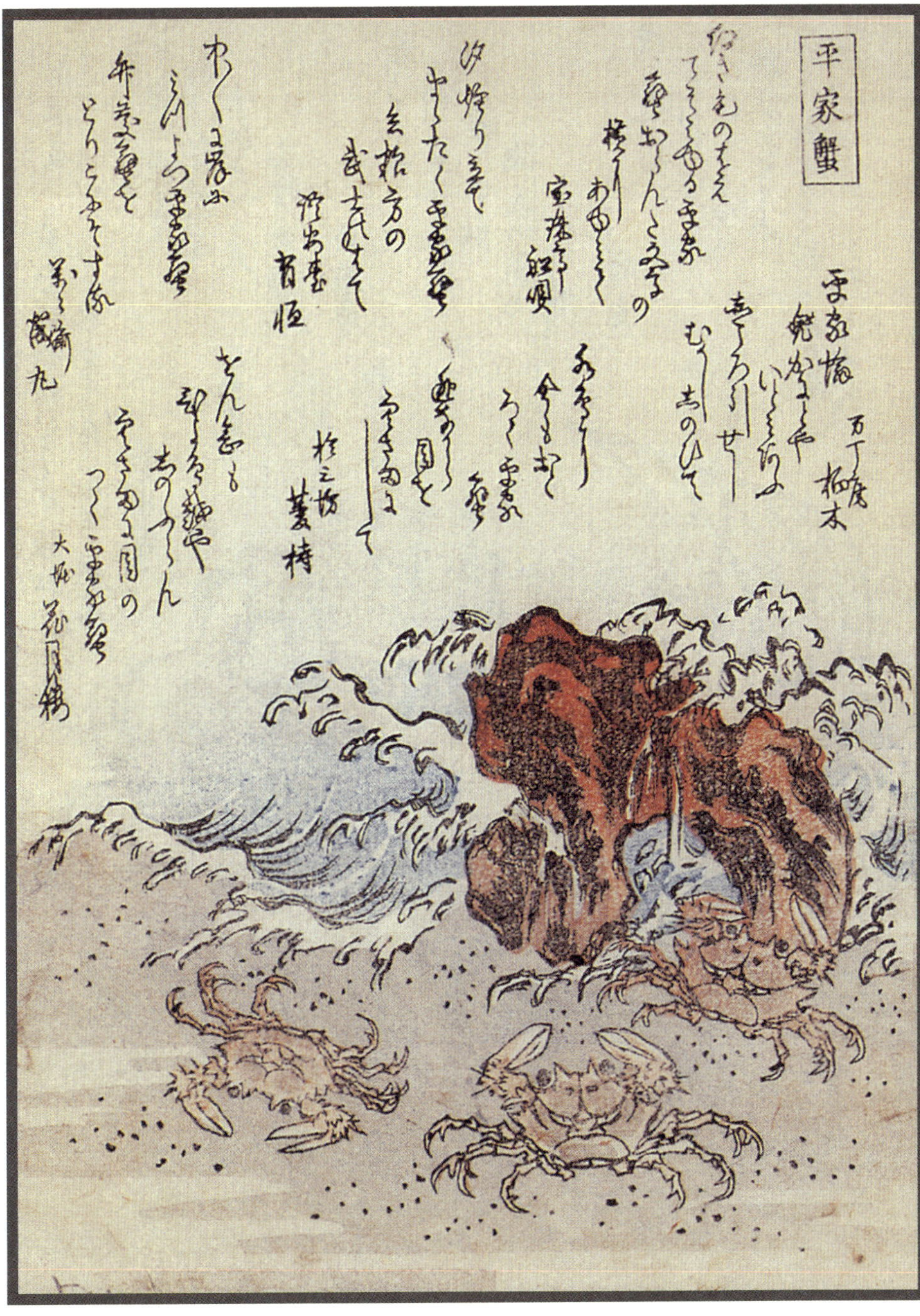
平家蟹

負け軍無念と胸に挟みけん　顔も真赤になる平家蟹　青梅　衛門

奢りたる昔を偲ぶ平家蟹　爪長くして横に歩めり　下毛葉鹿　花好

一の谷八島は落ちし平家蟹　甲羅に似せし穴に住むらん　国吉

戦ひの時しも横に逃げにけん　浜辺に泡をふく平家蟹　年々斎米寿

鋏をば前立にして平家蟹　備へも堅き石垣の穴　和木亭仲好

一念が凝つて背びらに面の皮　敦(厚)盛までも蟹と成るらん　鈍々舎嘉勝

平家蟹鋏の刃をも喰ひしめて　須磨と明石の浦見て(恨みて)ぞゐる　筬丸

水鳥や鴨越えに懲りずま(須磨)の　今は水そこ這ふ平家蟹　玉芳

甲をさへ今はた(旗)色に取る鎧　鋏の鈕も持つ平家蟹　千住　紫竹園茂群

世の中を横に車の平家蟹　廻る因果の壇ノ浦かな　驪山亭音高

時めきし代の赤旗を平家蟹　汝が甲羅の色に見せけり　八王子　檜旭園

平家蟹空を飛び来る水鳥の　羽音に怖ぢて泡をふくらん　駿府　正舎鉾直

奢りたる平家も今は落ちぶれて　おのれ飯炊く蟹となりけり　雪麻呂

平家蟹八島の人は塩ゆでに　すれども今の色は赤肌(赤旗)　上総前久保　楚川

戦ひに負けし平家のゆゑならん　蟹となりても泡を吹くなり　南伊勢大淀浦　草寿庵有美

西海に沈みぬれども平家蟹　甲羅の色もやはり赤肌(赤旗)　近江日野　敬喜

落武者の哀れなる身(鳴海)の平家蟹　葦間隠れに世を忍ぶらし　記長喜

平家蟹横這ひしつゝ海の上を　己がものとや誇るなるらん　武蔵金子　静下窟好文

一ノ谷逆落としなる須磨の浦　浪にたゞよふ平家蟹かも　小綱飯沼　明保廼早起

汐干には勢揃ひして平家蟹　浮世のさまを横に睨みつ　下毛小倉　楳良

盛りにも直なる道を行はず　今も横さにゆく平家蟹　常陸江戸崎　益友亭厚丸

奢りたる末の報いに平家蟹　とられて今は口に入るらむ　匂々堂梅袖

姑獲鳥 うぶめ

襟元へ水そゝぐ如冷汗の　流れ灌頂に立つ産女見て　語安台有恒

腰紐に化けし産女は人の子を　己が子に取る蜂によく似て　青梅　扇松垣

みそか子を儲けし妻の果しかも　闇の夜半にぞ出づる産女は　頓々

世を去りてまた新雪に帰らぬは　こぼれし水や流れ灌頂　長年

密か事して月たらず産みにけん　子ゆゑの闇に迷ふうぶめは　草加　四角園

銭出さで里子にせんと抱かすは　おしの重たきうぶめとぞ知る　江戸崎　緑樹園

子を産まず奈落に沈み浮かまれぬ　情なの世やあなうぶめ鳥　常陸木原　緑翁園有杉

呼びかけて石を抱かせしうぶめこそ　その身の罪の重さ知らるれ　全村田　菊成

盆前の案子の米の薄暗く　子に引かれつゝ出るうぶめかも　花前亭

子をおもふ親の心の闇の夜の　深きに迷ふうぶめ鳥かな　文昌堂尚丸

一柄杓手向の水のはかなくも　行きて帰らぬ流れ灌頂　長年

迷ひ出るうぶめも雨のふる寺（古寺）に　赤子の守は人に頼みつ　鶴子

抱いてやる幼子よりもおそろしや　うぶめが顔も青いしの如　筬丸

聞くもあなうぶめは流す水子さへ　抱きて帰らぬ道に迷ふか　千住　茂群

浮かまずてうぶめの鳥となる人の　魂は自由に飛歩行なり　高見

入相に森を離れて鳴くうぶめ　日の月を見せぬ子を思ひつゝ　登麻呂

末の世は浮かめと人やそゝぎつる　手向の水の流れ灌頂　南向堂

隠し子をたづねられたる言訳を　述べ（野辺）に夜出て迷ふうぶめか　狂蝶亭春里

細眉のうぶめが顔は青柳の　しなだれ声で子を抱かすかも　於三坊菱持

姑獲鳥

陰火（いんか）

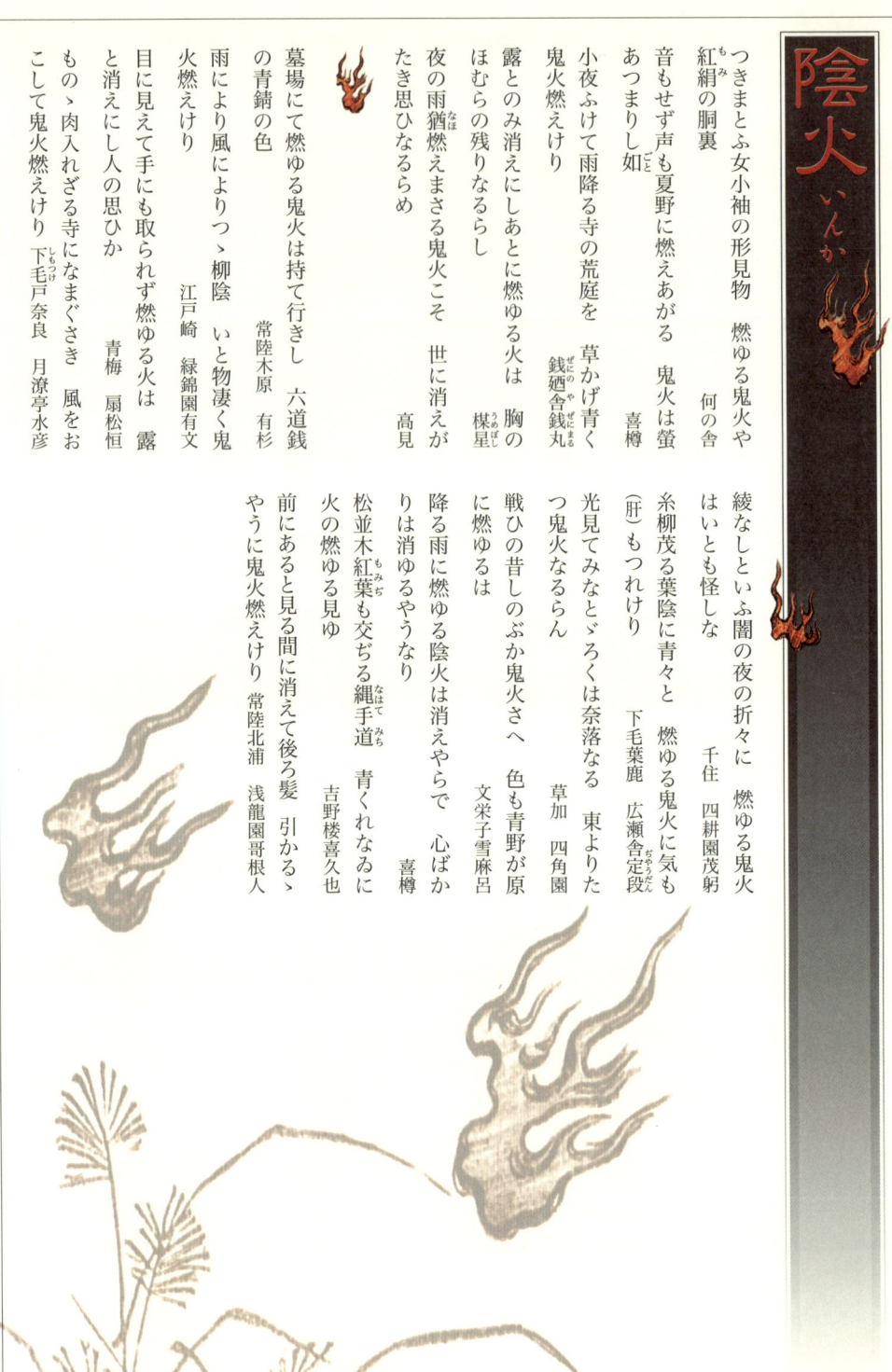

つきまとふ女小袖の形見物　燃ゆる鬼火や紅絹（もみ）の胴裏　何の舎

音もせず声も夏野に燃えあがる　鬼火は螢あつまりし如（ごと）　喜樽

小夜ふけて雨降る寺の荒庭を　草かげ青く鬼火燃えけり　銭廼舎銭丸（ぜにのやぜにまる）

露とのみ消えにしあとに燃ゆる火は　胸のほむらの残りなるらし　楳星（うめぼし）

夜の雨猶（なほ）燃えまさる鬼火こそ　世に消えがたき思ひなるらめ　高見

墓場にて燃ゆる鬼火は持て行きし　六道銭の青錆の色　常陸木原　有杉

雨により風によりつゝ柳陰　いと物凄く鬼火燃えけり　江戸崎　緑錦園有文

目に見えて手にも取られず燃ゆる火は　露と消えにし人の思ひか　青梅　扇松恒

ものゝ肉入れざる寺になまぐさき　風をおこして鬼火燃えけり　下毛（しもつけ）戸奈良　月潦亭水彦

綾なしといふ闇の夜の折々に　燃ゆる鬼火はいとも怪しな　千住　四耕園茂躬

糸柳茂る葉陰に青々と　燃ゆる鬼火に気も（肝）もつれけり　下毛葉鹿　広瀬舎定段（ぢやうだん）

光見てみなとゞろくは奈落なる　東よりたつ鬼火なるらん　草加　四角園

戦ひの昔しのぶか鬼火さへ　色も青野が原に燃ゆるは　文栄子雪麻呂

降る雨に燃ゆる陰火は消えやらで　心ばかりは消ゆるやうなり　喜樽

松並木紅葉（もみぢ）も交ぢる縄手道（なはてみち）　青くれなゐに火の燃ゆる見ゆ　吉野楼喜久也

前にあると見る間に消えて後ろ髪　引かるゝやうに鬼火燃えけり　常陸北浦　浅龍園哥根人

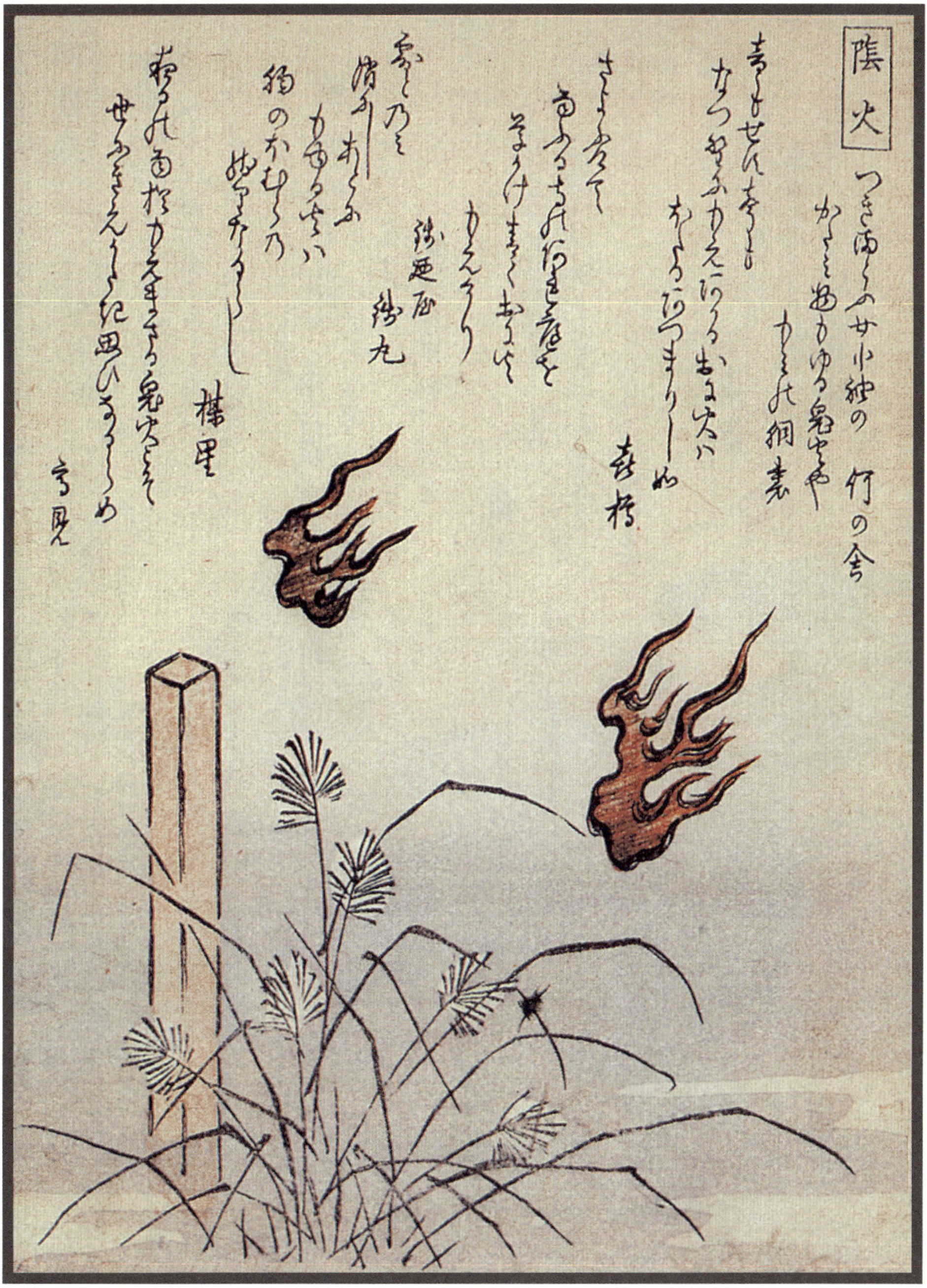
陰火

狸 ねこまた

破れ戸樋《とひ》笛ふく秋の夜嵐に　はた天蓋も踊る猫寺　何の舎

狸を出す見世物師看板の　口上書《がき》に尾に尾つけけり　俵舎

目はさらに口は耳まで酒（裂け）よりも　油味《うま》しと舐《な》むる猫又　鶴子

手拭に天窓《あたま》かくしつ尻尾をや　人に見せじと踊る猫また　千住　茂躬

狸の住居《すまひ》となりし古寺は　山の尾さきの道もふたまた　宝珠亭舟唄

あしびきの山猫の尾の二股の　長々しきを引きて踊るや　頓々

鉄漿《かね》つける五倍子《ふし》の粉《こ》さへも狸の　古くなつたる破《や》れ寺の婆々《ばば》　尚丸

妖しけれ女に化せし猫または　下腹に毛も無きとこそ知れ　語万斎春芳

御《み》あかしの油をなめて燈心の　二また猫も年をふる寺　山道廼《やまみちの》冨茂登《ふもと》

物凄き狸見れば中々に　我が目の色もかはるばかりぞ　常陸大谷　千別

眼《まなこ》さへ丸行燈《あんどん》の皿の如　滑《した》み油をねぶる猫また　金鍔

薄雲の腹へ来る時ねこまたは　ふたまたらしき汝《な》が心かも　静川亭雪橋

夜嵐に時々回る辻番の　替はり目凄く見ゆる狸　静洲園

草も木も眠《ねぶ》るといへど丑三《うしみ》つの　時をはかりて出《い》づる猫また　秩父野上　千澄庵小松

人をしもされて引きこむ夕まぐれ　腹に毛のなき狸婆々ア　匂々堂梅袖

山深く引きこもるてふ猫または　尾ふたつにこそ世をも避け（裂け）けれ　佐野　糸屑

見た人も尾に尾をつけて咄《はな》すらし　嘘を月夜に踊る狸　銭の屋銭丸

踊りたる事はそしらぬ振をして　日向《ひなた》に丸う昼もねこまた　青梅　旧左

ねこまたは油を舐めて行燈を　消してかたちは見せぬ闇の夜　駿府　翠のや松彦

紫陽花の影を楽屋に七度《ななたび》も　目の替はるてふ猫ぞ踊れる　雪麻呂

臆病な杣《そま》が小屋へは猫またも　尾をさけてから気（木）を引きにくる　上総飯野　部た成

三味線の皮となりても猫または　多くの人を誑《たぶら》かすらん　常陸府中　檜川楼真淀

尾のさきは二つに裂けし狸の　踊る屋形は三つ股の川　花林堂糸道

狸よ踊らば貸さん暑さには　汗を絞りの浴衣《ゆかた》なりとも　谷町山住

貍

一ツ家（ひとつや）

壁落ちて骨露はなるあばら家に　乱す白髪や霜の穂すゝき　梅屋

息つきて怒れる姥がまなここそ　石の枕にそゝぐ血のいろ　面堂

ふしぶしも床簀の竹は青ざめて　崩るゝ壁の骨のあばら家　琴通舎

胴巻の腹をあばきて旅人の　路用の肝を取つた一ツ家　檜園

一ツ家の姥が姿におどろきつ　抜かれん肝を先へつぶして　駿府　望月楼

東路に人の命を鳥（取り）が鳴く　明けの浅茅が原のひとつ家　花廼門

旅寐する国は納戸の片庇　おちておどろく雪の一ツ家　栃木　摩訶園

暮告ぐる無常の鐘もつくも（九十九）髪　乱し婆々の凄き一ツ家　桃江園

寐るやうに倒れかゝりし一ツ家に　石の枕も姥がもくろみ　筬丸

一ツ家と知らで泊まりし一人旅　米にも石の交る夕めし　弓の屋

我が子とも知らで釣縄きり戸口　あくまでにくき一ツ家の婆々　筬丸

年ふりて雪の白髪となるまでも　罪こそ積もれ一ツ家の姥　桜園春也

老いぼれし婆々アの智恵も浅茅原　鬼も仏も一ツ家のうち　語道堂花躬

鬼よりも猶気味わろく一ツ家の　婆々が仏のやうな持て成し　青梅　扇松園

あやしけれ声は不思議の一ツ家に　姥が風情も目につくも（九十九）髪　有恒

旅人の閨は納戸の片だすき　掛けてぞ婆々が笑ひ一ツ家　筬丸

かこむ碁の切つて殺して世を渡る　炮りの白と黒塚の婆々　扇風

旅人を殺すも科の一ツ家に　婆々アが罪の重き一ツ家　語智窓腹光

木枯らしをあはやと叫ぶ一ツ家の　障子の骨も微塵にぞなる　駿府　竹園飛虎丸

つくる罪重れる科の一ツ家は　金と命を釣りかへの石　玉芳

旅人に心をつけよ石枕　姥が娘は孝のものかも　喜樽

鮨となる石の枕のひとり旅　押しの利いたる姥が手料理　桜の本蔭芳

旅人を野辺の尾花に招かせて　石を枕に寐かす一ツ家　銭丸

其の昔諸国をめぐる旅僧も　咄のたねはたつた一ツ家　御薬園種芳

歯もなくて人の身をこそ食みつらめ　骨の見えたる野辺の一ツ家　春里

我が子とはしらがの姥が悪巧み　頼みの綱も切れし一ツ家　菱持

一ツ家の石に押されて浅漬けの　露の命も終はり（尾張）大根　金鍔

一ッ家

婆酒て
骨折ひ成る
ありしあわれ私を
一ッ家や苓の榎すくき 榎戸

奥つきて生きる
焼かれところ
その極り来らく
血のいろ
湘本の彼を
あをくて旅人の
路用の所を
ろくく一ッ家
面堂

うくよ
床し寝の
什いまきら
眷て塈の
ほしの
よくよ来
琴通舎

一ッ家の焼く
ねまおとろく
ぬれん肝と
たくはみして
後庵
風月楼

末路行く
命をとらうらく
ひとのあきらう糸の
ひくら糸
尾西門
松園

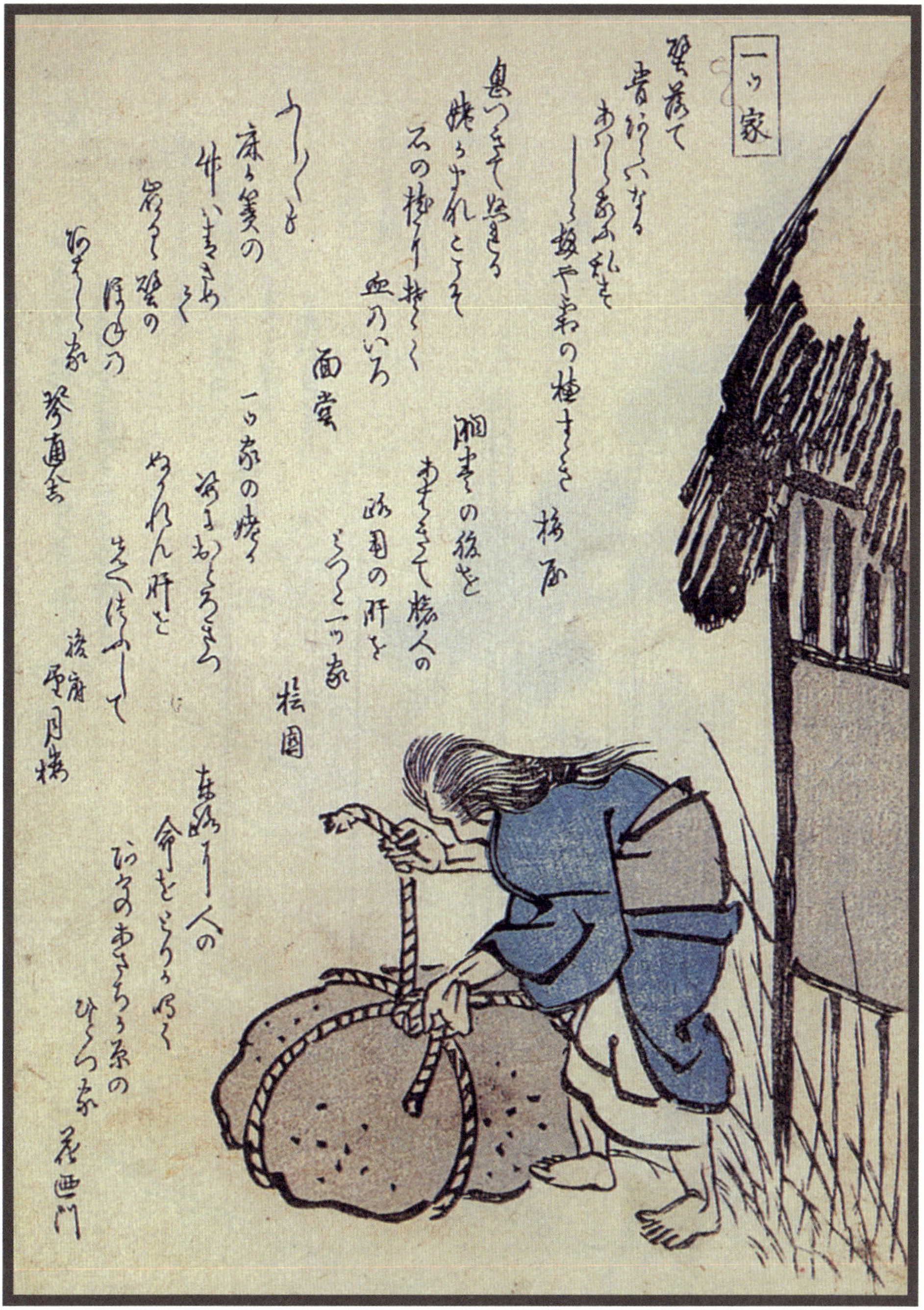

実方雀（さねかたすずめ）

飛び上がり物の名をのみ残しけり　喧嘩好きてふ実方雀　江戸崎　緑樹園

亡き魂《たま》は都へ飛びて出来秋の　先代米《せんだいまい》は食《は》まぬ小すゞめ　桃本

実方は位ある身ぞ怨念の　すゞめも雲井指して飛び行く　角有

一念の化せしすゞめは呉竹の　大内をこそ慕ふなるらめ　桃江園金実

実方のすゞめはまたも蛤《はまぐり》に　化して近寄る雛の内裏に　五辯改め　枇杷《びは》のや夏繁《なつしげ》

呉竹の代々は経れども実方は　雀と化して名を残しけり　八王子　檜旭園

哥枕手枕《うたまくらたまくら》ならで蛤《はまぐり》の　甲斐(貝)なき名たつ実方すゞめ　江戸崎　緑樹園

執念も雀となるや実方は　都の召し(飯)にありつかんとて　花躬

実方のなりし雀か怪しくて　見えで飛び交ふ玉敷《たましき》の庭　千住　稲丸

実方のむかし咄《ばなし》に身をいれて　身の毛もよだつ雀いろとき　音高

松嶋の景色をかへて実方の　化せし雀や恨み鳴くらむ　有恒

鶏《とり》が鳴く東《あづま》をたどる実方も　囀《さへづ》り過ぎし雀なるらん　南伊勢大淀浦　有美

みちのくに引かれし杖の竹にとり　雀と生を化せし実方　江戸崎　有文

など笹の相手にならで台盤の　飯のみ喰らふ実方雀　仝

出来秋の実の実方は都にて　飯やついばむ台盤所　栃木　通児楼諭

実方は雀と化して根強くも　竹の園生《そのふ》に来てあるくなり　舟唄

其の魂《たま》は雀と化すや鶏《とり》が鳴く　東の果《はて》にさすらひし身の　春世

過ぎしのち許しの文もなき魂の　雀や慕ふ紫の庭　静洲園

執念は竹の園生に残りけむ　雲井へ飛べる実方雀　雛好

無念さが胸に陸奥《みちのく》(満ち)あたりより　雀と化して大内へ飛ぶ　菱持

海のなき国の雲井へ飛び来るは　蛤に化けぬ実方すゞめ　笑寿堂春交

中々に藪鶯は及ぶまじ　実方雀哥《うた》を詠みなば　下毛《しもつけ》戸奈良　水彦

実方雀

恋しさの
名をのみおもふ
実方もまた
江戸崎
綱松園

一合の給せし
すゝめハ里へ
枕山園
金実

すゝめハ里へ
牛の
大肉をえて
きしもなるか

きさ渡い
松てひて
山本林の
小すゝめ
枇杷

実方の
墓ところ
誉地
て
ちう雀の
肉喜ふ
出羽院
枇杷のや
篁

実方ハ位
りうらく怒念の
すゝめり会弁
さして鬼竹
角有

呉竹の後ハ
たゝしく実方ハ
雀と化して名を
八王子
桜旭園

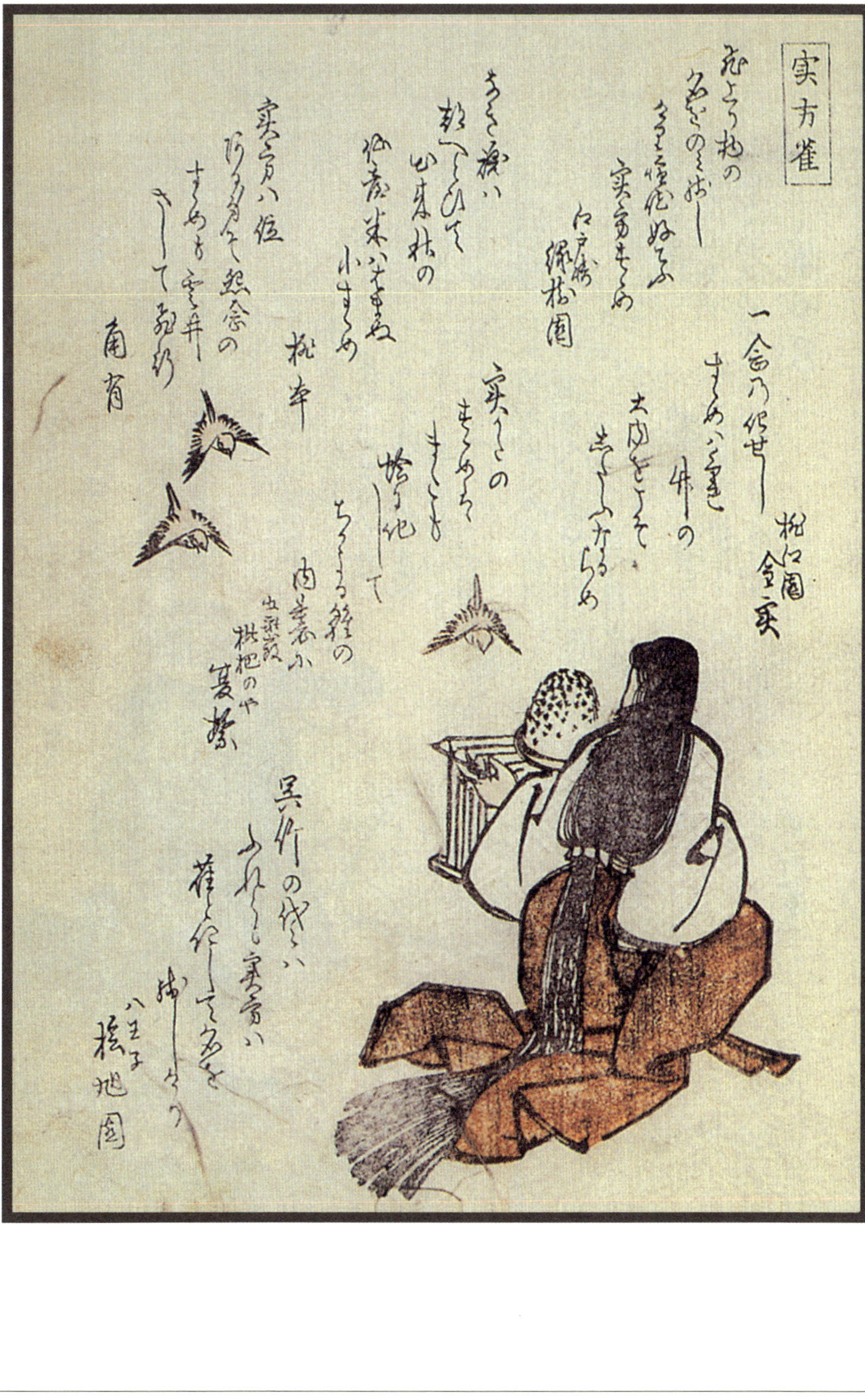

三ツ目 みつめ

かきそさへ化けた小僧が三ツ目誰(たれ)　肩もむ樽もさか田屋の銘　弥生庵

草木まで眠れと茶にや浮かされし　丑(うし)三ツの目は冴えて見えけり　東風(こち)の屋

真の闇しよぼしよぼ雨の夜目遠目　三ツ目小僧ぞ笠のうちなる　静洲園

蹻(くつ)切つて転(こ)ける夜道にけたけたと　下駄の三ツ目の笑ひ声かも　三輪園甘喜

小車(をぐるま)の丑三ツに出て世の人に　目を回さする三ツ目小僧は　駿府　小柏園若葉

襟元にひやりと露の誰(たれ)やらん　木の間を三つ目小僧立ちけり　呉竹亭

淋しさを告ぐる五更の捨鐘(すてがね)の　三つ目は凄き雨の降る(古)寺　桃江園

一目見て肝や潰れん二目とは　見むきもならぬ三ツ目小僧を　栃木　論

千葉住みし城跡も目につき(月)日星　三ツ目小僧の出(い)づる石浜　江戸崎　益友亭厚丸

姉さんは何処だと問へば本所と　言はれてみれば三ツ目なりけり　青梅　扇松園

橋の名の三ツ目小僧と見るまでに　夜も深川の方よりぞ来る　登麻呂

ふた親に似ぬは鬼子といふ顔を　じつと見つめ(三つ目)て笑ふ初孫　比可留

本所の三ツ目小僧も両国へ　来てぞおどろく四ツ目屋を見て　喜樽

錐(きり)の名の三つ目小僧は見つめけり　穴のあくほど我を睨みて　江戸崎　広丸

助けてと錐(きり)もむさまに合はす手も　穴おそろしの三ツ目小僧や　館林　小竹のや直幹

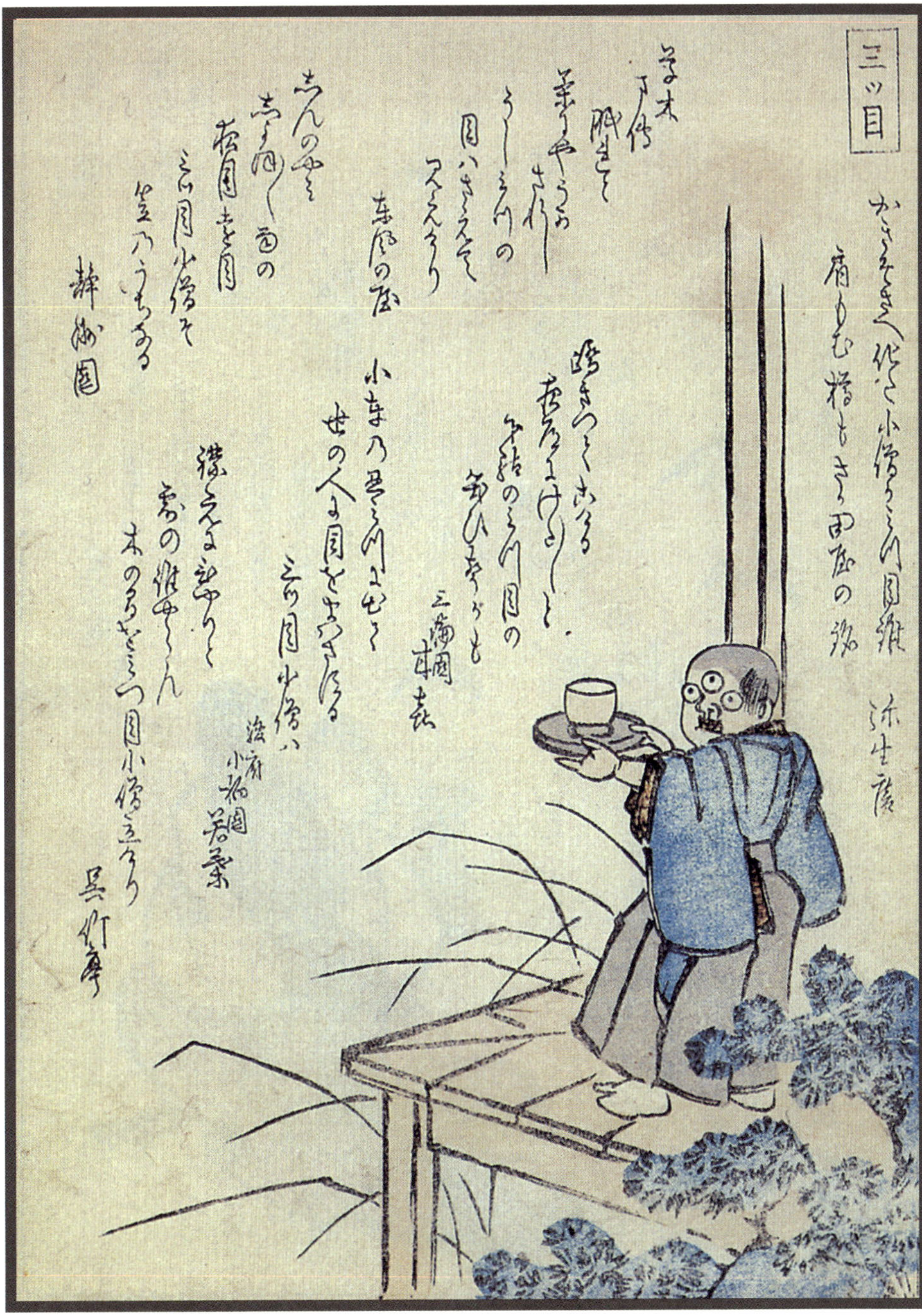
三ツ目

鬼
おに

琴に似し威(おど)しの糸の合はせもの　錣(しころ)も引いた鬼の三ツ指　鶴の門

鬼の棲む地獄の沙汰もしろがねに　替へたる虎の皮のたふさぎ〔犢鼻褌〕　南向堂

似せ姥〔偽伯母〕と悟りし綱が抜き打ちに　其(そ)の手は喰はぬ茨木(いばらき)の鬼　弓の屋

大津絵に描いた儘(まま)なる鬼を見て　たゞ念仏(ねぶつ)のみ唱(とな)ふ苦しさ　善事楼喜久也

立山の地獄の鬼の虎の皮　褌(ふどし)は国の名にし負ひけり　守文亭

豆をまく握りこぶしを見て去(い)ぬる　掛乞(かけこひ)の鬼節分の鬼　藤紫園友成

人間の留主(るす)に洗濯しようぞと　汚れ褌(ふどし)の赤(垢)鬼の妻　雛好

大江山昔語りの古びしを　聞く洗濯は鬼の留主かも　春雄

大江山昔をしのぶ三つ指に　琴の音かよふ橋立(はしだて)の松　栃木　摩訶園

鬼の目を忍び姿の山伏に　法螺(ほら)を吹かれし大江山入(やまいり)　春雄

化物の餓鬼大将と見ゆるなり　鬼ごつこする子も憎らしき　槙住

切られたる鬼は片腕取らんにも　伯母となるより外に手はなし　清明堂喜代明

極楽の沙汰も念仏(ねぶつ)に打ち鳴らす　鐘(金)次第なる大津絵の鬼　日光　天籟子(てんらいし)歌種(うたたね)

大江山童子が洞(ほら)の年男　鬼は内へと豆や撒(ま)くらん　裏の屋宿守(やどもり)

釜茹(ゆ)での火の用心と声立てゝ　廻(めぐ)る地獄の鬼に金棒　雛好

金札(きんさつ)の文字を茨木なまよみの　腕甲斐(かひなかひ)なく取られたりけり　館林　美通歌垣

治りかし御代憚りて金棒を　捨てゝ大津の鬼は念仏　駿府　望月楼

鬼

立山の地獄の
鬼の茶帛乃皮
釋八圈の名
うーおひろ
ち又岸

鬼のまむ
地獄のあつさ
しろかねふく
ふ席のほら
あふ火き
車向堂

愛兰圈
友成

大津絵のかいて作る
鬼そさてふる書帛の
鳴ふくらーさ
吾ろ梧
あく也

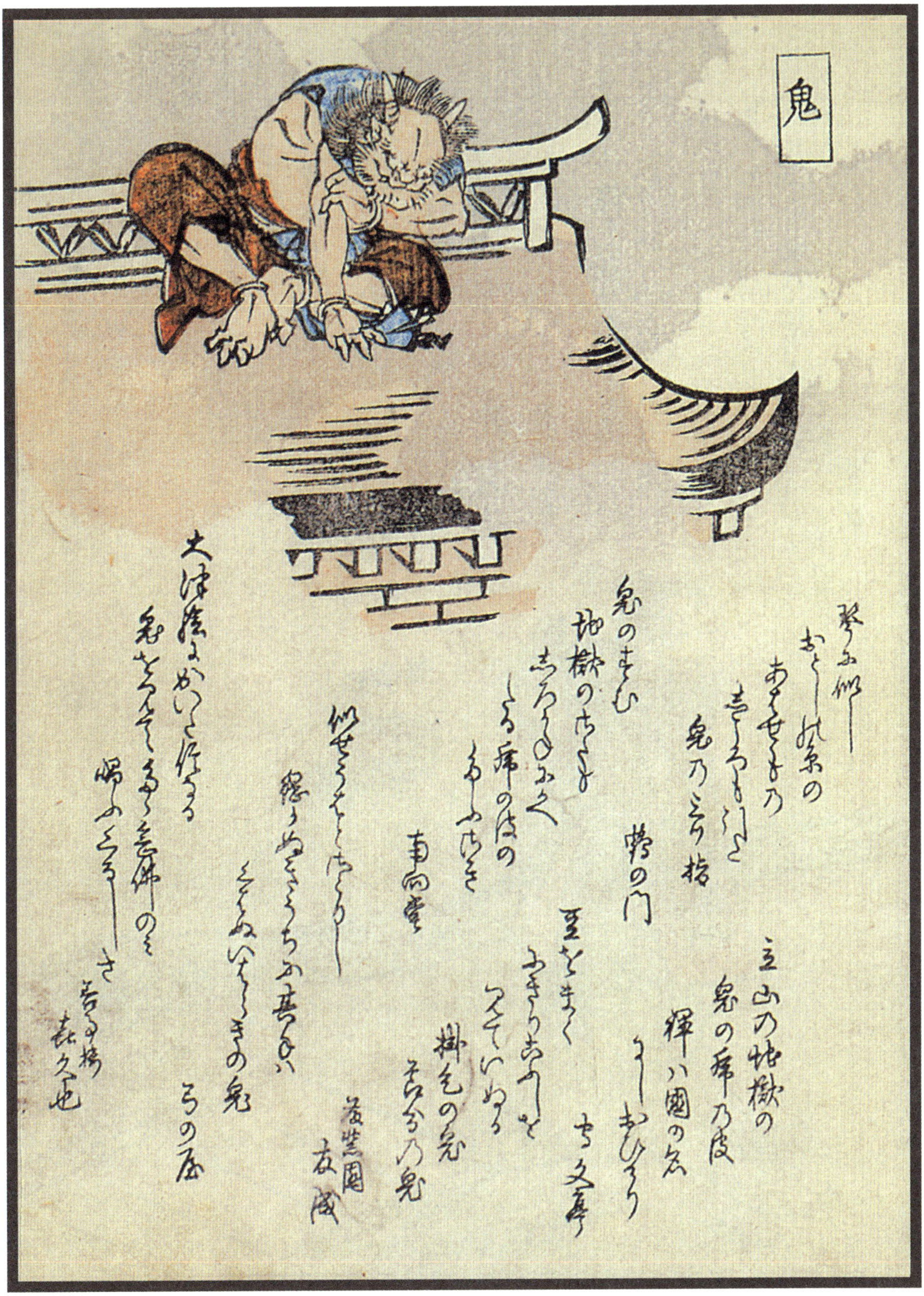

髪切（かみきり）

風凄き秋の木の葉の銀杏髷（いてふまげ） おちておどろく野路の髪切　銭丸

柳散る秋風よりも目に見えず 切られし髪に驚かれぬる　梅樹園

大事がる娘の髷も髪切に 切られて何と言ひやうのなき　尚丸

髪切に切られし人の影見れば 変る姿は何の毛もなし　千住　茂躬

気もつかず切られ人目に九十九髪（つくも） 出合頭や落つる髱（たぶさ）に　喜樽

元結（もつとひ）の箍（たが）もはじけてばらばらに 盥巻（たらひまき）さへ落つる髪切　弓の屋

惜しみつゝ猶も悲しむ秋の夜に 落ちて驚く月の丸髷　星屋

無一物達磨返しの結び髪 切らるゝ事はさとり得ぬ妹（いも）　春交

髪切の神ならぬ身ぞたらちねの かゝれとてしも延ばさゞりしを　星屋

髪切と聞いて身の毛もよだつほど 言ふに言はれぬやうに怖ろし　桃太楼団子（ももたろうだんご）

髪切に目も驚けりいたづらに 柳折り捨て行けるたぐひに　草加　四角園

黒髪の丈に伸びしを切られけり 一寸先も知れぬ闇の夜　上総大堀　可明

髪切は見えねど髪を切られたる 妹が姿に驚かれけり　青梅　旧左

怪しくも髪のもとより切られけり 身は惣毛だつほどに怖ろし　守文亭

切られても髪ゆゑあとは傷まねど 心のいたむ毛の延びるまで　泰平居楽成（たいへいきよらくなり）

青柳のみどりの髪を切られけり 春風寒く身はぞつとして　花前亭

切られたる黒髪さげて悲しむを 化物なりと騒ぐ傍輩　扇松垣

誰（た）れにかも恨みいふべき方ぞなき 唯憎しとぞ思ふ髪切　衛門

ぬばたまの黒髪切られ襟もとの ぞつと身の毛もよだつなりけり　下毛葉鹿　花好

見た者もあると噂の若後家は ぞつとするほど凄い髪切　比可留

足元へ髱（たぶさ）を取りて投げしまゝ 探つてぞつとしたる髪切　五息斎無事也（ごそくさいぶじなり）

鬢（びん）さしの弓は蟇目（ひきめ）が簪（かんざし）の 魔除（よ）けの紙に落つる髪切　春交

切られたる髪に心は月の影 さうと人にも言ふにいはれず　喜樽

黒髪を後生大事に伸ばしゝを 切られて今は尼となるべく　腹光

ぬばたまの我が黒髪を切りたるは 誰（たれ）とも知れぬ真の闇の夜　稲守

簪をさして恨むる方もなし 寐（ね）たる夜の間に髪を切られて　高見

髪切に切られてわつと起きあがる 形（なり）は其（その）儘（まま）化物の如（ごと）　青梅　豊穀垣真寿

髪切

きもつれてきれし人問ふてもた数
出合ひたらんやおつるたきかみ
　　　　　　　　春植

元結のきれし
さ／＼けはずも
たくひまさらむ
ねき髪きり
　弓の屋

柳ちる柱もろ共風きれ／＼
まいり／＼髪をおさへつつ
　　　　　　　梅樹園

大草ゆる姫の髪も鋏きりふ
されて／＼／＼ひゆの／＼き
　　　　　　　尚丸

髪きりふ如何に人の新ふれい
かゝる長く伯の毛なれ
　　　　子侍
　　　　廣筋

風薫る秋の
本け物のいでにあ
むらて出をく
虫尻のかみ切
　　　諒丸

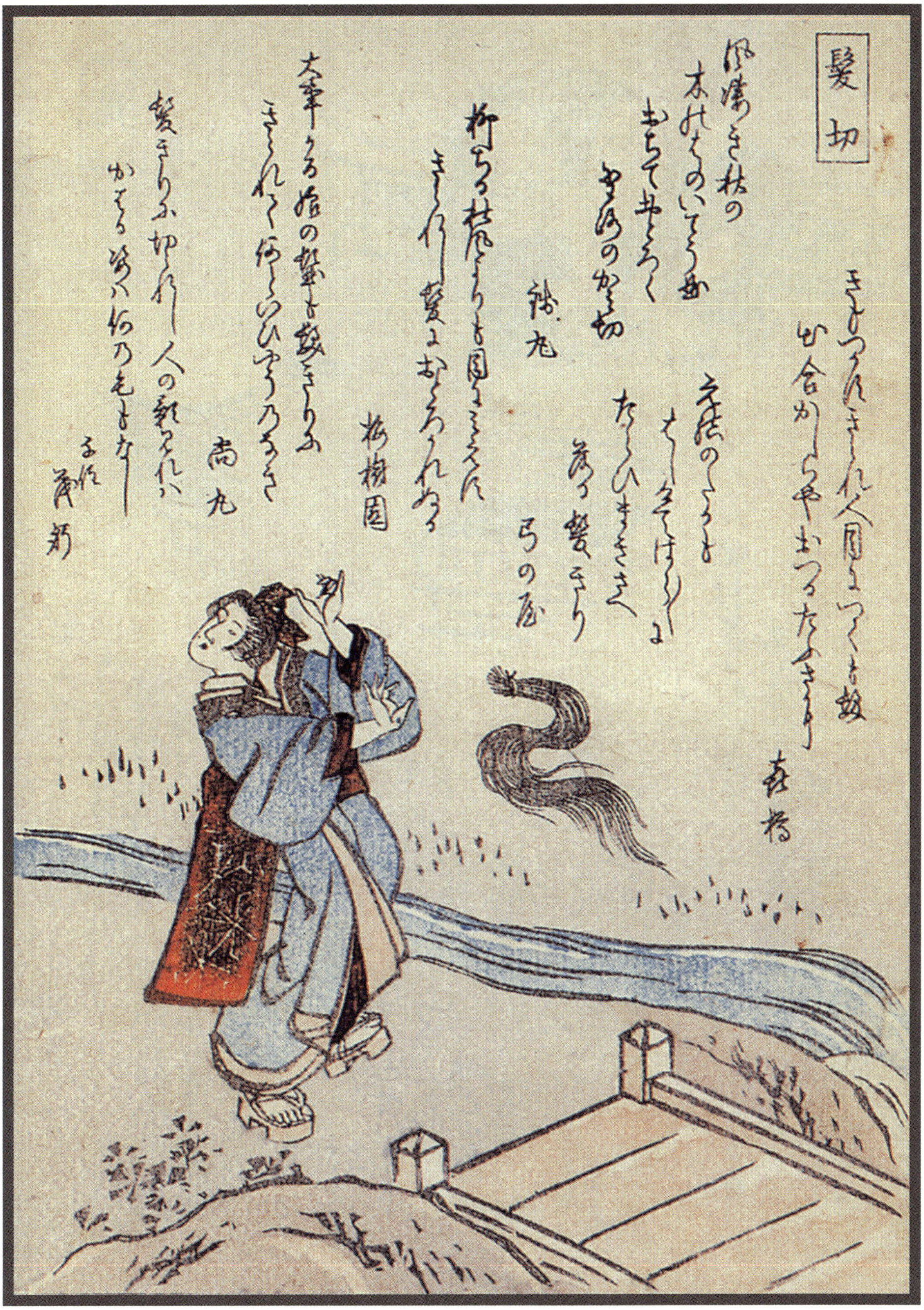

追加　化物乱題

手向(たむけ)ともなるらん閼伽(あか)の水を汲む　柄杓を乞へる船の幽霊　仙台松山　千潤亭

君が代を千代と鳴きつゝ台盤の　飯を荒らすや実方すずめ　仝

髪切りし誓ひ背きし執(しふ)ねきや　其の毛を見せて仇(あだ)をなすらん　仝

さめざめと泣く幽霊の船停むる　鰐(わに)に呑まれし人の魂(たま)かも　仝　錦著翁

秘蔵する玉の横坐を照らしつゝ　きやなぐさむる狐火の影　仝

当座　丑時参

常磐津小文字太夫(ときはづこもじだいふ)撰

丑三(うしみ)ツの牛はものかは大象も　つなぐ黒髪振り乱しつゝ　桃江園金実

耳の穴ふたつ掘りけり丑の時　人を呪へる咄(はなし)聞く夜は　松の門鶴子

銜(くは)へたる小櫛(をぐし)の棟(むね)のみだれ髪　丑の夜詣(まゐ)り取り上げよ神　歌評子頓々

稲荷山丑三つ詣(まうで)呪へども　きかぬ豆腐に釘打つが如(ごと)　守文亭

鉄槌(てつつい)の鋼(はがね)鳴らして打ちつけの　恨みも聞けよ恋の錆釘(さびくぎ)　弥生庵

○

願ひから恨みの釘も人形の　鼻吊り通す丑の夜参り　小文字太夫

狂歌百物語——弐編

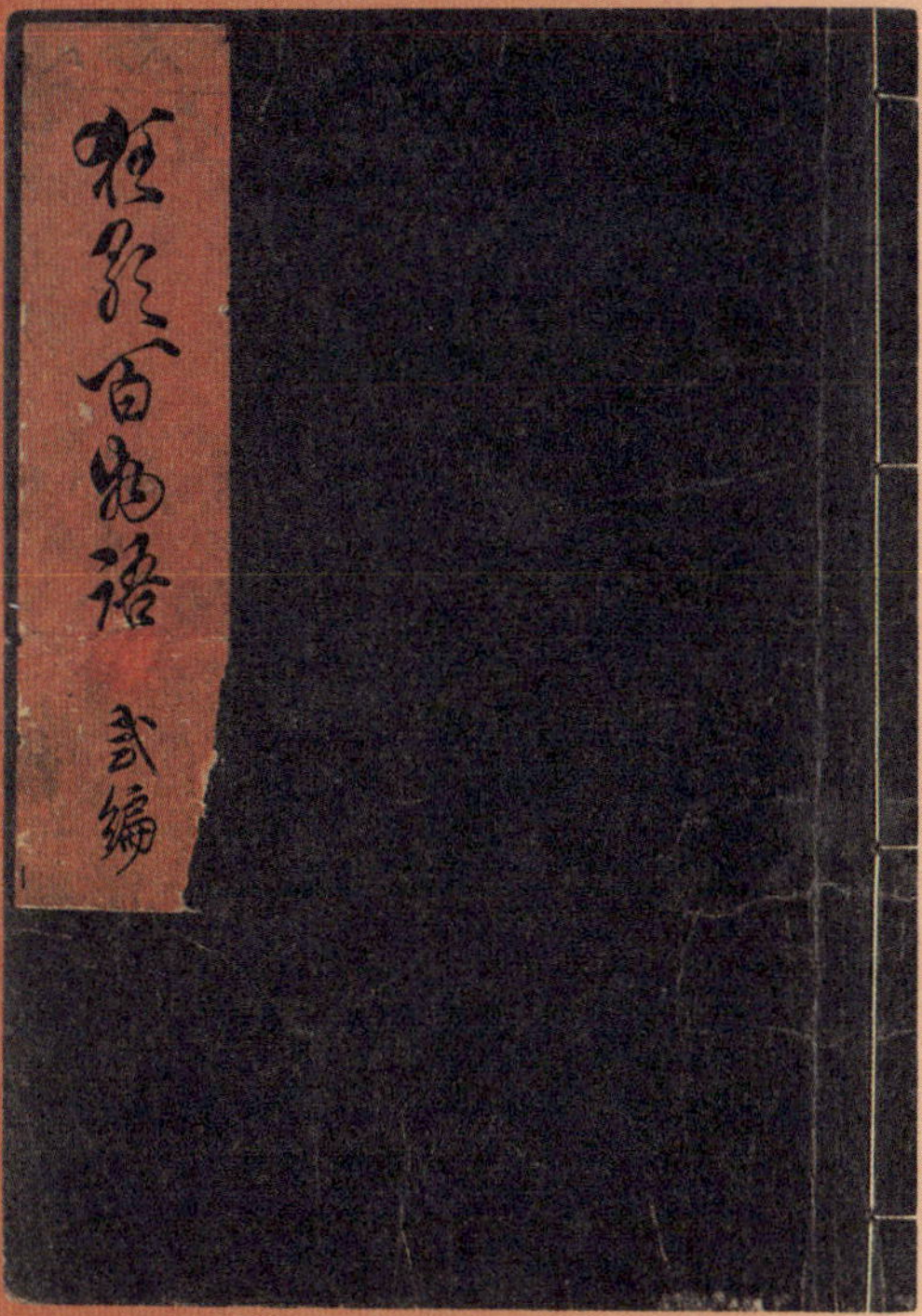

尽語楼撰

【兼題】

轆轤首
皿屋舗
舌長娘
狒々
片輪車
雪女
送狼
蝦蟆
提燈小僧
天狗
河童
文福茶釜

轆轤首

ろくろくび

己が子を轆轤首じやと噂する　親も首をば延ばしてぞ聞く　語吉窓喜樽

顔色は青き日傘のろくろ首　さしかゝりては迯げやうもなし　萬々斎筬丸

破れ傘骨は砕けた轆轤首　雨に頭の髪もみだれて　金剛舎玉芳

無き事を有りと言はれて轆轤首　抜け出る穴のある世嘆くか　下毛戸奈良　行潦亭水彦

六尺の屏風にのびる轆轤首　見ては五尺の身も縮みけり　花の門

挽物に湯元で遣ふ轆轤首　これも箱根の山をかぎるか　藤園高見

噂きく親の胸には錐揉みを　するが（駿河）細工の轆轤首かも　語吉窓喜樽

轆轤首腰車をや損ねけん　油をすさむ丑三つのころ　南伊勢大淀浦　春のや松也

旅人の来ば脅さんと轆轤首　長く伸ばして待合の辻　文栄子雪麻呂

延びるほど我が身は猶も縮むなり　添寐の妹の首の抜け出て　江戸崎　緑樹園有文

くるくると廻り縁から天井の　いたく更けゆく夜の轆轤首　桜の本蔭芳

天窓なき化物なりと轆轤首　見ておどろかん己がからだを　青梅　扇松垣

こなたへと差し来る傘の轆轤首　骨も砕くるまでに押さへん　語智窓腹光

目を廻すばかりおどろく轆轤首　長き玉の緒ちゞむ思ひぞ　守文亭

雪隠へからだを遣りて轆轤首　枕は上げぬ頭痛鉢巻　末の屋

玉くしげ箱根細工の轆轤をば　首長くして覗くをみな子　神風や青則

つかの間に梁を伝はる轆轤首　けたけた笑ふ顔の怖さよ　語安台有恒

俄雨降る（古）家の門へろくろ首　首も畳んで這入る傘　五息斎無事也

しよぼしよぼとしよぼしよぼ雨に傘の　轆轤首さへ軒伝ひ来る　萬々斎筬丸

月の入る方を惜しめば轆轤首　われ人ともに延び上がりけり　一本柳　壺済楼小瓶

寐みだれの長き髪をば振り分けて　千尋に延ばす轆轤首かな　草加　篠田稲丸

仁努邪馬豆鱧蘊久屢
瓜乃有痙間化物

鵼西門
止年去眉通己甲仁於緩遲十
奴化行侶多由來尼久蜀四
毛年生々乃傺

六尺の屛风ふのひろ姉鶴そ
又ハ又尺の方よち弓

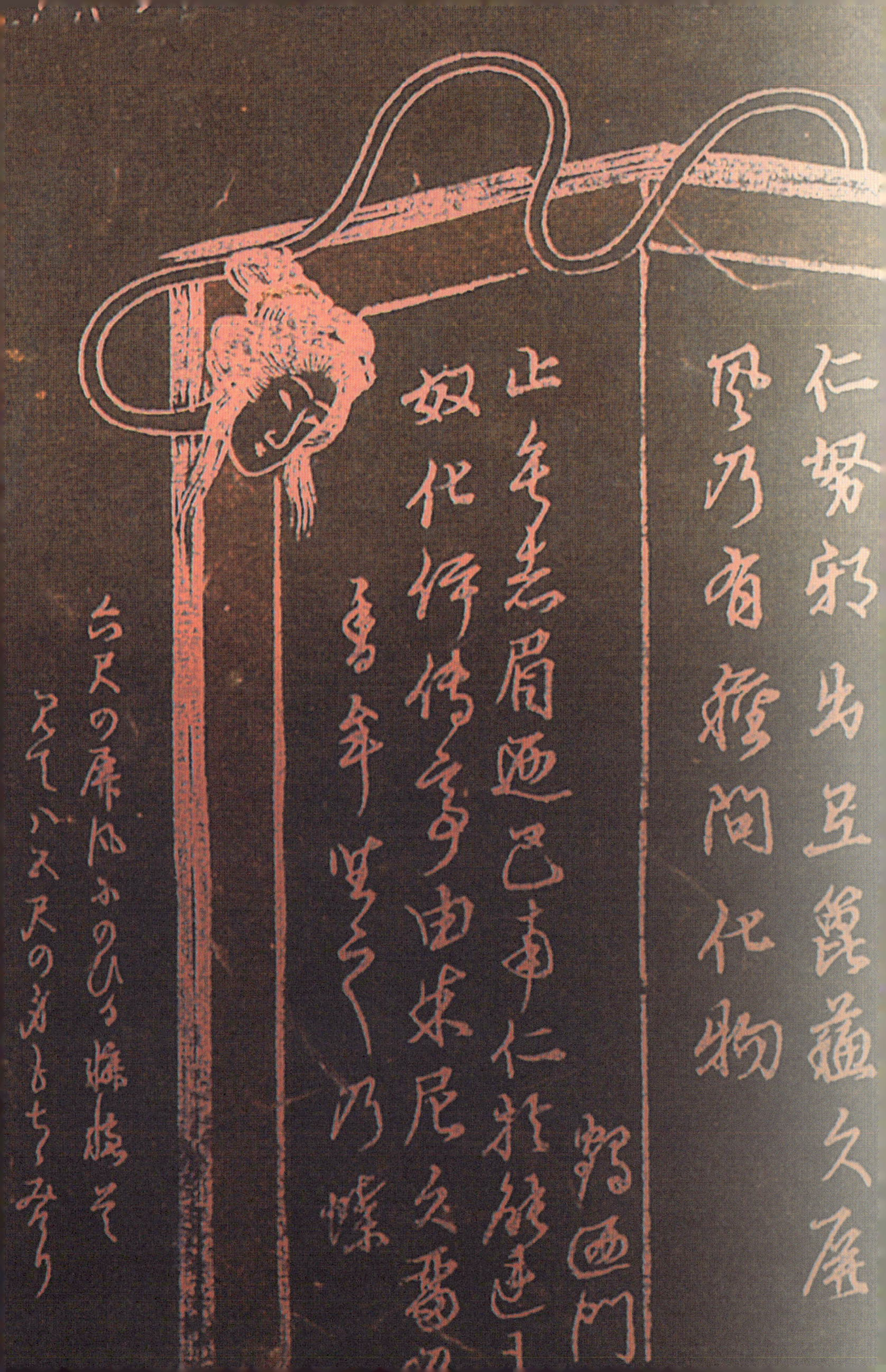

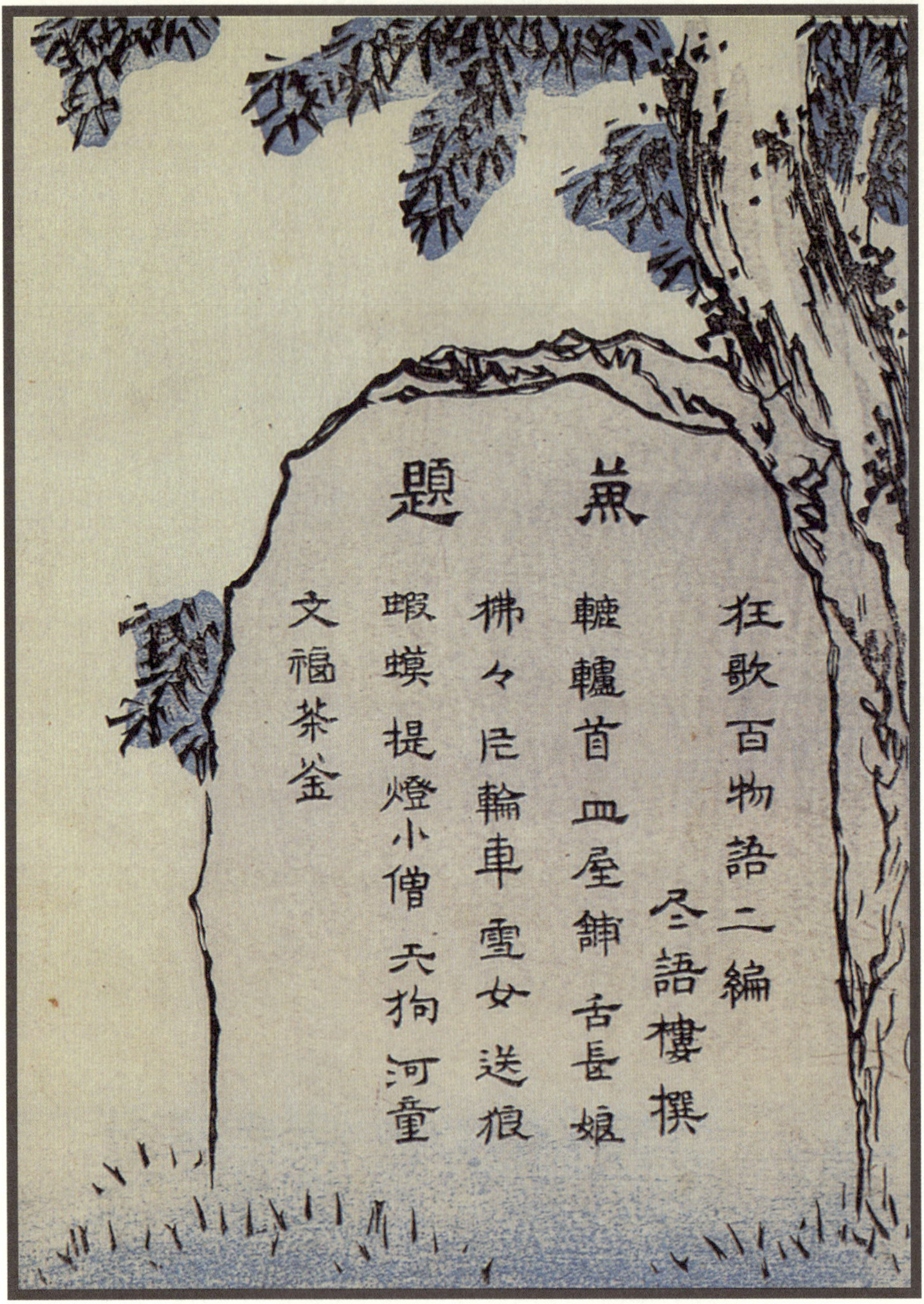
狂歌百物語二編
尽語樓撰
兼題
轆轤首 皿屋鋪 舌長娘
狒々 片輪車 雪女 送狼
蝦蟇 提燈小僧 天狗 河童
文福茶釜

轆轤首

己らまと嫁鳴そ
…(判読困難)

自称編者二編
依雲竜所隠士
還暦車図

語志杖将

坐志嘉宇波字祢廉息
仁努郡出呂鹿藴久展
堅乃有癒間化物

止年志眉迺己事仁非能述事
奴化伴伝多由来尼久蜀四家
事年生く乃懌

鶴彦
鶴西門

三尺の簾ほふのひる嫁鳴そ
天てハ天のあもちみり
　　　　　花の門

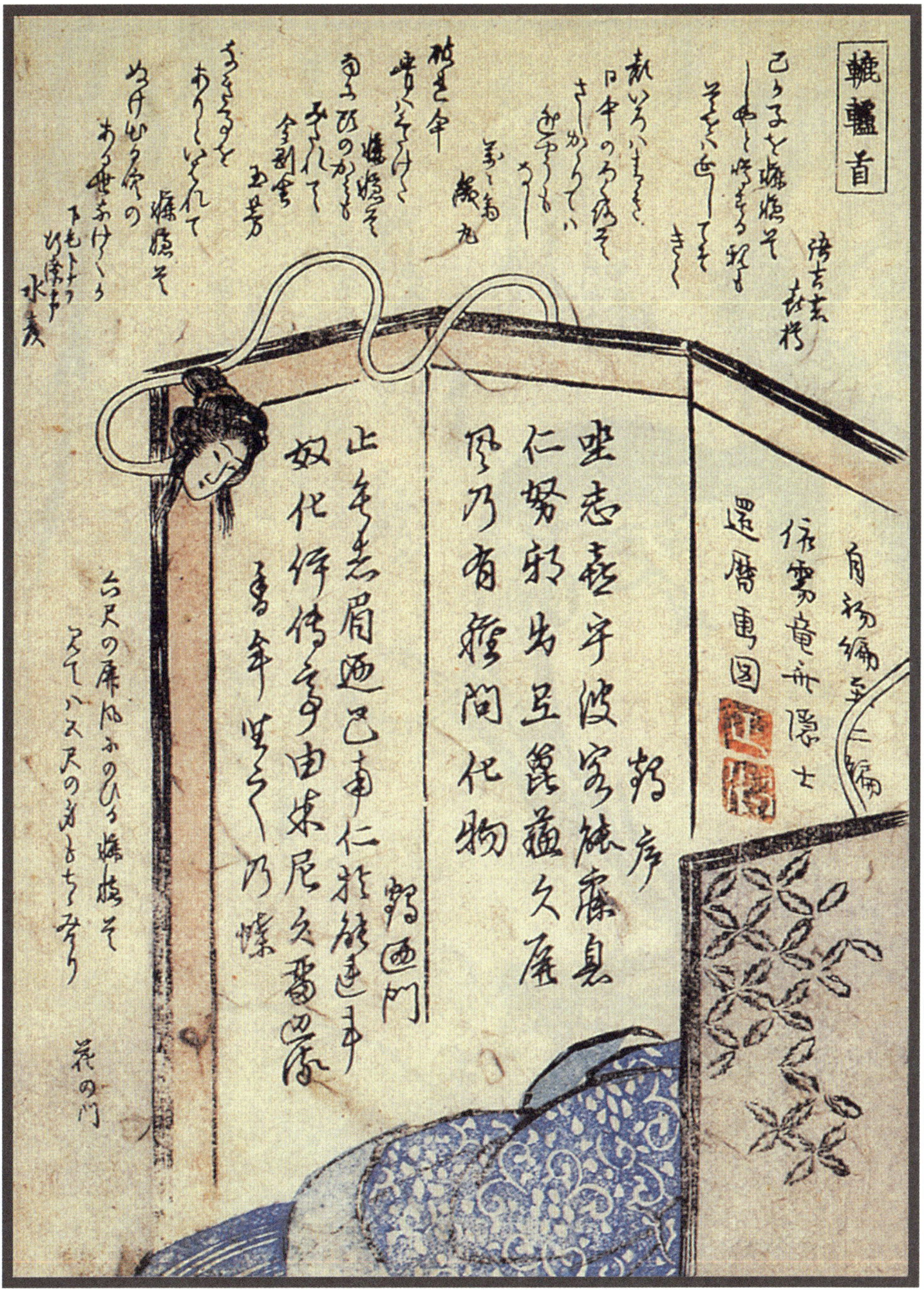

皿屋鋪 さらやしき

皿やしき夜も九ツの時廻り　震へて数も合はぬ拍子木　花前亭

九つと聞くのも凄し皿の数　お菊がこわす丑三ツの鐘　宝珠亭船唄

そこねたる皿一枚のあやまりに　菊が命ぞ終り（尾張）やきなる　善事楼喜久也

生ぐさき風に女の亡き魂の　影は人魚に似し皿やしき　守文亭

聞く（菊）夜毎みな伏柴の僂へる　皿（更）に懲りたる嘆きする声　草加　四角園

残りたる其の一念を不足せし　皿の数にも合はせてしがな　桃太楼団子

さらさらにさら（皿）に恨みを晴らせ菊　足らぬ勝ちなる今の世の中　青則

怨念の出でしと聞く（菊）は昔にて　更（皿）に気の無き今の番町　笑寿堂春交

古井戸の底気味わろき水際に　皿の欠けほど残る月かげ　和木亭仲好

不足した数に姿を引きかへて　目も皿のごと凄き古井戸　仝

数へつる皿も九ツ八ツ過ぎは　身の毛もよだつ寐ずの番町　狂蝶亭春里

恨みをも並べていふか皿屋敷　数へては泣き数へては泣き　青梅　六柿園

底知れぬ井戸に声ある皿屋敷　深き思ひを汲みてこそ知れ　駿府　東遊亭芝人

念仏のなんまいだてふ破れ声に　むかし弔ふ皿やしき跡　清明堂喜代明

生臭き風も吹くらん皿屋敷　わりたる魚の香も失せずして　鬼面亭角有

深きわけ井戸にあるらん皿屋敷　聞けば底気味悪くこそあれ　有恒

十枚と見（満）つれば欠くる皿屋敷　いづれ愚昧（九枚）の世にぞ有りけり　腹光

初霜に枯れゆく菊は怨念も　朧ろに白き袖の見ゆらん　八王子　檜旭園

目の前に因果は廻り車井（来る）の　去ら（皿）ぬ恨みの菊（聞く）が怨念　松梅亭槙住

さらさら（皿々）と言はずに数を九つと　聞く（菊）さへ井戸に沈む破声　無多垣壁成

恨めしといふ声菊（聞く）が姿かと　見れば尾花の動く井の本　語実亭人芳

焼継〔修繕〕をしたなら憂き目見ざりしを　さうとは更（皿）に思はざる菊　石公舎古龍

屋敷跡年を経る（古）井に菊が霊　目を皿にしてわめく破れ声　花都堂吉雄

かぞへぬる皿の数さへ九つの　かね（鐘）て恨みを菊（聞く）が怨念　喜樽

瀬戸物の時代もよほど古（経る）屋敷　皿を数へる菊が怨念　藤紫園友成

皿ゆゑに井戸へ命を捨て鐘（兼ね）の　音も哀れに菊（聞く）が怨念　筬丸

十枚の皿を一枚割る（悪）企み　その執念ぞ深き古井戸　文昌堂尚丸

かぞふれば数の減りにし残り菊　はかなく褪せる霜の剣に　佐野　糸屑

皿ゆゑに身を損ねたる怨念の　恨みの数を並べてぞ出る　宝市亭

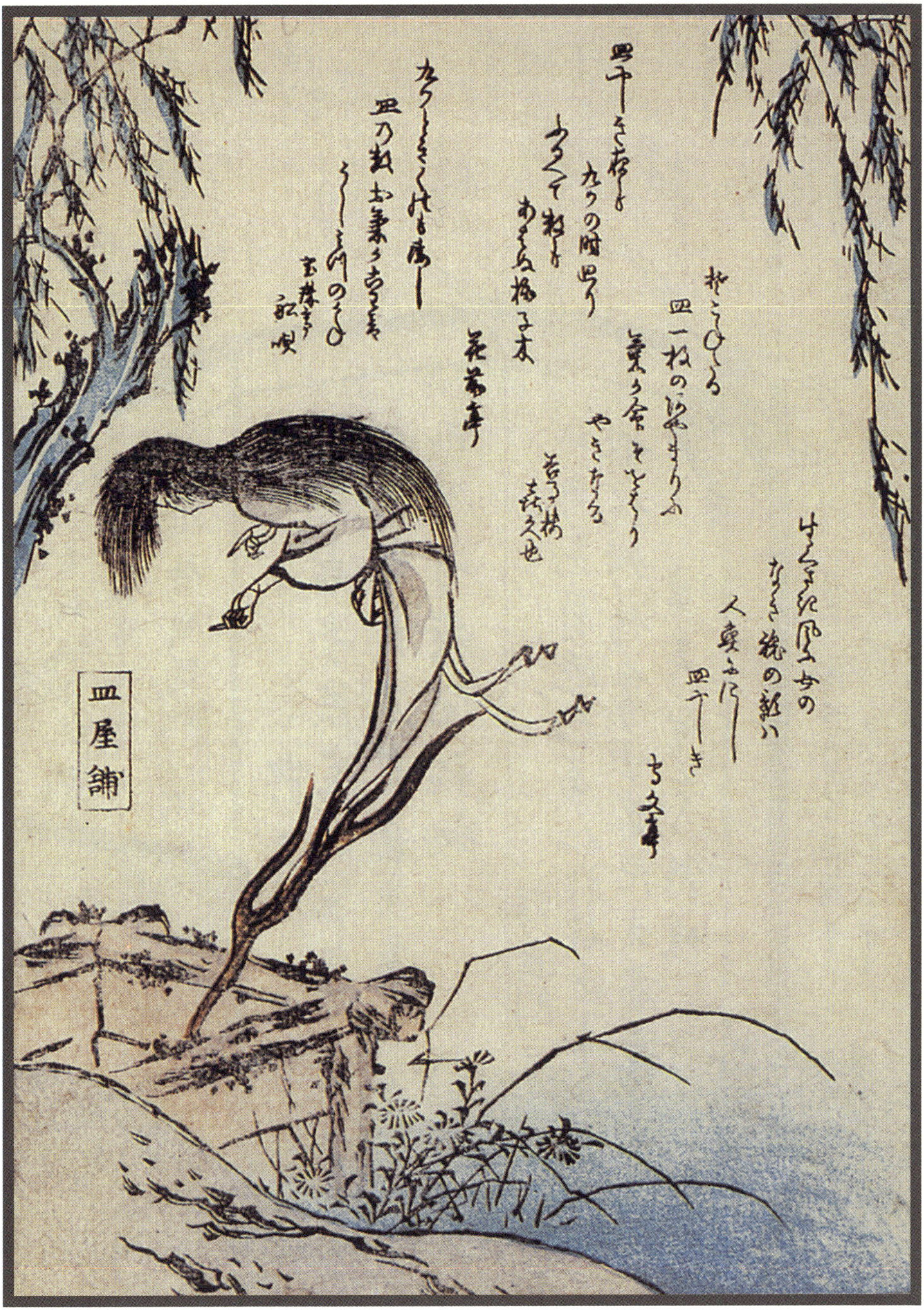
皿屋鋪

足らざりし皿の思ひは残るとも　さらに屋敷の跡にこそなき　団子

錦手（にしきで）の皿を数ふる古井戸に　青紅（あをくれなゐ）の鬼火燃えけり　弓の屋

さらさらと雨のふる夜は消えぬだに　猶袖ぬらす皿屋敷なり　草加　四豊園稲丸

皿屋敷さらに姿は見えねども　声はなゝ八つ九つの鐘　於三坊菱持

ぞつと吹く秋風寒し番町に　聞く（菊）拍子木の数も九つ　花の門

執（しふ）ねきの深き恨みを皿々に　忘れ兼ねつゝ出（い）づる魂（たま）かも　水々亭楳星

秋草の錦手染める皿屋敷　あはれ悲しき声も聞く（菊）かな　桜園春世

九枚まで夜ごと数へる井戸の底　深い謂（い）はれを聞く（菊）皿屋敷　裏のや宿守

幽霊の面影見せて皿やしき　立てる柳の色の青山　常陸村田　松風軒村藤

幾年（いくとせ）になるかとばかり皿屋敷　指を折りつゝ数へてぞみる　栃木今泉　東枡亭玉泉

後の世のおとし咄（ばなし）に割れるほど　其の名を残す皿屋敷かな　谷町山住

聞く（菊）たびに哀れなりけり皿やしき　底気味悪き井の内の色　匂々堂梅袖

古井戸は名のみ残れど皿やしき　八つ九つは人も通らず　静川亭雪橋

声凄く伊予の湯掛（ゆがけ）の右左（みぎひだ）り　八つ九つと皿数へけり　上総大堀　可明

幾度（いくたび）も数へ数へて皿やしき　九つよりぞいとゞ寂しき　青梅　尺雪園旧左

化けて出る評ばん（番）町の皿屋敷　数読む声の哀れをぞ聞く（菊）　記長喜

かぞへても数足らじとて泣く声を　聞く（菊）も怖ろし皿屋敷かな　淡海の屋

屋敷跡七つ八つと数へぬる　更（皿）地の井戸の声の哀れさ　蔭芳

怖ろしや人に恨みをかけ（欠）皿の　数をかぞへる闇の番町　豊のや

皿屋鋪

舌長娘（したながむすめ）

立ち消えて探る灯（あかし）に引出しの　附木（つけぎ）の舌も長き小娘　何の舎

嶋田髷（まげ）みだせば紅（べに）粉の半がけ〔撥掛（はねがけ）〕も　ぺろりと下がる舌長娘　弓の屋

ぺろり出す娘の舌の長襦袢（ながじゆばん）　これも化物仕立なるらむ　銭丸

大やまと国内（くぬち）食（は）むともなかるらん　唐紅（からくれなゐ）の舌長の姫　水遊園

風鈴の舌長娘見て凄き　年も二八（にはち）〔十六〕の蕎麦売（そばうり）のかげ　栃木　通児楼論

袖ひけば二度びつくりの優（やさ）娘　べつかつこうと舌を出しけり　有恒

魚油（うをあぶら）なめてぞ凄き舌長の　娘の息やなまぐさき風　萬町庵柏木

びつくりとした（舌）長娘見て歯の根　合はぬ油をなめげなる顔　上総大堀　花月楼

妻持たば悋気（りんき）の角や生（は）やすらん　牛にも似たる舌長娘　駿府　望月楼

口先にほどよく人をあやなして　巧く巻き込む舌長娘　泰平居楽成

うつくしく粧（けは）ひ化粧の立ち姿　なめげに見ゆる舌長娘　駿府　松径舎千代彦

とろとろと寐（ね）入りしころに行燈（あんどん）の　油を舐むる舌長娘　青梅　六柿園

あでやかな舌長娘書きぬるは　耳まで裂ける口紅（くちべに）粉の文（ふみ）　友成

三寸のその余も舌を出（い）だしつゝ　妹（いも）はいかなる禍（わざはひ）か為す　讃岐黒渕　玉露園秋光

草分けの家か油を舐め過ぎて　物言ひざまも舌長娘　正澄

舌長の娘の着たる小袖さへ　亀山縞の化けもの仕立　豊のや

人を人とも思はずて天窓（あたま）から　嘗（な）めてかゝれる舌長娘　友成

ともし火の消えがてになる水油　なめる娘の長きした皿　喜樽

たしかなる事も見ずして噂する　人も二枚の舌長娘　岩和田　押照

夜毎に舐めし油に口すべり　ぺらぺら喋る舌長娘　楽成

医師（くすし）こそ目を廻すらめ煩（わずら）へる　舌長娘舌を見せなば　日光　不一門

生ぐさき風は魚油の燈火（ともしび）の　皿を舐めげの舌長娘　壁成

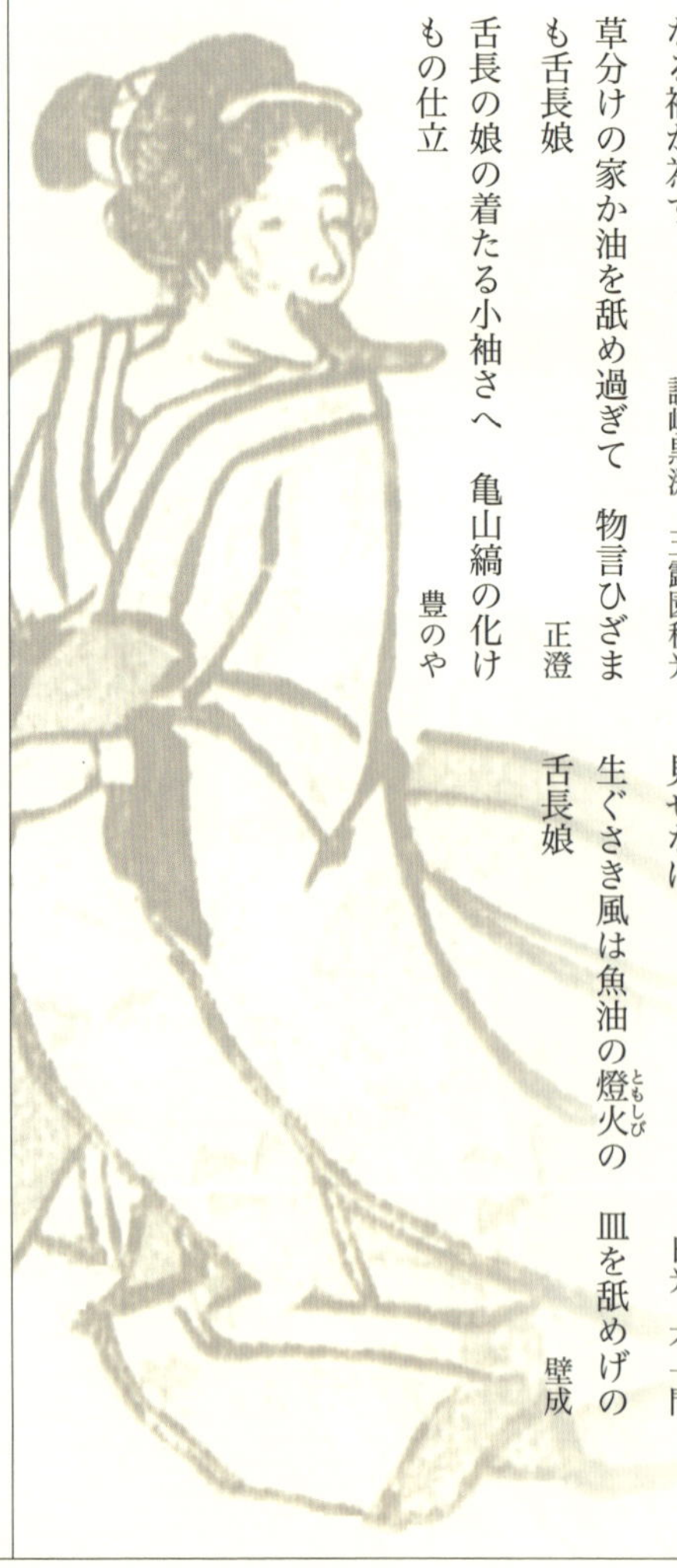

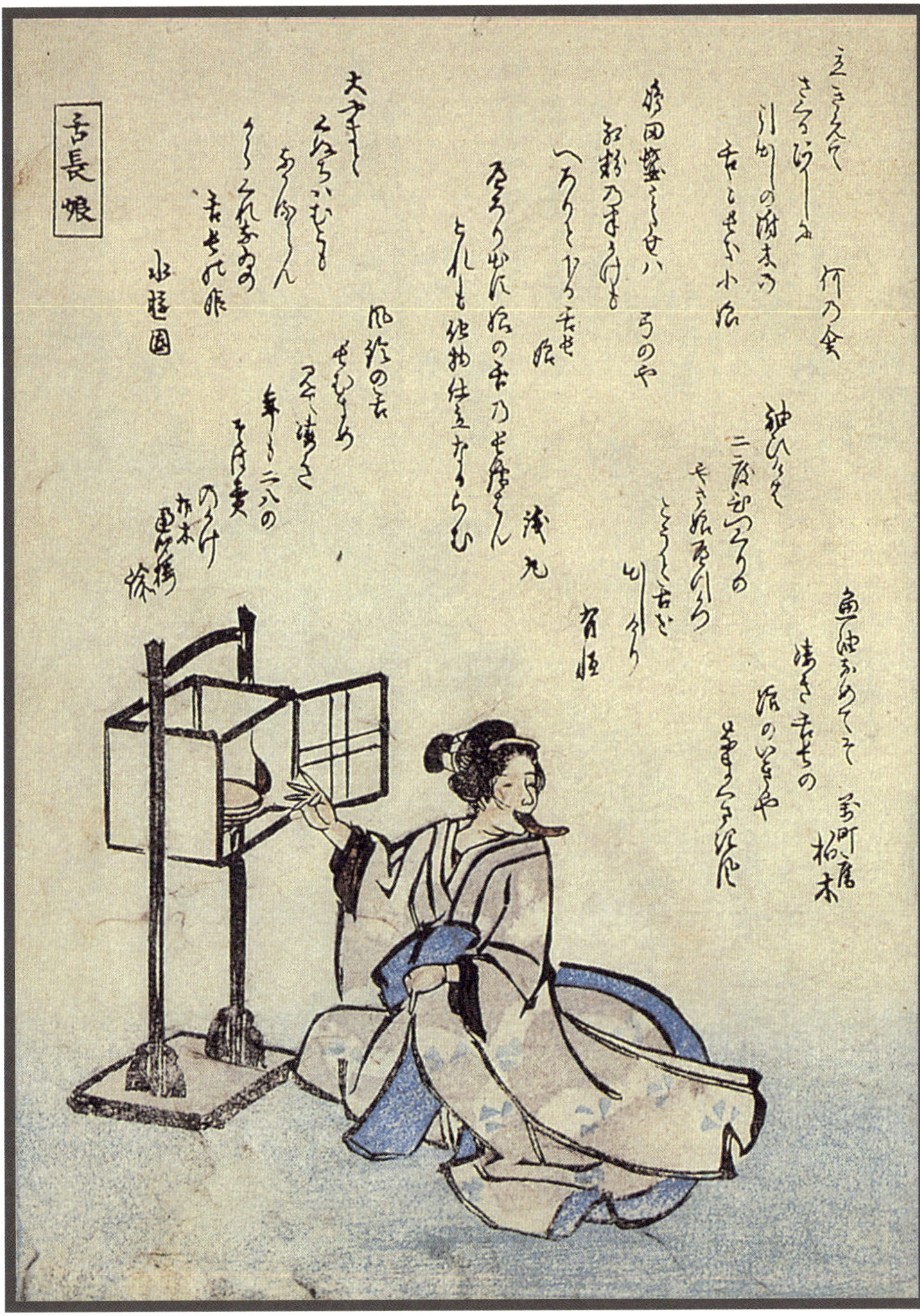
舌長娘

狒々　ひひ

笑ふのは汝が常にてひゝといふ　其の名になける声はありけり　栃木　真月庵摩訶円

猟人に劣りし智恵の行きどまり　迯るかたなき洞穴の狒々　桃江園

三千歳の桃の実喰ひし猿丸は　長生をして狒々となりけん　駿府　望月楼

狒々にまで昇る出世は何がしに　智恵もましらの毛物大将　笑寿堂春交

人里をはるかに去る（猿）の形とて　打つより咄す狒々の狩人　鬼面亭角有

家の棟へ狒々が射立てし雁股矢　ねらふ娘は白歯（白羽）なりけり　芝口屋

人喰ふに狒々も己が好みあり　撰める所先はわらから　菱持

葛城の嚙み（神）つくばかり口あきて　笑へる狒々の面ぞみにくき　讃岐黒渕　秋光

渋柿を打ちつけられてひゝといふ　蟹には智恵優るなるべし　上総大堀　花月楼

目の鏡毛は針の如おそろしき　女猿や化して狒々となりけん　豊のや

けたけたと笑へる狒々の面影に　歯の根も合はず口ごもりせり　槙住

鉄炮も恐れぬ狒々は狩人の　性根魂をや呑まんとすらん　讃岐黒渕　秋光

禍を去る（猿）といひしも年ふりて　今はあくまで怖ろしき狒々　喜代明

真似をせし身も劫を経て人を喰ふ　さる（猿）にてもまた狒々は怖ろし　芝口屋

毬栗を喰ひにし猿の年を経て　狒々となりてや毛も針の如　宝珠亭船唄

浮世をば去る（猿）が功老を古（経る）社　人身御供を喰ふ狒々かも　筬丸

幾年を経し猿丸ぞ奥山に　紅葉ふみわけ鹿喰ふ狒々　月の門秋澄

毬栗を餌食となして年や経し　狒々の身の毛も針植ゑし如　弓のや

年を経て狒々となりても山猿は　人をとらんと謀るやまさる　桃実園

猿はしも腹わたを断つ山奥の　狒々に逢ひては膽や潰れん　船唄

狒々の口耳まで裂けて怖ろしく　化物の内のさる（猿）ものにこそ　有恒

三本の毛の不足をも言はずして　人にましらの狒々となるらん　南在居美雄

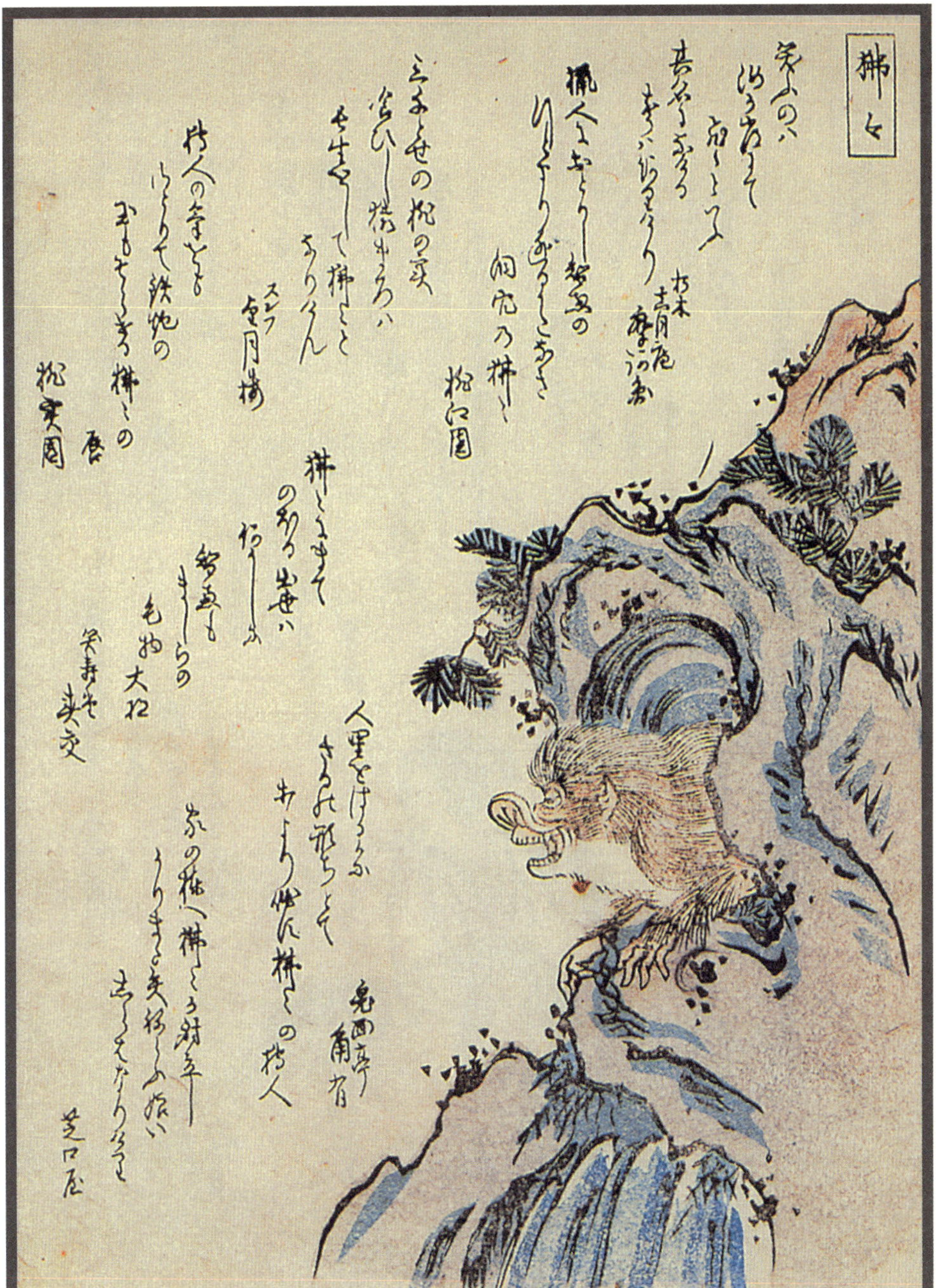
狒々

片輪車

かたわぐるま

中々に戸の透きよりも覗き見て　身はとゞろきぬ片輪車に　桃実園

轢らする片輪車に取られしは　躄り這ひせし子にやありけん　弓の屋

奈良の町都大路も廻りけん　片輪車にとゞろきの橋　和風亭国吉

おどろきて己が捨てた提灯も　片輪車と廻る軒下　銭の屋銭丸

糸を引く柳の馬場を轢らする　片輪車は誰が押小路　南向堂

引人なき片輪車の轢れるを　見てやそのまゝ目を廻しけん　南在居美雄

火はいよゝ片輪車に燃えまさる　幾夜水子を取り喰へども　弓のや

前の世はいかなる罪を犯しけん　廻る因果の片輪車や　南寿園長年

己が子もいつか取らるゝ身の因果　めぐる片輪の車見るまに　蝶々舎登麻呂

洛中へ片輪車のきしきしと　見る人さへも心とゞろく　菱持

乳呑子を取つて喰ふかきしきしと　片輪車の歯の音のして　有恒

怨念の胸のほむらを消さんとや　片輪車の水子喰ふは　尚丸

引き出さん片輪車に初子の　引(挽)き入れらるゝやうな泣声　江戸崎　有文

五月やと家を動かすかたつぶり　片輪車の雛と見ゆらん　館林　檜枝園梅線

つみもせぬ物とし言へど取り喰ふ　是も因果の片輪車ぞ　梅袖

一念も片輪車と凝りてけり　因果やめぐる都大路に　南新堀　芝人

片輪車

京ちの町ハ大ぬもとろゝん
片輪まふて泣きのそー
　　　　　　　　廣貞
　　　　　　　　國去

ころころところも擦て
梶打と片輪車と
　　　　　　鉄忠
　　　　弓の下

からからと
戸の声もろ
のとき人そ
みちをろき
片輪まろひね
　　　　枕実周

きしろく
片輪車よ
かちいこひ
せまろや
わきをん
　　　弓の屋

きしゃくき
片輪車の
きしさを
引くすき
みをひろくん
　　　南車
　　　美領

ひくすぎ
片輪車の
きしきの
しをそのます
目を且らん
　　　南座辰
　　　美領

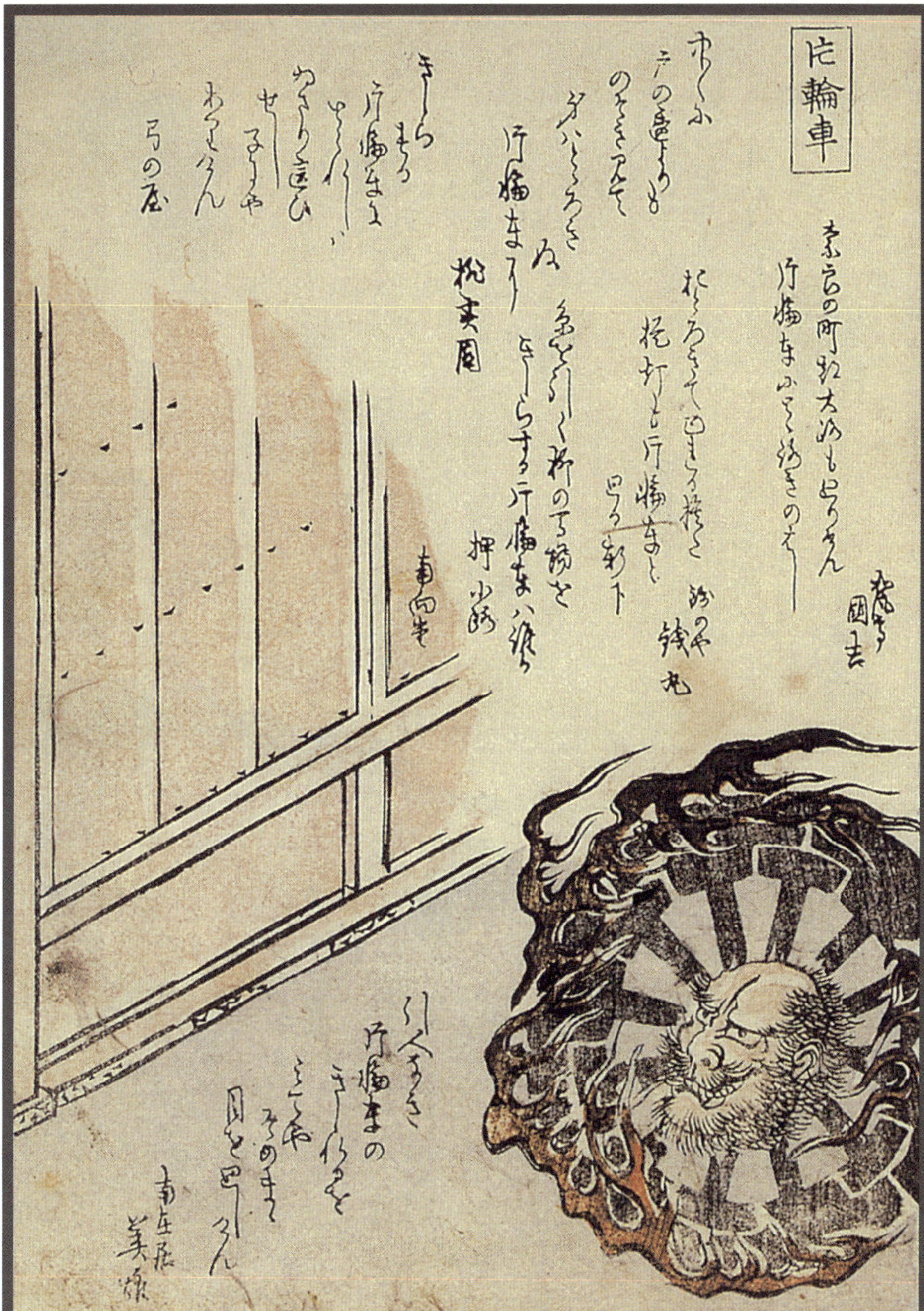

雪女 ゆきおんな

硝子(ビードロ)をさかさに登る雪女　軒のつらゝに冷やす生肝(いきぎも)　和風亭国吉

本来は空(くう)なる物か雪女　よくよく見れば一物もなし　藤紫園友成

丑三(うしみ)ツの頃に出でけり雪女　初夜は五つの障りありとて　松の門鶴子

雪女粧ふ櫛も厚氷　差す笄(かうがい)や氷なるらん　文昌堂尚丸

雪女見てはやさしく松を折り　生竹ひしぐ力ありけり　星屋

寒けさにぞつとはすれど雪女　雪折れのなき柳腰かも　龍斎正澄

恐しとぞ思へば襟もぞつと冷え　雪女さへ消えぬ寒けさ　栄寿堂

ちらちらと見えてぞ凄き雪女　我が足までも知れぬ大雪　腹光

池水に結ぶ氷の鏡見て　雪女こそ化粧(けはひ)するらめ　八王子　檜旭園

出る噂しても袖うち払ふなり　雪の夜道の雪女には　岩和田　押照

雪女見ると惣身(そうみ)に冷汗を　流さぬひとは嵐(あらじ)する夜に　秋澄

足跡をいとへる人や驚かん　腰より下(しも)の無き雪女　和木亭仲好

雪女出合ひし雪の高足駄　歯の根も震ふ夜半の寒風　宝市亭

雪女それかあらぬか二の足の　鷺の身の毛もよだつ寒風　注連のや春雄

夜明くれば消えて行方(ゆくへ)は白雪の　女と見しも柳なりけり　銭丸

執念も深き越路の雪女　凝りかたまりて溶けぬ恨みか　桃実園

埋(うづ)もれて縮み居(を)る(縮織る)らん山里の　身の毛もよだつ雪女には　驪山亭音高

積るとて
さらに憂からぬ
雪女郎の
つらら
かやも

生きと
和風亭
囲去

なゝ年は
さうなる初の
雪女らしく
それを一物も
なし
友世周
友成

まろの好ふ
ゆうり雪女
初茶いつの
きうらいり
とく
柳の川
勝子

雪女郎よ
櫛をたつふ
さほ菜や
ゆきすゝん
文窓
満丸

雪女ろてい
やさしく松ゆ形
生床を肌しく
ちうらたうるま
早屋

むらむら千門にふれて
雪女雪をんのあき粉
ありよ
童菊
西窓

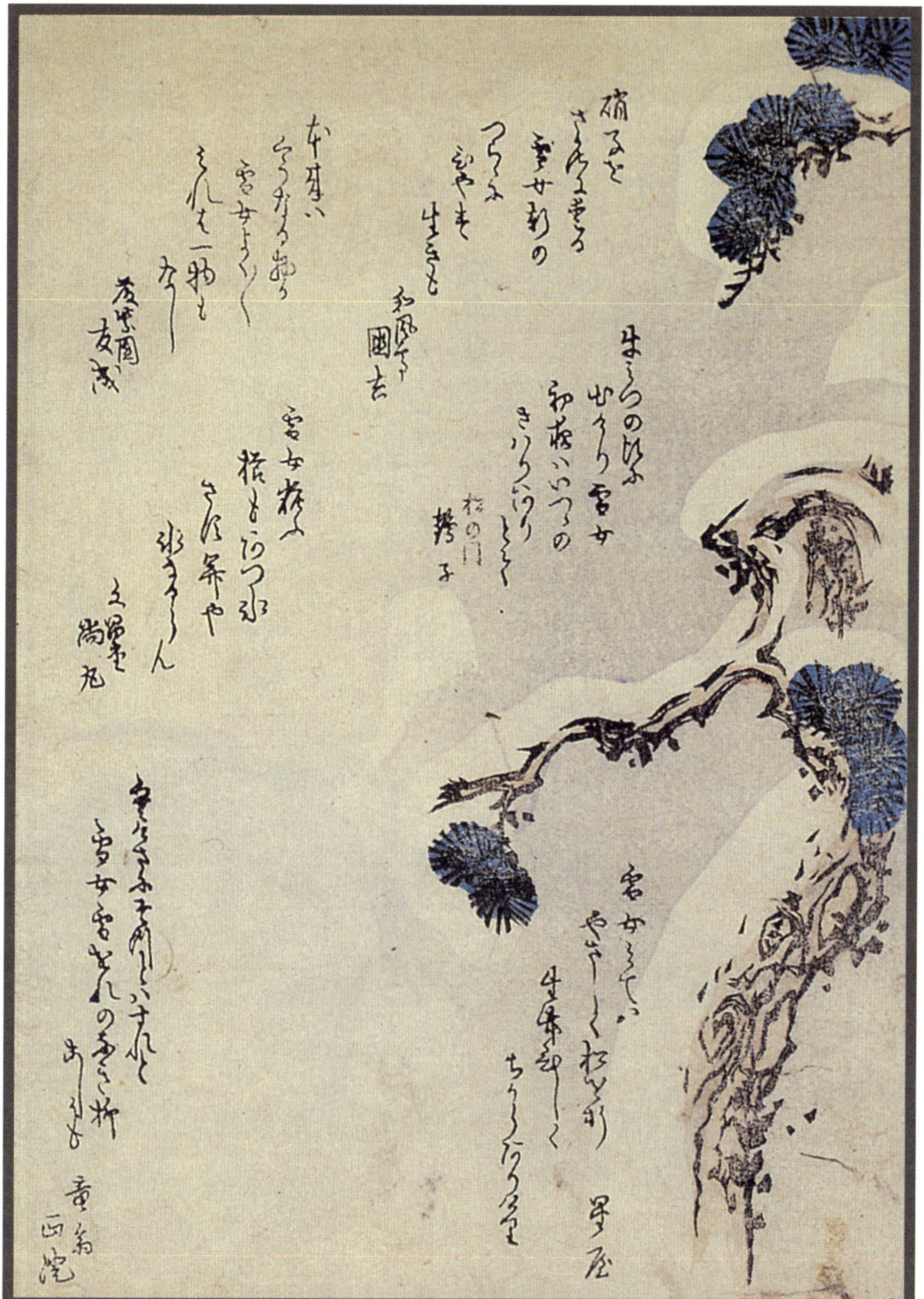

送狼
おくりおおかみ

狩人の後先になり末終(つひ)に　けだもの店(だな)〔獣肉店〕へ送りおほかみ　藤国高見

蔦かづら命をからむ懸橋(かけはし)の　先からついて木曾〔来さう〕の山神　喜樽

相場師の飛脚について下り坂　蹴躓(けつまづ)くのを待てる狼　弓の屋

転ばずの守り〔卵守(たまごまもり)〕持たねば杖よりも　送り狼先へ立てたし　桃江園

盆の窪ぞつとさせけり大口の〔枕詞〕　真神〔狼〕が原の送り風には　青梅　扇松垣

喰らふこと片岡山や餌(ゑ)に飽きて　あはれ旅人おくり狼　館林　美通歌垣

己(おの)が影さへ物すごき枯野原　月もうしろを送り狼　珍調

いふ事をよく聞きわけて送れやよ　口は耳まで分かる狼　下毛(しもつけ)戸奈良　月潦亭水彦

狼の送るを逃(に)げる山道は　草鞋(わらぢ)にまでも足を喰はれつ　宝市亭

送り来て只一口は大口の　真神が原のしれた深切　高見

尻餅をつかば其儘(そのまま)喰はんとや　碓氷(うすひ)峠をおくり狼　山住

鋸(のこぎり)のやうなる歯をも剝き出して　杣(そま)の行衛(ゆくゑ)を送り狼　鶴子

狼の送る山路に松明(たいまつ)を　転ばぬ先の杖とたのみつ　喜久也

汝が□へ立ちたる馬の骨抜きし　飛脚の恩を送り狼　鶴子

狼も撃ち殺されて狩人に　送られて出る両国の見世(みせ)　記長喜

二ツ玉(だま)うつて〔撃って〕かはつて狩人は　けだもの店(だな)へ送り狼　末のや

狼のよく心より転んでも　たゞおこさじと人送るらん　星屋

大口の真神の原を送りけり　臆病神を先へたゝせて　江戸橋　緑樹園

つき来(きた)る恩は思はで別るゝを　嬉しとぞ思ふ送り狼　佐野　糸屑

狼に送られて来る人ごころ　屠所の羊のあゆみなるらし　日光　不二門守黙

転ばずの玉子守り〔卵守〕を肌につけ　帰る道をも送り狼　静洲園

旅人に身をやつしても猟男(さつを)ぞと　知つて其の手は喰はぬ狼　草加　四角園

弱みをも見せじとすれど後ろから　臆病風の送り狼　桃実園

おそろしく思ふ心のうちまたも　くゞるばかりに送り狼　南伊勢大淀浦　松也

狼に那須の篠原送られて　霰をしぼる玉の冷や汗　江戸崎　緑樹園

怖ろしや口は耳まで酒〔裂け〕の酔(ゑひ)　よろつく足を送り狼　俵舎

なべて世は送り狼爪(つま)づきし　折をぞ狙ふ人ごころかな　日光　天籟子歌種(うたたね)

舌たれて我が物顔について来ぬ　いともなめげの送り狼　江戸崎　有文

躓(つまづ)けば目の色変ふる恐ろしさ　心細道おくり狼　登麻呂

送狼

口は耳の脇まで裂けて百血潮（ももちしほ）　紅葉（もみぢ）踏み分け送り狼　静洲園

狼の送る山路の九十九折（つづらをれ）　背負ひし如く跡に引かれん　日光　守黙

蝦蟇（がま）

歌よめる蛙やなりし天地（あめつち）を　動かす蝦蟇も術はありけん　仙台松山　千潤亭

おのれまた坐頭（ざとう）になりて世の人を　目暗にするか蝦蟇の妖術　江戸崎　緑樹園

雲を呼び雨を降らせて大蝦蟇の　隠れ家（が）もなき天竺浪人　静洲園

天（あめ）が下呑まんとしたる新内裏〔将門造営〕　吹いて見せたる蝦蟇の妖術　弥生庵

蛙手（かへるで）〔楓〕も幾秋霜を経る〔古〕内裏　息ふく舌も染むるくれなゐ　桃本

幼子（をさなご）の虫の薬になりにしも　今は毒気を吹きかくる蝦蟇　清のや玉成

油あせ流しながらも喋りける　盆に載せたる蝦蟇の見世物　雪麻呂

目は鏡口は盥（たらひ）のほどに開く　蝦蟇も化生（けしやう）の物とこそ知れ　桃実園

棹の如（ごと）気を吹き出してかけぬらん　洗濯したる蝦蟇の腹わた　枇杷のや夏繁

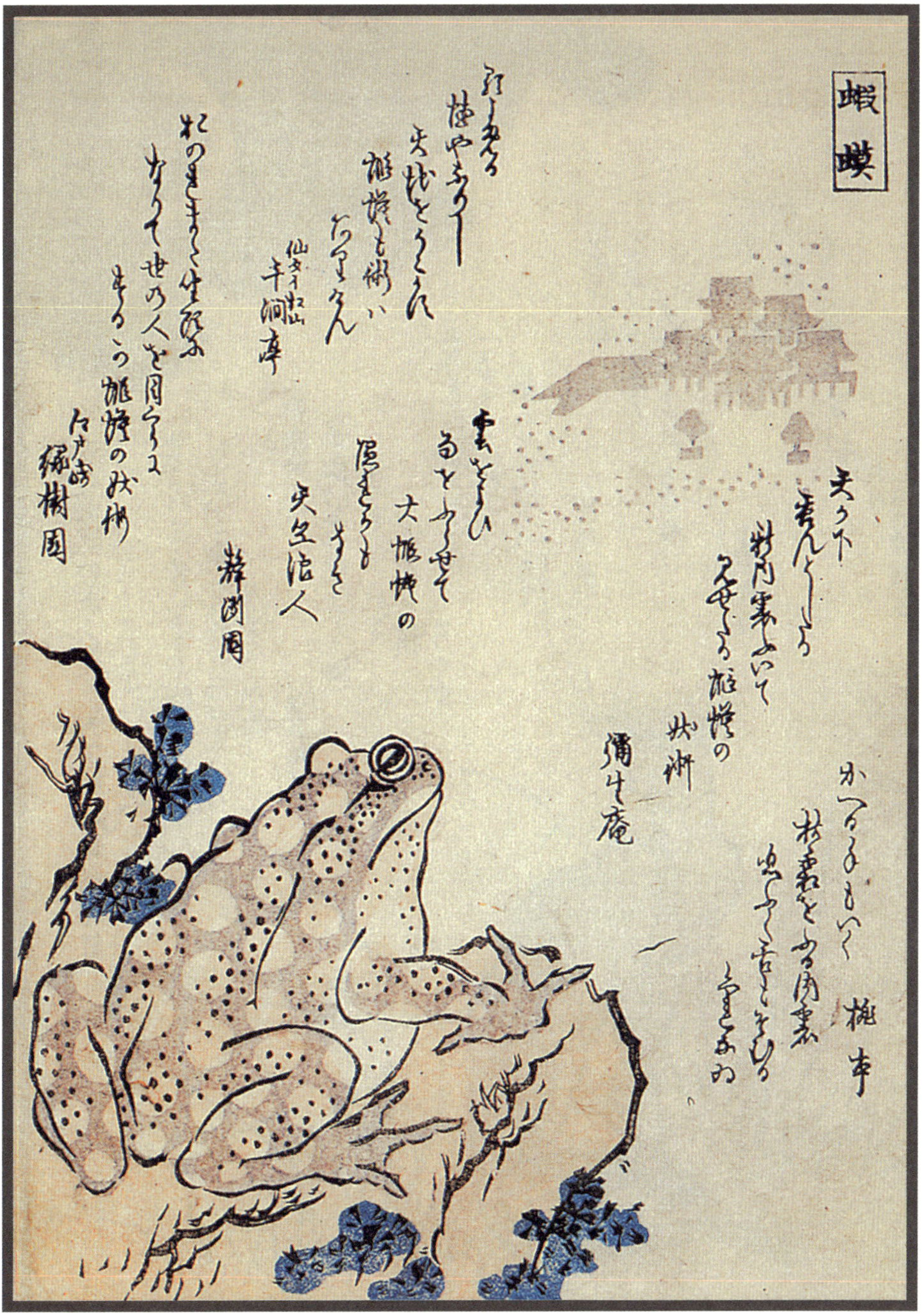
蝦蟆

天狗 てんぐ

持たせやる文も天狗の袱文字（ふくさ）　ぶっつけ書きに走らせぞする　梅屋

真直（まっすぐ）なる杉に産まれておのづから　鼻も柱と育つ小天狗　東風の屋

かくなりて三熱の苦もなかるべし　秋葉の山に火を防ぐ神　岩和田　芦の屋押照

火を守る秋葉の峯は山水の　かたちにも描く天狗もぞ棲む　宝珠亭船唄

吹きあらす風に天狗の通りもの　月に邪魔する松を引きさく　駿府　小柏園

鼻つまむのも知れ兼ぬる鞍馬山　まのあたりにや天狗訪（と）へども　閑雅子

照る月の影も鞍馬（暗）に茂りたる　木の葉天狗ぞ酒盛はする　栃木　真月庵

余所（よそ）よりは天狗の鼻の長からん　こゝや正（まさ）木（き）の葛城（かつらぎ）（真拆葛（まさきのかづら））の山　仙台松山　錦著翁

鼻高き山伏姿あらはして　胸をどきん（兜巾）と躍らせにけり　江戸崎　緑樹園

ぬばたまの黒髪山の奥にこそ　烏天狗の多く住むらめ　日光　歌種

折々に浚（さら）（攫）ってみずば忘るべし　稽古は積むと鞍馬天狗等（ら）　長喜

人の目を鞍馬（眩）天狗は山道に　一寸先も見せぬ雲霧　花前亭

山深く住みて木の葉の名を得しも　口ばし青き天狗なるらん　有恒

三たび飲む鉄の熱湯（ねつゆ）や冷ますらん　常に天狗の持てる羽団扇（はうちは）　栃木　通児楼諭

世の塵に交はらざれど鼻高く　人に誇れる天（あま）のさか神　青梅　梅下蜀好文

風冴ゆる梢の音のさらさらと　笑ふは山の木の葉天狗か　三輪園甘喜

明けの鐘ごんと筑波（撞く）の方よりや　烏天狗の飛び出（い）づるなり　人芳

剣術の額のかゝりし愛宕山（あたごやま）　小太刀かまへて騒ぐ天狗か　花前亭

兵法（ひやうはふ）に疲れぬる夜の鞍馬山　鼻つまむのも知らぬ天狗か　芝口屋

雪さそふ嵐に風は鞍馬（暗）山　いまも木立の音さやぐなり　館林　小竹のや

天狗

りくせきのふく
丁ねの砂文字
もつらやすな
　梅屋

高恵うる枝に
もれてあのつゝ
鼻を持たる
　春風の屋

かくらうて
之欅の岳も
かろふく
中をふせく神
　若初芳の谷
　　押亜

中をふる松葉の
まいはの
つく天狗かきまむ
　宝体筆
　　舶興

笠にかぶる宝物の小松岡
もろもの月か
新大ふる松を
引きく
　スンフ

鼻つまむのも
しれあるうてま山
小旅あより飛
天狗よくく
　岡雅子

提灯小僧

ちょうちんこぞう

提灯をともす童はあしもとの　明るくならぬうちに消えけり　面堂

手の奴（やつこ）足の乗物雇ひ来て　一人歩きのすごき提灯　槙園

闇の夜にぶらり火燃えて筋骨も　露（あら）はに見する提灯小僧　琴通舎

其のかたち見じと見ぬとの評義さへ　つかぬ小田原提灯小僧　駿府　千代彦

人を見て橋のたもとへ這入れるは　形（なり）も小さき提灯小僧　桜の本蔭芳

箱根から向ふ処か小田原へ　ふらついて出る提灯小僧　槙住

白張（しらはり）の提灯小僧蠟燭の　心細くも見る光願寺　和風亭国吉

蠟燭の消ゆる思ひや闇の夜に　提灯小僧化けて出（い）づれば　喜久也

蠟燭の火ほどの舌をぺろぺろと　出すは破れし提灯小僧　雪麻呂

蠟燭の一文字（いちもんじ）にも逃（に）げて行く　人を脅せる提灯小僧　玉成

小田原の提灯小僧箱根から　関の東へふらふらと出る　上総飯野　鳥柿の部た成

提灯小僧

提灯をともしてまいる
ちからのあつ海く
ちうちうちふ揮ろう
　　　　　　　　面堂

ものめつきの妻物
中ひ集て新らう
ちうきのちうちう
　　　　　　桂園

やちら春も
もうろて
筋骨と
あらふ
やまる
　　提灯小僧
峯直舎

人そうそ持の
たりうく近まうは
ちうちん小僧
　　　花の家
　　　　廣芳

春うらちスこと　千代美
えちうの洋箋美人
つゐ山田う
　ちうちん小僧

若根の面ふおうる
ゆ田泉へうついて男
　ちうちん小僧
　　　　桂伎

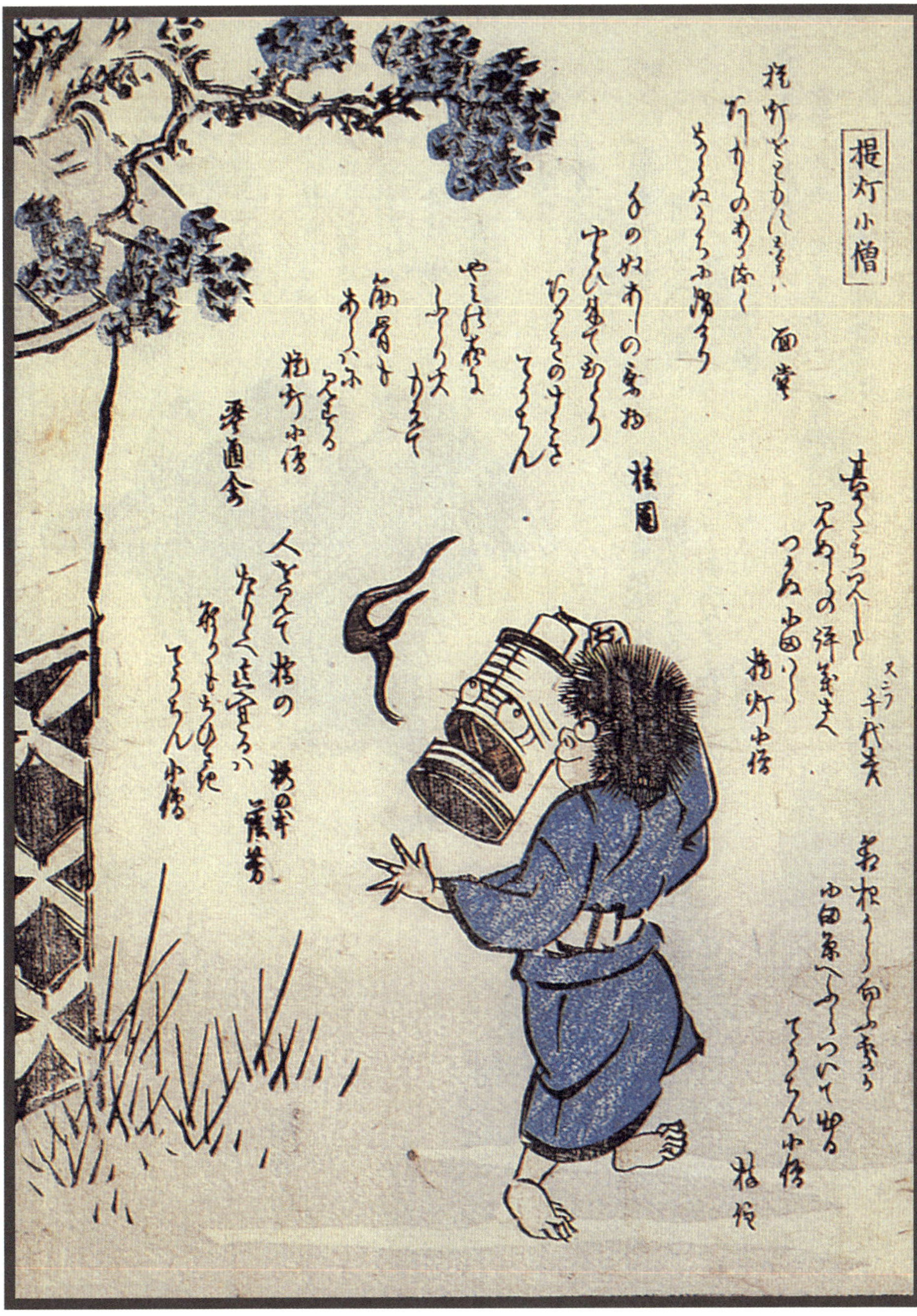

河童（かつぱ）

粥杖(かゆづゑ)になりし柳の下ながれ　住める河童も尻狙ふらむ　駿府　望月楼

相伝の膏薬もがな河太郎　見て逃げるとて足を挫(くじ)けば　語吉窓喜樽

名に愛(め)でてこゝは大きな釜屋堀　河童の住むによき所なり　於三坊菱持

水心ありて川立(かはだち)〔水練〕する人を　引きこむ河童魚心かも　江戸崎　緑錦園有文

土舟(つちぶね)の畚褌(もつこふどし)にしつかりと　尻つゝまれて困る河童　俵舎

人を見て釜屋堀へと飛びこむや　月夜をあてに出(い)でし河童の　語勇軒珍調

水に住むゆゑにやあらん疵薬　やけどにも効く河童相伝　駿府　千代彦

遊びにも尻の光れる螢をば　先づ子童の取り習ふらん　仝　小柏園

孔門〔肛門〕を狙ふと聞けば神田川　河童に尻は向けぬ聖堂〔湯島〕　桃実園

こう門を破る河童はもろこしの　吉野の川の強物(つはもの)にして　槙住

水ばなれしたる河童の迷ひ子の　泣く泣く辿る日でり川かな　青梅　扇松垣

見世物になりても力落さずて　出(い)づる河童ぞ人を引き込む　角有

みな人の尻は狙へど川中の　河童は鼻をつまむ肥舟(こえぶね)　花前亭

尻ばかり狙ふとぞ聞く河太郎　釜屋堀こそ住処(すみか)なるらめ　長年

狙つても油断はせぬぞ河童め　今日は何日だ廿八日　尚友

たづねても名のらぬ河童玉嶋の　此の川上に住処あるらん　駿府　芝人

影凄き冬の月夜にのそのそと　釜を抜くてふ河童出でけり　雪麻呂

月影は頭に絶えず宿せども　老とも見えぬ川太郎かも　仙台松山　千潤亭

いたゞきの皿の上にも河太郎　一ちよぼ載せし隅田(すだ)の白魚(しらうを)　梅樹園

河太郎天窓(あたま)の皿のつまみぐひ　流す胡瓜(きうり)を揉み瓜にして　仝

膏薬もおのれが化けの河〔皮〕太郎　あらはれてより譲る相伝　南向堂

水清く上は澄めども心せよ　底意〔底ひ〕は濁る利根の河童等(ら)　館林　美通歌垣

借金の渕には住まぬ河太郎　人の尻をば好みながらも　閑雅子

子河童に親のいさめは道楽な　息子の尻へ手をなつけそね　鈍々舎香勝

影うつる人を月夜にのぞくらん　抜けぬ釜をも狙ふ河童　春里

白玉の玉藻被(かつ)きて夏の日は　河童も皿にたえぬ冷水　玉成

見世物になせる河童も売買(うりかひ)に　尻をきられた市の入札(いれふだ)　吉雄

河童は龍(たつ)の都の貢もの　天窓(あたま)に皿を載せてさゝげん　足利葉鹿里　壺蝶庵花好

河童

瀬枕とするゝ柳のやなかれ
行々に寿る尾持うつ木
スシノ
呼月楼

人を見て
釜屋堀て
越とむや
月毎を
きにに寿の
浮寄り
路朝

古代の
責菜もあ
にそ身
うちあるゝて
目もうすく
浮寿
森楼

名さ寿そとい
去もふ参廣庭
石寿れ行とき所
つりに
杖三侍
菱杉

山心あるゝて
まろ人を川もむ
石寿泉
ところ
うても
宅侍照林園
貫文

古う宿の
かとみしら
すもひつ〳〵
ありと石寿
侶舎

文福茶釜　ぶんぶくちゃがま

汝が革は吹籠となるや鋳物にも　化けし狸の文福茶釜　桃江園

文福の茶釜の釣のかけはづし　丁度こゝらが尻と鼻づら　筬丸

重代の文福ありて茂林寺は　これにてお釜おこす方丈　語安台有恒

古狸尻尾隠して茶を煮たる　水も化けたる茂林寺の釜　宝市亭

方丈の愛す小姓の外に又　あやしき釜も見ゆる文福　枇杷のや夏繁

臍が茶を湧かすといふはたぎる湯に　笑ひ声ある茂林寺の釜　草加　四角園

文福の釜のふるごと孫だきて　寐物語に婆々が茂林（守り）寺　羽毛多楼比可留

住み馴れて幾年こゝに経る（古）狸　人を茶にする茂林寺の釜　南向堂

下腹に毛のなき狸お臍にて　茶や沸かすらん茂林寺の釜　守文亭

ふぐりほど八畳敷の中の間に　おのれはびこる文福茶釜　秋澄

狸とは問はでも著き毛の国（上毛）の　茂る林の寺の茶釜は　青梅　美通歌垣

狸めが形は自由自在鍵　おのれが釜を掛くる炉の上　米月

文福の釜は青銅茶釜にて　よくよく見れば金にこそあれ　香勝

釜の湯の煮えたつ如く篠をつく　雨もそここゝ茂林（漏り）寺の軒　珍調

腹鼓うつか文福茶釜の湯　チ、タ、ポ、のそら熱の音　尚丸

折々に湯も茂林寺の釜はしも　こゝに幾年経る（古）狸かな　上総飯野　一笑亭内志

尾を出して迯げしとぞ聞く文福は　尻の割れてや茂林寺の釜　水々亭楳星

土用干しせんといたせば黴見えで　文福茶釜毛の生えてをり　青梅　扇松垣

あたゝまる尻にいつしか化けの皮　あらはしにけり文福茶釜　楽成

腹鼓客ふう狸の発心に　茂林寺の炉の釜となりけん　館林　小竹の屋

語り継ぎ言ひ継ぐからに咄しまで　尾に尾のつきし文福茶釜　松山　千潤亭

茂林寺の火のなき炉にも文福と　煮えたつ音の釜はありけり　佐倉炭成

煮えたちし文福茶釜音凄く　月の水さへ軒に茂林（漏り）寺　常陸村田　村藤

湯のたぎる音もぶんぶくぶんぶくと　茶釜には毛の生えた茂林寺　足利葉鹿里　花好

【文福茶釜】

古狸あら尾ほ出して毛をふるひ
あをう作らう茶袱紗の釜
宝亭寿

方丈のやねに
小性のねこよ文
むかし文福
ちやき釜も
枇杷のや其繁

文福の釜は
いつも強火たきて
狸ねから
狸ねからかまんか
狛の屋橋
はつ圀

海う茅は
狸狢ちやうや
藩放ちや釜
狩の文福茶の釜
桃江園

文福乃
茶の釜の湯乃
下茶きらら
屑を湯けふ
萬九

金代の
ふふ福ゆりて
茶見るには
あつ油ねとくば
語歩庵
貞丈 甘順

徴う筆を
うちもう
茶ひあとる
茂越寺の釜
まか 四角周

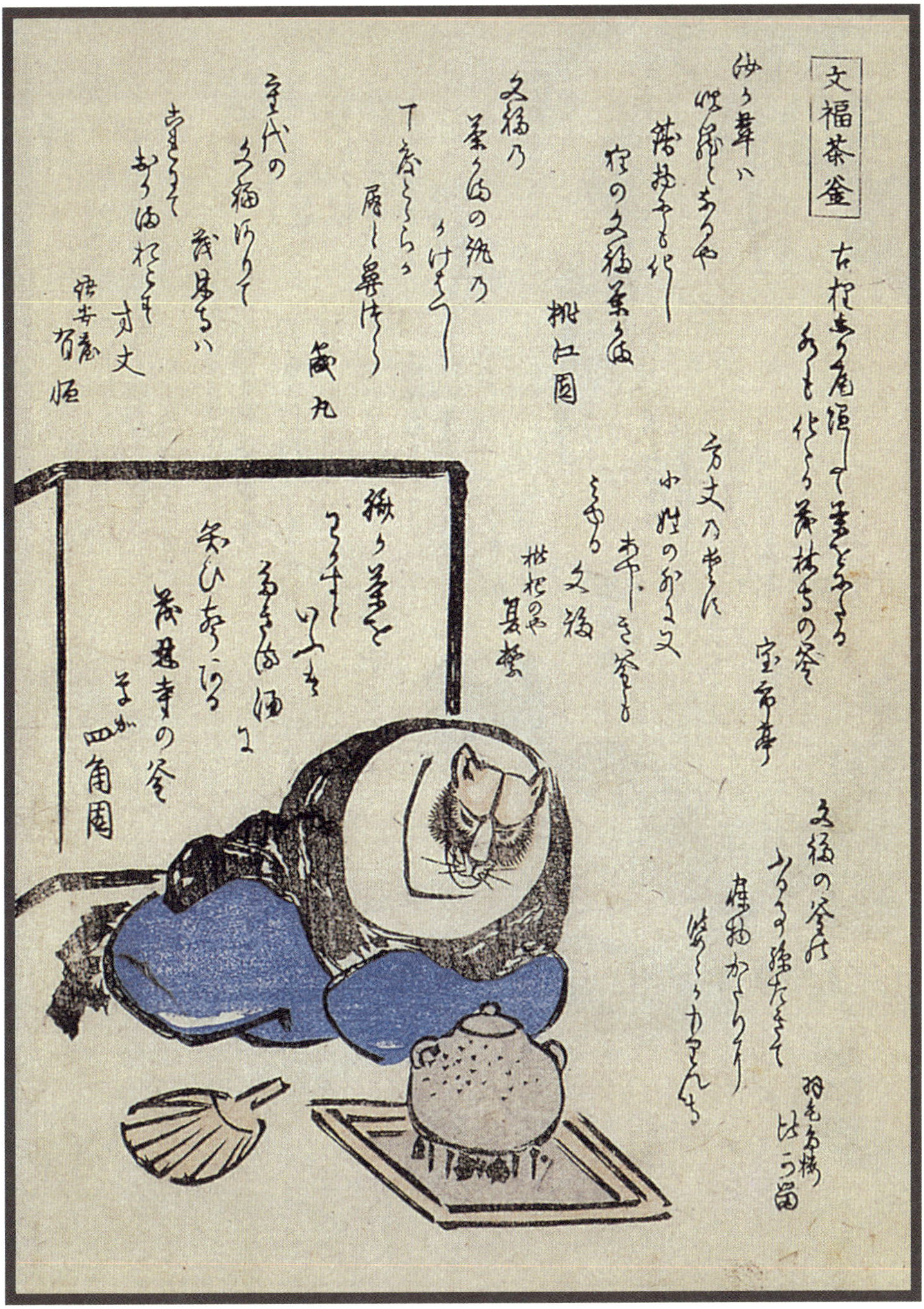

初会追加　化物乱題

水屑ともなる怨念や西の海　いまも恨みを差し挟む蟹　佳美園君

一門のなれる果さへ飯炊ぎ　身には味噌持つ蟹ぞあやしき　京　楳廼門花兄

旗色の赤きをしのぶ平家蟹　しろ泡ふきてなど飯や炊く　遠江見附　草廼屋

有りし世を忍ぶなるらん平家蟹　身には刃物を離さゞりけり　讃岐黒渕　玉露園秋光

紅の簇の流れの蟹なれば　運ぶ歩みも平らなりけり　花都堂吉雄

横道をさへぎるまでの武士の　蟹となりたる果の歩みも　南新堀　芝人

呉竹の大内山に一念を　千代とも籠むる実方雀　佳美園有

闇の夜に出づる産女は暗きより　暗きに帰る子ゆゑなりけり　岩和田　芦の屋押照

一筋に迷ふ子ゆゑの闇の夜の　産女も鳥の雉子にや似し　吉雄

油皿舐めんと分くる燈心の　火口にぞ見る猫またの尾も　京　牡丹園獅子丸

二またの道を見せつゝ迷はせて　人を取りては喰ふ山猫　花兄

亡骸を鳥辺（取り）の野辺の山猫は　烟と消ゆる術や得にけん　讃岐黒渕　秋光

土産にも石を枕にたてぬらん　一つ家の名は今に朽ちせぬ　岩和田　押照

錐たてる明地だになき大江戸に　三ツ目小僧の出るぞ怪しき　京　日枝農や照信

山際の三ツ目小僧の化生をも　剣振り立ていざ顕さん　仝　獅子丸

化小僧咄しする夜は三ツ目きり　もゝにさらすも寐られざりけり　仝

紅葉ばの色にも出でて稲荷山　猶青かりし狐火のかど　遠江　草廼屋

大津絵の姿引きかへ裏かへに　鬼見る人や念仏申さん　京　花兄

燈火に替へん貧女が黒髪を　暗紛れにも切るが哀れさ　仝　獅々丸

ぬばたまの闇の夜に出て垂乳根の　撫でし黒髪切られたりけり　仝　照信

青柳の削る辺りにぞつとして　首筋もとの髪切られけり　仝　花兄

我知らず切らるゝ髪は思はざる　今道心の高野剃刀　岩和田　押照

橋姫の恨みかけたし夫なるか　扇の芝に燃ゆる鬼火は　佳美園君

当座　雨夜乳貰
草加　四角園大人撰

雨の夜はいとゞ哀れも子守（籠り）唄　あの山越えて里の乳貰ひ　枇杷のや夏繁

乳貰ひの春の雨夜の物がたり　品定めしてまひや贈らん　守文亭

傘の口をすぼめて叩く戸も　明け近き比ぞ辛き乳貰ひ　冨茂登

人の乳を乞ふ子は何の尨犬（報い）は　雨の夜ごとも親と臥せるを　水遊園

○

晴れ曇る夜半の時雨も乳貰ひに　山路行きかふ我が心かな　四角園

狂歌百物語――三編

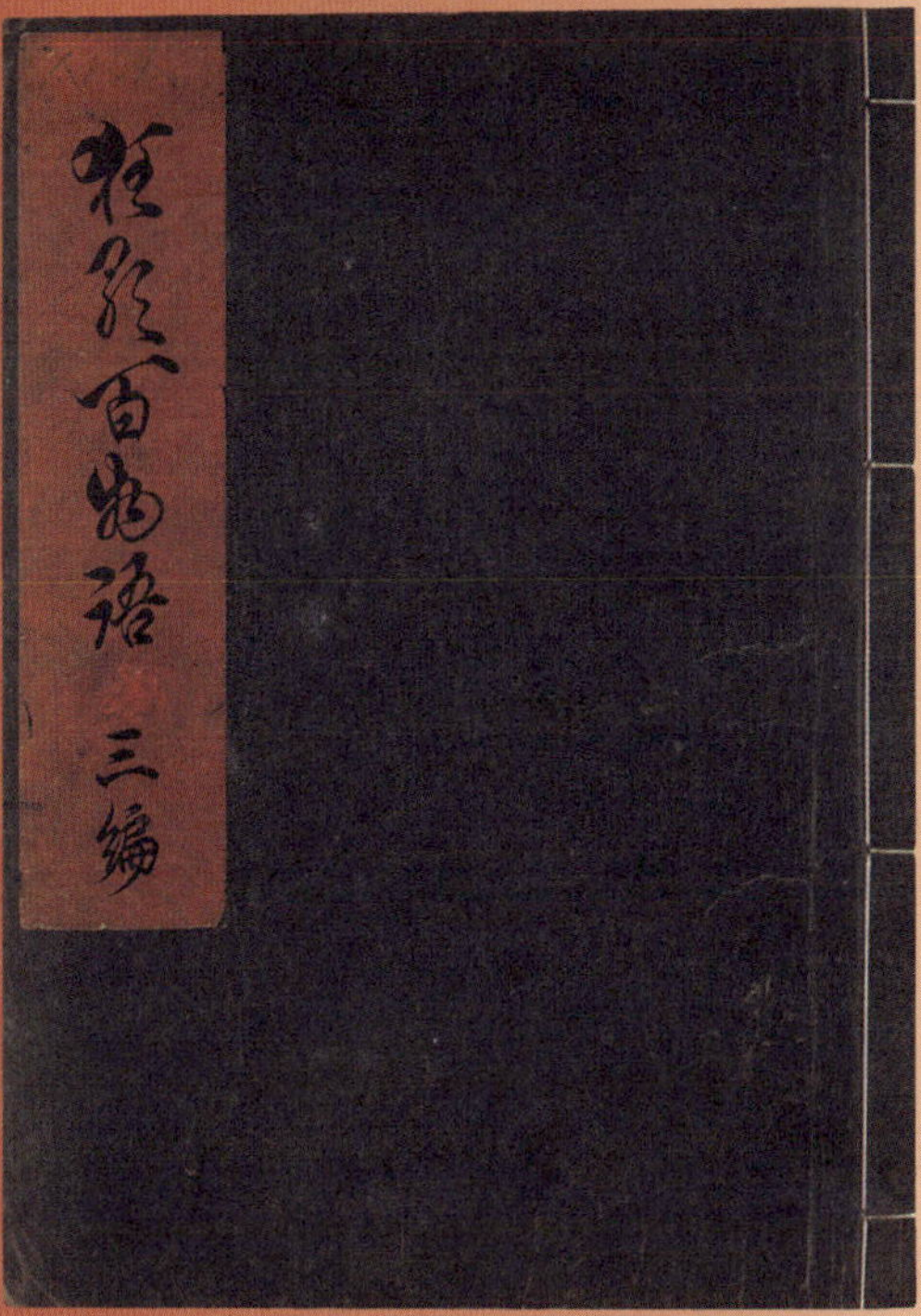

天明老人尽語楼撰
竜斎正澄画

【兼題】
離魂病
人魂
累
骸骨
千首
牡丹燈籠
五位鷺
枕返
逆柱
飛倉
古戦場
一目小僧

離魂病 りこんびょう

立合をたのみて来れば医者までも　離魂病かと疑はれけり　藤園鷹見

二人とは又無き事と思はれつ　同じ姿の影の患ひ　宝珠亭船唄

患ひも同じ姿の二つ影　くせまで似たる髪の結ひぶり　弓のや

はかなくは身を一つにと睦みたる　姿二つに見るぞわびしき　桃江園

いかなればかくの姿と占問へば　坎艮震巽離魂病とや　上総飯野　鳥柿廼部た成

煩ひも影と日向の紋所　比翼仕立の化物小袖　和木亭仲好

黒髪のみどりの色と眉までも　少女に庭の二もと柳　千住　四耕園茂躬

煩ひも影も二つの魂と　医者の見たてぞ離れ業なる　喜樽

長旅の夫を慕ひて身二つに　なるは女のさる離魂病　松の門鶴子

身ひとつを影と形に照る月の　分くるたぐひに見る離魂病　南向堂

離魂病急度請合直すのは　これぞ名医の離れ業なる　柏木

離魂病似たとはおろか其儘に　瓜実顔の二つ並ぶは　星屋

薄にもます穂真赭〔赤土〕の離魂病　かたちの小野の見分け兼ねけん　神風屋青則

稲妻の影の病の右左　あるにもあらで消ゆる姿は　常陸村田　緑洞園菊成

二人して並ぶ枕に寝たし（妬し）との　積もる思ひの影の煩ひ　守文亭

我が妻といづれさしてよかん平　いかに信田のふたり葛の葉　駿府　飛虎丸

玉くしげ二つの姿見せぬるは　合はせ鏡の影の患ひ　江戸崎　有文

離魂病看病するもかれこれに　身二つ欲しと思ふ忙しさ　松梅亭槙住

祈りなば利生もあらん離魂病　二つに分かる加茂の宮居を　花の門

うはなりの葵の上の離魂病　影と日向の二葉なりけり　五息斎無事也

二つなき命ながらも掛け替への　体の見ゆる影の煩ひ　頓々

それぞとは見紛ふ影の二つ紋　着こなしぶりも似たる煩ひ　弓の屋

離魂病人に隠して奥坐敷　おもてへ出さぬ影の煩ひ　尚丸

播かなくに何を種とてなりにけん　瓜を二つの影の煩ひ　江戸崎　緑錦園有文

離魂病見し其の人の咄にも　二つの首を寄する怪しさ　讃岐方ノ上　山田秀穂

かけがひのあらぬ娘の離魂病　一人死ねとや親の思はん　神風屋青則

身はこゝに魂は男に添寐する　心も白（知）髪母が介抱　伊勢大淀浦　春の門松也

憧れて影の病となるこ瓜　ふたりは同じ形なりけり　鈍々舎香勝

こやそれと文目もわかぬ離魂病　いづれを妻と引きぞ煩ふ　館林　美通歌垣

並びては空恐ろしくその姿　目にも月夜の
影の煩ひ
弥彦庵冨幹

見る影もなき煩ひの離魂病　思ひの外に二
つ見る影
腹光

神おろし祈る梓の弓にさへ　一つによらぬ
影の煩ひ
玉成

狂歌百物語三篇　天明老人尽語楼撰

竜齋正澄画

兼題

離魂病　人魚　累　骸骨　千首　牡丹燈籠

五位鷺　枕返　逆柱　飛倉　古戦場　一日小僧

離魂病

立合をふのみて
あれハ医者まても
まよふ病にて
うたかひもなり
若園 [illegible]

つきのよハ
又あきらかに
[illegible]
[illegible]
宝珠亭 [illegible]

まつひとおもふ影の
ちからつけくせまて
みるる影のゆひかり
弓のや

皮のあかくそ身を
おもひつめむつまし
[illegible]
[illegible]
松江園

いろいろの　上サシ
かくの豆〱　萬掃亭
うつ豆ハ　動き集
かんとんきんとん
つとんとんや

うつひも　春柳
新しゆけんの
たまひく
ござの
すゑすゑ
まてれ業
なる

旅ひも新しくなりての
緣おも久しく住もの
仕掛小袖　和本亭
仲ぬ

玉数のみとりいろ〱
まゆともか女ノ庭の　千花
ニかく柳　山柳園
茂爾

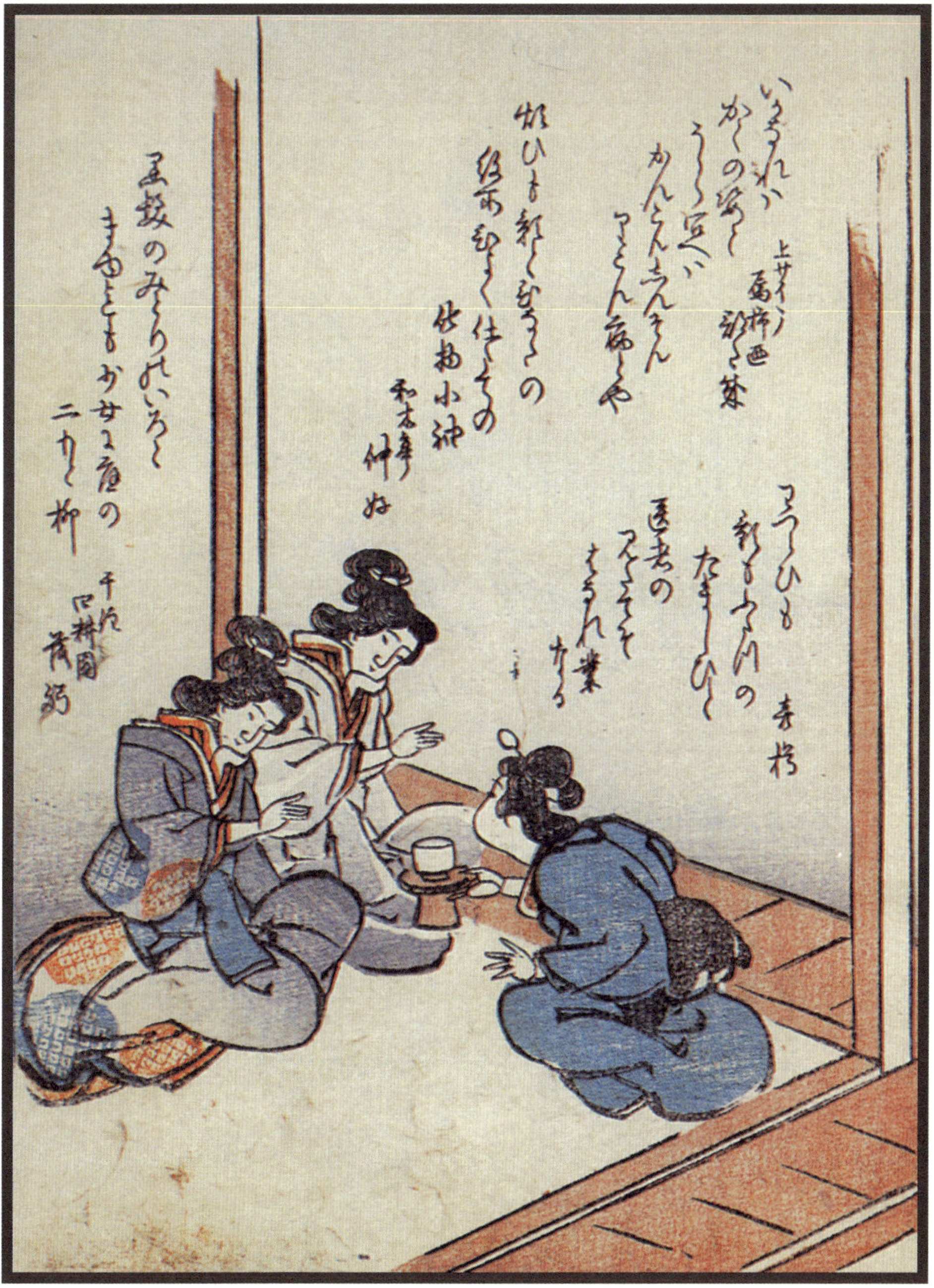

人魂

ひとだま

誰見しとなくて言ひつく咄まで　翼を添へて走る人魂　仙台松山　千潤亭

一念に燃やす炎の日高川　わたる恨みや妄蛇なるらん　静洲園

生ぐさき風の誘ひて鰯雲　かゝる絶え間を過ぐる人魂　梅樹園

煩悩と迷ひの雲の中空を　ふわりふわりと出づる人魂　桃実園

爪にまで火ともし比はふはふはと　黄金色なる人魂の訪ふ　弥彦　冨幹

大神楽毬の曲すと見るまでに　ひやらひやひや思ふ人魂　大内亭参台

千人の首塚出でて玉の緒の　百万遍も行きつ戻りつ　月のや満丸

犬猫と同じ譬へに言はれにし　その人魂の尾を引きて行く　駿府　松径舎

糸をひく人の玉子のふわふわは　今際の息のつまり肴か　足兼

人魂のとんだ咄に尾が附きて　先から先へ走り行くらん　月のや満丸

人魂のとんだ咄を仕出だして　はては争ふ顔の青筋　花林堂糸道

飛び廻る夜も深川の人魂は　いかなるものか霊岸寺前　栄寿堂

見るうちにふと火の消えし人魂は　さぞな闇路を迷ひぬるらん　下毛葉鹿　壺蝶楼花好

ばったりと逢うて逸れ行く人魂に　我が魂の消ゆる思ひぞ　上総飯野　一矢亭内志

二階家の棟にせまらぬ人魂は　心広尾の原や訪ふらん　雲井園

橋落ちし時に死にたる人魂を　永代唱ふ回向院にて　上総　花月楼

家の上をとんだ噂に青ざめし　我が魂も人に見られむ　伊勢大淀浦　春の門松也

欲に目のなくて身失せし人なれや　闇より闇を迷ふ魂　常陸大谷　千別

人魂を見しと見ぬとの争ひに　額より青き筋も引くらん　青則

人魂に羽根が生へてや鳥部山　あちらこちらを飛び廻るなり　南葉亭繁美

月花を愛せし人の魂とみて　哥の念仏も詠みて手向けん　下総恩名　文左堂弓雄

下襲の妻（褄）に結ばんきもさめつ　引きし五色のいと（糸）も凄さに　駿府　小柏園

人魂のとんだ所のまがり角　出会がしらのぞつと襟もと　無事也

人だまの光も凄くぞつとして　心細くもあとを引きけり　下毛葉鹿　壺万楼松寿

人魂の飛ぶとひとしく肝玉の　消えて真黒きぬばたまの闇　館林　美通歌垣

うそうそと言ふを真事と言ひつのり　青筋出してと（飛）んだ人魂　上総飯野　部多成

小夜ふけて見る人魂に驚きて　青くなりてぞ跡を引くらん　芝口屋

魂を見て結ぶ処の下襲（下着）の　褄をからげて逃げる女ら　高見

人魂も無縁の墓を抜け出でて　石にも筋の残る青苔　清のや玉成

人魂

獲るしとあさましく
地まてつきまとふ
人魂

仙松山
千綱守

一命とやまとかむしのむさし川
ころ怖やかし艶するらん　都国園

生きた風の
けさていくる
きる人魂

李竹亭
まりの曲

梅樹園

むやむや
きえ人魂

大内亭
菓春

牧畑と違ひの
もの中京を
ふらりくと
きる人魂
秘実園

死きまて火より外
ふもしくあらむもの
人魂のしり
泳麦
冨樹

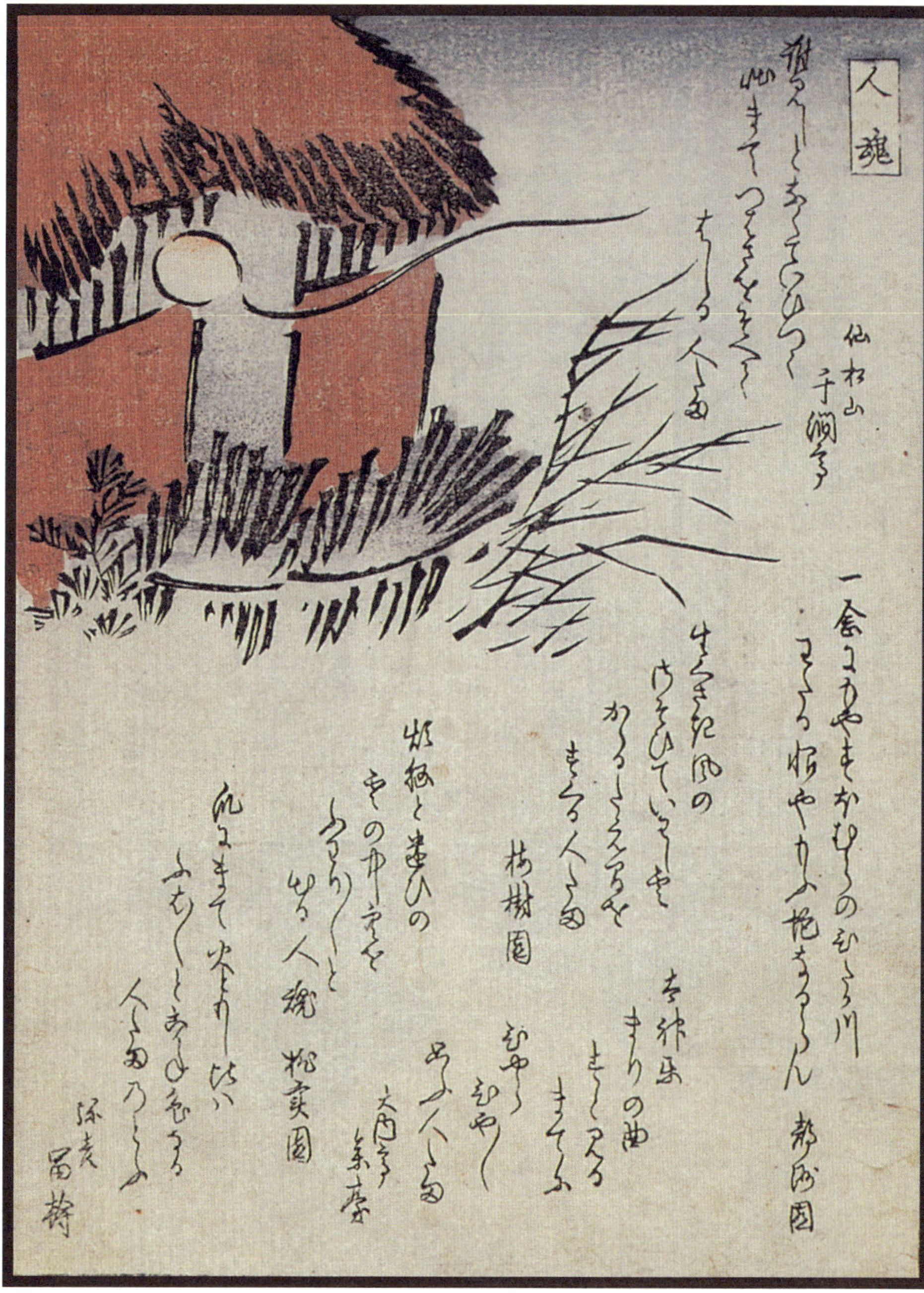

結びぬる下襲(したがひ)の褄ほつれけん　糸を引きつゝ見ゆる人魂　駿府　芝人

青筋を引きてちりちり飛び行くは　疳癪持ちの人の魂かも　尚丸

酒ゆゑに果てにし人の魂かそも　後を引きつゝ空を飛び行く　下総戸奈良　水彦

夏草の青野が原に夜ごと夜ごと　燃ゆる螢や鬼火なるらん　梅袖

累（かさね）

俤の変はりて妻は秋草を　刈りにし鎌も仇となりけり　仙台松山　千澗亭

恨みしと百万遍も手を合せ　くどく累は礼も言ひけん　東風の屋

絹川に沈む累は浮かばんと　さてこそ人に取り憑きにけり　南寿園長年

三日月の鎌に柳のみだれ髪　水影凄くうつる絹川　萬町庵柏木

うぬぼれの鏡も見せずかゞみとも　なるは累の嫉妬なりけり　駿府　望月楼

祐天〔僧侶〕の功力(くりき)の数珠に取り付きて　累も浮かび上がる鬼怒川　花前亭

振りみだす岸の柳のみだれ髪　蛇籠(じゃかご)に光る夕月の鎌　素蝶

打掛(うちかけ)の紅葉(もみぢ)を肌に重ね（累）着の　千入(ちしほ)（血潮）に染みて出(い)づる絹川　宝市亭

ほつと吐(つ)く累が息に鏡をば　見ねど心は曇りがちなり　静川亭雪橋

念仏に浮かむ瀬もある絹川に　重ね（累）て出ぬは祐天の徳　玉よし

愁念〔執念〕の恨みも深き鬼怒川に　浮かむ瀬もなく迷ふ霊かも　匂々堂梅袖

鏡見て驚く顔ともろともに　変はる累の心おそろし　秩父　千澄庵小松

恨みをも重(かさね)（累）簞笥(だんす)の袖扉　あはれ引き出す紅(くれなゐ)のきぬ　花前亭

今ぞ知る小夜の衣の重ね（累）褄（妻）埴生(はにふ)の村に追はぬ絹川　館林　美通歌垣

鬼怒川に累が燃やす炎さへ　示したまひし上人〔祐天〕の徳　青梅　六柿園衛門

絹川に深き妬みや濡衣(ぬれぎぬ)を　夫(つま)に累の着するうたてさ　春日亭永居

みにくくぞなりて累の恨みけり　水鏡にも映る絹川　花前亭

恨むらん妻（褄）を重ね（累）の絹川か　其の身の淵瀬変る相好(さうがう)　語住門広記

累

俤のかはりてまふい
なきみ成ろうます
語も恍とちりちり
　　　　桃口園

うぬわきの様も
そせにかきとも
うろハ累の志って
かほりとる
　　　スンフ
　　　雪月楼

怪しさと
百名へんも
ゝく念を
ゝく黒い初も
　いむきん
　　　東尻の屋

祐天のろりきの
珠数き名付て
累うろひよう
　きぬ川
　　平まさて

きぬ川ふ
つむ黒い
うろそんくきまてそ
人とまつきふ名も
　東寿園
　　長年

うりきれ
きーの柳の
きれ髪
描きる志ろ
夕月のろ娘
　　吉樣

三日月の振ふ
柳のきれ髪
あけ染くろる
　きぬ川
　常所 梢末

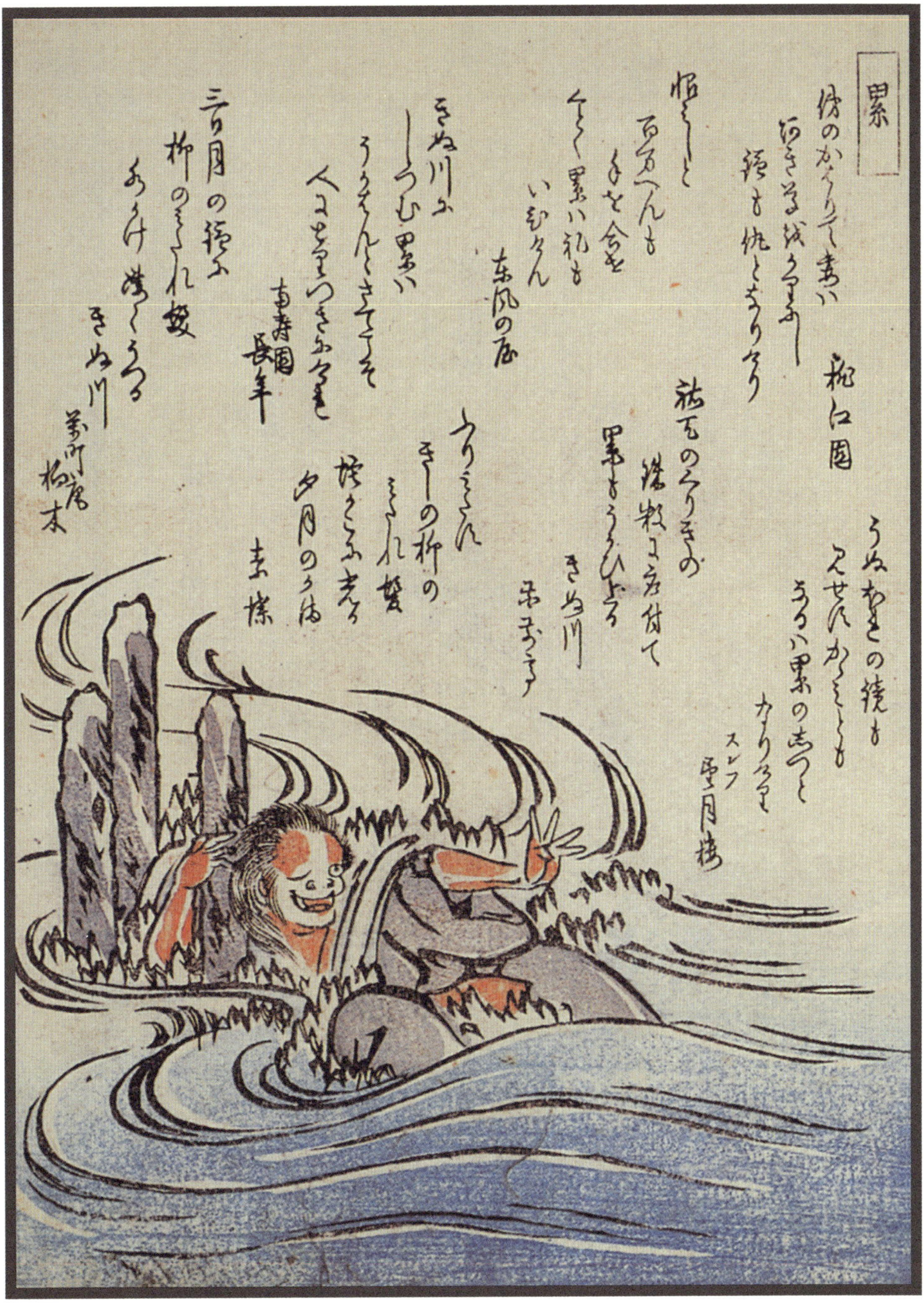

骸骨（がいこつ）

堺杭立てたるもとの骸骨は　いかなる人の身の終りかも　語吉窓喜樽

憤る腹わたも無き骸骨は　骨に堪(こた)へし恨みなりけん　桃実園

穂薄(すすき)となりて人をや招くらん　秋草寒み小野の野ざらし　蓬洲楼惟孝

ばらばらになりて凝りたる骸骨は　今に心のとけぬなるらん　星屋

骸骨のありしと聞きて医学館　わざわざ行けど見所はなし　南在居美雄

埋み得ぬ恥を知らでも晒(さら)せるは　世にもはかなき人の骨かも　江戸崎　有文

何恨みありて目につく我にこそ　身でも皮でもあらぬ骸骨　腹光

骸骨も浮かむなるらん仏の坐　蓮華草(れんげさう)咲く春の野晒し　駿府　望月楼

骸骨のあなめ穴目ゆ生(お)ひ出でて　招く薄に凄き夕ぐれ　仝　小柏園

迷ひぬる肉さ（憎さ）皮いさ（可愛さ）留(とど)まりて　見る影もなき哀れ野晒し　広記

恋人の死せし頭(かうべ)の目の跡の　ぽかんとしてぞ詠(なが)めつるかな　語勇軒珍調

花咲きし春も有りしを霜枯れて　小町桜の骨ばかりなり　長年

野晒しの骸骨は世に有りし時　わるく洒落たる報いなるかも　高見

化物をやぶれ障子に写し絵は　骨ばかり見る骸骨の影　清明堂喜代明

軽石のやうにぞ今は髑髏(されかうべ)　行来(ゆきき)の人のかゝと擦(こす)りて　珍調

肉は枯れ皮は破れてみちのくに　姿浅まし小野の野晒し　雪麻呂

雨露にさらす髑髏(どくろ)のあたりには　骨ばかりなる破(や)れ寺の壁　桜本蔭芳

蜘(くも)の網幾重もかゝる骸骨は　重き罪せし人の果てかも　下総恩名　文左堂弓雄

雨の夜の墓場に消えし提灯の　骨も露はに見ゆる骸骨　有恒

何人の塚とも今は白萩の　露と消えたる野路の骸骨　喜樽

荒寺の仏の塗りの肉色も　落ちし墓場に見ゆる骸骨　素蝶

うつくしき姿も夢の野晒しや　迷ふむかしに俤もなし　上総前久木　石流舎楚川

野晒しの鼻の穴目にこよりばの　抜けて嚔(くさめ)の出づる春の野　檜辰亭定明

人皆の上着の川を剥ぎ（萩）桔梗　咲きつる野辺に晒落(しゃれ)る骸骨　糸道

露とのみ消えにし人の鳥辺野に　白けて残る霜の野晒し　棋星

骸骨

塚枕立てる
かれの骸骨は
いたりし人の
おもかげ
も
　　　須吉堂
　　　　耕杖

ほうふうて
こうくる骸骨は
今ふんのごとくに
みゆらん
　　　　星座

埋のぬ処を云ひて
さつせうはやもなげき
人の青くく
　　　貞崎
　　　　貞又

悼らく
抜きとるべき
骸骨は
ほひか
うらくく
慨ぞうりさん
　　　棍実園

捷蔦く
なりて
人をや招くらん
枯芒とも
小骨の
おきまじ
　　　主剛橋
　　　　順考

骸青の
にうりくくとて
逆年抜きまし
由々しく
下もろがいふ
　　　東壺展
　　　　笑飛

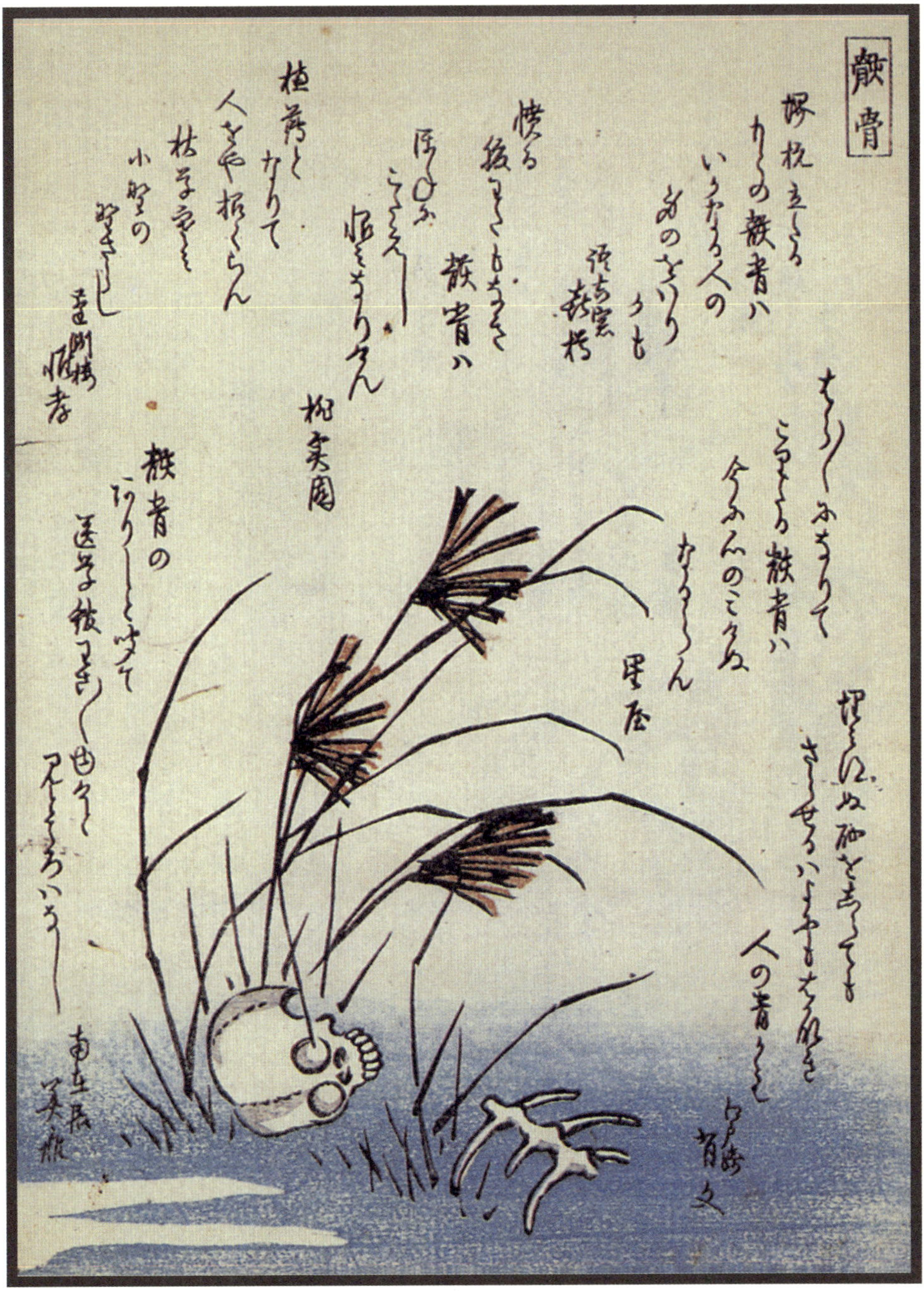

千首　せんくび

戸障子も破れて幾年経る（古）寺に　骨のみ僅か残る野晒し　善事楼喜久也

尋ねては穴のあくほどながめても　男女の知れぬ骸骨　泰平居楽成

小町紅粉化粧し時の俤を　見るかたもなき屍なりけり　下毛葉鹿　松園其春

骸骨に肉毛（憎げ）あらぬは古へに　犬の腹をやこやしたりけん　江戸崎　広丸

問ふ人もあら（曠）野の薄穂に出でて　あなめと泣くも哀れ骸骨　秩父　小松

なりはひに骨を折りたる人ならん　有りし昔を残す野晒し　雲井園

一部づゝ千部の経を千首の　受けんと塚を出る小塚原　栄寿堂

数あまた並びし首の桶狭間　実検をせし跡の怨念　藤紫園友成

見た人が十人寄れば十色にて　百倍恐く咄す千首　文栄子雪麻呂

百筋の燈火消して物語り　十倍増して出づる千首　栃木　通児楼論

千ばかりあつちに哀れ深草や　乾し並べたる土の生首　檜園

一目見てさへもの凄く襟元の　震へ出しけり多き首数　舟唄

限りなき目のよる所数々の　人の天窓もよるの凄さよ　坂槻

見るうちにすごく鳴子に数あまた　首も千部に堀之内道　文栄子雪麻呂

百筋の燈火消せば怖ろしさ　十倍まして出づる千首　栃木　諭

大鳥のいもの頭の数珠つなぎ　暮れて千住へかゝる首塚　国吉

打ち負けし恨みもつもる山崎〔戦場〕に　瓢形りなす首も千ほど　菱持

むかし其の千人斬りや偲ぶらん　五条あたりに見ゆる首数　常陸村田　緑洞園菊成

並んだる百万遍の千首も　津浪に亡せし人の怨念　夏繁

浮かまんと数多の首の現れて　額づく千手観音の塚　楽成

千人の禿の数の髑髏　栄花の夢も醒めし秋風　舟唄

弁慶が切りし昔の愁念〔執念〕か　五条ほとりに見ゆる千首　梅袖

千首

牡丹燈籠

ぼたんどうろう

己(おの)が身も消ゆると知らで付き慕ふ　牡丹燈籠の花の笑(ゑ)まひに　駿府　松径舎

美しき牡丹燈籠と見るうちに　さて怖ろしき獅子の荒寺　於三坊菱持

其のかたち坐れば牡丹燈籠の　花の姿にたつ命かな　駿府　小柏園

争ひも十九か二十たちまちに　消えてなくなる牡丹燈籠　草加　四角園

身の油絞り取られん其の人の　牡丹燈籠に影の薄きは　桃源洞

吹き消して通ふ燈籠の黒牡丹　来ぬ夜は憂しと思ふ戯(たは)れ男(を)　注連のや春雄

誘はるゝ因果の縁の深見草(ふかみぐさ)　牡丹燈籠にこがす狗(いぬ)の火　国吉

身の油気水(きみづ)〔精液〕と共に減りやすき　風の前なる牡丹燈籠　緑樹園

石塔を抱きて寐(ね)しとは白張りの　燈灯(ちやうちん)ならで牡丹燈籠　桃実園

振袖を少女(をとめ)は顔にあで〔当て〕やかな　姿の花の牡丹燈籠　語安台有恒

見る人もつられにけりな軒端(のきば)なる　牡丹燈籠のいろ深見草　萬々斎箴丸

覗き見もあな怖ろしや破(や)れ襖(ぶすま)　骨ばかりなる人と添寝は　駿府　松径舎

心だに迷ふ物から廿日(はつか)闇(やみ)〔廿日宵闇〕　怪しく見ゆる牡丹燈籠　下毛葉鹿　其春

燈籠に学びの道はよそにして　迷うて暗き恋の闇の夜　明文

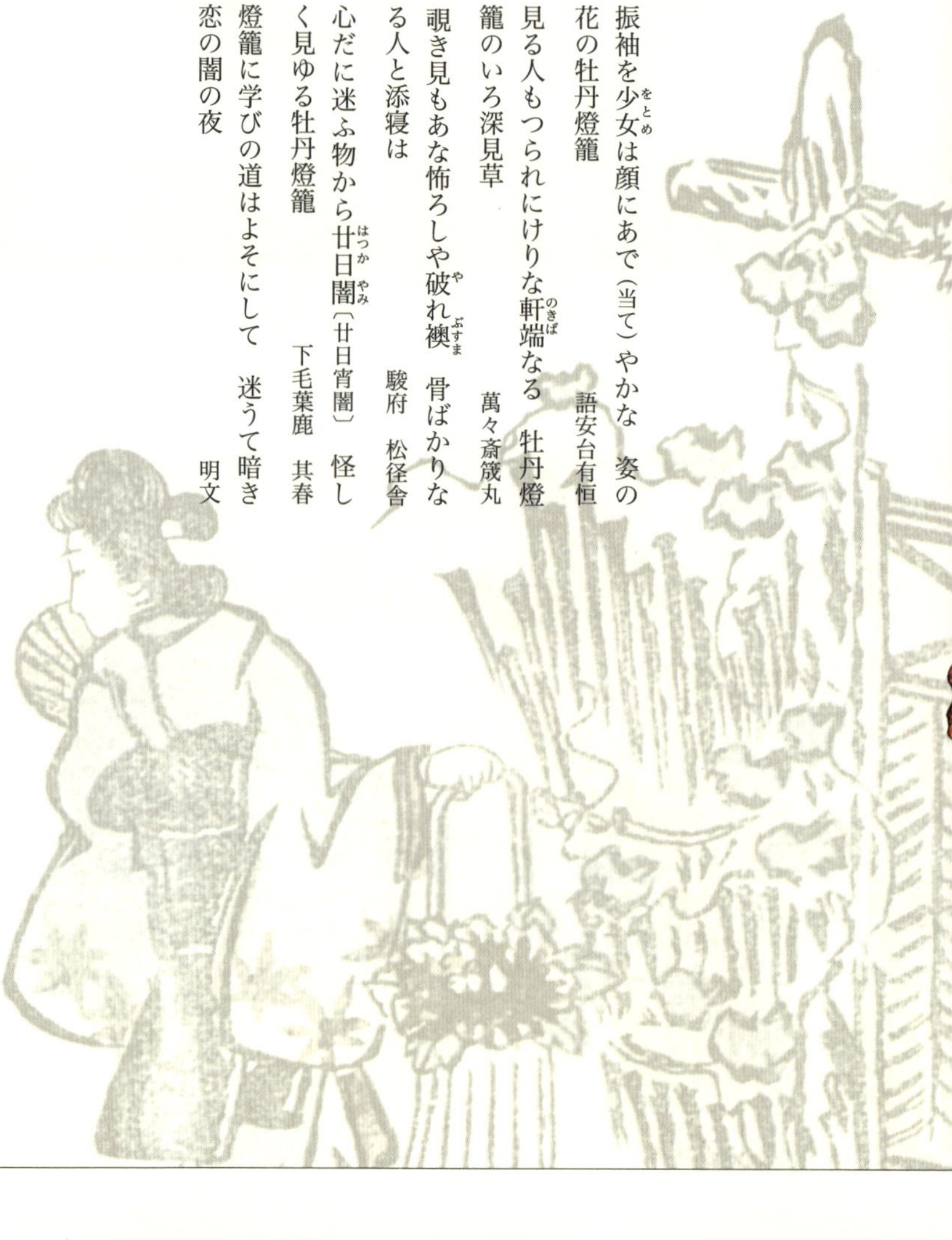

牡丹燈籠

己が身も消々
志って見えつゝ
牡丹燈籠の
おの笑まひみ
　　松兜舎

うつくしき牡丹
燈籠くるくる
さてまはろうき
　　物まのにまする
　　桂三朝春杉

甚うとも
まゝにハ牡丹燈籠の
ふりうくるゝ余くれ
　　小松園

うつきひより九ッ
きゝもうまちまちふ
さくそてあくかり
かゝん世界の
　　まか
　　巴角園

多の池声ちうらんと甚人の
牡丹燈籠ら新のうるさい
　　柳原酒

吹々てかゝふ燈籠の玉牡丹
まやねあハうーしく又これて男
　　住住のや
　　喜雄

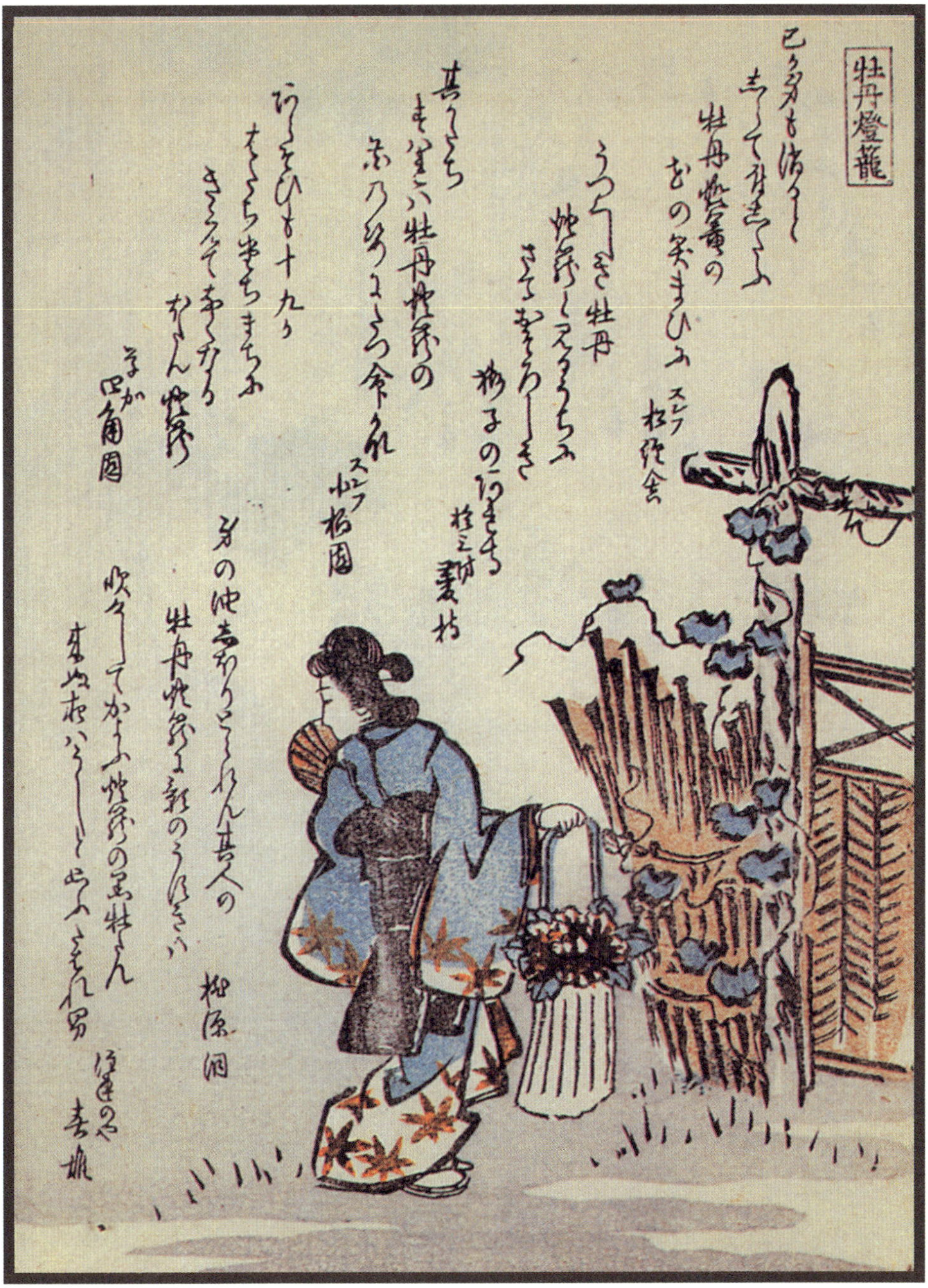

五位鷺
ごいさぎ

白丁を着たる仕丁と惑はすは　五位の名のある鷺にこそあれ　駿府　望月楼

化けながら己も恐き姿かな　一足抜きに歩む五位鷺　春交

たゞ人を見下してのみ脅すらん　高くとまりて立てる五位鷺　角有改　坂槻

五位鷺に迷ふて心づきし時　はや夜は明けの衣手の山　駿府　竹園飛虎丸

常に汝が塒(ねぐら)とすれば五位鷺は　松の太夫を端(はした)にぞ見る　栃木　真月庵摩訶円

はし鷹の温(ぬく)め鳥にや捕(つか)まれな　森陰に火を燃やす五位鷺　枇杷のや夏繁

六位ならさもこそあらめ如何(いか)なれば　青き火をしも見する五位鷺　江戸崎　緑亀園広丸

位ある稲荷の森を離れずて　住むは禰宜(ねぎ)にも似たる五位鷺　草加　稲丸

提灯に化(け)しぬる鳥は蔵人(くらうど)の　六位の上をのぼる五位鷺　糸道

火をともす夕べは小田の五位鷺も　一本足で立てる燭台　讃岐方ノ上　山田秀穂

闇の夜に羽(は)を光らせて五位鷺は　人に二の足踏ませけるかな　青梅　尺雪園旧左

是もまた雲井に高く登るらん　二本の足をのせる五位鷺　風行亭家内喜

声のみか形も鴈(かり)に鳰(にほ)の海　鳴き渡りつゝ化かす五位鷺　扇松垣

一目見てあとへ下がりし二の足の　けして油断のならぬ五位鷺　菱持

五位鷺は己(おの)が位を知らずして　六位の色〔浅葱(あさぎ)〕の火をともすなり　柏木

五位鷺

白丁を
きたる仕丁と
まちかひて五位の
名のりを聞ふしぎさ
化もらう色をも
こえきかれ
足一行ぬきふ　妻文
あゆむ五位鷺

　　　スンプ
　　　亀月楼

たつ人をえやしての
松にねふるさく
とまりてそる

　　　五位鷺
　　　角有坂撰

竹鷺の
ぬくるあをや
あをけふ生を
あやまき五位鷺

　　　枇杷のや
　　　友葉

青ふ海ら
樹とまれを五位鷺は
松の古支を
ちりそもえ乂末
　　　倍木
　　　廣瀬糸

五位鷺ふ
迷ふて心つきし時
さや痩い行々の
　　　えらの山
　　　スンフ
　　　作岡
　　　苑乗九

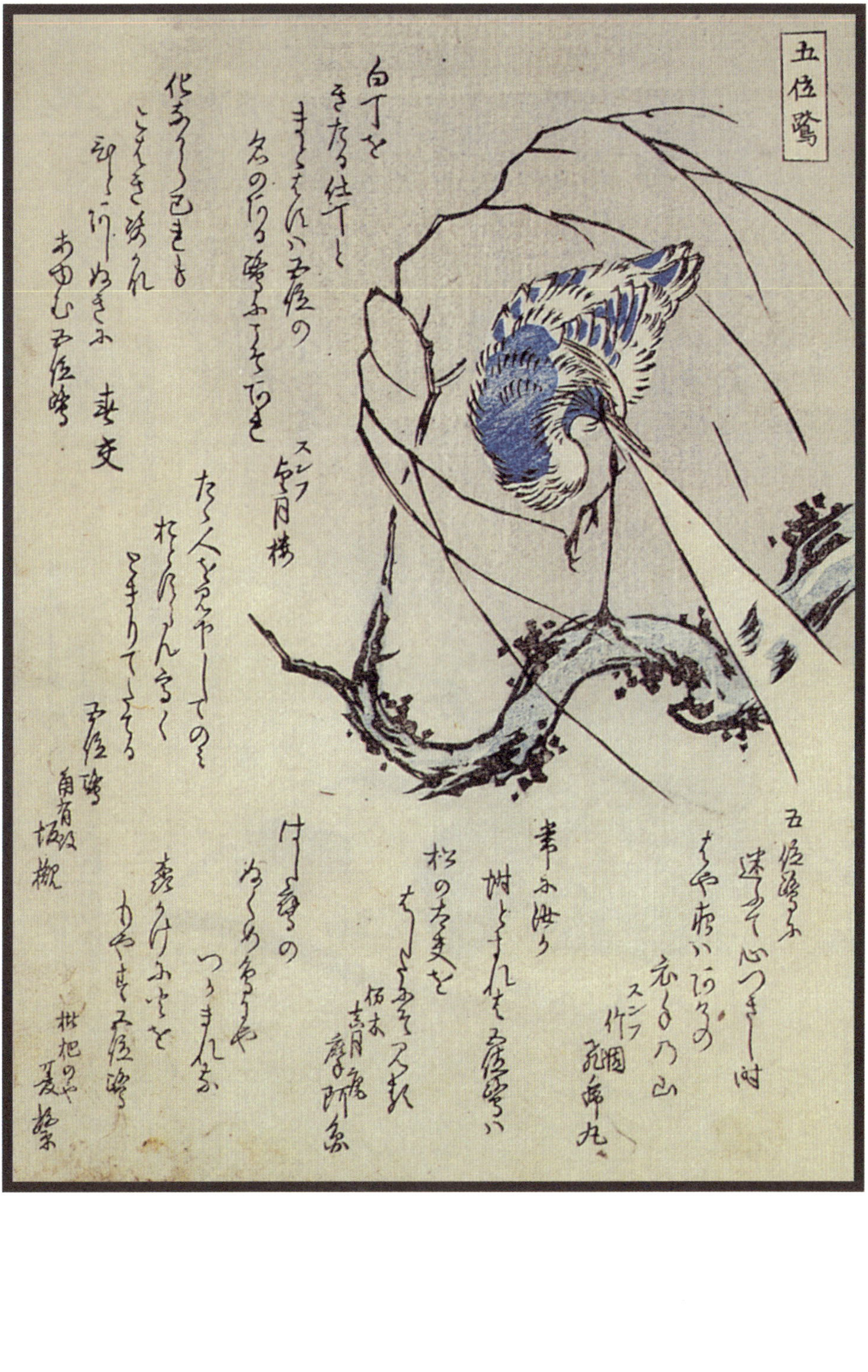

枕返シ

まくらがえし

死し如くよく寐(ね)るゆゑか目覚むれば　南枕
も北とこそなれ　南向堂

挿して寐し東枕も返されて　西へ廻れる月(つき)
形(なり)の櫛　弥生庵

小夜衣きぬた枕をうつゝにて　打ち返さ
るゝ夜半ぞうたてき　駿府　小柏園

返されし枕ふつと目の覚めて　破るゝ壁も
凄き小夜風　峯大谷　緑塵園千別

返されし枕にさぐる床の間の　寝たる勝手
も早や違ひ棚　文昌堂尚丸

さながらに枕返しも手やひかん　丁児の寝
たる形(なり)を見し夜は　青梅　尺雪園旧左

聞きてさへ頭痛に闇の夜の床　またも枕を
返されにけり　角有改　坂槻

船底(ふなぞこ)の枕返しに目のさめて　心は床の海に
たゞよふ　常陸大谷　千別

能(よ)き夢を逆さと言へるたぐひかも　覚めて
枕を返されし夜は　注連のや春雄

心得て寐たる勇気の男さへ　後ろを見する
枕返しに　冨幹

枕紙ともに枕を返されし　妹(いも)に送りし文(ふみ)戻
る夜に　南新堀　芝人

枕をば返されし時結びたる　壁も破れて凄
きあばら家　甘喜

返されし枕もあとも知らざりき　海鼠(なまこ)のや
うにごろり寐た夜は　高見

破軍星剣先避きて寐(ぬ)ればまた　廻る枕の磁
石の北枕しつ　守文亭

いつのまに違(たが)ふ枕の逆さ事　見し憂き夢も
覚めて嬉しき　鵆のや時文

我が足は夜着の袖より出しぬけに　枕返し
の驚かれぬる　桃実園

夢のまに舟底枕返されて　浪うつ胸や汗の
大水　喜久也

舟底の枕返しにぞつとして　水に入るほど
寒け立ちけり　春交

冷汗に気味悪きほど湿りたる　枕紙さへ返
されにけり　江戸先　広丸

ごうごうと鼾(いびき)の音の高波に　打ち返しけん
船底枕　駿府　松径舎

此(こ)は如何(いか)に枕印かいつしかに　足に障りの
ある家かそも　足兼

枕返し

死(しに)めく／＼く寝る
ゆうべ目覚し八重枕も
ゆらく／＼さうな
南雷堂

さーて桃
車枕も返されて
面(おもて)はせる月形の桔
弥生庵

小枕を
きんちく枕と
うけいへ
おとも
枕を
うつしてき
スンフ小柏園

返り打
一つ目のさめて
破れつきまくら
小柏氏
半大弁
弥美園
千列

う〳〵／枕きらう
夜のうちからちら捨りそ
太夜喜び枕
文員ぎ
尚丸

されうぶ枕返しもるやうん
丁やノの女ぶる形りうん一つ枕や
すゞめ
屋ノ園
冏左

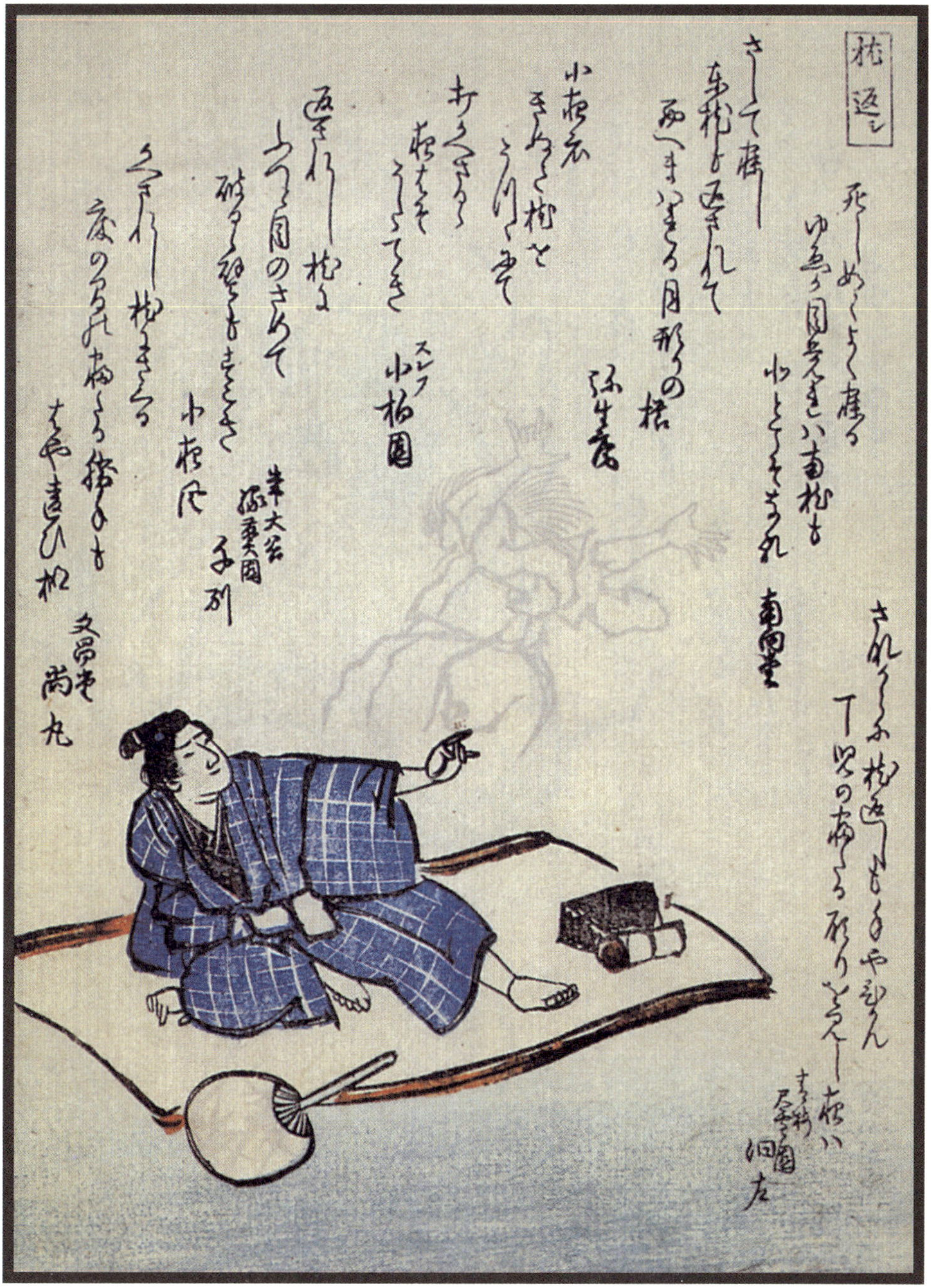

逆柱　さかばしら

飛騨山を伐りきて立てし逆ばしら　何の匠（企み）の仕業なるらん　金剛舎玉芳

家鳴りするさかさ柱に逃げ出だす　己れが足も空ざまにして　松の門鶴子

思ひきや逆柱のはしら□　書きにし哥も病ありとは　和風亭国吉

逆ばしら立てしは誰そや心にも　節ある人の仕業なるらん　松梅亭槙住

怒る如見ゆる顎の玉杢目　龍の鱗の逆さばしらは　守文亭

労きの枕に天窓上がらぬは　逆さばしらの祟りなるらん　哥拍子頓々

此の家の渕瀬と変はり年月を　杉の柱の水の逆杢　草加　四角園

壁に耳ありて聞けとか逆しまに　立ちし柱に家鳴りする音　周防　蒸露園

怪談の四谷丸太や建てつらん　目も逆しまに見ゆる柱は　足兼

おかされし夢はたとへの逆柱　杢の目までもきらきらとしつ　芝口屋

船底の枕も返す床の海　ゆたのたゆたに胸も浪うつ　世夢亭素蝶

根の朽ちて光るも怪し五月雨の　古（降る）き軒端に立つ逆柱　秩父　小松

物事も逆さ柱の祟りかと　家鳴りに騒ぐ上を下へと　星屋

なさけなや竈のすみの逆柱　抜くに抜かれぬ所以あらなん　青梅　旧左

荒れはてし凄き野寺の逆柱　見てやひつくりかへる旅僧　花前亭

角兵衛が宿の柱の逆さ立ち　家鳴りは獅子の稽古する如　駿府　飛虎丸

売家のあるじを問へば音ありて　割れ目が口をあく逆柱　京　梅の門花兄

立て置きし逆柱の怪しきに　膽もひつくりかへる怒りぞ　下毛葉鹿　花好

家鳴りして四方を睨む目も下を　向きて立ちたる逆柱は　腹光

いつの世に逆柱を立て置きて　上を下へとかへす震動　星屋

世に忌める逆柱を抜き替へて　家傾けし人ぞ幸なき　青梅　扇松垣

上下を違ひて立てし柱には　逆さま事の憂ひあらなん　静洲園

逆柱杢目も凄くな（鳴）りひゞく　家の地棟の丑三つの比　桃太郎団子

人を罵る恨みの杉の逆柱　穴おそろしや鉄釘のあと　花前亭

寄せて来る津浪のごとき逆杢目　柱に知らす水の憂ひを　弓の屋

思はざる金銀までも遣ふなり　思はず遣ふ逆柱に　青梅　旧左

逆柱あやしき名さへ立てられて　人が不思議と疵をつけけり　笑寿堂春交

更くる夜の四谷丸太の光より　逆ばしらは凄き赤松　桃江園

壁に耳ありて聞けとか逆しまに　立ちし柱に家鳴りする音　周防　蒸露園

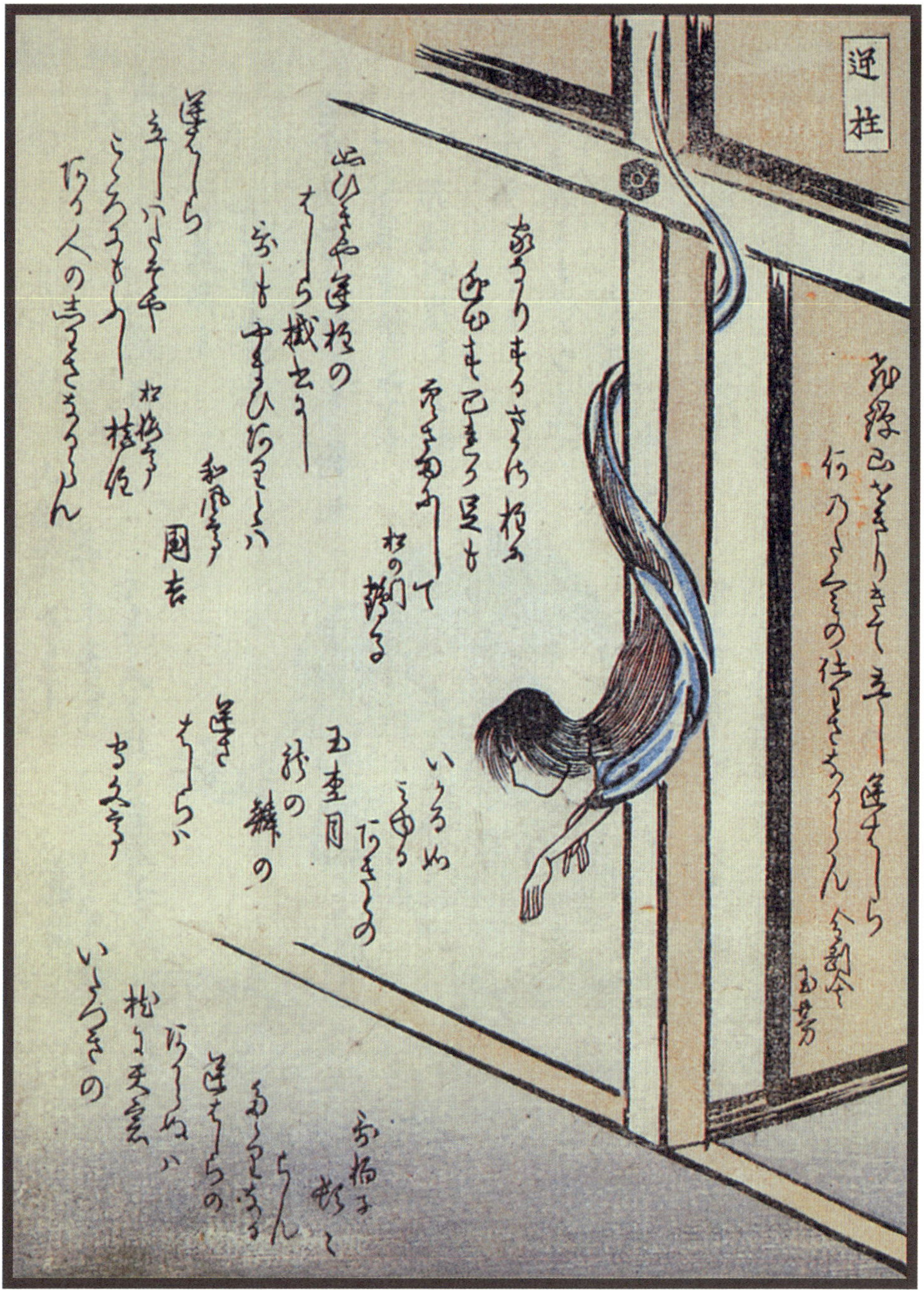
逆柱

さかさ事あるとは知らぬ逆(さか)ばしら　人の命もたちてこそ知れ　玉成

見し人のひつくりかへる荒寺に　逆(さかさ)ばしらの節の目の玉　和風亭国吉

逆(さか)柱企(たく)みも知らず立舞ひの　加持(かじ)や祈禱はすれど詮(せん)なき　繁実

白壁を内外に見て声あるは　雪折松(ゆきをれまつ)の逆(さか)ばしらかも　駿府　東遊亭芝人

飛倉　とびくら

蝙蝠(かはほり)の扇の化した飛倉は　臆病風も起こさせにけり　梅屋

飛倉のあるじ顔なる古内裏　雲井に近く羽根や乗すらん　筬丸

一寸も先の見えざる闇の夜に　丈抜群の飛倉のとぶ　水々亭梅星

蝙蝠の老いて幾世を経る(古)社　住処(すみか)となして齢(よはひ)の衾(ふすま)　花の門

毛物にも鳥にもあらで飛倉は　どちらつかずの谷合に飛ぶ　三輪園甘喜

蝙蝠も柳もともに年を経て　大木のもとにたてる飛倉　有恒

刑部(をさかべ)の持つ檜扇(ひあふぎ)や抜け出(い)だし　虚空をかけり歩(あり)く飛倉　江戸先　緑樹園

木の繁る谷の戸口の奥にまた　いよいよ暗く立てる野衾(のぶすま)　筬丸

鴈(かり)の文見ぬ山住みや驚かす　鳥なき里にほこる野衾　上総　花月楼

飛倉の羽根を広げて見世物師　人にかぶせる手だてをぞする　長年

建具さへなくて幾年(いくとせ)経る(古)寺に　飛倉ばかり多く見えけり　坂槻

飛倉

かさぼりの
屋根の行しき
庵舎は程嶺風も
おそせふり
　　　　　梅屋

庵舎のほうし飛する
古い素雨井まで
羽根やのもうん
　　　　　黃丸

一寸も先のみえさる
黑の夜をさまよろん
かさぼりの
舌をしてせ方社
　　　　　梅星

かさぼりの
屋をゆくせひ
作うまでとーてふひ
つてつひ
　　　　　庵の門

かさぼりも柳も
とりふ年さて
大木のかとふとろ
　　　　　庵舎

毛根をとをうと
あつて庵舎は
とちつつれの答をきふ
　　三嶋園
　　　　　甘枝

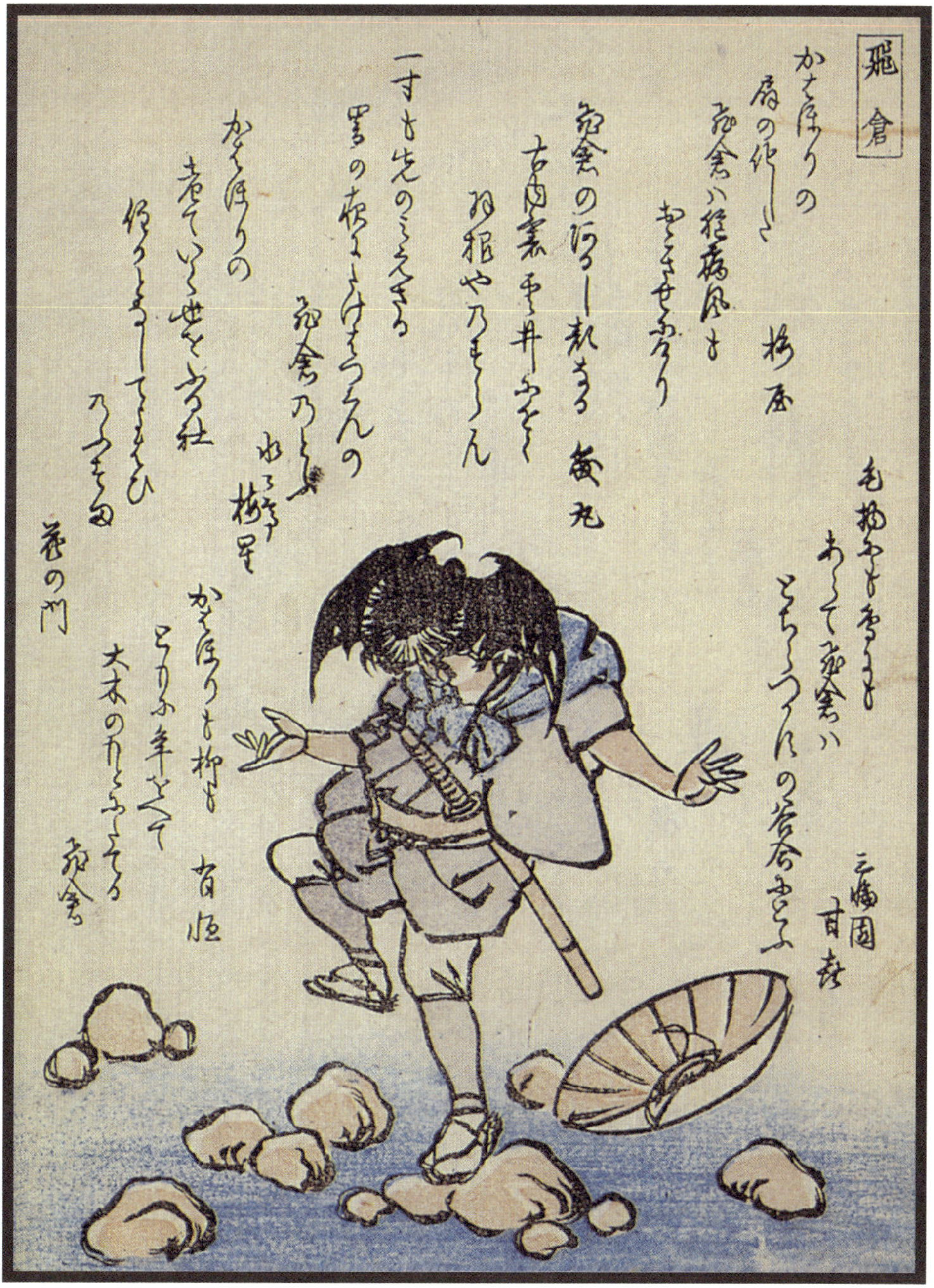

古戦場（こせんじょう）

いにしへを偲ぶや閼伽(あか)の桶狭間　手向(たむ)けの水は絶えぬ奥津城(おくつき)　江戸崎　緑樹園

塗る壁の小手(こて)〔鏝〕指原(さしはら)に人ごころ　荒(すさ)み荒まず陣とりし跡　幸有門

筆の跡嗚呼(ああ)忠臣〔楠木正成〕を湊川(みなとがは)　流れての世も朽ちぬ石文(いしぶみ)　上総大堀　花月楼

風そよぐ粟津(あはづ)が原〔琵琶湖畔〕の草枕　散れる松葉は襟に流れ矢　周防　蒸露園

武士(もののふ)の小手に霰(あられ)の降る〔古〕事を　聞いても寒き那須の篠原　足兼

偲ぶかな矢嶋の浦によせて来る　浪の皷(つつみ)にはたそふと蟹　語勇軒珍調

いにしへをしのびの緒かけし轡(くつわ)てふ　虫の音(ね)須磨に寄する浦浪　栃木　通児楼論

魚鱗(ぎょりん)にも備へを立てし其の跡や　血生臭くも風の吹くらん　八王子　檜旭園

秋草の花に七つの影を見つ　滅ぶ相馬の新内裏跡〔将門旧跡〕　仙台松山　千澗亭

湊川石になるてふ楠が　朽ちたる名こそ世に流れけり　草加　四豊園稲丸

功(いさを)しの名をば残せし湊川　流れての世も薫る菊水　泰山堂静居

いにしへの鑓長刀(やりなぎなた)を掘り出して　手どりぶんどり戦ひし跡　伊勢大淀浦　春の門松也

夕立の雨の矢さけび雲の楯(たて)　音高松の松の夜あらし　鶴子

湖をよくも越えしと礚(はた)と手を　打出(うちで)の浜〔琵琶湖畔〕の昔偲びて　槙住

ばらばらに崩れしと聞く桶狭間　誰(た)が〔箍〕手弛(ゆる)みてかくなりし跡　仝

水鳥も川中嶋に廻れるは　車がかり〔戦法〕の昔偲びつ　甘喜

崩れしを誰(た)が〔箍〕笑ふべきおつぱめて　尻から打ちし桶狭間そも　館林　美通歌垣

いにしへの釣のかけ場の風あれて　白泡見する宇治の川岸　宝珠亭舟唄

須磨の浦むかしを偲ぶ一の谷　坂〔逆〕落しにぞおとす鵯(ひよどり)　石公舎古龍

雨の夜は轡の音も鳴海潟(なるみがた)　むかしを偲ぶ今川の墓　玉よし

関が原かゝる野分(のわき)の激しさに　行く手の真(ま)葛(くず)裏返りけり　下毛戸奈良　行潦亭水彦

草枕底気味悪き桶狭間　二夜(ふたよ)とは寝(ね)る者はあらじな　家内喜

謀られて謀りしことも水責めや　兵粮責めに遇ひし城跡　青梅　槙柱園千本

兼平(かねひら)〔今井〕の昔を偲ぶくはへたる　けんと鳴くなり粟津の雉子(きぎす)　仙台松山　錦著翁

戦ひの昔を偲ぶ桶狭間　誰(た)が刀かは土に埋れて　駿府　望月楼

宇治川に人の頭を飛び越えて　修羅の火燃ゆる螢合戦　梅樹園

赤白の砂もわかれて治まりし　御代は盆絵と見る壇ノ浦　団子

ほころびし昔をしのぶ衣川　野風に原を乱す穂薄(すすき)　頓々

白旗に亡びし須磨の恨みかも　立ち登る火の赤く見ゆるは　下毛葉鹿　花好

古戦場

一目　ひとつめ

北沢のひとつ灸かも一ツ目は　光る青木の葉隠れに見ゆ　宝市亭

本所の一ツ目小僧からくりを　覗くにはよき両国へ出る　神風屋青則

世の中の人誑(たぶら)かすわらいへの　利口は鼻へ抜けし一ツ目　水搬園

給仕する小僧もすこし振り返る　顔に茶台〔茶托〕をあてし一ツ目　北栄子

一こぶし打たれて茶台顔にあて　頭礚(はった)とにらむ一ツ目　鈍々舎香勝

荒寺に出る一ツ目は唐紙の　落ちし引手の穴もおそろし　善事楼喜久也

金時のかこむ碁盤を覗いたる　茶台小僧の目は一ツなり　宝市亭

夜が明けば狐が食(は)むてふくだかけ〔鶏〕の　玉子見る目の一ツ目小僧　仲好

怪物の惣録ならん本所の　藪かげに出る一ツ目小僧　静居

一ツ星ほど光る目は化物の　長者が遣ふ丁稚なるらん　舟唄

諺に鬼子(おにご)といふは怖ろしや　二親に似ぬ一ツ目小僧　草加　稲丸

一ツ目を二目(ふため)と見ずに駈け出して　下駄の三ツ目の鼻緒切るらん　上総大堀　花月楼

酒樽を枕に酔(えひ)もすぎやすし　出る明星や闇の一ツ目　夏繁

金時が怖さに顔へ押し当てゝ　覗く茶台の一ツ目小僧　桃実園

四ツ目には敵はぬ囲碁の一ツ目も　逃げんとしては手を切られけり　豊々舎酒成

一目

二会目追加　題混雑

天井の廻り縁から棹縁の　細くて長きろくろ首かな　雲井園

時雨にもさす傘のろくろ首　夜半に枕の山廻るらん　京　日吉のや照信

お菊伝よむ夜は立てし膝の皿　抱きて数ふる九ツの鐘　越前敦賀　玉珠園瑞雲

科なくて殺されにきと皿の数　不足言ひにや出づる古井戸　京　牡丹園獅々丸

番町を行来の人も呼井戸の　底気味わるき夜半の泣声　雲井園

四ツの鐘算へて迷ひ出でにけり　五つの障りありし女は　獅々丸

失せたりし一枚よりぞ化物の　数に入りたる皿屋敷かな　楳廼門花兄

小夜ふけて九つころの皿屋敷　聞く(菊)につけても凄き古ごと　遠江見附　草廼屋

幾千度日々並べ数ふ皿の数　足らぬを聞く(菊)が哀れなりけり　常陸北浦　哥根人

須磨の浦すぎし昔を偲ぶかな　浪のうねうね寄る平家蟹　遠江見附　釈雲洞

うしろ髪引かるばかりぞ大口の　真神が原を吹き送る風　京　獅々丸

日影にも姿あらはす雪女　見る人やなぞ肝を消すらん　仝　照信

嘘でなき証拠を見よと長き舌　出だす娘も人だますらん　獅々丸

己が名の天狗は人の世の中と　思ひ疎みて山に入るらん　遠江見附　草廼屋

当座迷子をたづぬると述ぶ事を　駿府　望月楼大人判

尋ね侘ぶ親の心や狂ふらん　蝶よ花よと愛し迷ひ子　南寿園長年

迷ひ子の行衛もどこか白波の　阿波(泡)の鳴門の生み(海)の二親　松梅亭楨住

まよひ子の泣きて涙のほろゝ落つ　焼野の雉子有るか尋ねん　守文亭

鷹狩の野辺も尋ねん迷ひ子の　腰の守りの鈴を導に　仝

○

歌巻のよしあしさへも尋ね得ず　墨引き果つる筆の迷ひ子　駿府　望月楼

狂歌百物語——四編

天明老人尽語楼撰
竜斎閑人正澄画

【兼題】
三井寺鼠
光物
神隠
陶子
楠霊
貒
両頭蛇
豆腐小僧
山男
雷獣
夜鳴石
海坊主

三井寺鼠　みいでらねずみ

法の文荒らす鼠は毬栗の　僧にもおちぬ三井の中堂　　梅屋

猫さへも恐れなしけり比叡の山　戌の刻より出る荒れ鼠　　語吉窓喜樽

喰ひ裂きしあとを繕ふ山法師　経を閉づるも鼠当のきり　　蟻賀亭皺汗

頼豪のたゝり恐れて比叡の山　鼠衣は着ざる法師ら　　花の門

破戒する法師の文も比叡の山　鼠は出でて引き裂きにけん　　京　花兄

頼豪を祀る祠の繕ひに　見る鋸も三井の鼠刃〔歯〕　　仲芳

重ね置く経は出さじと三井寺の　鼠に寝ずの夜番をぞする　　上総富津　朝陽亭

猫の居ぬ涅槃の像の掛物も　三井の鼠は啄みにけり　　枇杷のや夏繁

三井寺の鉄の鼠が荒れ出でて　猫も釈氏〔杓子〕も恐れなしけり　　京　日吉廼や照信

山法師学ばぬ比叡の経までも　三井の鼠は腹へ入れけり　　語免亭艶芳

荒れにける鼠衣は倫言〔綸言〕の　汗の通らぬ恨みなるらん　　東風のや

倫言〔綸言〕の通らぬ恨み心根の　猫の阿闍梨も旧鼠とやなる　　朝霞亭

昔より聞き伝はりし引事の　咄も三井の鼠なりけり　　駿府　望月楼

荒らされし御法の文を鼠毛の　筆に繕ふ三井の古寺　　枇杷のや夏繁

三井寺の鐘ともろとも世に響く　鼠に祠建てし咄も　　盛岡　梅園実成

三井寺の鼠と化して尾を隠す　法師の形も鵺衣か　　草加　四角園

破戒せし恨みをいまも三井寺や　木の魚までも食む荒れ鼠　　仙台松山　千潤亭

七ツ目の馬の耳にも念仏の　経を鼠の食む比叡の山　　国吉

比叡の山経を喰ひ裂く荒れ鼠　地獄落し〔鼠取り〕も恐れざりけり　　江戸崎　緑樹園

三井寺の旧鼠かへりて経のみか　猫間扇も食み散らしけり　　和木亭仲芳

木食の聖なるかも頼豪の　阿闍梨は栗鼠のかたちなりけり　　守文亭

喰ひ裂いた衣の色に怨念の　生ける鼠となりし頼豪　　夏繁

頼豪の一念化して角文字の　般若の経も喰ひ裂かれけん　　槙住

三井寺の鼠のいたく喰ひ裂くは　猫の見えざる涅槃会の像　　春交

銀山〔殺鼠薬〕も効かぬ鼠は三井寺に　徒ら者の名や残しけん　　桃江園

子の方の鼠に鉄の名にし負ふ　磁石の情や引き出だしけむ　　京　獅々丸

おそろしや鼠となりて猫足の　経机まで囓る頼豪　　花前亭

経文を喰らふ鼠は極楽も　地獄落としも効かぬ頼豪　　桃実園

読む経に備ふ初穂は比叡の山　むかしを偲ぶ鼠米かも　　食乱人登保斗

永
口古画や
晩伝

秋の暮や
猫も歌氏も
それなくに

山ほけ
守もとひえの
やまても三升の
爺を投へいきけり

芳

木々に復襲

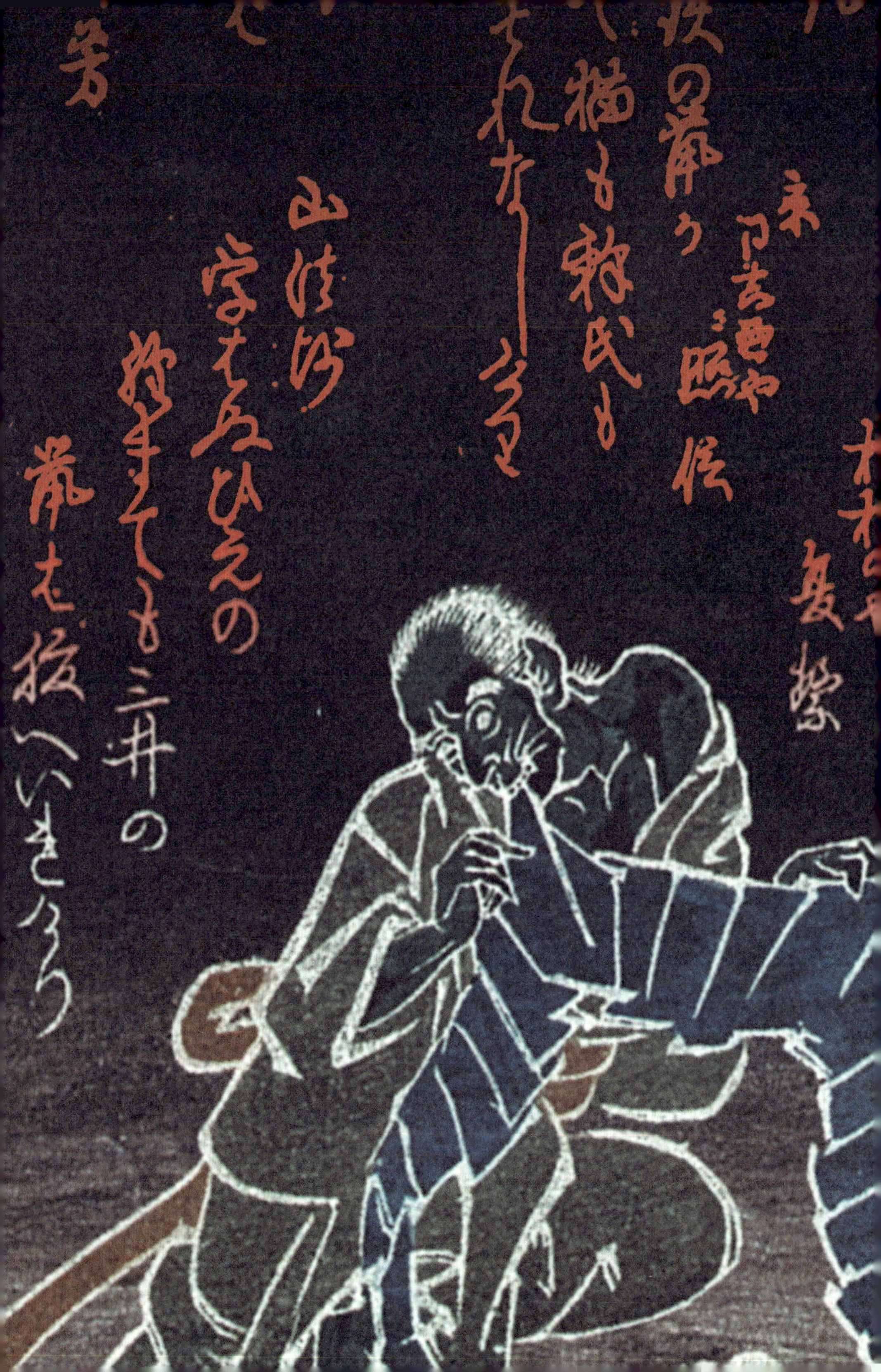

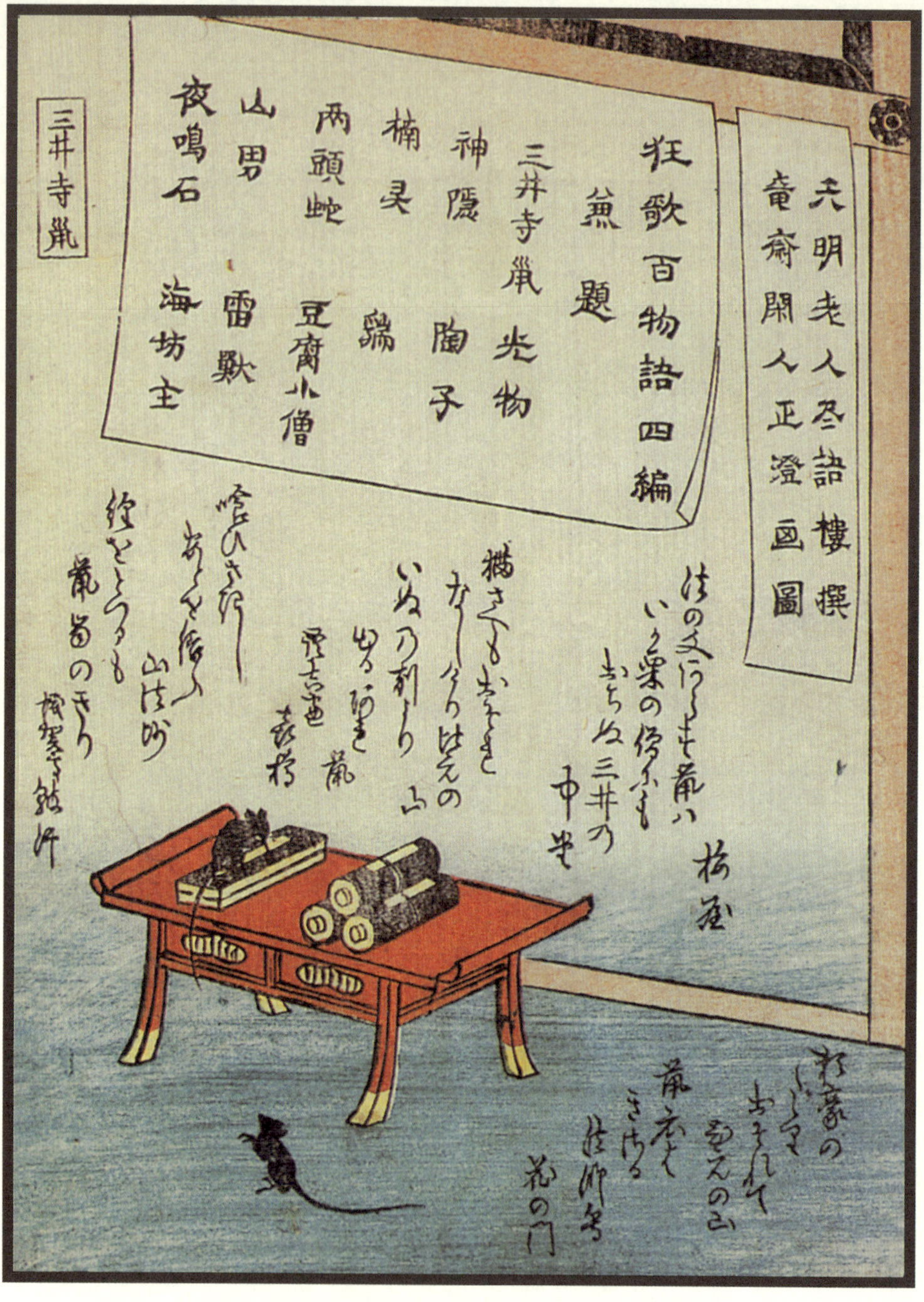

天明老人盡語樓撰
竜齋閑人正澄畫圖
狂歌百物語四編
兼題
三井寺鼠 光物
神隠 胸子
楠霊 鼬
両頭蛇 豆腐小僧
山男 雷獣
夜鳴石 海坊主
三井寺鼠

光物
ひかりもの

白玉か何ぞと問へば答へなく　露には影のさすひかり物　藤紫園友成
山鳥の尾上を出(い)づる光り物　汝(なれ)が鏡の照れる影かも　槙の屋
おそろしな炬松(たいまつ)忍ぶ丑(うし)の時　倶利伽羅(くりから)越えを飛ぶ光物　檜園
門跡(もんぜき)の御前かゞやく光り物　西と東へ別れてぞ飛ぶ　大内亭参台
今見たと人の噂に聞くさへも　空おそろしき夜の光り物　善事楼喜久也
光りもの宙を飛んだと上下(うへした)で　押さへ戸の無き評判ぞする　帰昇庵雅学
蟻の穴までも見え透く光り物　天へも昇る思ひなるらん　藤園高見
闇ならばさもこそあらめ光り物　光りて人の目をぞ眩(くら)ます　相模古沢　井仁子
夏虫の影も乱るゝばかりなり　とんで日（火）の出とみる光物　江戸崎　広丸
稲妻の如き雲間の光り物　袖を覆ひて消ゆるばかりぞ　上総富津　朝陽亭
音たてゝ中空飛べる光り物　いかづち山のほとりより出し　仙台松山　錦著翁
かゞやきてひくり信濃の善光寺　背(そ)びらに重く見る光物　元照
陰陽の鉢合せせし其の時に　目より出(い)でたる光り物かも　草加　四角園
一二尺あらんとばかりの光物　寸の間にこそ消えて跡なき　江州比良　雪の家松岩
安房上総(あはかづさ)一目に見ゆる光物　保田(ほた)の慈顔（日本寺大仏）の御手よりや出し　秋田舎稲守
見れば地に入らんとばかり光り物　是も奈落の底よりや出し　草加　稲丸
月星の光り奪うて光り物　あと眩(くら)まして行衛白浪　信濃梨沢　玉鉾舎道丸
木にもあらず竹にもあらず竹藪を　飛びしは何の光物そも　仝新井　松闇観泰固
光り物夕顔棚に涼み居て　妹(いも)は二布(ふたの)（湯文字）を身に覆ふかも　元照
烏羽玉(うばたま)の夜半にあやしき光り物　肝(きも)魂も空となりけり　遠江見附　松風琴妻

光物

あら玉の行そら百八美(ひゃくはち)ぼく
変(へん)じハ新のお人計(ばかり)そうりもの

蕪紫園

山寺の尾上をいつるひかり物
なれバ焼のてもろ軒ろる

枝の屋
玄成

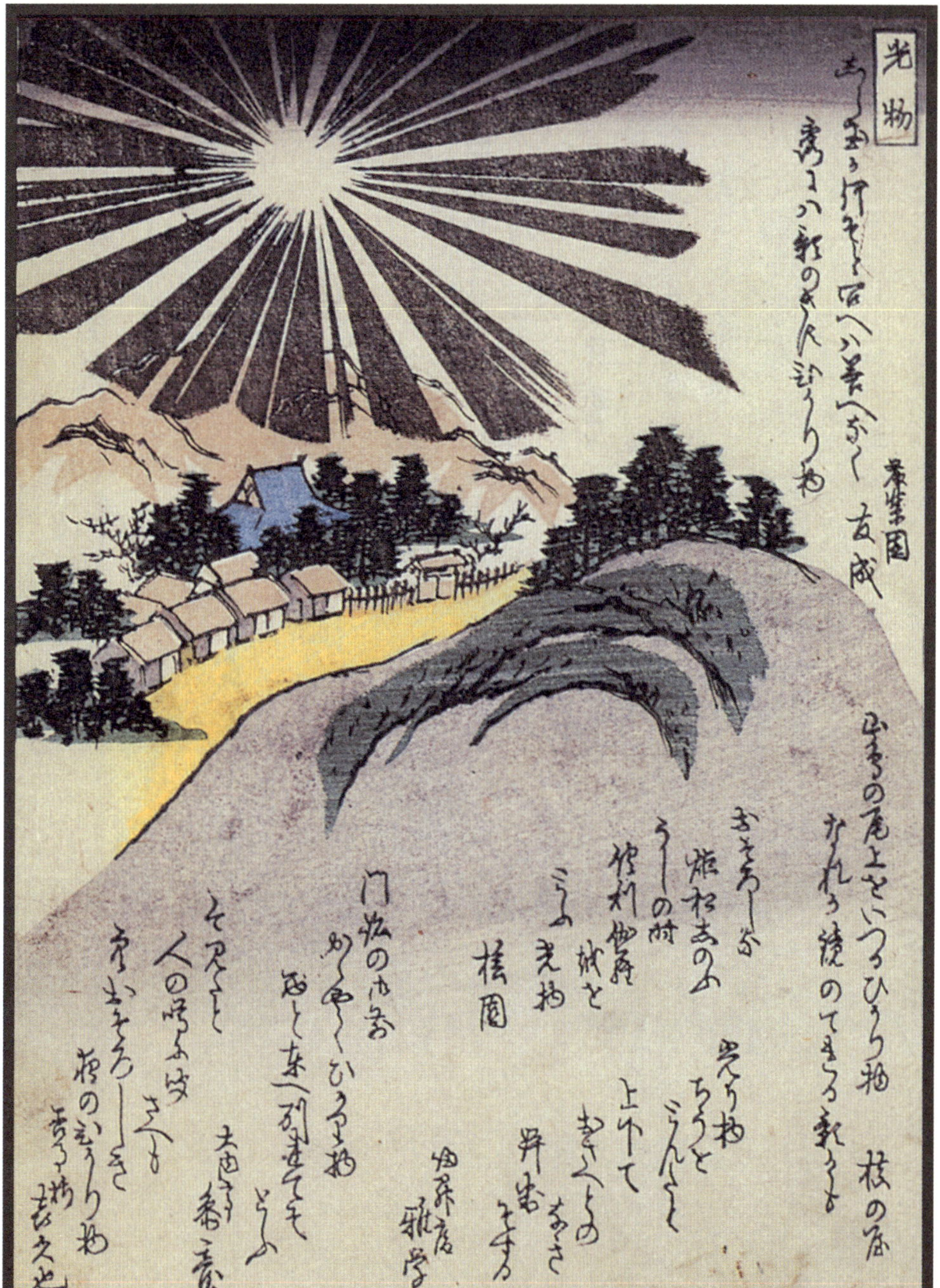

神隠　かみかくし

熱鉄の給仕させんと神はしも　あまりたぎらぬ人を連れゆく　藤園高見

神隠し行衛は何処と白雲を　つかむやうにて空にこそあれ　一草庵多が丸

天が下みたまものをや隠せるは　不正直なる神とこそ知れ　江戸崎　有文

鼻高の仕業なるらん闇の夜に　つまゝれ出でし神の隠し子　芝口や

神隠し残る子たちの片身頃〔袵〕　親子の縁も薄き絹裏　弓のや

鼻高の誘ひ行きけん親ながら　良き子と常に自慢しけるを　駿府　小柏園

五月蠅なす神隠しかも水無月の　三十日の闇に失する人形　京　牡丹丸獅々丸

子ゆゑには心の闇のどんちやんと　神隠しとも知らで尋ぬる　青梅衛門

幼を連れ行く神の隠し子は　何処の森〔守〕で育ちゆくらん　語龍軒足兼

見えぬ日を忌日となして弔はん　神の隠せし業と思へど　坂槻

人の子を己が子にする蜂に似し　腰細き子を隠す神かも　草加　四豊園稲丸

家の棟に草履を残す神隠し　足を穴にぞ惑ふ垂乳女　槙の屋

爪ならぬ隠したまへる神ゆゑに　能ある人となりて戻らん　団子

預かり子神に隠され親たちに　返す言葉も泣く〔無く〕ばかりなり　喜久成

酌に子を連れ行く神の隠し芸　出だす愛宕の天狗酒盛り　足兼

夏山の木下闇なす児桜　これぞ葉守の神隠しなる　守文亭

衣に摺る宝尽しの簑笠か　けだしは神か隠されし子の　京　照信

其の親の胸をどきん〔兜巾〕と驚かせ　愛し子隠す山伏やなに　文栄子雪麻呂

寐たる子の床は蛻けて空蟬の　羽根ある神や誘ひ行きけん　春交

御祭りの夜宮から出てどんちやんと　騒ぐは何の神の隠し子　喜樽

手向けても帰らぬ水の梓神子　隠したまへる神降ろしつゝ　船唄

松の木のうろうろとして神隠し　尋ねて人の行く古峯原　花前亭

神隠しいづれと知れぬ親心　子ゆゑの闇に迷ふ暗き夜　鶴芳

手遊びもしれぬ着物の隠し縫ひ　片身に笑顔残す人形　清のや玉成

頭にと宿りたまはん心にや　正直者を隠します神　銚子　大酒館釜樽

児桜見えずなりけり夏木立　茂る葉守の神隠しかも　相模中野　駒成

見えぬ子は天狗の業か山深み　枝道までも分けて尋ぬる　浜松

二荒山走り大黒さかさまに　掛けてぞ祈る神の隠し子　蓬洲楼惟孝

神隠し探すに当てもなか穴の　雲をつかむが如くなりけり　帆月舎直成

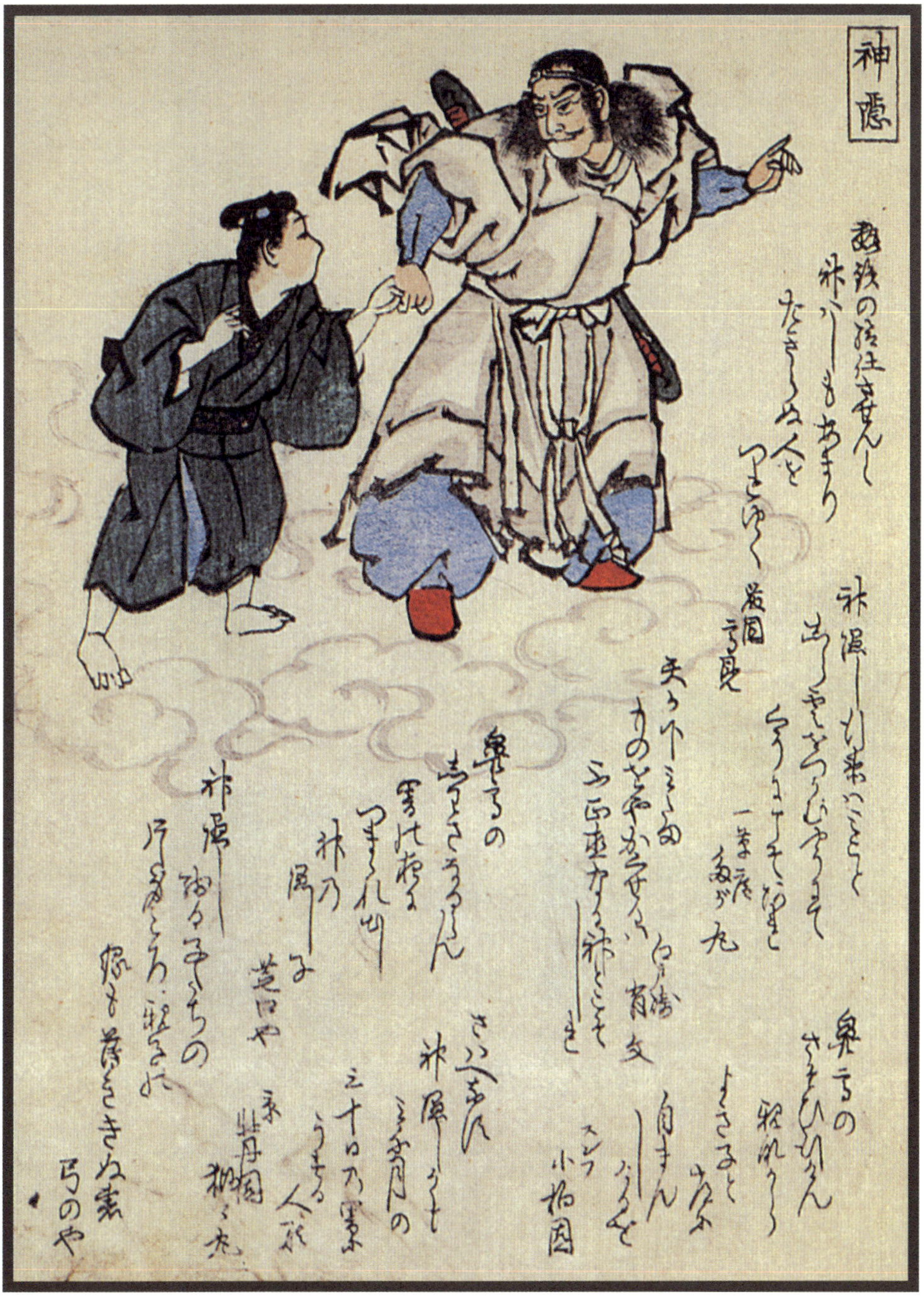
神隠

親心鬼ともなりて子を探す　誘ひし神にかくれんぼして　上毛板鼻　末広庵老泉

いつまでも童姿に年や経ん　神の深（御）山にかくれんぼして　日光　時保

陶子　とくりご

酒入るゝ其の陶子を産む母は　左り孕みでありしなるらん　於三坊菱持

産み出して親の嘆きは升（増す）酒に　身を果たしたる中の陶子　語吉窓喜樽

恥づかしと袖に隠せる陶子は　誰れと寝酒のうまき種かも　語龍軒足兼

酒汲みて山師も祝ふや見る人も　こぼるゝ程の入りの陶子　語調台板槻

母親の腹は布袋の備前焼　産み出だせしは陶子にこそ　宝市亭

水にして仕舞はんものを陶子　産みて糸瓜と人の譏れば　三輪園甘喜

銅壺の湯産湯となして尻よりぞ　入るゝは酒の燗の陶子　南向堂

陶子は何の報いと胸に火を　燃やして燗をつけし二親　青則

陶子を儲けし人は酒見世の　払ひに目鼻つけぬ報いか　松梅亭槇住

野伏の腹に宿りし陶子　産まれいづるも酒薦の上　尚丸

陶子を持ちたる親は人の子を　売りて酒にや換へし報いか　駿府　小柏園

燗をする様かも酒の陶子の　尻をひたして湯浴みさす婆々　笑寿堂春交

陶子の産まれた沙汰をさせじとて　下女が口をば先へ塞げり　喜久成

産まれても闇から闇の陶子は　明るく人に口もきかれず　春道

尺にしも足らぬ陶子世を狭く　過ぎにし人の種にやあるらん　江州比良　松岩

産み出せば人目大津（多）の壁に耳　はや触れらるゝ陶子の口　桃太楼団子

父なしの其の争ひも誰彼と　さらに目鼻のつかぬ陶子　銭丸

軽々と産まれて見れば陶子は　親も手足をもがれたる如　兀山人

陶子を儲けし我も人皆に　顔見られんと手も足も出ず　多か丸

親の嘆きばかり知られし跡継がす　ことの成らざる酒の陶子　青則

人の中つゝきし親の報いにや　指の形もあらぬ陶子　弓の屋

その親は一生呑んで尾張（終り）焼　産み落としたは陶子なり　雅学

天窓やら尻やら知れぬかたわ子の　とつくり見れば口はありけり　槇住

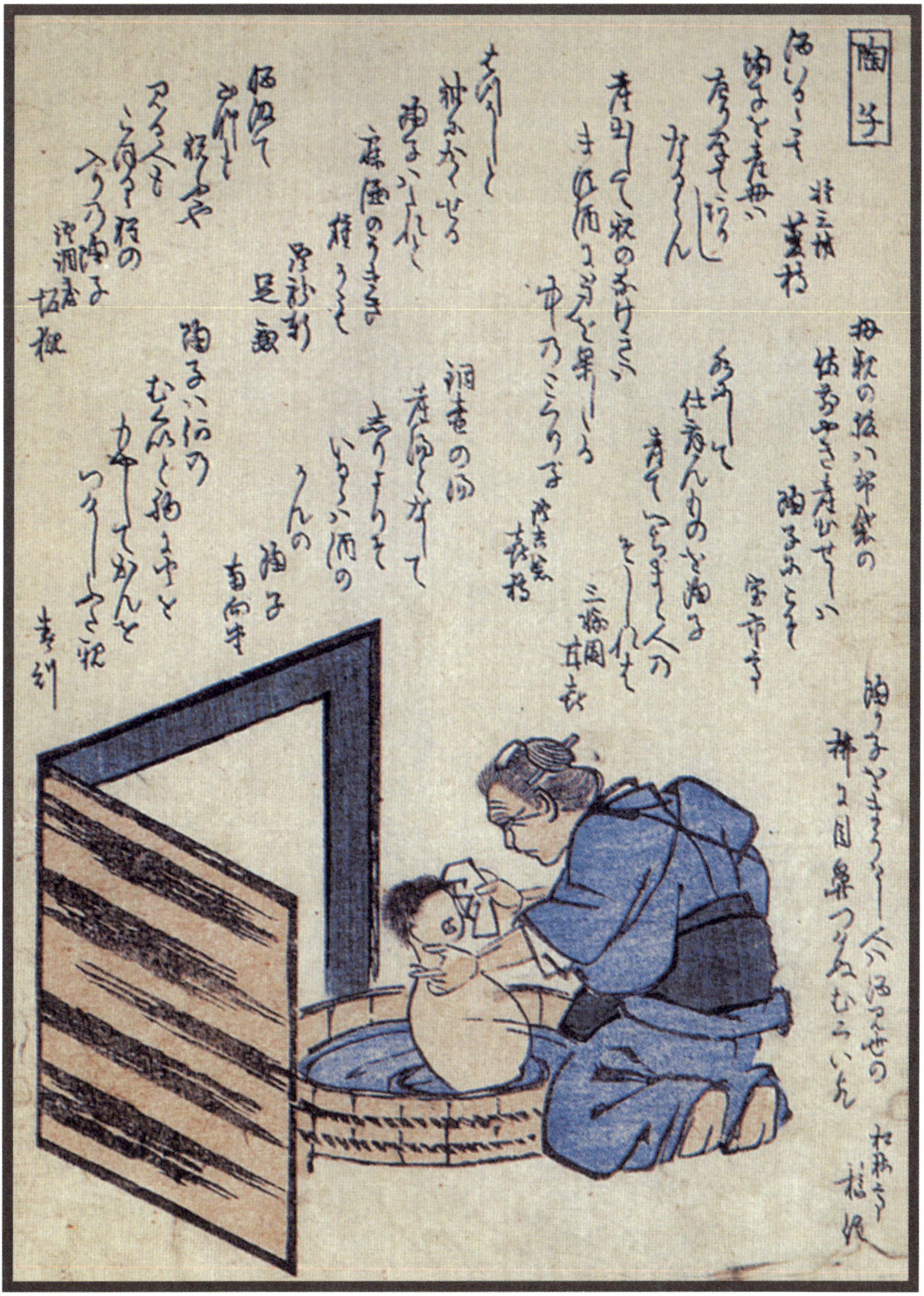

陶子を儲けて着する産着さへ　乞食仕立の酒薦の上　　宿守

凄いほど身も白鳥〔長徳利〕の陶子　乳(ち)をのむ口の細く長くて　　五息斎無事也

陶子を産むよりすぐに隠せしが　外から勘〔燗〕をつける人あり　　文語楼青梅

いかゞぞと頼みにきたる其の様子　見る医師も手は出さぬ陶子　　長門　蒸露園

足る事を知らで酒呑む人を見よ　親は貧乏子は徳利なり　　青梅

陶子を身にこもり口(く)の〔枕詞〕初瀬山　口一つのみあるは怪しな　　守文亭

晦日(つごもり)に手も足も出ぬ人やらむ　世に貧乏と呼ばる陶子　　緑樹園

親の罪子に報いしか陶子(とつくりご)　酒屋の瓜に目鼻つけねば　　多か丸

山師の手へ渡して金に生業(なりはひ)の　助けとするも産まん陶子　　大内亭参台

楠霊

くすのきのたま

湊川(みなとがは)その流れ矢も物かはと　石となりたる楠の霊　　上総大堀　花月楼

怨念の枝葉しげりて楠の　覆ひかゝれる闇の大森　　桃太楼団子

湊川底の小砂利は楠の　枝葉の化して石となりけん　　桃江園

木魚にも彫りて迷ひを弔はん　魂(たま)の蛻(もぬ)けし楠(くす)の大樹を　　京　牡丹園獅々丸

六韜(りくたう)〔兵法書〕は子に譲りつゝ菊水の　露の御霊(みたま)ぞ今に残れる　　駿府　望月楼

楠の霊に付き添ふ泣き男　哀れな声を出すみなと川　　花前亭

楠の木立や抜けて出(い)でにけん　樟脳の火の青く燃ゆるは　　京　獅々丸

湊川名は淀むらん楠の　石になるほど凝りし一念　　相模古沢　井仁子

一念の凝り固まりて動かぬは　世になき楠の石にこそあれ　　清明

菊水の流れは汲めど湊川　長生きせぬをくやむ魂(たま)かも　　常陸村田　緑洞園菊成

彦七〔大森〕はびつくり跡へ戻り橋　亡びし魂と菊〔聞く〕の下水(したみづ)　　菱持

湊川ほまれは朽ちず一念の　石とも凝りし楠の霊　　下総恩名　弓雄

婆羅蜜(はらみつ)を悟らば石とならまじを　般若のやうな楠の霊　　相模中野　松樹園直成

水の泡と消えしながらも湊川　楠の根の魂は朽ちせじ　　江戸崎　緑裘園邦彦

楠の堅き備へは破れても　思ひ残りて石と化しけん　　吾妻井香好

楠公

妹川その
流を受る　　弄木坊
紀月梅
あらひそと
なりにける楠の臭

とんきの
社僚まつり
たまの丸を
本亀ふを彫りて
ましひを祀らん
楠のおかりで
うつ行く雲は大象
枕友橋　志ま

凉川
庵の小砂利に
楠の社楽を
作つてとて
きさ／＼と　　枕口園

楠の臭ミつきさゝ
なさ男になんぼう奉ると
出ル屋ぞミ川
　　　　　　荒五そゞ

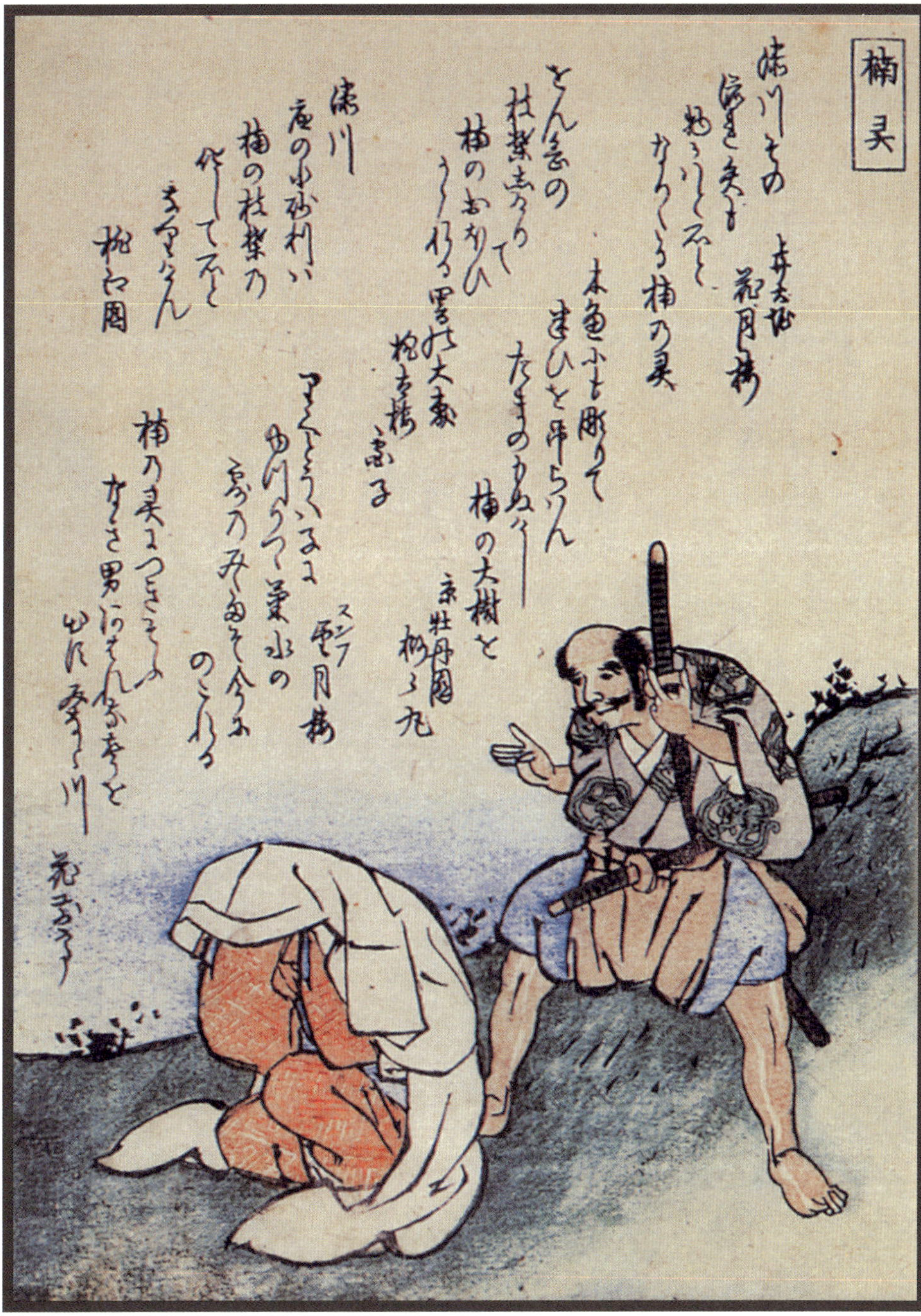

貒 まみ

貒穴のまみの付合（つきあひ）広尾野の　狐うなぎと狸そば見世
萬町庵柏木

昔より尽きぬ齢（よはひ）も長坂を　折々出づる貒穴のまみ
永寿堂

武蔵野の原の昔を偲ぶなり　広尾に年を積みし貒穴
雛の舎市丸

狸には汝（なれ）もおそれて洞穴に　縮まる貒の金や小さき
守文亭

洞に居て何を嗜（たし）むか気が知れぬ　麻布あたりの貒穴のまみ
桃源洞

歳経（ふ）れば汝が毛色も金銀に　光る夜光の貝塚のまみ
芝口や

其のむかし爰（ここ）に住みけん気の知れぬ　麻布にあとを残す貒穴
清のや玉成

杉くべて穴けぶらする松が根と　知らで住みぬる貒の愚かさ
仙台松山　千潤亭

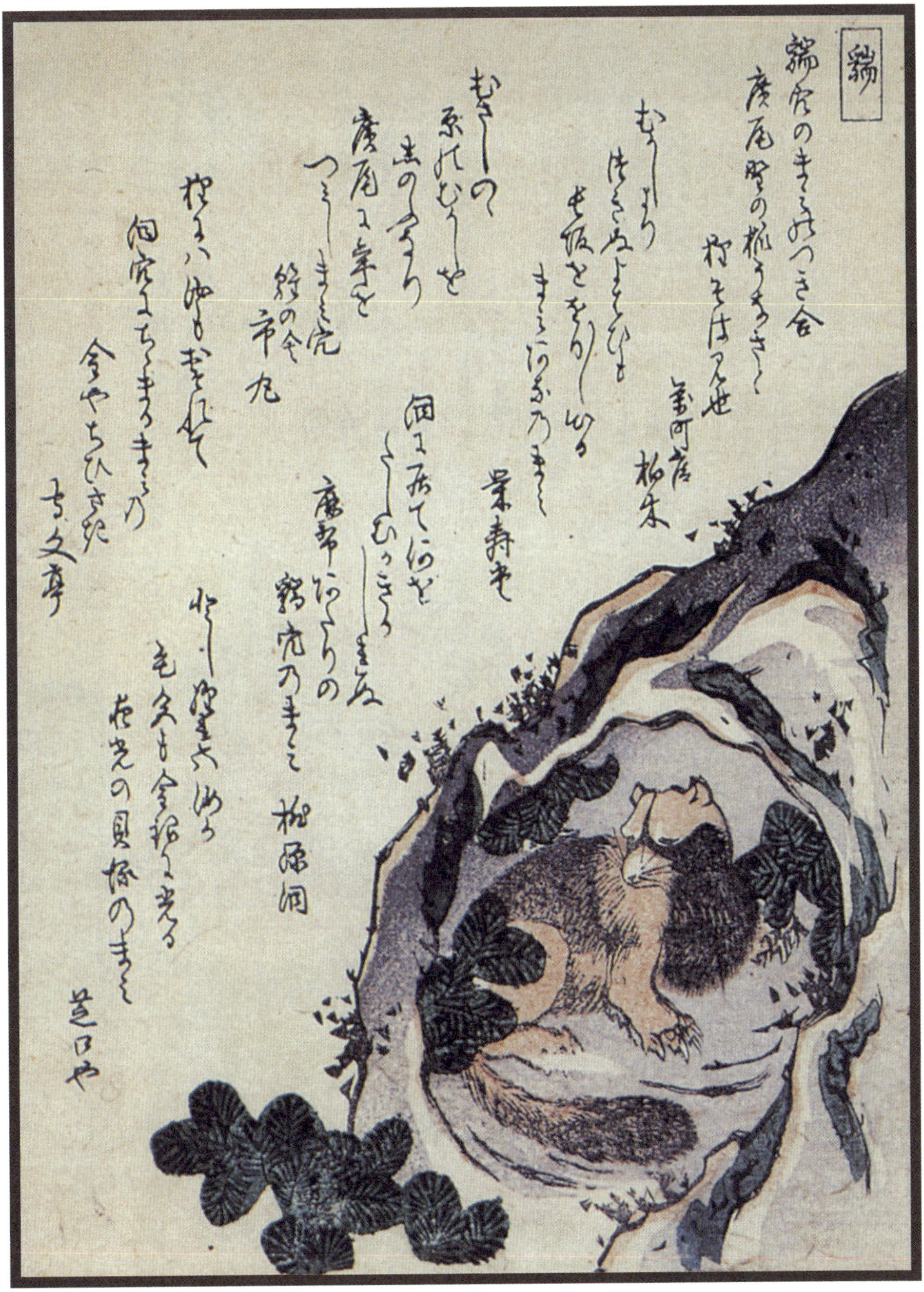

両頭蛇
りょうとうのへび

両頭の蛇見る人とかへる人　後先に目をつける木戸番　東海園船唄

珍しと引張(ひっぱ)りくら〔引合〕やするならん　山師の見出す両頭の蛇　銭のや銭丸

蟾蜍(ひきがへる)かたへかのまは朽縄(くちなは)〔蛇〕の　空しきかたも腹は満ちなん　仙台松山　千澗亭

見世物に出(い)だす山師はからくりの　尻をば見せぬ両頭の蛇　松梅亭槙住

見つけたら蛙になれと包金　呑む胴巻の両頭の蛇　桃実園

見世物に嘘かまことか言ひ立ての　舌は二枚の両頭の蛇　装師坐浜松

両頭の蛇を見たりと顔と顔　よせて咄(はなし)に伸び縮みする　鶯声堂春通

見世物師餅よ酒よと大入に　儲けて遣ふ両頭の蛇　萬町庵柏木

始めありて終りの無きと見る蛇は　頭ばかりが二つなりけり　江戸崎　邦彦

口縄(くちなは)の長口上も作りもの　嘘の尻尾(しっぽ)は見せぬ両頭　正女

後先も知れざる土手の朽縄(くちなは)は　吉原楊枝化してなりけん　槙の屋

二つなる頭を立てゝいづれより　這入りやすらん穴の口縄　香好

今見たといふ言葉さへ尻〔知り〕頭　嘘と真の両頭の蛇　雪麻呂

働きの業(わざ)を見やもと武蔵野〔宮本武蔵〕の木立〔小太刀〕に絡む両頭の蛇　藤紫園友成

裏表(うらうへ)に天窓(あたま)ふたつを現はして　尻尾(しりを)隠せる蛇もありけり　遠江見附　草の舎

闇の夜に汝も鳴かぬや烏蛇(からすへび)　尻も頭も分かぬ両頭　江戸崎　緑錦園有文

武蔵野の野川の岸の柳をも　なめげにからむ両頭の蛇　上総大堀　花月楼

杜若(かきつばた)あやめの中をのたくりて　かたちも同じ両頭の蛇　下総恩名　文左堂弓雄

踏みかけてはつと思はず足引の　蟒蛇(やまかがち)てふ蛇の両頭　江戸崎　有文

後先も分かぬ野道の草むらに　出てはさまよふ両頭の蛇　語園喜和丸(ごえんきわまる)

熊ともに深き山路に山師等が　買ひし価も両頭の蛇　坂槐

口縄に逢坂山(あふさかやま)や是(これ)やこの　行くも帰るも出来ぬ両頭　守文亭

両頭を見ると死すてふ諺の　見て魂(たま)消ゆる野辺の口縄　楳星

垣這うて狙ふ蛙の疣結(いぼゆひ)〔飯粒結〕に　二つ頭の見ゆるくちなは　駿府　小柏園

両頭の蛇見ておちる其の人の　顔は青大将となりけり　雅学

両頭の蛇はおのれと争ひぬ　形も畝傍(うねび)耳成(みみなし)にして　京　照信

水の尾も見えずて蛇の両頭は　どちらつかざる谷川に這ふ　見名斎背那丸

看板に娘を掛ける見世物師　見込んで買ひし蛇の両頭　花前亭

哥(うた)を詠(よ)む蛙は呑めど雨降らす　力は持たぬ両頭の蛇　駿府　東遊亭芝人

両頭蛇

思はずも出て驚きぬたゝきたる　藪から棒の両頭の蛇　南向堂

風あらき（荒木）日の明け方にのたくるは　伊賀の上野の両頭の蛇　紫雲

看板に因果をのせて両頭の　蛇遣ひさへふたなり娘　松の門鶴子

物言はゞ押さへ処もなからまし　尻と頭に口のある蛇　日光　大平時保

尻尾(しりを)なき頭二つのくちなはに　我は後ろを見せて逃げけり　上総大堀　花月楼

武士(もののふ)の青大将と世にいへど　ふた心ある両頭の蛇　長門　蒸露園

豆腐小僧
とうふこぞう

塗り盆の闇に豆腐の白壁も　崩れ社へ運ぶ小わらべ　弥生庵

卯の花の雪の夕べの豆腐買　耳まで口の裂けた小わらべ　桃本

精進の豆腐小僧を見世物師　山をかけてぞまたも化かすか　語免亭艶芳

門に貼る祇園の札にゆかりぞと　豆腐小僧は暫し佇む　宝山亭金丸

捕へんとすれども脇へ退(そ)き豆腐　小僧も得たる早業(はやわざ)ぞある　鶴子

化小僧藁苞(わらづと)にして提(さ)げて来る　豆腐もよほど片（堅）在所なり　高見

日の影に豆腐小僧ぞ消え失せる　根岸の笹の雪の中道　国吉

色黒く丸顔なるぞ怪しかる　豆腐小僧は名にも似つかで　仙台松山　錦著翁

石洞の目や廻すらん買ひに来し　豆腐小僧の姿見しより　駿府　松径舎

賽の目の豆腐小僧の出る噂　大評判は人も知るのみ　萬々斎箴丸

笠のうち眼(まなこ)は一ツ賽の目の　奴にも化かす豆腐小僧は　桃源洞

やはらかき豆腐小僧は中々に　人も噛むべき勢ひやある　讃岐黒渕　玉露園秋光

睨みたる目も丸盆に壱挺(いつちやう)の　豆腐小僧やおそろしき顔　尚丸

紅葉(もみぢ)ばのつきし豆腐の小僧とて　人驚かす秋風に似つ　駿府　望月楼

影暗く差す三日月の入る方に　さゝぐ豆腐か小僧もてゆく　長門　由縁

行き合うてぞつと夜風は肌に着し　布目を通す豆腐小僧に　常陸村田　菊成

やはらかな豆腐小僧に出会うたと　聞いて怖きといふ人もあり　二本坊鼻高

豆腐小僧

降りくる雨の雲ふり
豆腐の上にも降りふる
ふりと雨ふりしく 弥生房

卯の茶のきれ
ゆくの豆腐笠
耳まで口のさけて
小ぞうに 梅玉

さうどんの
豆腐小僧を
ひきあけて
ふきてもきでも
きえもせぬ 雛芳

ふりしく擂鉢のれん
ゆりふりく豆腐小僧は
きへこまむ 富山亭金丸

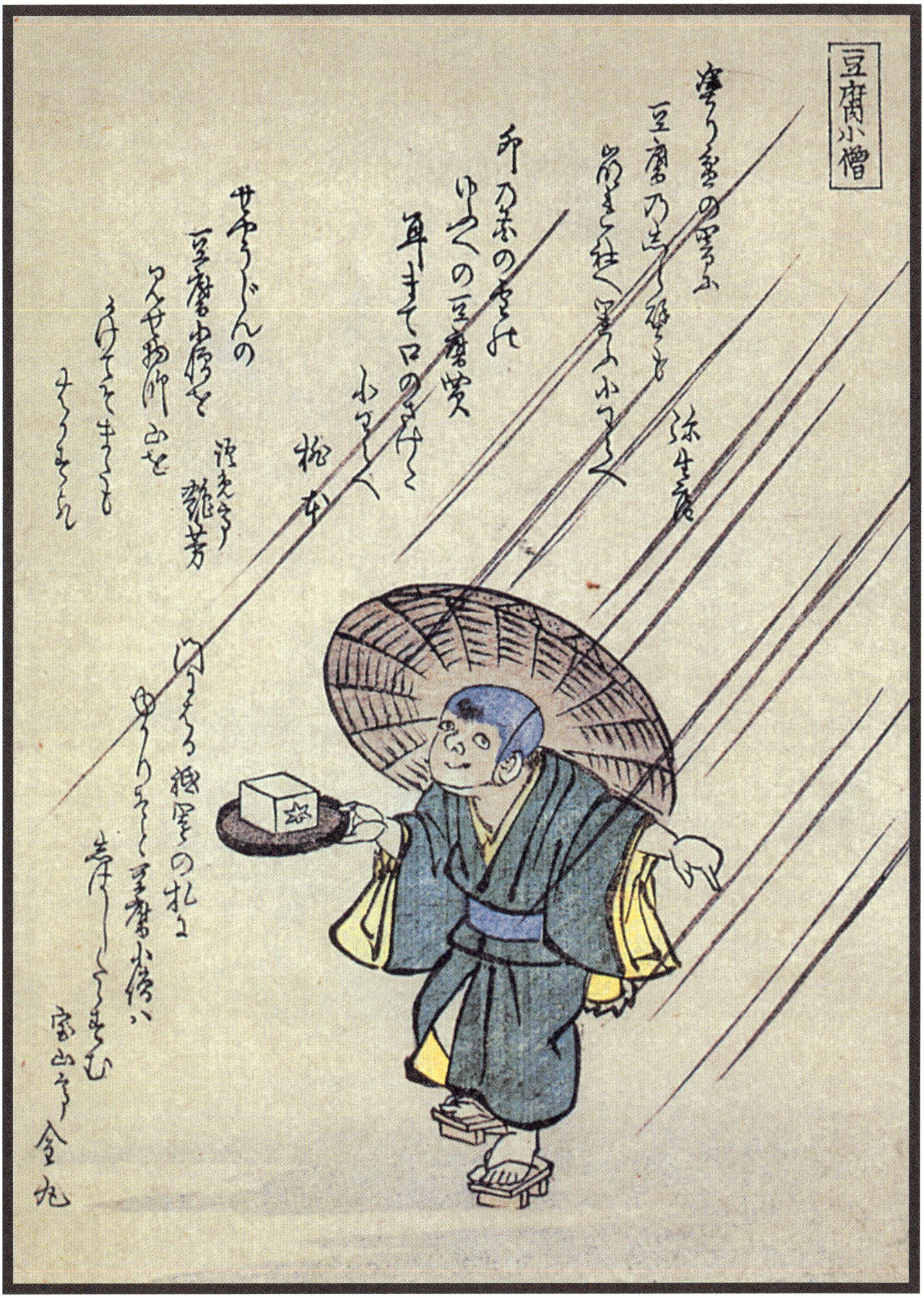

山男

やまおとこ

ありときく姿まだ見ぬ山男　これや木霊(こだま)のたぐひなるらん　槙の屋

脇差しの狭山（鞘）に籠もる山男　人とは反(そ)りの合はぬのも宜(むべ)　松の門鶴子

鶺(はしたか)のとかへる（羽抜け変る）山の山男　みてぞぬすだつ鳥肌となる　草加　四角園

萬木に汝もなれてか山男　人には腰も屈(かが)まざりけり　語安台有恒

鬼とのみ見てややみなん葛城や　背(せい)も高間の山男には　江戸崎　緑亀園広丸

山男見世物小屋も汝が馴(な)れし　猪猿(しし)ひさぐ向かふ両国　南寿園長年

猿をのみ友となしつゝ浮世には　木の実（好み）の無きと出ぬ山男　駿府　東遊亭芝人

奉公の道まつくらな山男　抱へるほどの松はあれども　花の門

雲霧の煙立てるは山男　人並みにこそ飯や炊くらめ　京　花兄

印をも逆さにぞよむ山男　酒盛りをする天狗交はり　思斎紫雪

肥えたれど貴(た)うとからざる山男　木ある処に住所(すまゐ)すれども　京　花兄

栗柿を好みて喰(くら)ふ山男　顔もおのれと渋は染めけり　銭丸

物言ふは谺返(こだまがへ)しか機嫌よく　笑ふは春の山男かも　駿府　望月楼

春秋を知らぬ裸の山男　霞と霧の中に生(お)ひ出で　京　花兄

霞男雪の女のたぐひかや　山に住むてふ名をや負はせて　盛岡　実成

見せらるゝ男より猶見世物を　出(い)だせる人ぞ山こゝろある　長年

山の気をうけて男(をのこ)となりはつる　杣(そま)が伐(き)り出す重荷運ぶか　艶芳

毬栗(いがぐり)も剃らぬ天窓(あたま)の山男　居ながら木々の好み（木の実）喰ひせり　玉成

白銀もあざむく髪の山男　真金(まがね)吹くてふ（枕詞）吉備に住むらん　花丸

山男

片腕のちから山の山男
こゑをからしてほゆる四角園

山男ふきおろす
山をもまたく
むつかしき
重寿園半年

枝をへし
ねをうごかし
ひきぬきし
山男とのもの
なさけに
ぬれし山男
烏帽子顔

鬼よりも
人よりも
おそろしや
かつさきの
山おろこの
風獄了芝人

うつくしく
山もとに
なれてる山男
きまり悪く
待春騰坂

うつろひて
あはれあかねの牛らひ
うかれけん枝の屋

枝をへて
人よりふかく山おろと
松の門捨子

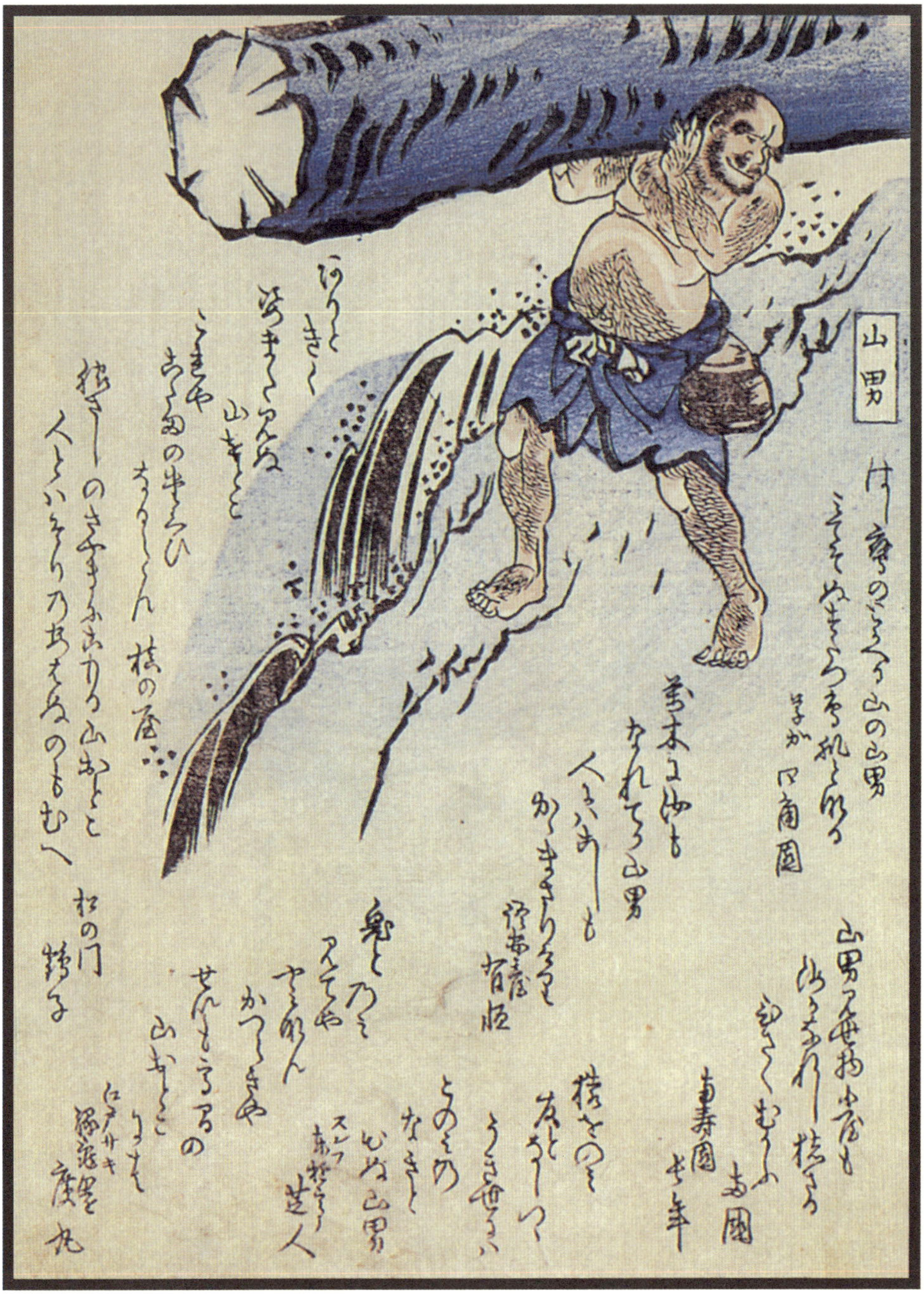

雷獣

らいじゅう

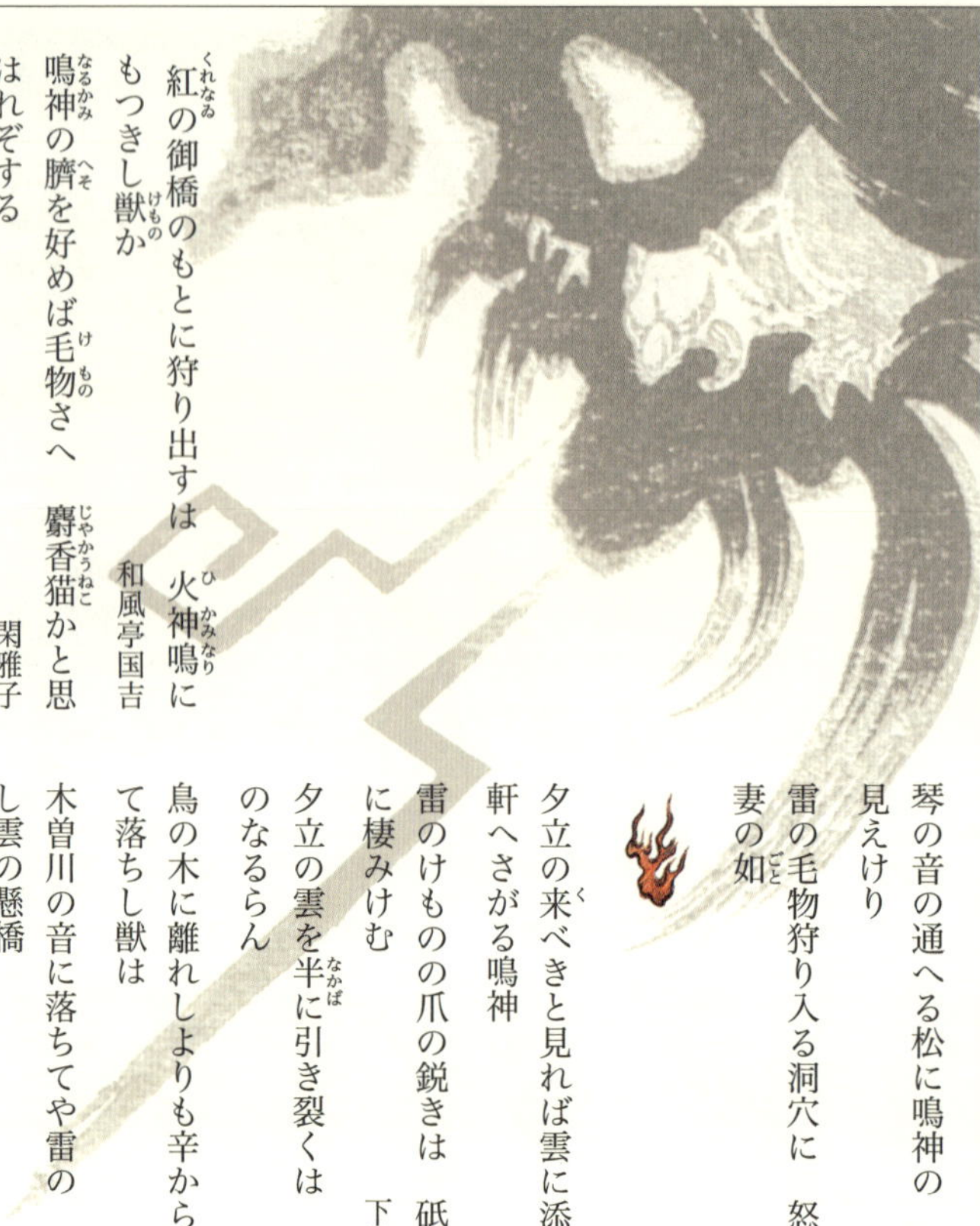

紅(くれなゐ)の御橋のもとに狩り出すは　火神鳴(ひかみなり)に
もつきし獣(けもの)か
和風亭国吉

鳴神(なるかみ)の臍(へそ)を好めば毛物(けもの)さへ　麝香猫(じやかうねこ)かと思
はれぞする
閑雅子

木をも裂き石をも砕き雷の　獣はたよる雲
や何なる
銚子　大酒館釜樽(だいしゆかんかまたる)

からたちの立木引き裂き雷の　獣はあたり
はら（払）垣にしつ
宝市亭

琴の音の通へる松に鳴神の　獣の爪の跡も
見えけり
雛室正女

雷の毛物狩り入る洞穴に　怒るまなこや稲
妻の如(ごと)
文昌堂尚丸

夕立の来(く)べきと見れば雲に添ひて　毛物は
軒へさがる鳴神
水々亭楳星

雷のけものの爪の鋭きは　砥石の出(い)づる山
に棲みけむ
下総古河　紀永居

夕立の雲を半(なかば)に引き裂くは　爪の鋭きけも
のなるらん
仝

鳥の木に離れしよりも辛からん　枝雲裂け
て落ちし獣は
大塚　梅胤

木曽川の音に落ちてや雷の　けものは落ち
し雲の懸橋
宝市亭

雷(らい)よけの経紙食(は)みて杉戸まで　かぎ裂く三
井の荒れ鼠かも
信濃飯田　尚友子清因

さりとては聞えぬ雷のけだものぞ　辺りの
人の耳を潰して
星の屋

雷のけもの狩りして儲けんと　山師も爪の
長くこそあれ
清明堂清明

日光の雷につくけだものは　落ちて涼しく
結構毛だらけ
宝山亭金丸

雷に汝(なれ)驚きしけだものの　落ちては人を驚
かしけり
上総大堀　花月楼

吼ゆるより雲にひゞきて獣(けだもの)の　耳おどろか
す雷の音
信濃柴沢　玉許舎道丸

山菅(やますげ)の蛇橋あたりの鳴神に　添ふて獣の
ひゞき渡れり
かつしか花丸

雷獣

おそろしき立木引さけ
雷のけりのそにほう
けうあつ一つ
　　　　宝市亭

琴の糸代理弓弦
雷のけりの尾の
あらそえたり
　　許空正女

雷のもすの
松ヶ岡洞ヶ
いろまれ方
松寿乃如
文昌亭尚旭

紅ゐの立梯の
かく形せたい
小祥おつや
つきーけりのう
　　　　周吉

吟祥の膝を
ぬゆへもおとく
寿多橋り
やきしきちろ
　　　閑雅子

本とも碧
ぞとし枠き
愛のけりのハ
たなる雷や
弦子
　　大沼佐
いきちろ
釜梅

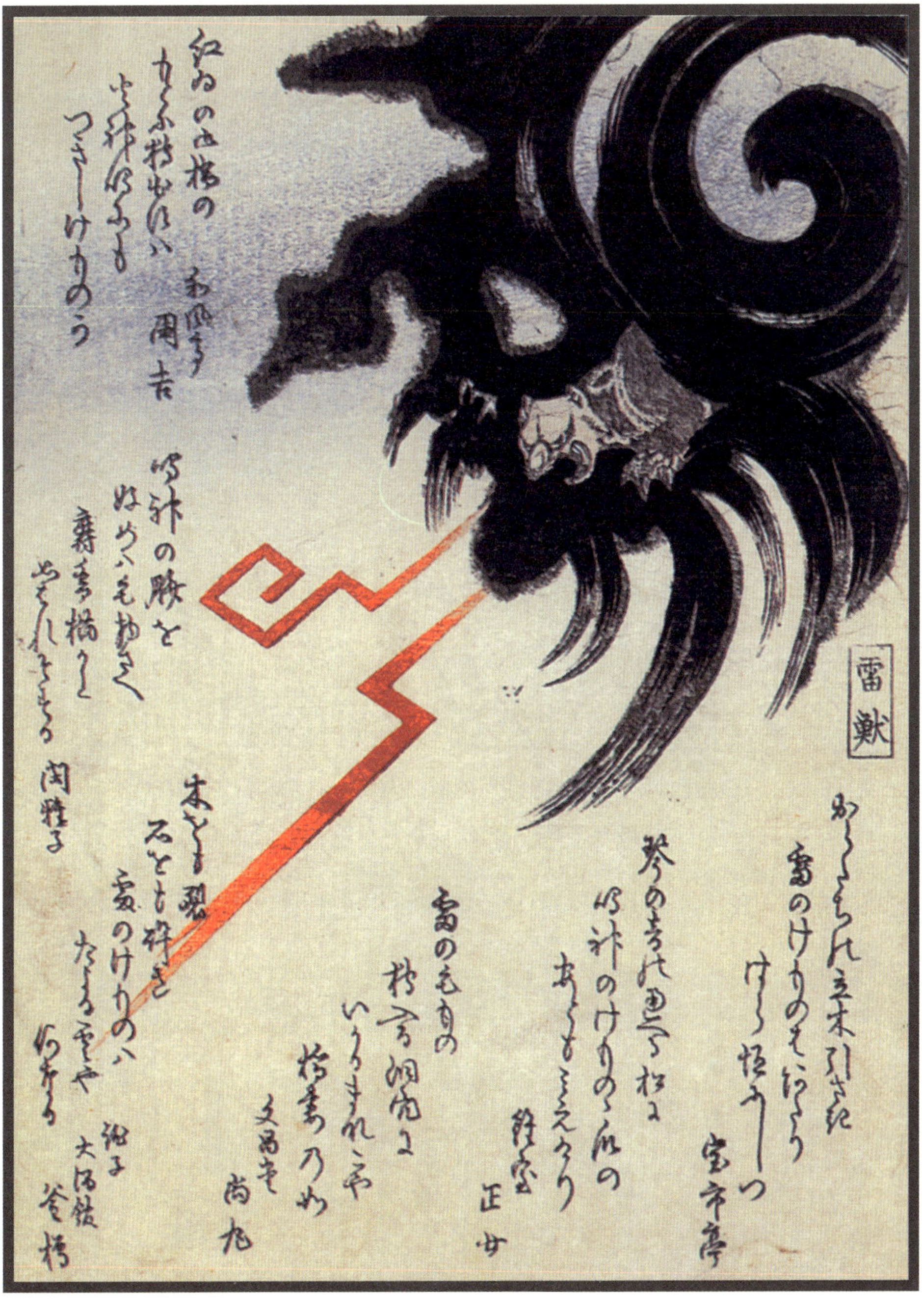

夜鳴石（よなきいし）

けゝら〔心〕なく石に躓（つまづ）き旅人の　横ほり臥せる小夜の中山　駿府　松径舎

あたりなる銀杏の乳も出かねけん　夜鳴のやまぬ中山の石　星屋

わけ聞きて我さへいたく泣き出しぬ　躓く石の小夜の中山　神風や青則

夜鳴きする声をこそ聞け中山に　石てふ文字に口のあなれば　仙台松山　錦著翁

旅日記（にき）へ夜鳴の石の古事（ふるごと）を　とめばや筆のさやの中山　見附　草の舎

いにしへを聞きて哀れと袖ぬらす　夜鳴石より先に我泣く　駿府　望月楼

そもこれが夜鳴石かと人問はゞ　小夜（左（さ）様（やう））と答へよ中山の者　花月庵重成

夜鳴石今は音無しかたはらに　子育地蔵飴の餅見世　裏のや宿守

鳴くと聞く石は埋（うづ）みて雪折（ゆきをれ）の　松に声ある小夜の中山　有恒

脇差しの鞘にも見しかけゝれ〔心〕なく　殺せし跡に夜毎鳴く石　青梅　六柿園衛門

甲斐（かひ）が嶺（ね）も見分かぬ闇の中山に　横ほり臥せる夜鳴石かな　信濃新井　泰因

素裸にて鳴きぬる石は小夜中に　緑の林〔盗賊〕衣はきけむ　駿府　芝人

何といふ声かは知らず夜鳴石　其の名のひゞく小夜の中山　月豊堂水穂

旅鳥なぶる辛さを梟と　託（かこ）ち合ひぬる夜鳴石かも　信濃飯田　清因

夜鳴石東海道に名も高き　石の由来を菊〔聞く〕川の星　市丸

小夜中に臑（すね）うちつけて石よりも　痛さに我も泣くばかりなり　駿府　松径舎

夜鳴きする石を怪しみ柄（つか）に手を　かくる刀の小夜〔鞘〕の中山　正女

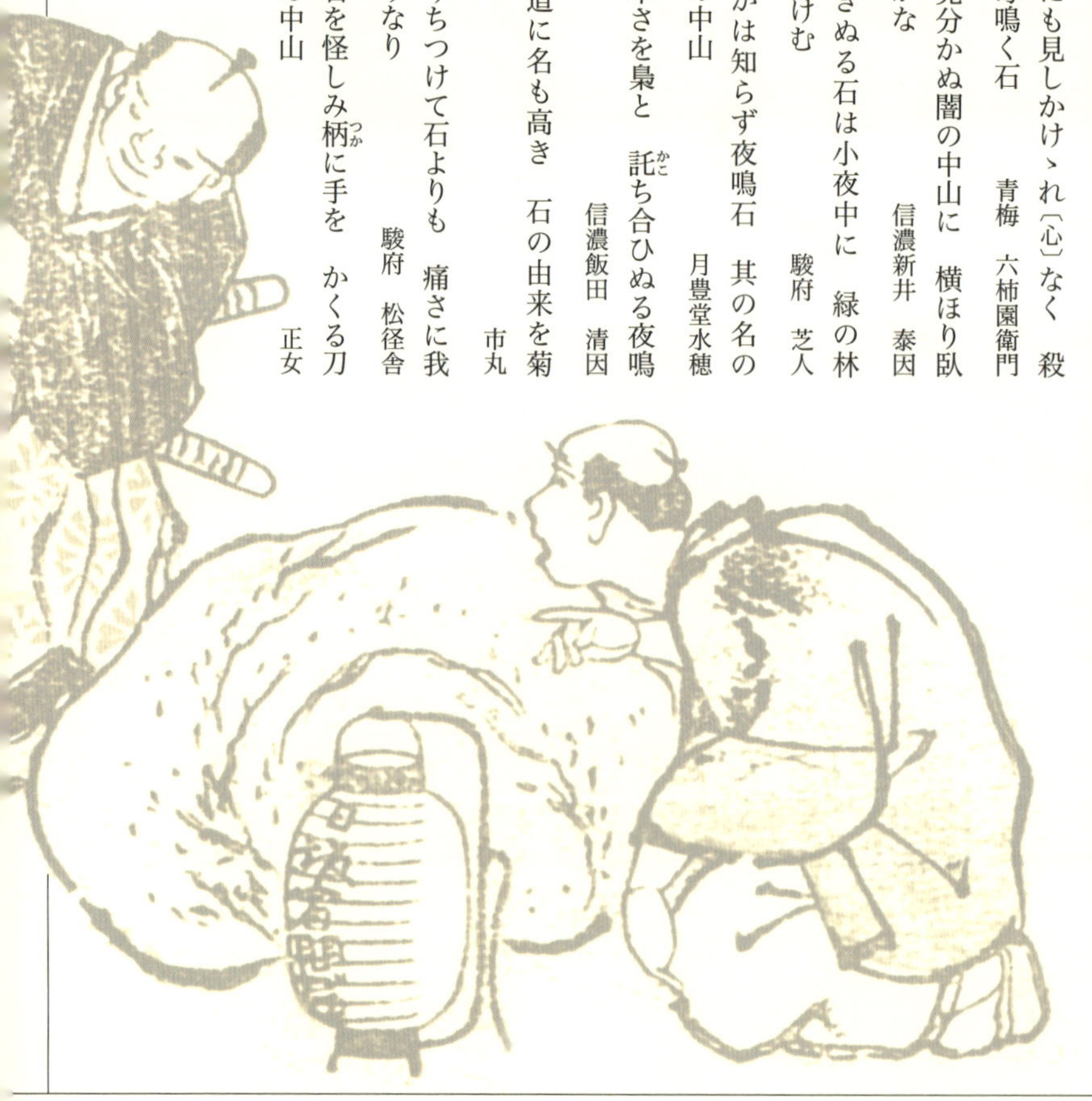

夜鳴石

海坊主(うみばうず)

其の丈は雲につくしの海坊主　見る目（海松布）も凄く身に纏ひけり　桃実園

肝玉は大晦日(おほつごもり)に海坊主　出てもその手は桑名屋徳蔵（伝説的船頭）　宝鏡園元照

播(ま)かなくに何の種やら海坊主　浪のうねうね浮かみ出(い)づらん　吾妻井香好

海坊主浮かぶ衣の袖が浦（裏）のりを好むか木のはしに来て　下総古河　紀永居

題目の髭をも見せて浪の上に　浮かぶは佐渡の海坊主かも　三輪園甘喜

熊坂の長範めきし海坊主　たましひ奪ふ白浪の上　長門　蒸露園

朧夜に沖も暗げ（水母）の海坊主　見る目荒目（海松布荒布）の衣着にけん　朝霞亭

海士小舟(あまをぶね)後を慕ひて海坊主　おそろしき手と見ゆる高浪　船唄

睨みぬる目は鏡鯛取り喰(くら)ふ　身は鮫肌(さめはだ)の海坊主かな　春道

経陀羅尼(きやうだらに)知らぬながらも海坊主　荒布(あらめ)の衣身に纏ふらん　槙のや

題目の浮かぶ越路の浪の上に　経を慕ひて出る海坊主　桃江園

生臭き門徒坊主と見るまでに　魚斗の多き海にこそ住め　長年

今すでに巻き込まれんと己(おの)が気も　遠く鳴門の海坊主見て　下総恩名　弓雄

淡嶋を祭れる加田の海坊主　針植ゑし如毬(ごといが)栗(ぐり)あたま　国吉

海坊主消えてあとなく鳴門灘　汝(なれ)が天窓(あたま)も渦を巻きしを　伊勢大淀　春の門松也

船人もけなしながらも驚きぬ　浪間に天窓(あたま)出す海坊主　芝口屋

弥陀笠(みだかさ)に月を着なして海坊主　弘誓(ぐぜい)の船の縁(へり)に立ちけり　惟孝

月の笠（暈）借りて冠(かむ)るか海坊主　藜(あかざ)の代り帆柱の杖　市丸

走り舟遠く鳴海の沖中に　帆足をすくふ海坊主かな　下総恩名　檜暁園明信老

浮かむ瀬もなきを憂しとや嘆くらん　奈落の底の海の坊主は　大塚　敬梅園梅胤

海坊主目から飛火の出るやうに　肝玉や抜く親舟の水主(かこ)　槙住

板一重下は地獄に墨（住）染の　坊主の海に出るも怪しな　艶芳

海坊主

二会目三会目追加脇題

病にて月の障りも無きになど　影の煩ひ妹《いも》
はなすらん　京　日吉廼や照信

身一つに猶去りがたき病さへ　姿二つにな
るぞわびしき　遠江見附　松風琴妻女

辛嶋《からしま》や怪しき月の影法師　七つの鐘の音凄
く聞く　京　獅々丸

我が顔を知らぬが仏見て鬼と　なるは恨み
の猶増鏡《ますかがみ》　遠江見附　艸の門真門

絹川の堤に生《お》ふる花あざみ　誰《た》が鎌入れて
根をや刈りけん　京　牡丹園獅々丸

樽きれし桶狭間にはそこはかと　残りて哀
れ奥津城《おくつき》の跡　遠江見附　艸の舎

人魂のさ青《を》なる火もやみどりなす　苔の下
より燃え出でにけり　京　獅々丸

我が首を返せと首のなき人の　声須磨の浦
軍《いくさ》せし跡　与洲〔伊予〕谷上　衆妙門又玄

泡とのみ消えても炎燃やすらん　水に湯気
たつ春の絹川　見附　琴妻女

いにしへを偲ぶ螢の戦ひに　色も青野が原
の草むら　下総恩名　檜暁園明信

花咲きし人の果《はて》かも骸骨の　上を粧《よそほ》ふ野辺
のあさ霜　京　照信

鏡見てびつくりしたる面影に　さてや恨み
を重ね（累）たりけん　見附　艸の舎

遠近《をちこち》の里見下して国府台《こふのだい》　むかしを偲ぶ松
風の声　仝　真門

思ひきや城傾けし花の影　散りて野末の骨
となるとは　与洲谷上　又玄

当坐市中捨子
上総大堀花月楼大人判

捨子にも添へておきたし行末を　守り刀の
鞘町の軒　和木亭仲好

子に憂き目水屋（見す）の門《かど》に捨てゝ行く
胸に針刺す思ひなりけり　語龍軒足兼

やがて来る因果は廻《めぐ》る車坂　回らぬゆゑか
子を捨つる身は　語左館蔵人

取り上ぐる人の来るまで捨てし子の　辺り
離れず居る親しばし　花前亭

町に子を捨て行く親の心根は　何と譬へも
なき別れかな　善事楼喜久也

おなじ心を

雪の中竹町河岸に捨てられし　子は珍しき
親に孝行　上総大堀　花月楼

狂歌百物語――五編

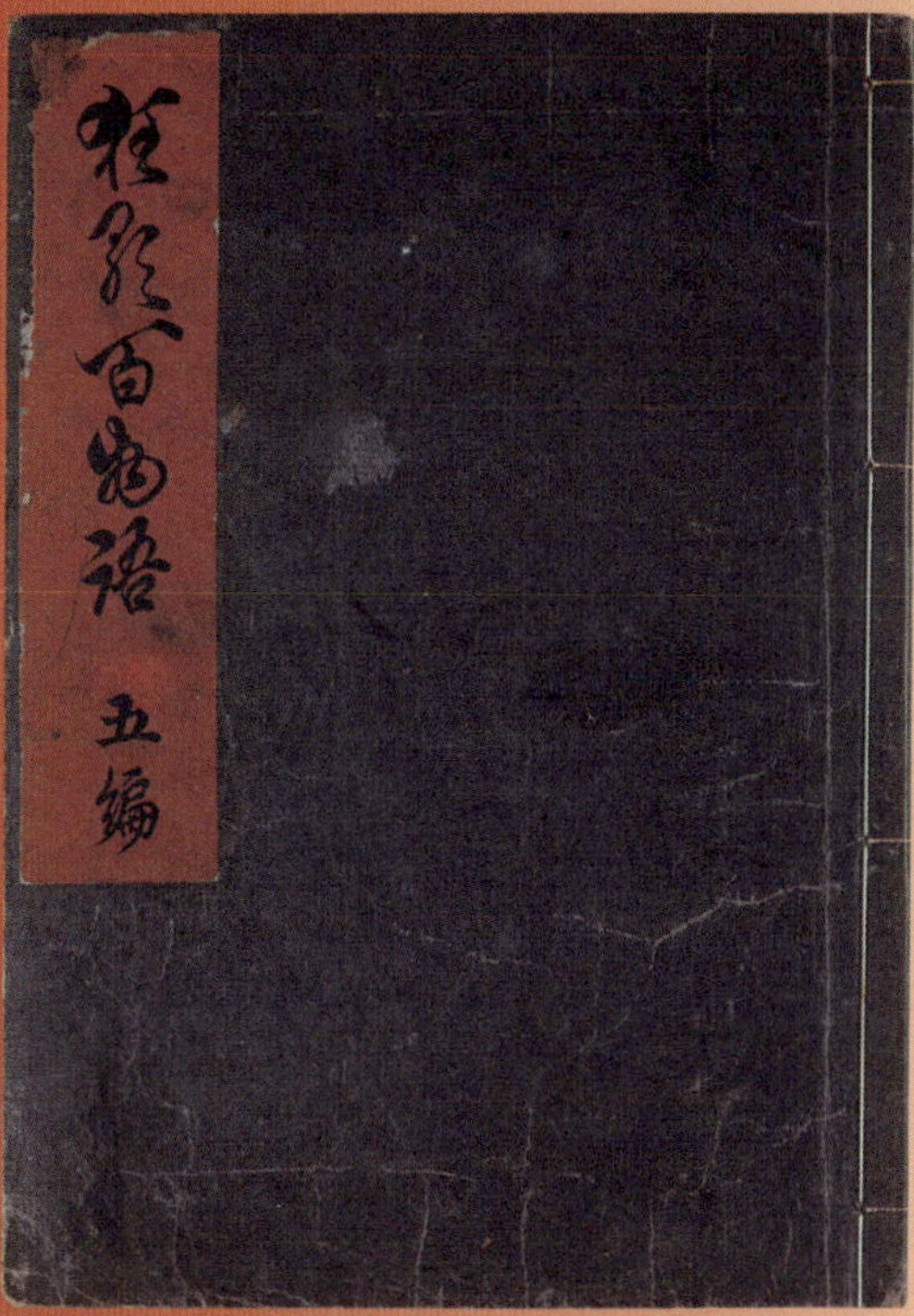

天明老人尽語楼撰
竜斎閑人正澄画

【兼題】
四谷於岩
化鳥
化地蔵
家鳴
蝮蝎
金玉
貂
土蜘
縁切榎
鎌鼬
疱瘡神
古椿

四谷於岩(よつやおいわ)

抜けあがる毛さへ哀れの窶(やつ)れ筆　お岩稲荷の幟(のぼり)書くにも　弥生庵

鼠茸(ねずみたけお)生ふる谷間の岩小菅(こすげ)　髪もおどろに振り乱しけり　梅屋

薬鍋さげてお岩が恨めしと　苦笑ひする顔は青山　語安台有恒

おそろしや岩が恨みにあふ身かや　吊りあがる目で覗く俤　語吉窓喜樽

怪談の四谷みやげに聞いてさへ　□□□の名にも怖ぢる髫児(うなゐこ)　槙廼屋

此の恨み今に晴らして呉竹(くれたけ)の　四谷の岩が声音(こわね)おそろし　神風屋青則

蚊屋(かや)伝ふ岩がとりつく釣手(つりて)にも　血潮を流す紅麻の縁(へり)　弓の屋

釘打ちて戸棚はしらに引張(ひっぱ)つた　蚊帳(かや)の釣手の四つや怪談　東風の屋

鬼あざみ咲き乱れつゝ汝(な)が家に　草を生やせし岩が怨念　花前亭

軒先の四谷丸太に樋(とひ)竹の　青くて凄き岩が面ざし　五息斎無事也

身は捨つれ名こそ朽ちせぬ空蟬の　四谷の岩のはては有りけれ　下毛葉鹿　壺蝶安花好

今にみよ取つてや喰はんかぼちやめと　睨むお岩が四谷種なる　語龍軒足兼

初午(はつうま)の太鼓も更けてどろどろと　お岩の魂(たま)を祭る社に　楽亭西馬

鉄炮の稽古もすなる組屋敷　火の玉出づる岩が怨念　花前亭

名も高く呼ぶやお岩の稲荷様　もとはおいはと言うて上様(かみさま)〔人妻〕　出久廼坊画安

執念も岩といふ名によるならん　凝り固まりて砕けざりけり　語調台板槻

油あせ流して岩が歯嚙(はが)みなす　心とともにとけぬ黒髪　雅学

呉竹のよつやの里に苔むして　色もさ青(を)なる岩が奥津城(おくつき)　江戸崎　緑樹園

提灯に岩が面影あらはせり　無失〔無実〕の罪のあかり立てんと　下総古河　紀長居

皿までと喰(くら)ひし妻の荒れ鼠　田宮を責むる石(いは)〔岩〕見(み)銀山　松の屋

亡き妻に罪をも詫ぶる数珠の玉　是(これ)も其の手にかけし伊右衛門　菱持

悪縁の深き四谷のお岩井戸　噂をしても影のさすとぞ　宝鏡園元照

恨みをも残すお岩が明(あき)やしき　嫉妬とすだく草むらの虫　織人

根ほり葉ほり恨みを岩〔言〕が取り潰す　跡こそ芋の畑となるらめ　長門　清香

稲荷にや祭るお岩の一念は　消えて四谷も三つの燈火(ともしび)　桃江園

水底(みなそこ)の深き恨みや朽ちにけん　稲荷となりて浮かむお岩は　香好

添寐(そひね)せし枕屛風も恨めしや　岩が髪さへ血の絞り染　末の屋

太平の民や〔田宮〕も岩が怨念に　枕は高く寐兼ねたりけん　江戸崎　緑亀園広丸

怖ろしきお岩稲荷の鳥居さへ　四谷丸太のふとき心根　守文亭

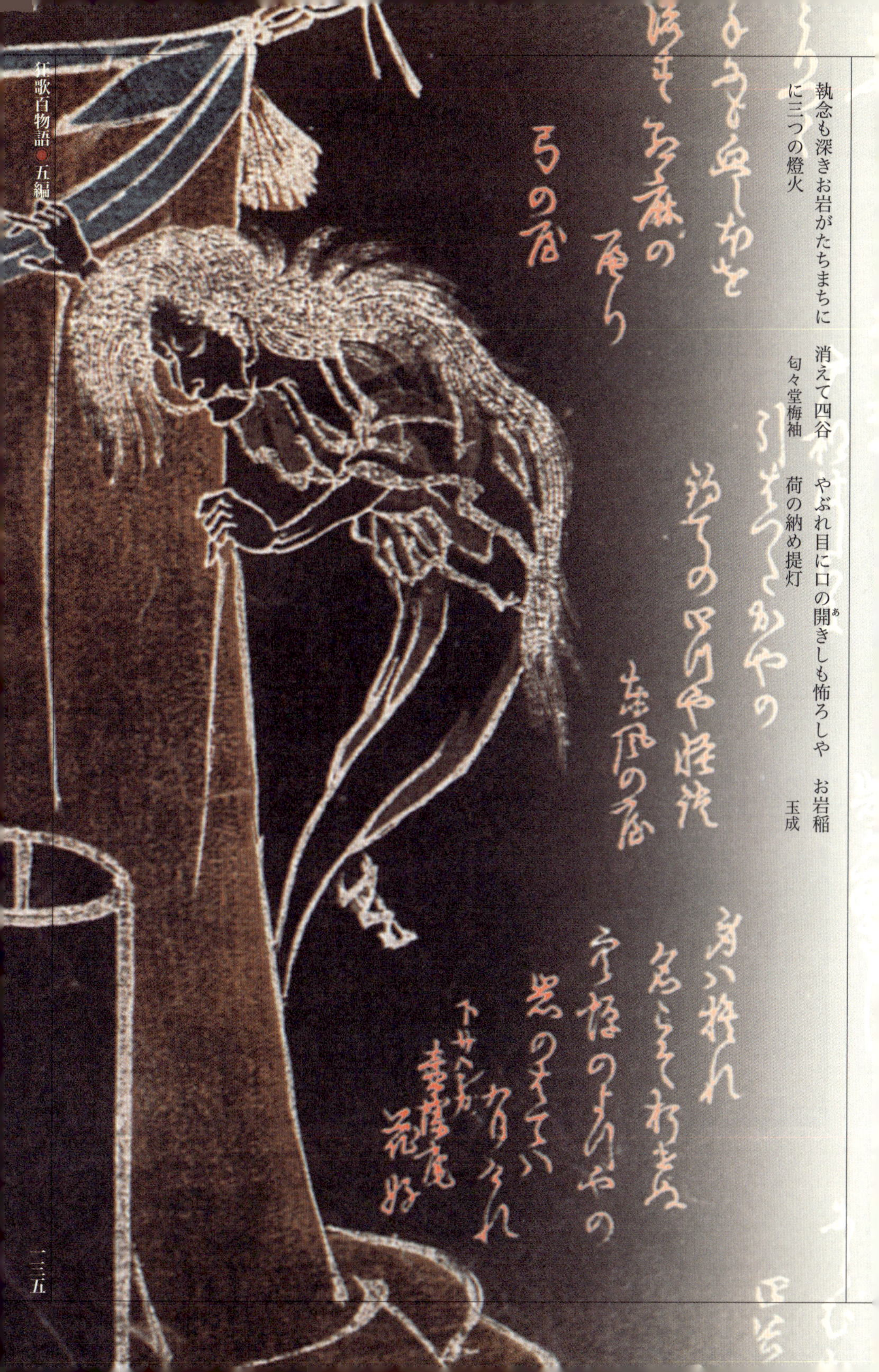

執念も深きお岩がたちまちに消えて四谷に三つの燈火

匂々堂梅袖

やぶれ目に口の開(あ)きしも怖ろしやお岩稲荷の納め提灯

玉成

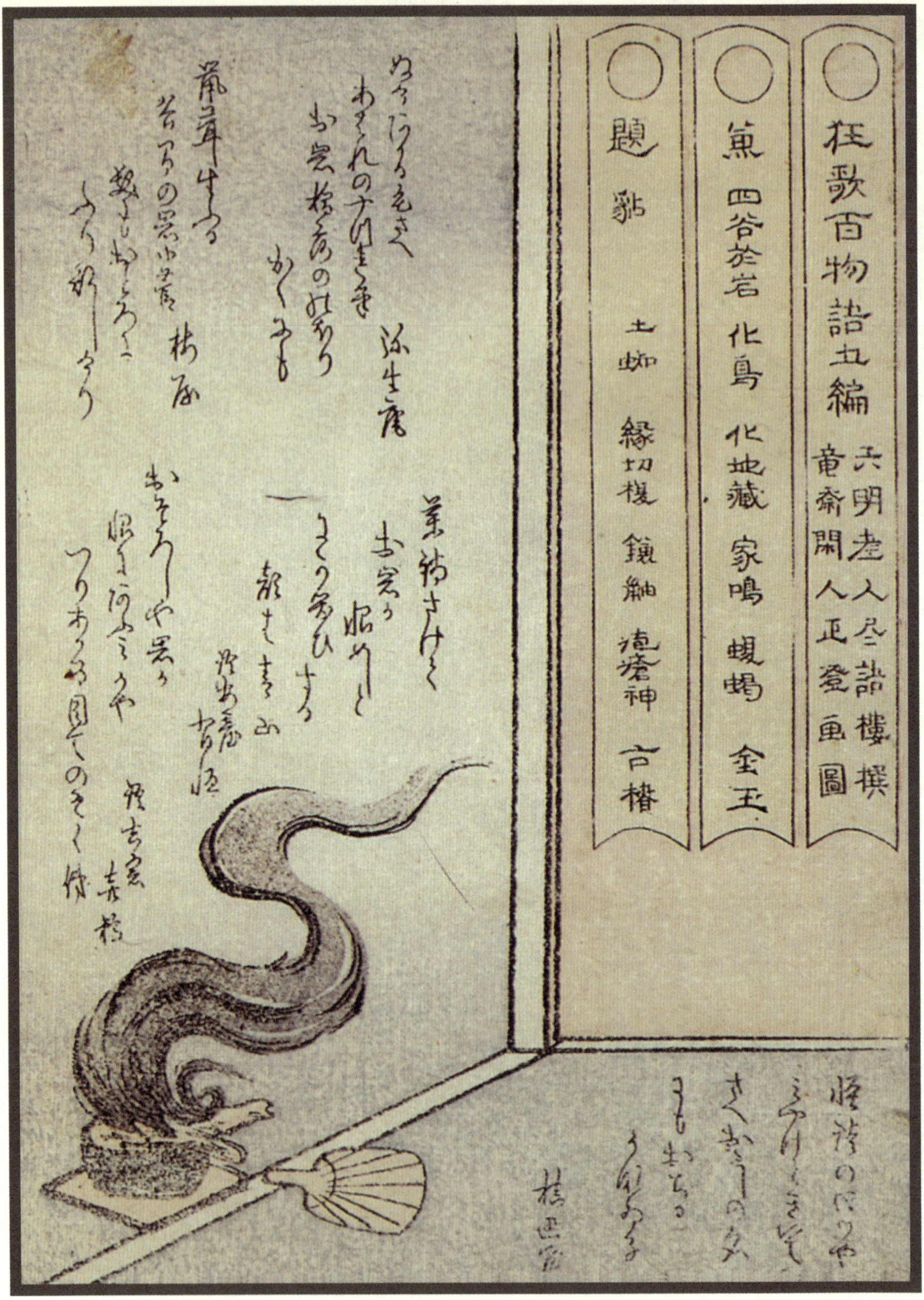

狂歌百物語五編
天明老人尽語樓撰
竜斎閑人正澄画図
[illegible] 四谷於岩 化鳥 化地蔵 家鳴 蝦蟇 金玉
題 [illegible] 土蜘 縁切榎 鐙細 疱瘡神 古椿

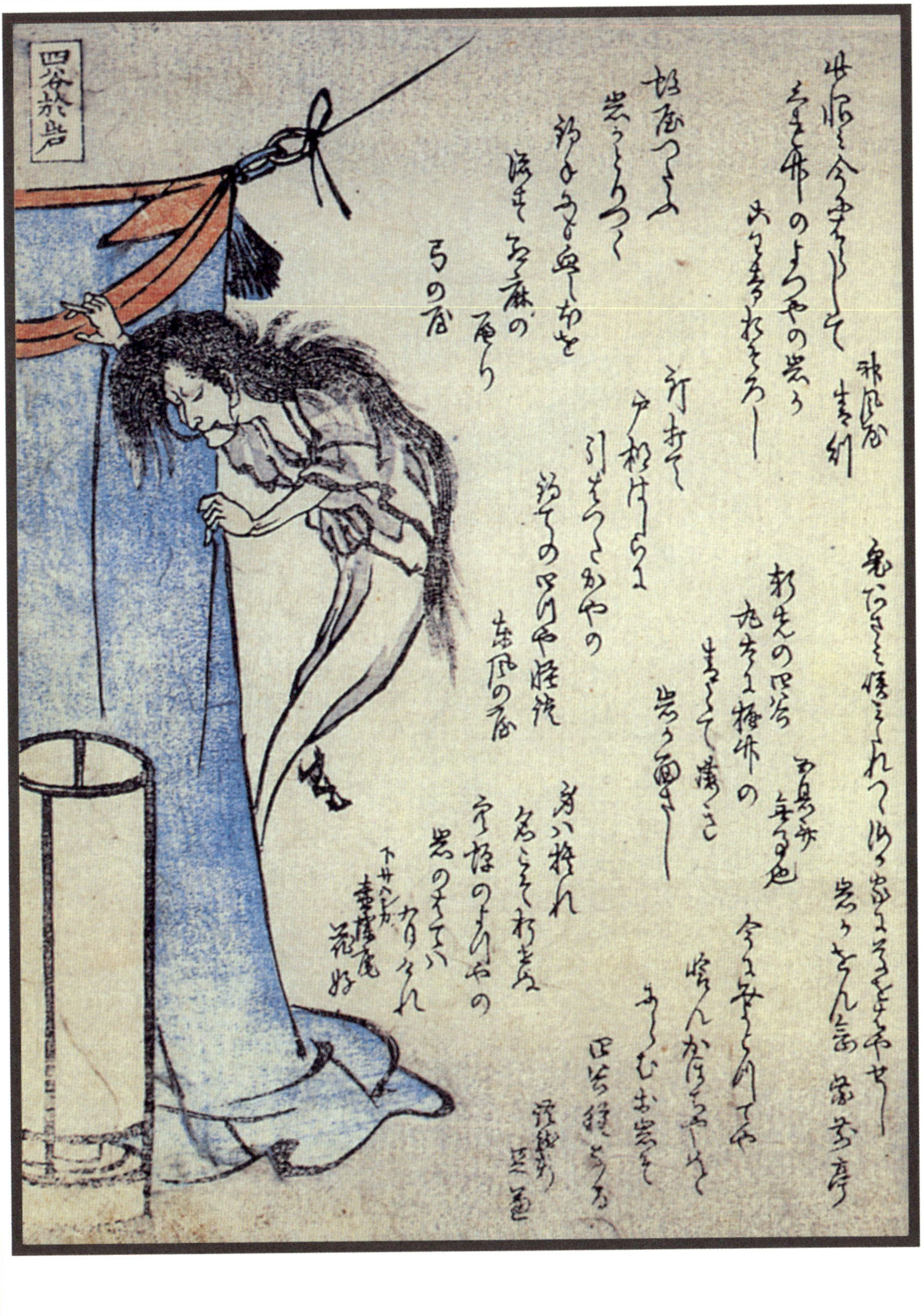
四谷於岩

化鳥 けちょう

見世物に出す化鳥(ばけどり)を見物が　見あらはさんと鵺の目鷹の目　万町庵柏木

鵺鳥(ぬえどり)に文目(あやめ)も分かず弓取の　引きぞわづらふ闇の夜の的(まと)　楽亭西馬

鷹の羽(は)の征矢(そや)に命をとられけり　雲井の庭へ出づる化鳥(けてう)は　駿府　小柏園

雲をつかむやうな化鳥の其のさまは　絵に書きてさへ空にこそあれ　芝口や

汝(なれ)が背に虎斑(とらふ)を見せし鵺鳥は　かしこき竹の園生(そのふ)にぞ訪(と)ふ　長門　泉源舎清香

弓張の月に恐れし鵺鳥は　雲井を闇にせんとてや出し　水々亭楳星

五月闇(さつきやみ)あやめも分かぬ暗き夜に　声は雲井へひゞく鵺鳥　幸亭

見世物に出さば黄金(こがね)の花咲かん　そのみちのくの善知(うとう)(歌ふ)鳥(どり)かも　長門　清香

村雲の中に声のみ紫宸殿(ししんでん)　鳥に蟇目(ひきめ)〔矢尻の二〕の弓張の月　鶯声堂春道

化鳥(けてう)をも茶にして射たる武士(もののふ)の　其のあたりより出る鷹の爪　鎌倉雪の下　皆元(みなもと)廼寄友(よりとも)

闇の夜に化鳥は射ても其の中に　文目(あやめ)〔菖蒲前(あやめのまへ)〕も判り兼ねし頼政(よりまさ)　画成

怪しけれ鳥の声あり黒雲の　闇をつらぬく弓の満月　元照

射止めんと猛き心の通りしや　弓とらぬ間に迯(に)げる化鳥は　駿府　松径舎

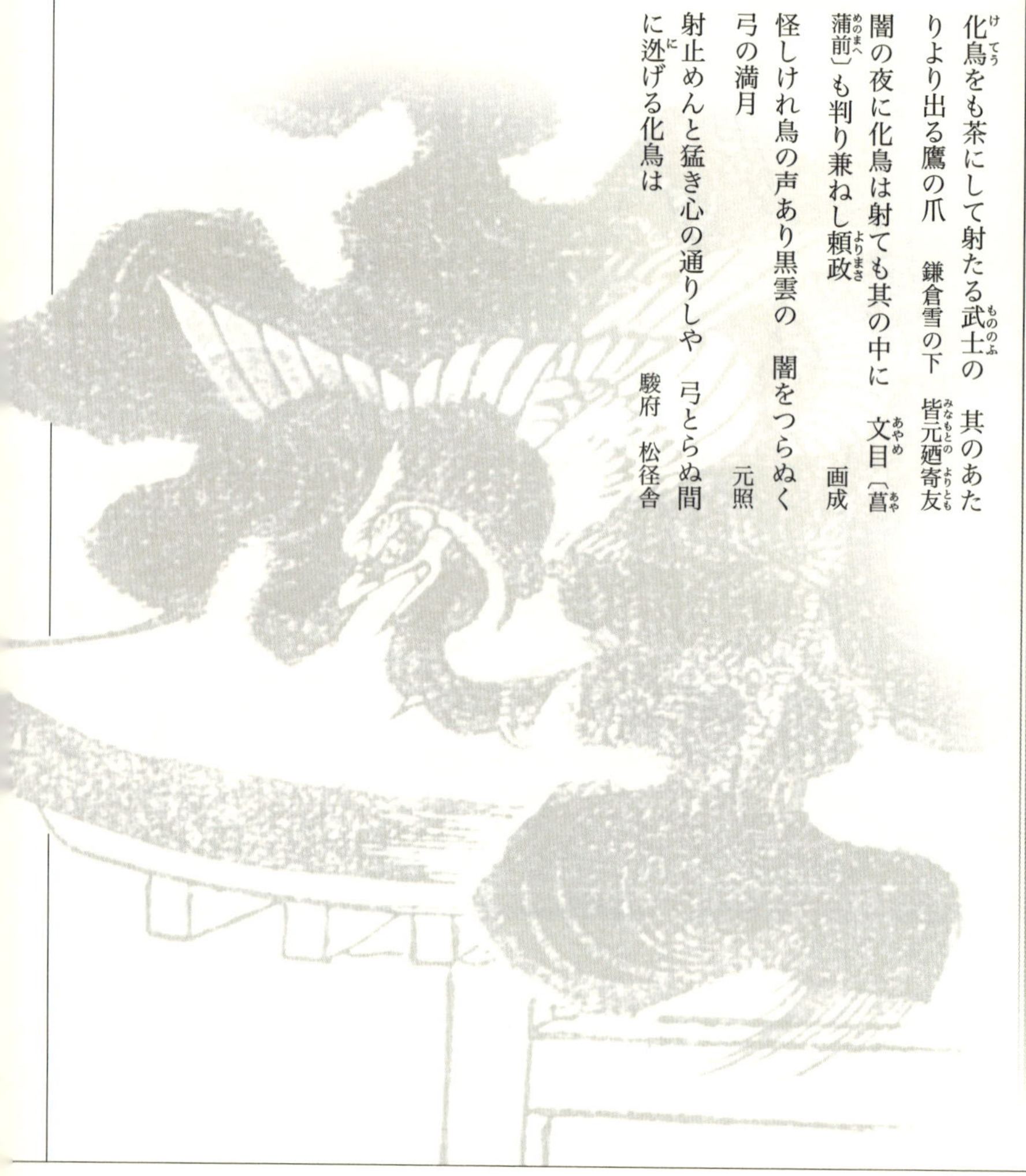

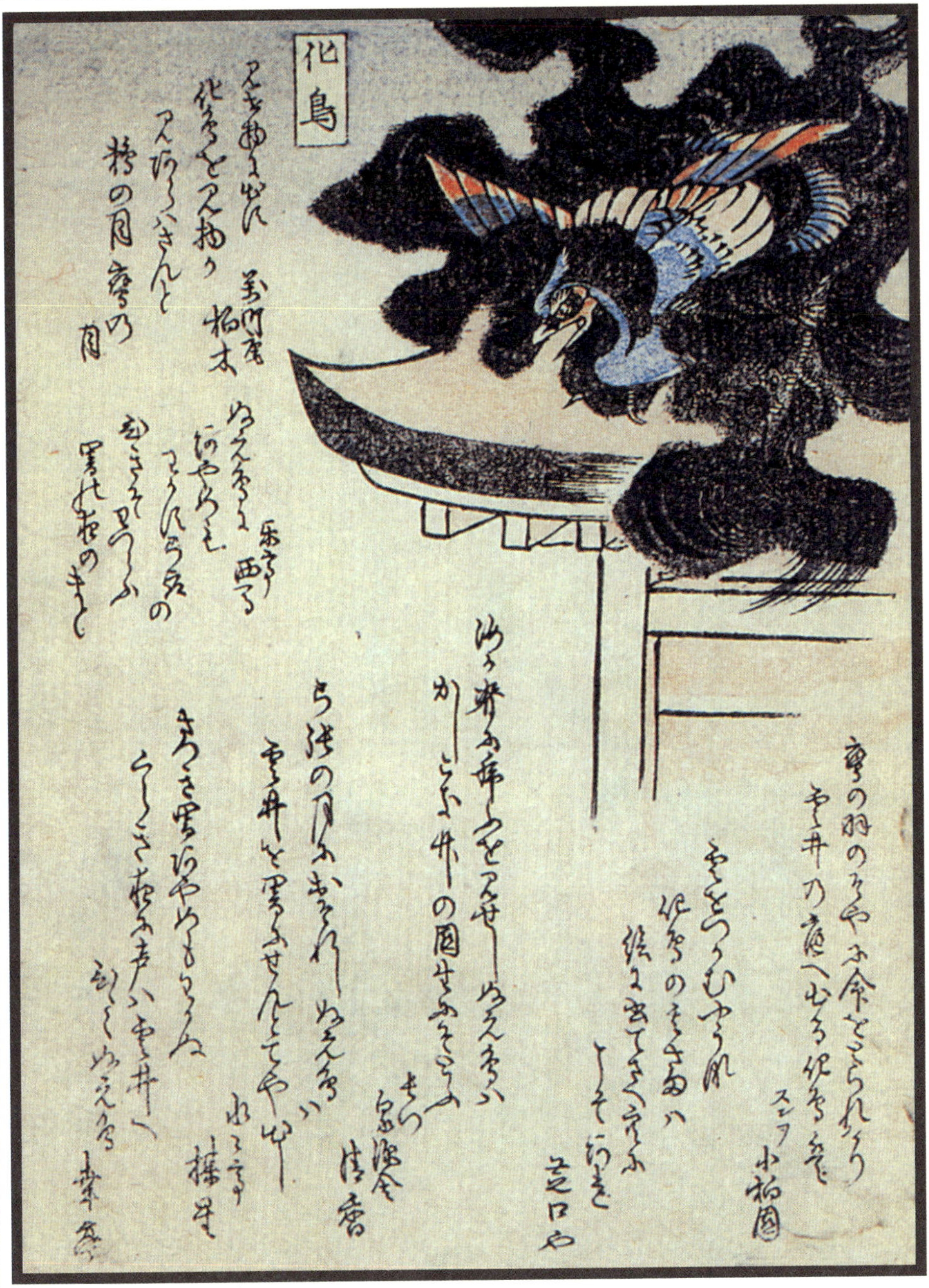
化鳥

化地蔵

ばけじぞう

行き遇ふて歯の根も合はず震ひけり　あごなし地蔵化けて出でけん　藤園高見

茶園にて片目潰した色地蔵　夜あるきに何浮かれたりけん　草加　四角園

われ〔お前〕言ふな俺は言はぬと石地蔵　其の誓言も堅き言の葉　陽昇庵雅学

袖すりて化地蔵をや撫でつらん　三度飛脚をにらむ有様　語免亭艶芳

三度目はこちらで腹を立て地蔵　数へるたびに数の違ひて　一草庵多か丸

女にも化けて出でぬる石地蔵　堅いものとは思はざりけり　草加　四豊園稲丸

有りがたき御代の御影の石地蔵　閼伽の水のみ化ける大いそ　紫の織人

草深き野島に化ける地蔵見て　狐狸もおそれなしけり　三輪園甘喜

打ちあてゝ怪しき火もや放ちけん　石の地蔵に石の礫を　尚丸

化地蔵石も御影の星あかり　袈裟に掛けたる闇の太刀疵　松の屋

何気なき石の地蔵の姿さへ　夜は怖ろしき御影とぞなる　宝山亭金丸

是もまた方便なるか化地蔵　臆病神をおどす御仏　多か丸

化地蔵見れば両手に持ち給ふ　たまげながらにおこす錫杖　神風屋青則

呼び返し人を見かけ〔御影〕の六地蔵　化けて五躰を竦ませにけり　無多垣壁成

六つの辻道ひく野路の化地蔵　此の世の闇に迷ふ有様　下総古河　長居

村里へ化けて夜な夜な伊豆の国　日金峠〔十国峠〕に立つ石地蔵　高見

化地蔵人の命を縮むるは　冥途の道の案内するかも　喜樽

化地蔵ひたひの病の失せたるは　□□瓦の鬼がとりしか　皺汗

化地蔵今も残れる太刀疵の　跡ありありと袈裟懸けの跡　西馬

化地蔵破れし衣の刀疵　袈裟懸けのあと残る辻堂　日年庵

六道の導あぶなき石地蔵　一筋道もけして知れねば　朝霞亭

手も足も目鼻も欠けて辻堂に　お化けと見ゆる石地蔵かな　参台

旅人を脅す地蔵の七変化　名に負ふ賽の河原者なり　語龍軒足兼

あやかしの姿を借りる地蔵さへ　またもお化けをなす閻魔顔　遠江袋井　延麻呂

物凄き闇の野中の化地蔵　頭陀袋さへ口は開きけり　明文

旅人の刀も錆びし化地蔵　切りつけてある施主の名までも　銭の屋

延命の唱へも誓ふ化地蔵　見ればたちまち縮む魂　豊の屋

化地蔵

けうかして歯の
根も合ぬちからう
なとなし地蔵
化て出ろん
菊園

菜園にて行目
付に之ろ地蔵
あとさきよにらん
にらりん
京如笑園

うちなをれぬ
いか丶て石地蔵
伊呂歯
手習ひにかたる
雜字

三界周い
とふして躓を
立地蔵をとり
よひを耳の
ちうひて
一華庵多つ九

許すありて
代地新をや
なそうん
猿若

さん丸御祈りと
めし山にや女
京如笑園稜丸

有がたや代のふみの菜の
石地蔵ろの山の
なくない
敏人

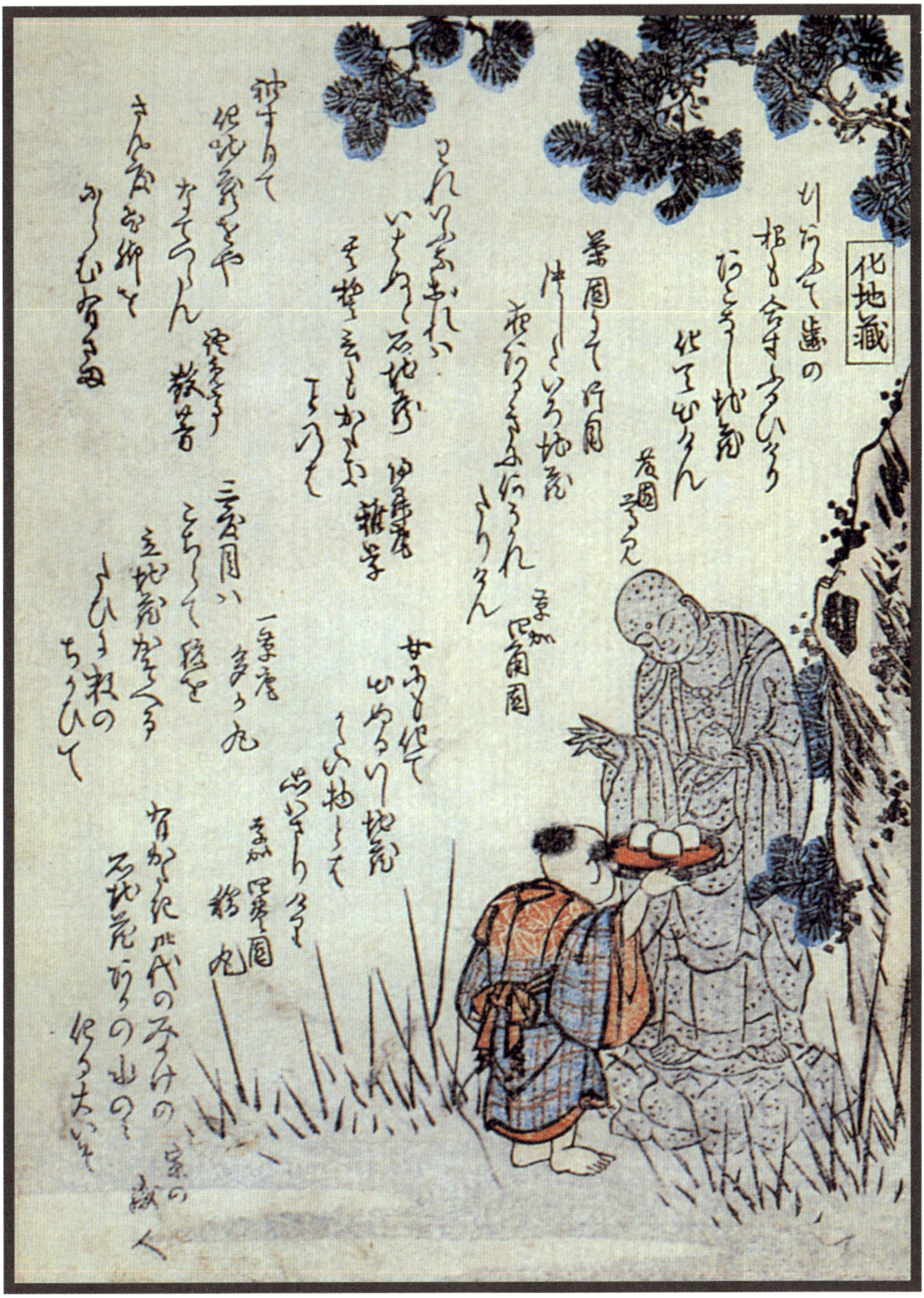

家鳴 やなり

雷の折りたる松を梁(はり)にせし　ゆゑか此家(このや)も轟きにけり　枇杷の屋

床の間に活けし立木も倒れけり　家鳴りに山の動く掛物　宝市亭

家鳴りする音なほ凄し雷の　裂きし杉戸の太鼓羽目かも　東海園

物凄き家鳴りは遠し柱木に　天狗の住みし杉もやあらむ　語調台坂槻

何故(なにゆゑ)に祟りにけりな壁に耳　人に聞かれて浮名立ちけり　於三坊菱持

雷の鴨居(かもゐ)敷居(しきゐ)も揺るぐまで　空恐ろしき家鳴りする音　槙の屋

住み荒れし軒のうねりは浪に似て　高鳴りのする山の一つ家(や)　下総古河　紀長居(きのながゐ)

一軒のあるじの楔(くさび)ゆるむより　家鳴りするのも地震(なゐ)に等しき　江戸崎　緑樹園

地震(なゐ)にあらず風にもあらず六つ八つの　夜半に騒げる家鳴する音　京　牡丹園獅々丸

転(こ)け出てあるじも恐れなしにけり　家の柱も震ふ家鳴に　仝　梅の門花兄

腹わたに響けるほどの家鳴りして　人皆肝を潰すばかりぞ　駿府　東遊亭芝人

更けて行く夜も九つか八つ棟(むね)の　家(いへ)鳴りひゞく太鼓羽目まで　豊のや

僻事(ひがごと)を伊勢の御神もにくむらん　家(や)の内外(うちそと)の鳴りて響(とよ)むは　常陸大谷　緑樹園

人皆の驚き立つや家鳴には　柱の根までかけ出(い)だしけり　和松亭羽衣

住み馴れし家も鳴る夜ぞ怖ろしき　地震雷火事親父より　南寿園長年

鯰石(なまづいし)土台に据ゑし殿作り　家鳴りの音も地震(なゐ)にひとしき　綾のや糸茂

天狗住みし杉か何かは白木にて　立てし柱の家鳴りする音　無事也

柱さへ揺るぐばかりの家鳴には　眠れる夜半の壁も破れつ　日年庵

祈るともよもや止(や)まじな霰(あられ)ふる　鹿嶋の神の知らぬ家鳴は　江戸崎　有文

家鳴りする梁(はり)や柱は雷の　鳥の塒(ね)ぐらをなせし木なるか　仙台松山　錦著翁

新普請したる此の家(や)の鳴りけるを　占問(うらど)ひみれば巽(そん)の卦(け)ぞ立つ　末の屋

小夜更けて猶物凄く鳴る家は　梁になしたる丑三(うしみ)つの鐘　下毛葉鹿　花好

繋ぎたる馬〔将門紋所〕もあるらむ草深き　相馬内裏の家鳴する夜は　糸茂

家鳴

雷のおとよりすごき家鳴りせし
ゆふべうつくづろさむき
枇杷の房

床のうへ活し主もなき
やぶれ家なりに鳴りさわぐかも
宝市亭

家鳴りする
やぶれ家の
雷のきく
杉戸の音轍
ね月かも
東汀園

拙きとて
家なりの建し
柱さへ屋根の
作りし杉かや
あるらん
深淵庵
恢楓

家なりのおと
ーきりあわふあくの
家なりするとも
桂の房

おりなく
たゝりふりれ
けさすでや
もろいろ
萱朴

荒れ行きの
もれつくほる
いるなりすする
山のうつろふ

下井たの
綵やし居

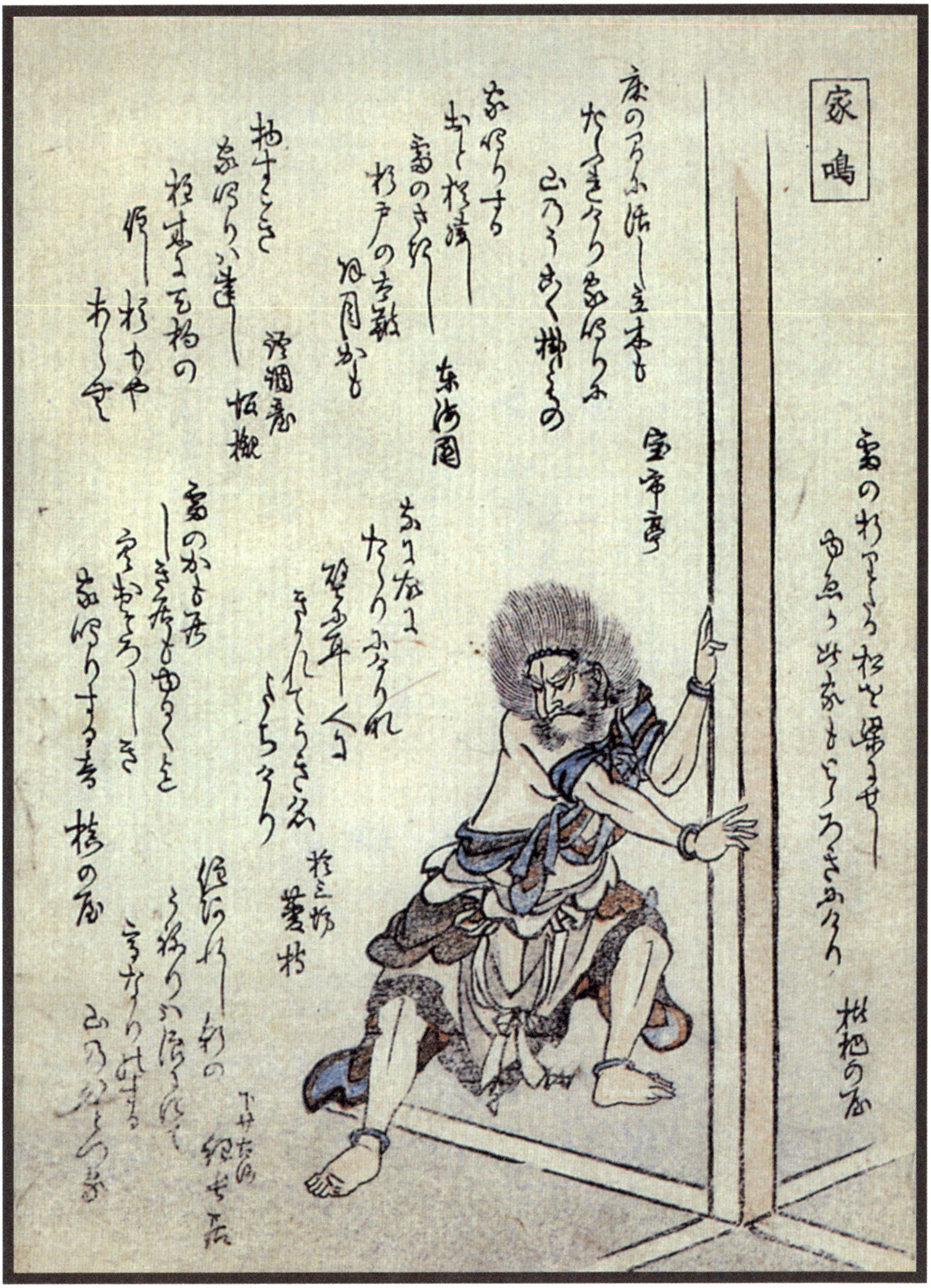

蝮蝎（うわばみ）

蝮蝎の毒気にふれて荒寺の　蛙股(かひるまた)さへ色変はるらん　弥生庵

夜を昼と怪しき洞(ほら)の山おろち　眼は月か日にも等しき　宝鏡庵元照

生贄(いけにへ)はとまれ大蛇(をろち)は呑む酒に　肴はいなだ〔稲田〕姫小鯛かも　遠江袋井　延麻呂

粗金(あらがね)の土より出(い)でて嶺を越す　大蛇(をろち)も富士の山かゞちかも　常陸村田　緑洞園菊成

海山や川に千歳のうはゞみの　蛻(もぬ)けしさまの蛇籠(じやかご)をぞ見る　守文亭

酒樽にひとしき形(なり)の蝮蝎の　呑める印の鱗ありけり　枇杷の屋夏繁

薬持なせる深山路中々に　毒気を吹いて掛くる蝮蝎　弓の屋

蝮蝎の呑まんと咽を楢柴(ならしば)の〔枕詞〕こりこりせしと咄す山賤(やまがつ)　足兼

踏み初(そ)めしをろちの姿偲ぶなり　深谷に掛けし山菅の橋　槙のや

うはゞみの丈も長夜の物語り　秋の彼岸も穴に籠もらで　長年

帯ほどに流るゝ川を伝はりて　山の腰をも巻いた蝮蝎　鴈のや朋文

己(おの)がすく酒樽ほどのうはゞみの　眼(まなこ)は鏡身には星あり　糸道

松の木のやうな背(そびら)の蝮蝎を　見てはやにむに〔遮二無二〕逃げる枝道　神風や青則

月星も漏らぬ木立の茂山に　日の目を二つ見する蝮蝎　喜久也

腹と背にまだら星ある蝮蝎の　目は日月(じつげつ)の光なりけり　皺汗

うはゞみの腹に通るは弓取の　蟇目(ひきめ)の法や一飛びの矢に　坂槐

蝮蝎を見たる咄(はなし)を聞いてさへ　臆病者は呑まれこそすれ　楳星

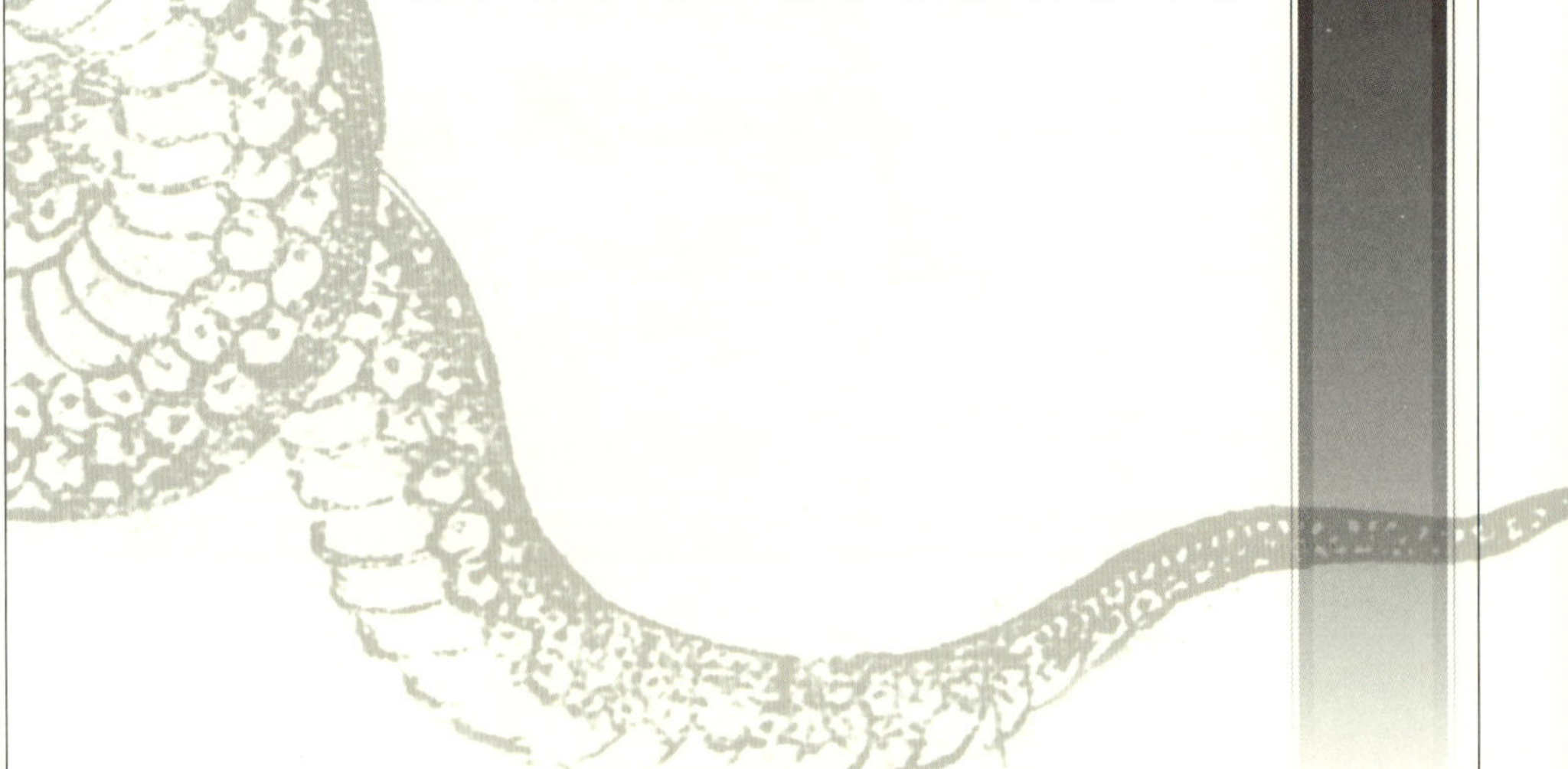

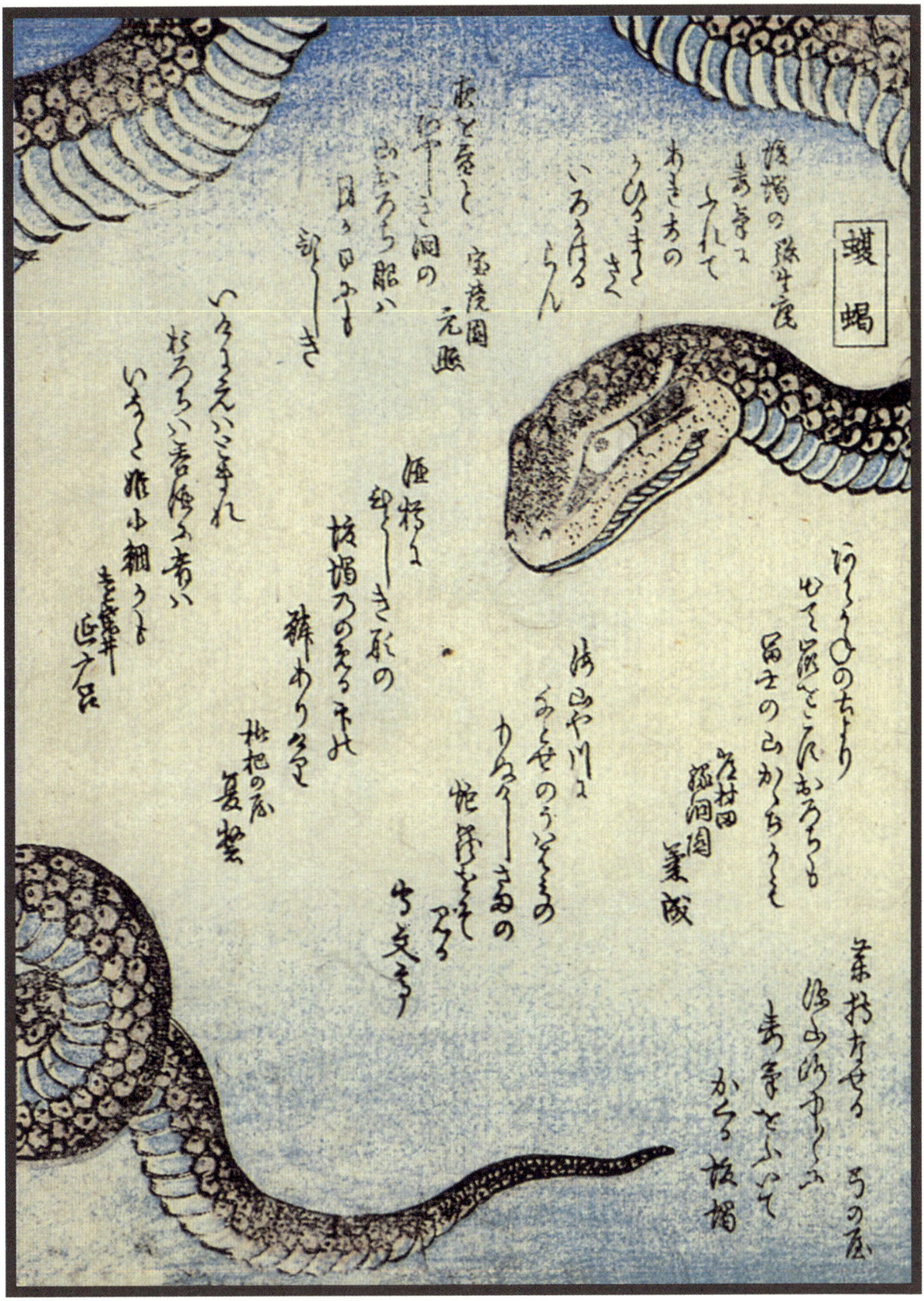
蟒蛇

金玉　かねだま

塗籠(ぬりごめ)の窓飛び出(い)だし金玉は　左官の家に住(すみ)替(かへ)やしつ　花林堂糸道

羽根生えて利足も高く飛び歩(あり)く　烏に貸せる金の玉かも　朝霞亭

怖ろしと見し人をもて言はしむる　天に口なし色の金玉　和風亭国吉

爪に火をともして溜めし金玉の　飛び行く方へ指をさしけり　遠江見附　草の舎

金玉も爰(ここ)に筋目を引窓(ひきまど)の　しめくゝりよき家に落ちけり　艶芳

誰(たれ)か腰冷やし果てゝや飛びぬらん　寒けだちぬる夜半の金玉　信濃飯田　清因

万燈のやうに見えねどいにしへの　長者が跡に光る金玉　藤紫園友成

銭でさへ阿弥陀と光る諺に　百はい光る夜半の金玉　升友

物言はぬ山吹色の金だまの　主(ぬし)は誰(たれ)ともわからざりけり　駿府　松径舎

瑠璃色を帯びて光れる魂(たま)はしも　お歯黒壺に埋(うづ)む金かも　尚丸

きん玉と称(とな)へは同じかね玉を　妹(いも)は褌(ふどし)を外してぞ追ふ　春道

金玉も蔵の網戸にかゞやきて　光りを放つ観音びらき　花前亭

抑へんとすれども出来(いでき)金（兼ね）玉に　出す二布(ふたぬの)も空色にして　香好

明け近き空に三つ四つ飛びにけり　烏に貸して溜めた金玉　喜久也

山吹の色かあらぬか金玉は　見とまらざりし内に消えけり　日年庵

うなりつゝ飛びて光は青山の　長者が丸に落つる金魂(かねだま)　南向堂

積み溜めていけし茶壺の金玉も　飛びて出(で)花(ばな)の山吹の色　雛の舎市丸

菜の花の色に光るは誰が油　絞りて溜めし金の玉そも　常陸大谷　緑蔓園

口なし〔梔子〕の色に光るは喰ふ物も　食はで溜めにし金の玉かも　江戸崎　緑樹園

あれと指さす間に消えつ爪に火を　燈して是も溜めし金玉　常陸村田　菊成

金玉の飛びし長者の明(あき)やしき　先祖に泥を塗籠のあと　足兼

真直(ますぐ)なる心で見れば何のその　浮世を横にとんだ金玉　上総大堀　花月楼

爪に火を燈せし人の執念や　凝りて明るく燃ゆる金玉　京　花兄

門跡の家根(やね)に光りて金玉の　とんだ噂も今菊（聞く）の紋　雅学

飛ぶにさへ黄金(こがね)色なる金玉の　財布の紐やあとを引くらん　星の屋

見し人も又聞く人もめずらしと　いふ金玉の飛んだ事をば　金丸

爪に火を燈して溜めし金玉か　闇にも光りかゞやきて飛ぶ　駿府　松径舎

中空を真直に飛んだ金玉は　利追ひに曲がる道を嫌ふか　松の門鶴子

飛び落ちた処を縁と草の根を　分けて尋ねてありし金玉　弥彦庵冨幹

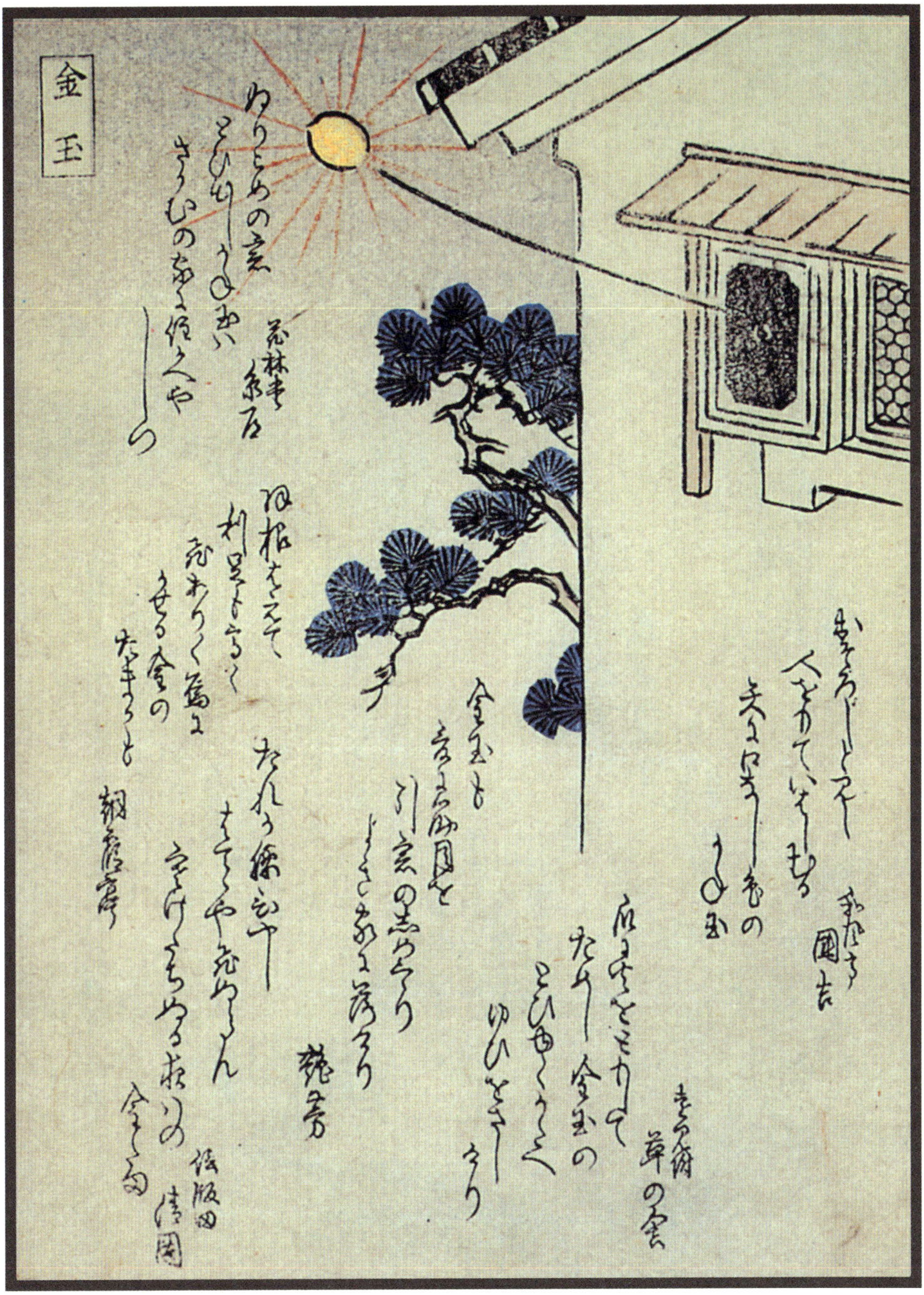
金玉

貂　てん

鼬から切るべし貂は供さきの　道は切らせぬ鑓の投鞘　松の屋

あひもなく倒るゝ貂の火柱は　鋸山や根とはなしけん　日年庵

鼬もやのぼりて貂となりにけん　深山に幾世棲めるものとて　藤園高見

雲起し俄に雨の降る（古）鼬　これこそ貂の仕業なりけれ　甘喜

投鞘の武威も名高き貂の皮　最後屁ひりし鼬なりけん　江戸崎　緑錦園有文

今の世も誠を守る武士の　横道を切る貂の投鞘　弥彦庵冨幹

古鼬いくとせ野にや棲める物　のぼりて是も貂となるらん　日年庵

干しておく鑓の柄末に絡まりて　伝はる貂も投鞘の如　下総恩名　弓雄

掻い撫づる猿を友なる貂はしも　笛を吹いたる鼬なるらん　草加　四角園

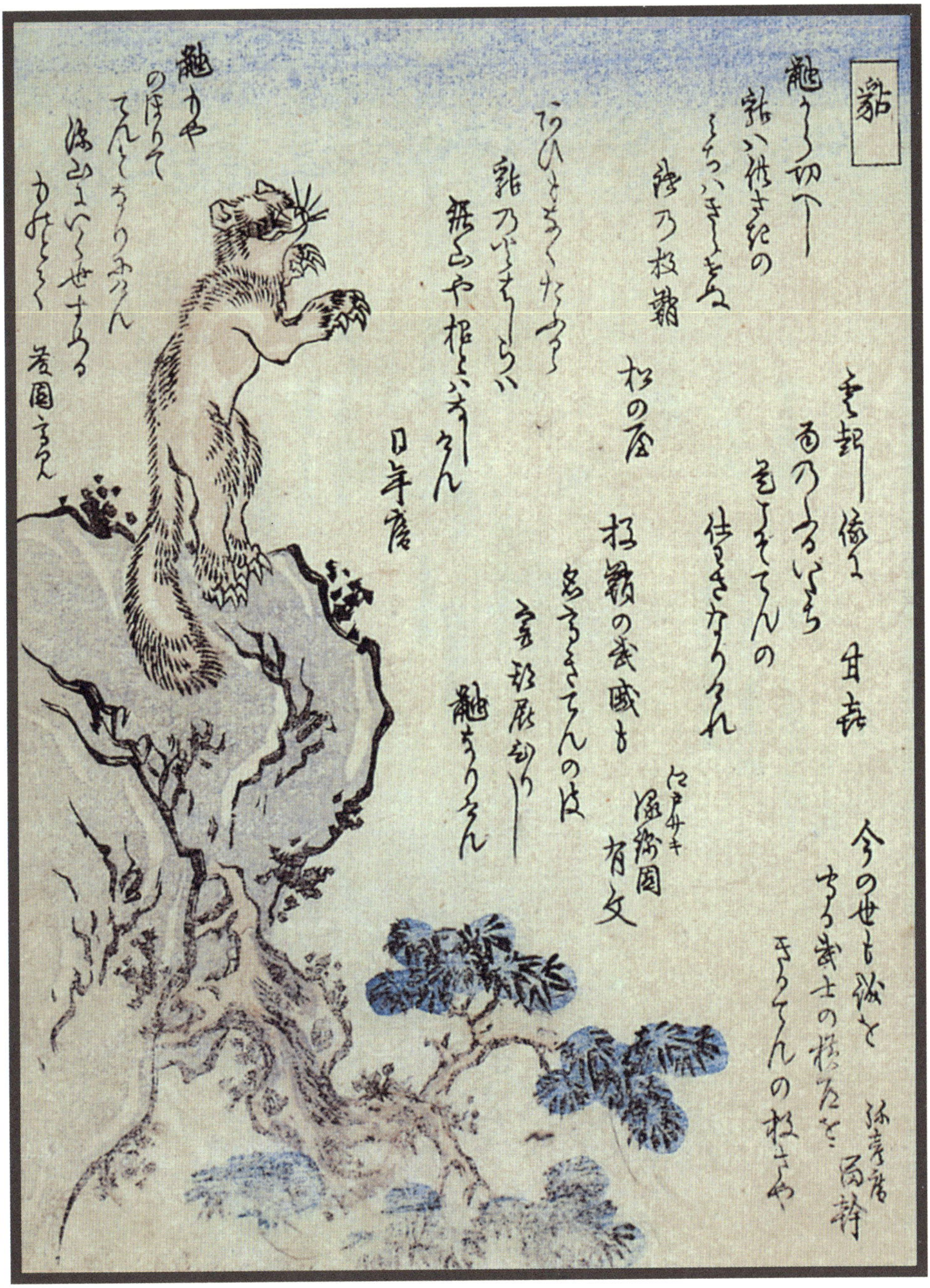
貂

土蜘　つちぐも

頼光に一太刀討ちし跡見れば　血潮の糸を
引ける土蜘　南寿園長年

頼光に滅ぼされずば打つ事も　堅き（難き）
岩根の穴の土蜘　南向堂

狼も猪も喰うて土蜘の　その毛のごとき糸
や引くらん　春道

土蜘の出だす糸には荒くれし　宿直の綱
〔渡辺〕ももてあましけり　星の屋

谷川にすなどりすらん土蜘の　かけたる網
にかゝる猪猿　桃江園

土蜘の引き這ふ糸もそのかみの　綱の力に
及ばざりけり　常陸大咎　緑蔓園

幾筋か巣をも引き出す糸が山　世を経る
（古）穴に住める土蜘　大内亭参台

土蜘は宿直の人に眠気をも　引き出ださせ
んと繰る糸車　友成

化け出でて気も荒木田の土蜘は　人さへ壁
にさげすみてゐる　銭のや

あらがねの土蜘洞を出づる時　砂を飛ばす
汝が妖術　草加　稲丸

坊主にも化けし姿を袈裟斬りに　なりし昔
をしのぶ土蜘　京　花兄

斬らるゝと知らでぞ覗く土蜘は　囲む碁盤
の目を皿にして　空満屋

光る目におどろく人の顔までも　土気色な
る洞の大蜘　国吉

宿直する綱があたりを土蜘の　細き糸をも
引き纏ふらん　仙台松山　錦著翁

武士の打てる碁石の逃げ足を　四つ目殺し
にしたき土蜘　羽衣

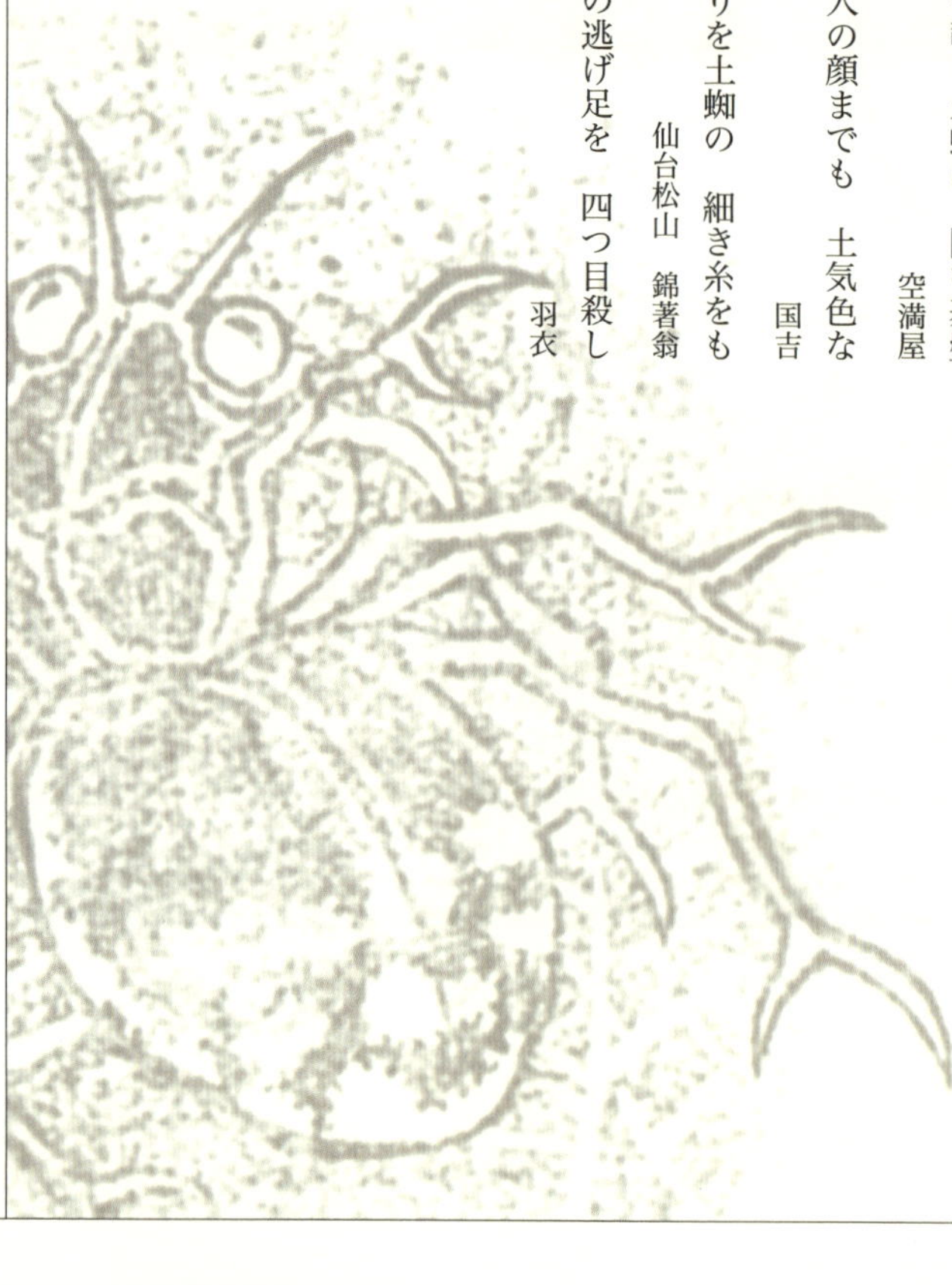

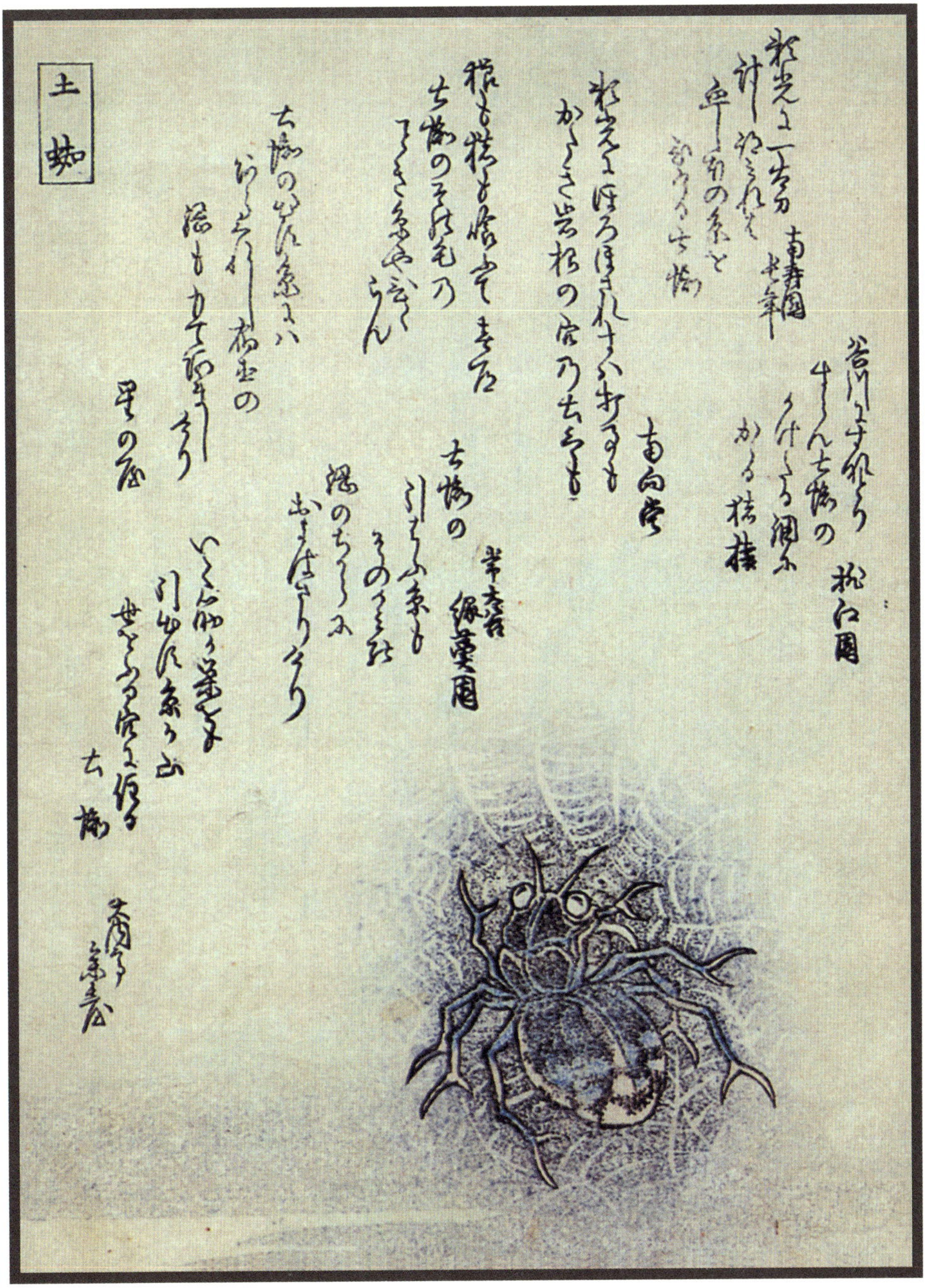
土蜘

縁切榎

えんきりえのき

縁切りに削り呑ません古榎　我が身の皮も剝ぎし男を　語吉窓喜樽

結納の鰹節も仇背合せの　額をさゝぐる縁切り榎　豊の屋

縁切りの榎を削り給はれと　三くだり半に書く頼み状　松梅亭槙住

縁を切る為に煎じた榎の葉　濃き茶に水を差すたぐひなり　蟻賀亭皺汗

板橋のくゞつに秋の風立ちて　縁きりぎりす榎にぞ鳴く　秋田舎稲丸

琴を断つ斧の刃さへも当てぬ木に　縁の糸筋切る榎かも　注連のや春門

秋風の立ちて夜寒の絵馬さへも　背中合せの縁切り榎　江戸崎　広丸

悪縁の縁切り榎生木をも　裂くは御神の刀なりけり　和風亭国吉

出雲へと立ちぬる神は板橋の　縁切榎わき目してゆく　織人

削られてさぞ板橋に幾世経る　縁切榎名を嘆くらん　有恒

別れより惜しむ別れも立ち枯れて　縁切榎しげる夜ぞなき　艶芳

いたはしや連理の中の片枝を　もがんと祈る縁切り榎　江戸崎　有文

中のよき夫婦は忌みて縁切りの　夏の木偏は通らざりけり　甘喜

縁切りて背兄を遣りつる別れかな　榎の額に影は見えねど　信濃飯田　尚友子清因

縁切りと聞けば榎の文字は夏　木偏を去りて廻る聟嫁　芝口や

池の名はよしや負ふとも妹と背の　縁切榎掘り捨てよかし　槙のや

夫婦なか桜の後の若葉なる　夏木榎に願ふ縁切り　桃江園

離れにて深き仲をも洞にせん　縁切榎削り飲ませて　駿府　望月楼

天狗住む樹より梢は低けれど　女夫引き裂く縁切り榎　星のや

縁切りの榎にかゝる切凧は　中にしやくりし人もあるらん　曲尺亭直成

八雲たつ出雲に結ぶ縁にも　八重垣をする榎ありけり　草加　稲丸

飯盛と結びし縁も切れ兼ねて　榎に願をかくる板橋　大内亭参台

縁を絶つ榎と婆々が隠し持つ　中に切れたる女夫巾着　足兼

僧正が門の榎と裏表に　立ちし浮名の縁は切れけり　幸亭

身を売りて夫の縁を切る榎　そのほとりなる板橋の駅〔中山道〕　菱持

縁切りの榎祈れと中々に　梢は枝のいや交はすらん　駿府　東遊亭芝人

悪縁の切れて心の涼しさよ　未練は夏の木の利益にて　仝　小柏園

雲の縁切れて嬉しと旅人の　榎のもとに休む夕だち　羽衣

女夫仲縁切るために削らるゝ　榎も皮の膚に別れつ　日年庵

縁切榎

板本の
ふるき枝の
ふりもてや
きりしとて
榎とそさく
　　柿団今
　　　　榁九

縁きりの榎を
きりもすれと
又きりす
出くたのと世
　　杜松子
　　　榁後

縁きらハ
せんしと榎のや
斧の入らぬを
ねのいちゞ
きりうも
　　　ゑのきのや
　　　きよ門

縁きりの枝を
きりとられて
三こりすつ
出くたのと世
　　　萩吉家
　　　　古枝

あ男のなしと
きさし男をと

枝切の雑作も
いつ春の舎の新と
さくろ板きり板
　　　　　　杂の屋

縁をきりあふ
せんしと榎のく
さきと斧と出を
さんとひろり
　　　　援賀？
　　　　　新斤

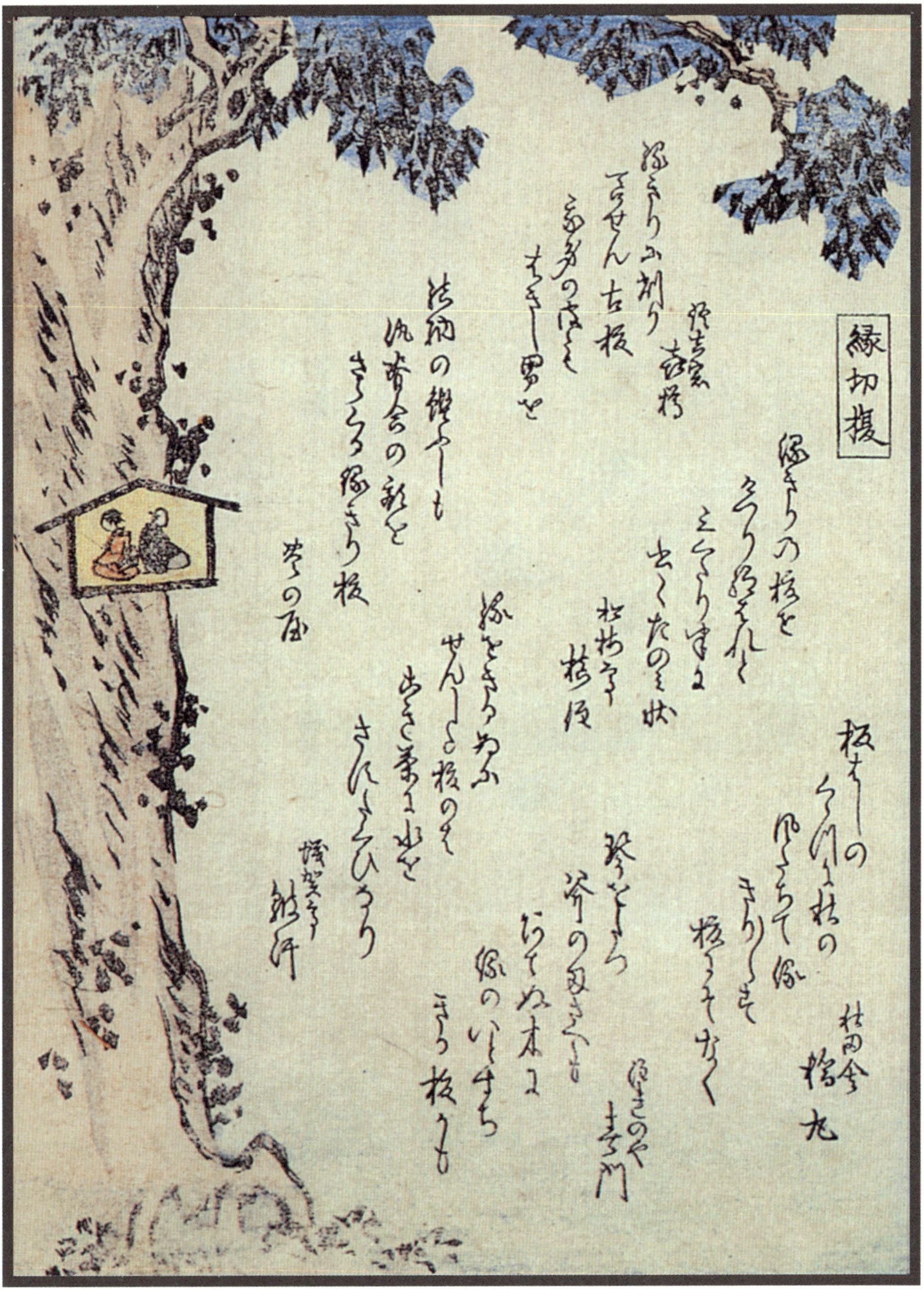

寐返りて縁切榎祈る身を　結ぶの神はさぞや憎まん　装師坐浜松

指を切り髪を切りたる飯盛に　縁切榎飲ます板橋　春門

小指にも誓ひを立てし縁も今　切るを榎に願ふはかなさ　梂星

鎌鼬

かまいたち

足もとへ絡む鎖の鎌鼬　砂を飛ばする風の目つぶし　宝市亭

鎌鼬切られて口はあきのかた　薬によしと練る古暦　梅屋

旋毛巻く風は横立〔縦〕十文字　すごく手鑓の鎌鼬見つ　善事楼喜久也

臑に持つ疵はたしかに鎌鼬　笹原はしる風のそはりて　文昌堂尚丸

飯を炊く鎌〔釜〕鼬とてその疵の　直りし跡や鋳掛目と見ん　江戸崎　広丸

辻風の鎌鼬にも切られたる　足や卞和〔中国故事〕の玉鉾の道　江戸崎　緑樹園

畦道を横に切れ行く鎌鼬　臑に疵持つ人や落ちけん　国吉

つむじ風巻く三日月の鎌鼬　顔はさやかに見えぬなりけり　有恒

つむじ風逆立つなかに三日月の　鎌鼬見る潦かな　下総恩名　明石屋明信

旋風巻く三日の月の鎌いたち　見えずなりけり西の窪町　遠江見附　草の舎

三日月のうつる川辺の鎌いたち　手にも取られず風に過ぎゆく　駿府　望月楼

火口をもつけて吉井の鎌鼬　すりきられたる時の血どめに　空満屋

暮方は魔の差すものか三日月の　鎌鼬ぞと人も響めく　江戸崎　広丸

鎌いたち姿見せぬは旋風巻く　風を喰うて何地行きけん　青則

野分ほどつむじの風に鎌鼬　草薙ぎ倒す爪のするどき　西馬

絹川の累沈みし渕に出て　人おどろかす鎌鼬かも　玉成

鎌鼬

足かるくしのむくるりの稚ひらら
かぜふく風の目つゝ
宝市亭

鎌いたちされて梅な
口いたはつく葉ともすたらく古屋

つもまく
風八梅三十文な
まらくく廣の
鎌いたちゝら
吾子寿
萃久也

まのきゝ風ハしらく
鎌いたち無ことけら
風のきゝりて
文昌亭
尚丸

出屋の落いちゝか
きれちちけりや
下和の王邪の石
宮松園

飯をたく
かまいちゝよ
それ鬼の
きりやらけ
宝丸
廣丸

妥名と橋き
きれり稚ひらく
ナのここくり折っ
人やおちゃん
團古

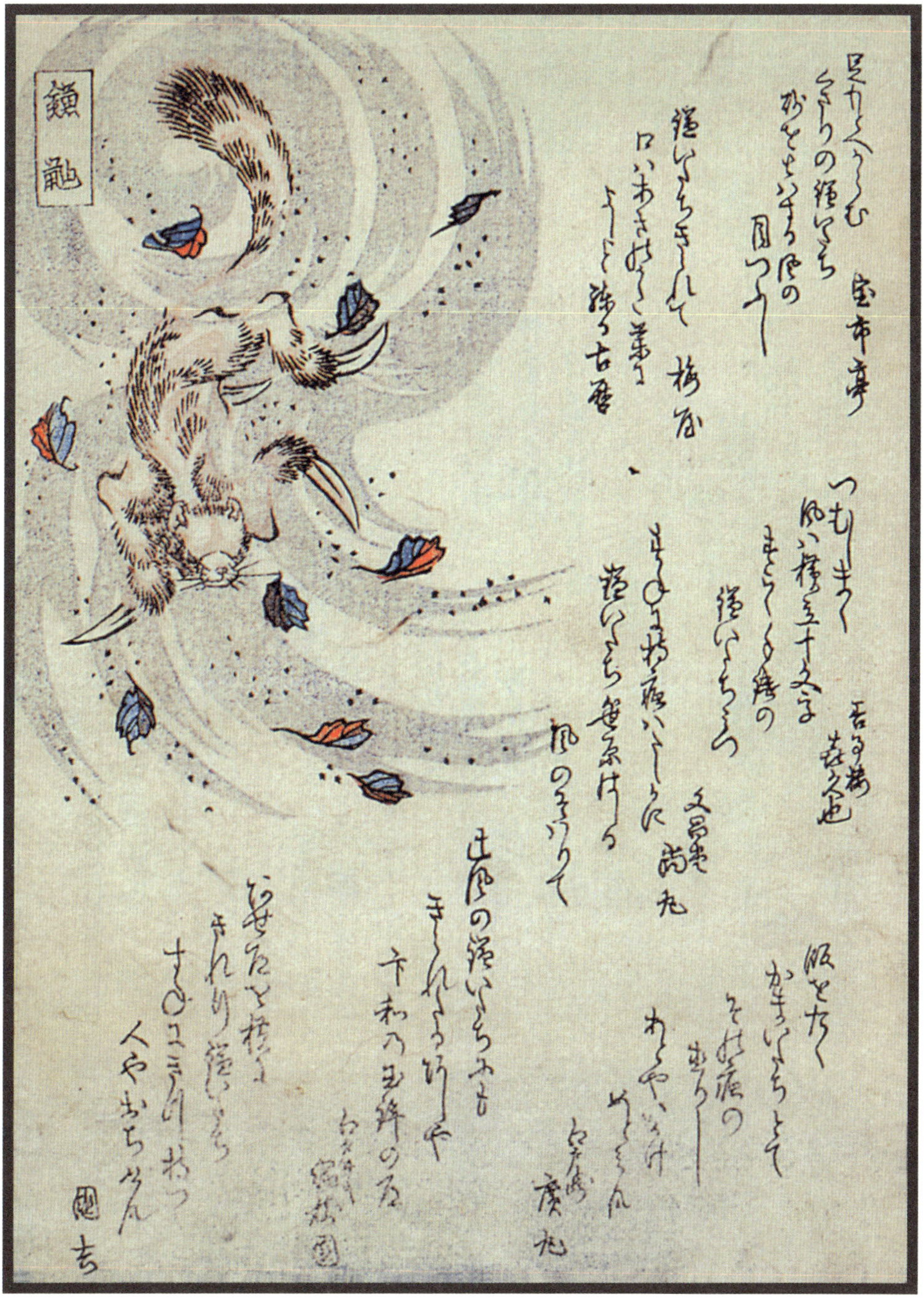

疱瘡神

ほうそうかみ

貝嫌ふ疱瘡神は水海の　干潟となるは猶も忌みけり　宝遊子升友

疱瘡に被る頭巾は茜さす　陽の目も見せず□おろす神　宝市亭

序病みする幼に着する衣さへ　八丈嶋〔縞〕は忌む疱瘡神　銭の屋

酒湯〔笹湯〕せし疱瘡の神に赤の飯　初穂も持ちて出す孫杓子　松の屋

霊国を渡り来し時疱瘡神　よき山も見つ水上も見つ　喜樽

天の刈る疱瘡の神のつきしより　我から物を思ふ父母　綾のや糸茂

疱瘡も重き葛籠の荷を背負す　むかし語りの婆々様の神　枇杷の屋夏繁

荷の軽き疱瘡神の棚替へは　一つ長屋を早く廻れり　坂槐

もがさ神三日三日と峠ある　酒湯の尾〔湯尾峠〕なる杓子定規に　守文亭

手向けぬる幣さへ赤き神棚へ　祈る疱瘡の山盛りの飯　遠江袋井　延麻呂

繋がりし鼠の糞に恐れてや　こそこそ逃げて行く疱瘡神　弓のや

からき目を子にさせじとや疱瘡の　神避けに出す塩引の首　清のや玉成

子を探す疱瘡神は目をつけて　窓の下りたる家も覗けり　弓のや

居処も爰と定めぬ疱瘡神　是は異国の渡り物なり　下総恩名　文左堂弓雄

取り付きし疱瘡神の御幣餅　寐たる子供の口も味噌ツ歯　弥生庵

柔らかく牡丹餅顔になしたるは　歯なし婆々あの疱瘡神かも　富幹

二並びに粒は揃へど筑波嶺の　紫厭ふ疱瘡の神　梅屋

神のなす業か疱瘡一夜さに　出来し近江の水うみとなる　草加　四角園

疱瘡の神もおどろく門札に　かろき為とも見ゆる御守り　喜樽

疱瘡の神の力ぞおそろしき　海〔膿〕を持つたり山を上げたり　多か丸

天窓から酒湯を掛くる桟俵　被つて逃げる疱瘡の神　南向堂

疱瘡の神に遇ふ身〔近江〕は時しらぬ　山あげもあり湖もあり　芝口や

雛さまのやうな娘の疱瘡神　棚を飾りて炊く赤の飯　青梅

手遊びの張子の達磨風車　かるい神とは知れし疱瘡　江戸崎　有文

疱瘡神おそれをなして立ち去りぬ　八丈はきの勝ちし嶋とて　幸亭

祈りたる力なるらん疱瘡の　神も山をぞ高く上げける　駿府　望月楼

疱瘡神鬼遣らひせぬ赤の飯　金時さゝげ炊きて宿せり　守文亭

疱瘡神

見きらふ疱瘡神は宝船
実玉とやらで吉野
そしの丁浪よるは
をきよらら
けふもくらり

疱瘡のかろき神はいつる身さ
○ねもさゝ高おろし神　宝市吉

席やよる
切るをする宕き　跡の屋
八丈ぎふいむ疱瘡神

酒ゐせ
かるきの神と
赤ろり
卯韓もゝ妙て
出ほ孫於ろ松の屋

疱瘡もおかき
言民の爲と塔房す
むす飼の鴫〱梔の神
枇杷の屋　玄蔵

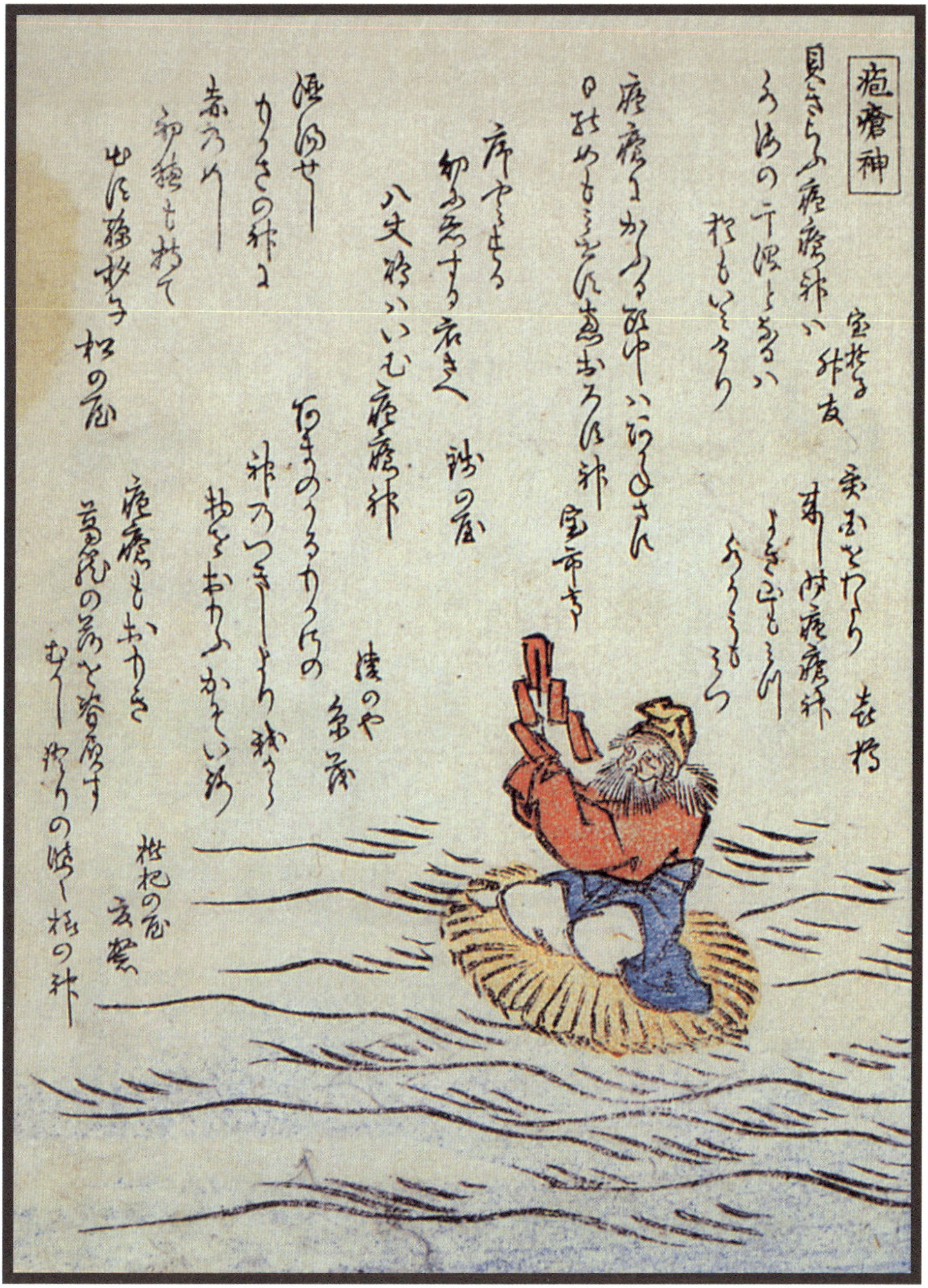

古椿

ふるつばき

燈火の影あやしげに見えぬるは　油絞りし古椿かも　駿府　望月楼

見て凄く油のやうな汗を身に　絞りて咲ける化椿かな　語吉窓喜樽

花首の落ちては燃ゆる火と見せつ　脅しやすらん世を経る(古)椿　吾妻井香好

草も木も眠れる比の小夜風に　目鼻の動く古椿かな　宝山亭金丸

山寺の閼伽の水汲む井のもとに　笑うて映るつらつら椿　文語楼青梅

年を経しつらつら椿つらつらと　物言ふ如く笑める花びら　京　花兄

金岡の巨勢山椿絵ならねど　夜な夜な抜けて出づる妖怪　江戸崎　緑樹園

化物の枝葉なるらん深山木の　中に幾世を古き(経る)椿は　槙住

幾年を経る脇差しの椿さへ　魂抜けて人おどすかも　鴈のや朋文

風凄き夜半に小雨の降る(古)椿　火ともす花は実に油あり　升友

夜嵐に血潮いたゞく古椿　ぽたぽた落つる花の生首　稲守

冷汗を袖に絞りの古椿　切らんとすれば身は震へけり　空満屋

目離れては化けもやすらん古椿　迷ひつらつら恨みつらつら　遠江見附　釈雲洞

古椿

当座行脚僧臥野　東海園大人判

哥（うた）枕鶉衣ぞ露けしと　深草野辺に臥す行脚僧
和風亭国吉

背に霜のおける夢野の草枕　哀れ雄鹿を臥しながら聞く
花前亭

旅行脚（たびあんぎゃ）野に臥す日数廿日草　牡丹がけなる脚絆にぞ知る
守文亭

山に臥しまた野にも臥す雲水（うんすい）の　高低（たかひく）もある旅の古笠
弥生庵

○

兵（つはもの）のむかしを偲ぶ夏草の　夢野に暮れて宿る旅僧
東海園

狂歌百物語——六編

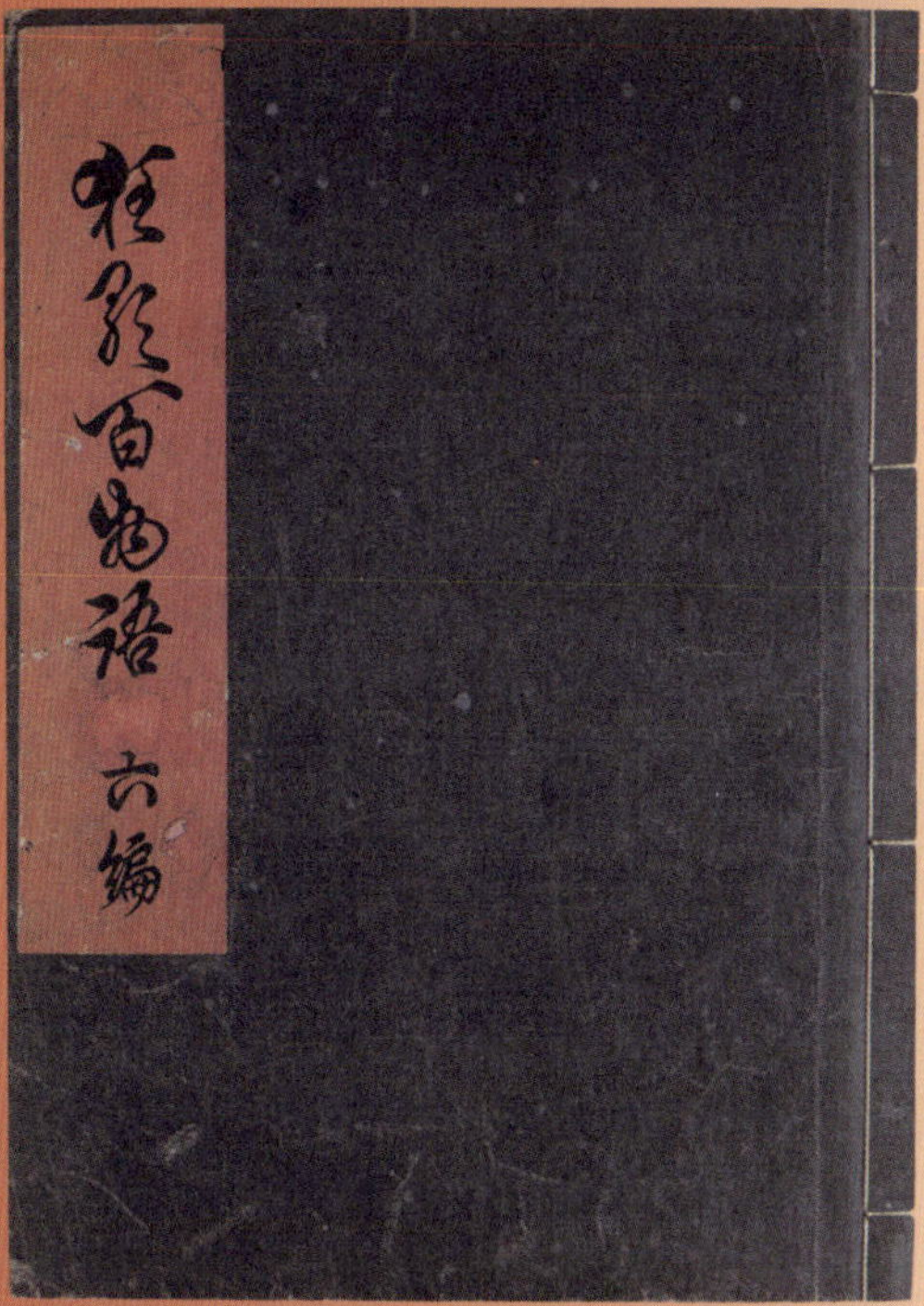

尽語楼たくみえらみ
竜さい正ずみゑがく

【兼題】
小坂部姫
犬神
魔風
龍燈
小袖手
猪熊
尾崎狐
木霊
山姥
一寸法師
玉藻前
古寺

小坂部姫

おさかべひめ

檜扇に隠るゝ月の作り眉　姫が天守に名ある蝙蝠（かはほり）　升目山人

物いはぬ色美しき小（を）坂部（さかべ）の　種や伏見の姫桃の花　宝市亭

年ふりし小坂部姫の緋の袴（はかま）　狐色にも化けて妖しき　銭の屋

名物の姫路の皮も狐かと　言へば空嘯（そらぶ）く小坂部の姫　栄寿堂

姫の名の城の狭間（はざま）に首出して　目も三角に見ゆる小坂部　花前亭

見あぐれば小坂部姫の不二額（ふじびたひ）　雲の聳えし天守にぞ坐（ま）す　綾のや

黛の星をならべて永久（とこしへ）に　姿老いせぬ花の姫菊　弥生庵

地網なる播磨さらしは小坂部の　赤手拭に織り出（い）だしけん　梅屋

石垣は亀のかたちの高櫓（たかやぐら）　小坂部姫や万年新造　文昌堂尚丸

天守には日ごと化粧（けはひ）の小坂部の　姫が向かへる鏡天井　春の辺道艸

小坂部のひめもすよるは夜もすがら　年経る城の守り神なり　相模古沢　井仁子

宮本〔武蔵〕は拳（こぶし）に力増鏡（ますかがみ）　化粧（けはひ）するとき小坂部を見て　朝霞亭

世に高き天守に住みて小坂部の　姫は人みな見下（くだ）しやせん　京　梅の門花兄

小坂部の壁生草のいつまでも　姫が祟りの根や残るらん　守文亭

眉つけし姿うつくし小坂部の　姫は化生（けしやう）の物にやあるらん　菱持

姫が名は天守とともに高砂の　婆々にもならで幾世経る（古）城　足兼

眉作る小坂部姫は凄まじき　老女の化粧（けはひ）目は冬の月　鶴子

名に高き天守に住みて形をば　人に姫路（秘め）の怪の小坂部　西馬

小坂部となりて人をや瞞（だま）すらん　種は伏見の姫桃の花　宝市亭

小坂部の怪ともさらに白鞘を　受け損じてや眩む宮本〔武蔵〕　仝

姫路まで都の方ゆ辰巳風に　狐色なる木の葉飛びこむ　香勝

名にし負ふ狐の皮も小坂部の　姫路の町の産物にして　遠江見附　真門

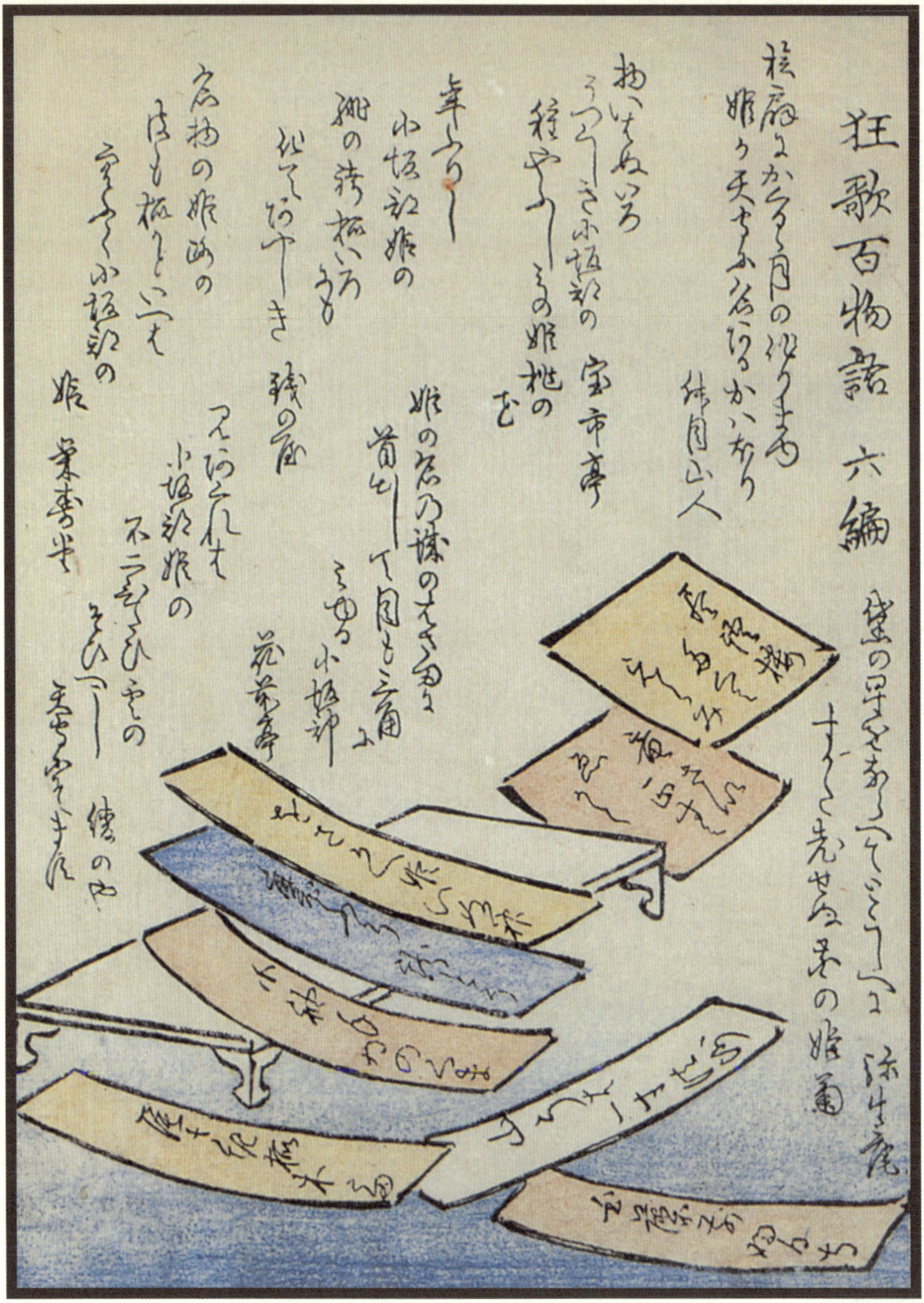
狂歌百物語　六編

小坂部姫

地震ゆる柱戸
さしハ小坂部の
赤ら顔の威りつん

梅屋

石垣の姫のうちもちさを
小坂部好物や古年若生
文昌堂
南九

ゆう宮き夜らふ萬父
すまてふさくの
姫ハ人を取らん
くーやせん
京
松の門

志ざう八の手を
松とひの小坂部の
雅ふむくる後
玉井
春の巴

ゆう人の妻もかに
やし山城のもり
松もり
五古瓶や
き文さ

小坂部の
蟹女子は
姫をたくりの
柯もて姫よ
ん

京本ハむら一の
ちくまほろの
松とひすゑて
小坂部をつて
松まさつ

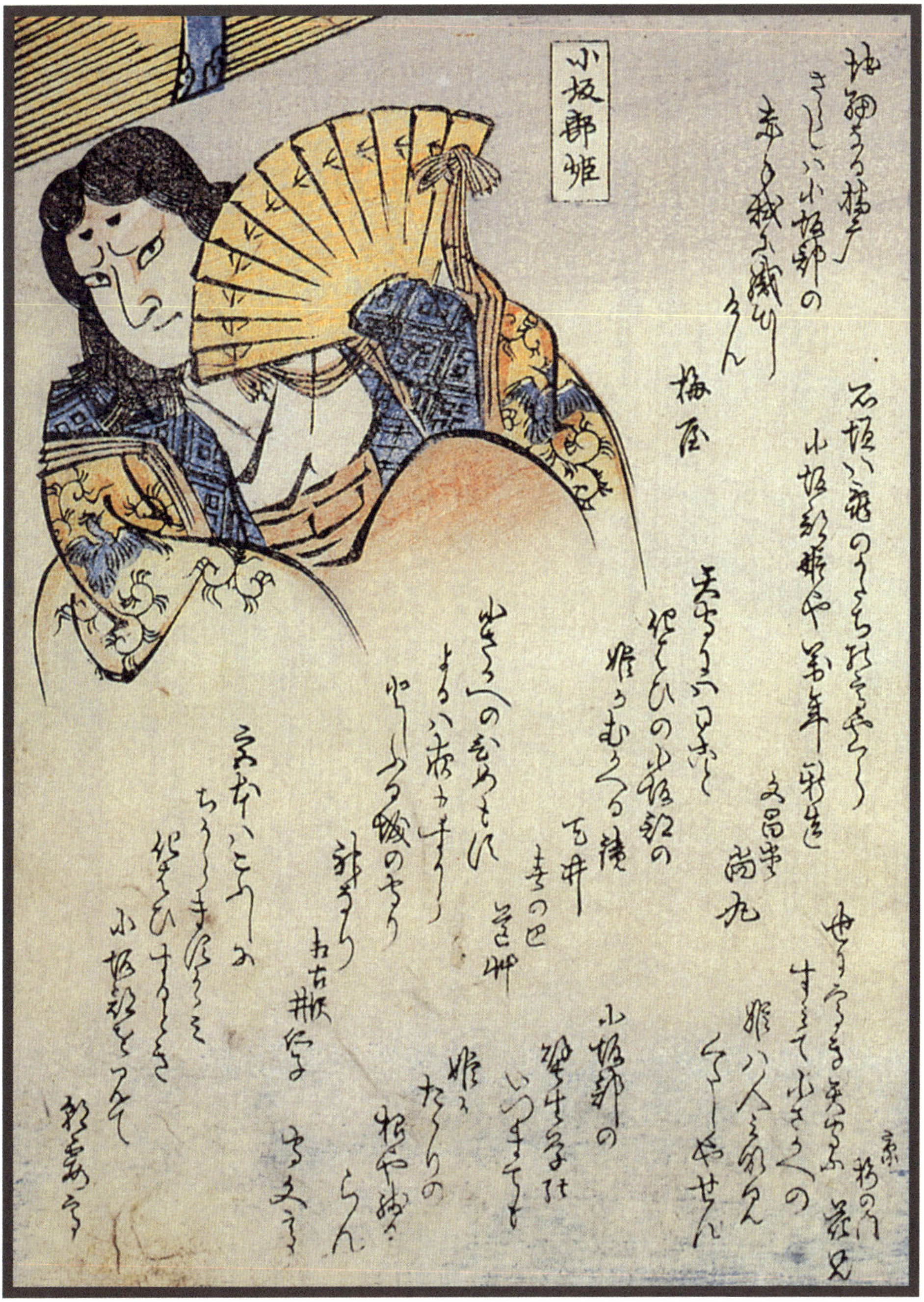

犬神 いぬがみ

毛を吹きて底を求むる修験者の　尻尾や出づる犬神の術　銭の屋

巻きし尾の左前なる貧しさも　富みてぞ金の唸る犬神　草加　四角園

正法に不思議は内外清浄と　よめば尾を巻く犬神の術　於三坊菱持

烏羽玉の黒犬をしも祟むれば　よくの闇路のたすけとやなる　東風のや

行ひて首ともならん修験者の　切りし昔の尨犬（報い）の術　花前亭

盗みする人を尻（知り）尾の左巻　一物ありて凄き犬神　南向堂

祭らるゝ首を出だして喰はんと　犬骨折りて高盛の飯　語龍軒足兼

修験者のかみつくやうに祈るなり　病の憑きし犬神の術　紫の染芳

執念も首に凝りたる犬神は　聞くほど怖く思ほゆるかな　芝口屋

願かけの奇特不思議も怖ろしき　身の毛もよだつ犬神の法　無事也

犬神を祈る供物は猫足の　台にも高く盛る鼠米　木黄山人

四つ足の笈も背負うて三峯（秩父）へ　入る山伏の遣ふ犬神　画安

喰物に青き炎は燃えねども　思ひは胸をこがす犬神　惟孝

犬神を祭る祠に塗り剝げて　古びも斑の四つ足の膳　東海園

犬神の術をも挫く正法の　徳にはとても敵はん敵はん　花林堂糸道

生き埋めし犬も這ひ出ん備へたる　供物も斑になしと山伏　木黄山人

中々に門まもらずて盗人の　忍びに遣ふ犬神の術　装飾坐浜松

犬神の印見せんと声かぎり　かみつくやうに祈る修験者　有恒

犬神を祈りて物の相談の　白き黒きの分け目あれかし　楳星

犬神を遣ふ人こそ怪しけれ　つひに尻尾や出だすなるらん　駿府　松径舎

目には見て物は言はねど善し悪しと　胸に一物あらん犬神　仝　東遊亭芝人

犬神の術を行なふ痴者や　おのれも首になるも知らずて　朝霞亭

出這入りの人を占ひ当てぬるは　門を守れる犬神の術　駿府　望月楼

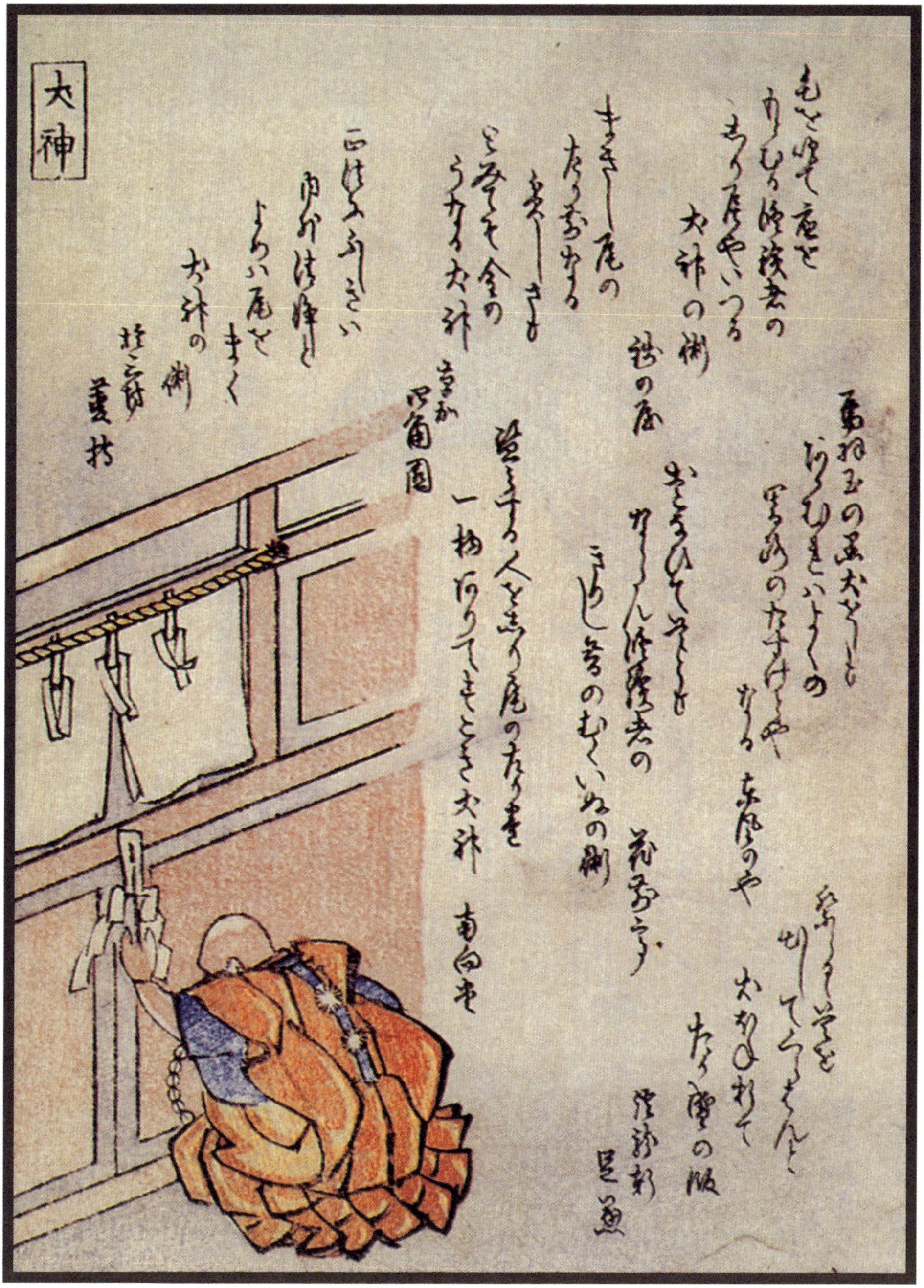
犬神

魔風
まふう

金銀を並べ立てたる家までも　将棊倒しの魔風激しも　於三坊菱持

節分の鬼さへ嫌ふ柊(ひらぎ)まで　根から吹き折る魔風怪しも　銭の屋

土煙(つちけぶり)立てる魔風は今戸にて　焼きし瓦の鬼も脅しつ　桃江園

霊国の空ゆく船をくつがへす　風に怪しき法やあるらん　楽月庵

掛すだれ旋風(つむじ)に空へ巻き上げし　魔風怪しき切支丹(きりしたん)坂　和風亭国吉

大嵐荒るゝ馬家も上棟(うはむね)の　鐙(あぶみ)瓦も砕きてや飛ぶ　宝山亭金丸

真夜中にいなさ光りてなまぐさき　風物凄く荒るゝ魚河岸　檜園

八十嶋(やそしま)を下ろす魔風になやみしと　人にも告ぐる蜑(あま)の釣舟　草加　四豊園稲丸

吹き荒るゝ第六天の魔王風　瓦の鬼も地には落ちけり　元照

魔の風を起し雲をも起しつゝ　大木と竹は寐(ね)かす激しさ　和松亭羽衣

十日降る雨に魔風の五日吹き　穏やかならぬ人こゝろかな　都月庵駒綱

魔の添はる科戸(しなと)の風の荒れをさへ　払ひ清むる海の中道　秋田舎稲守

霊国の船はさらりと西の海　悪魔の風や吹き払ひけん　高見

年毎に払ひし西の海辺より　悪魔の風は如(い)何(か)で吹くらん　槙住

くつがへすほどの魔風に親船の　舳(みよし)の総(ふさ)や水主(かこ)の切髪　宝市亭

松杉を吹き折る音に手を当てゝ　耳に二荒(ふたら)の山あらす風　升友

もろもろの木には障れど己(おの)が住む　杉は倒さで風の吹くらん　坂槻

思はずもどつと魔風の瓢棚(ふくべだな)(吹く)　転げ出にけり肝も潰れ家(や)　足兼

筑波から妙義へとんだ通りもの　是は魔界の羽風(はかぜ)なるらん　大内亭参台

砂烟(すなけぶり)つむじ風にや巻かれける　さゝへ頭(がしら)の角髪(つのがみ)の子等(ら)　雨守

肥前灘船なやますは天草の　扇曲輪(くるわ)にこもる魔風か　国吉

いかり綱擦れて火の出る早手風(はやてかぜ)　檜の角を積みし親船　宝市亭

和田の原魔風はげしく磯(いそ)家なる　瓦の巴組んで落ちけり　木樽

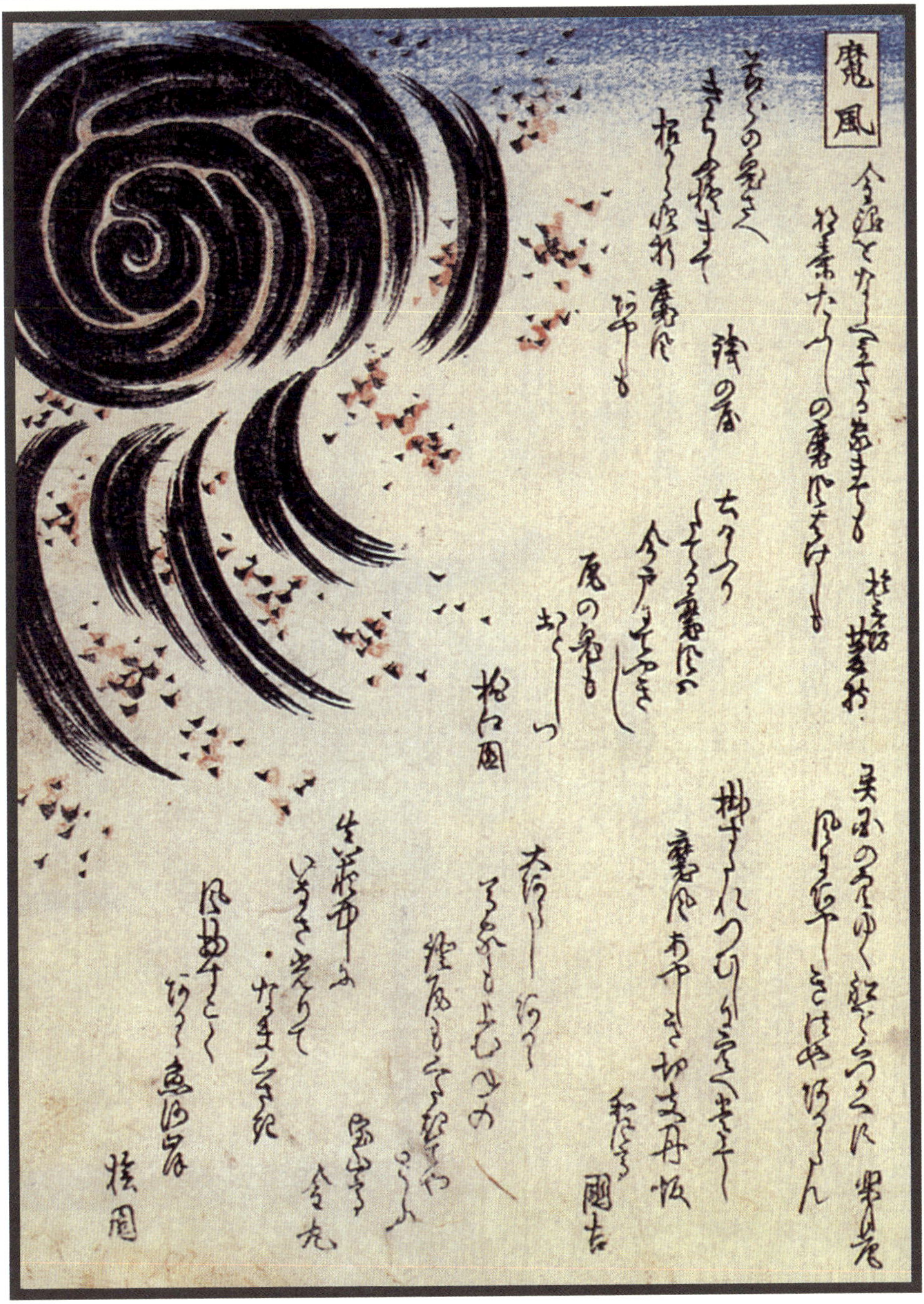
魔風

小袖手 こそでのて

形身〔形見〕わけ配る小袖に爪長き　族(うから)も欲の手を出(い)だしけり　香以山人

数持ち内の小袖を出づる手の　指の爪にも見る物着星(ものきぼし)〔斑点〕　語吉窓喜樽

噂をば包みておける化小袖　出だすその手は喰はぬ七つや　語安台有恒

さ干(ほ)しおく花見小路の袂(たもと)より　早蕨(さわらび)ほどの手を出だすなり　駿府　望月楼

怨念の残りて蛇となりにけん　小袖より出る手も蝮指(まむしゆび)　日年庵

細腕に稼ぎて着たる古小袖　質に置かれて手も出づるらん　宝市亭

流したる人や惜しみて怨念を　かけし小袖に古手(ふるて)見えけり　空満屋

着数せし小袖も質に置く蔵や　恨みの手をも見世先の許　語調台坂槻

羊羹の色に化けにし黒小袖　縫ひも金糸の光る細き手　宝遊子升友

天蓋にしてや納めん執念の　残る小袖に出だす手のうち　秋田舎稲守

衣から手の出しと聞く土用干し　戸前に肘(ひぢ)も見ゆる袖蔵　桃太楼団子

指折りて数へる質の流れ物　その小袖より手や出づるらん　大内亭参台

執念の残る形身の古小袖　出だして見する五本手の嶋〔縞〕　鶯声堂春道

古着買ふ人も中々手を出さぬ　手の出し袖と聞き伝へては　東海園

後添(のちぞ)への纏ふ小袖を出づる手は　ても怖ろしき前栽(せんざい)〔前妻〕菊嶋　曲尺亭直成

虫干しに長い手の出る質小袖　模様あやしき白浪の縫(ぬひ)　　春の辺道艸

世を去りし妹(いも)が思ひを懸香(かけがう)の　小袖より手を出してかざしつ　　桃本

針の目の穴怖ろしき古小袖　糸より細く出(い)だす鬼首　　長門　清香

橘の小嶋小袖を出づる手は　昔の人の着たる思ひか　　仝

遊び女(め)が客へ無心を打ち掛けの　小袖より出る手管(てくだ)おそろし　　優々閑徳也

入れてある質屋の蔵に手の出しは　下着小袖の化物仕立　　升友

手を伸ばす猿子胴着の上に着し　衣の紋の黒餅(こくもち)〔石持〕の月　　語志庵跡頼

質草の中に小紋の古小袖　出だす手さきに見る蝮指(まむしゆび)　　木公山人

質蔵の小袖を思ひ切りかねて　出づるや妻の手織なるらん　　高見

遺言の文に添へたる文字鹿子(かのこ)　かたみ小袖を出づる右の手　　楽亭

縫ひ直す小袖の袖を出でぬるは　抜手(ぬきて)てふ名の綿〔抜綿〕にこそあれ　　楳星

玉垂れ〔玉簾(たますだれ)〕を掲げ上げぬる小袖の手　見渡す雪の色はありけり　　京　花兄

仕立てあげ肩にも掛けぬ質小袖　漸々(やうやう)受けて手を出だしけり　　駒綱

恐れてや捨てゆきにけん盗人も　奪ふ小袖の手の長きには　　江戸崎　緑樹園

釣小袖細き手出すは孫の手を　衣紋竹にや誰(たれ)かなしけん　　京　牡丹園獅々丸

其の恨み如何に深草人形袖　出だす手さへぞ土気色なる　　網成

細き手を出すも肯(うべ)なり亡き人の　惜しむ宝の山まへ小袖　　江戸崎　有文

真綿にて首や絞めんと破(や)れ衣(ぎぬ)の　袖よりも手の出づる執念　　駿府　松径舎

古着屋の化しものなる釣小袖　見ては買うても手を出だすなり　　吾妻井香好

留めもせで流す質屋を恨みつる　腕(かひな)の出づる袖蔵の念　　南向堂

紅絹(もみ)裏の衣(きぬ)ゆ出す手は血の池に　沈みし人の思ひとぞ知る　　常陸大谷　緑樹園

青柳の模様淋しき色小袖　糸より細き手を出だしけり　　江戸崎　有文

うち見れば横立(よこたて)〔縦〕黒き碁盤嶋〔縞〕　白き手を出す小袖怪しも　　仲住

占ひてみれば其の卦(け)も坤嶋(こんじま)の　小袖より出る手も怖ろしな　　春道

流るゝを止むる心か浮かぶ瀬の　なくて手を出す女小袖は　　桃江園

利の足は入れぬ流れの小袖から　手ばかり出して頼む質蔵　　網成

古着屋の吊るし小袖に手を出して　女はおもて恨み顔なり　　江戸崎　緑泉園嶺門

釣小袖細き手出すは孫の手を　衣紋竹にや誰(たれ)かなしけん　　京　獅々丸

羽二重(はぶたへ)の肌着小袖を出づる手は　いともか細く白う見ゆらん　　画安

大根のやうな手の出る古小袖　在所の妹(いも)が織りし衣(きぬ)かも　　道艸

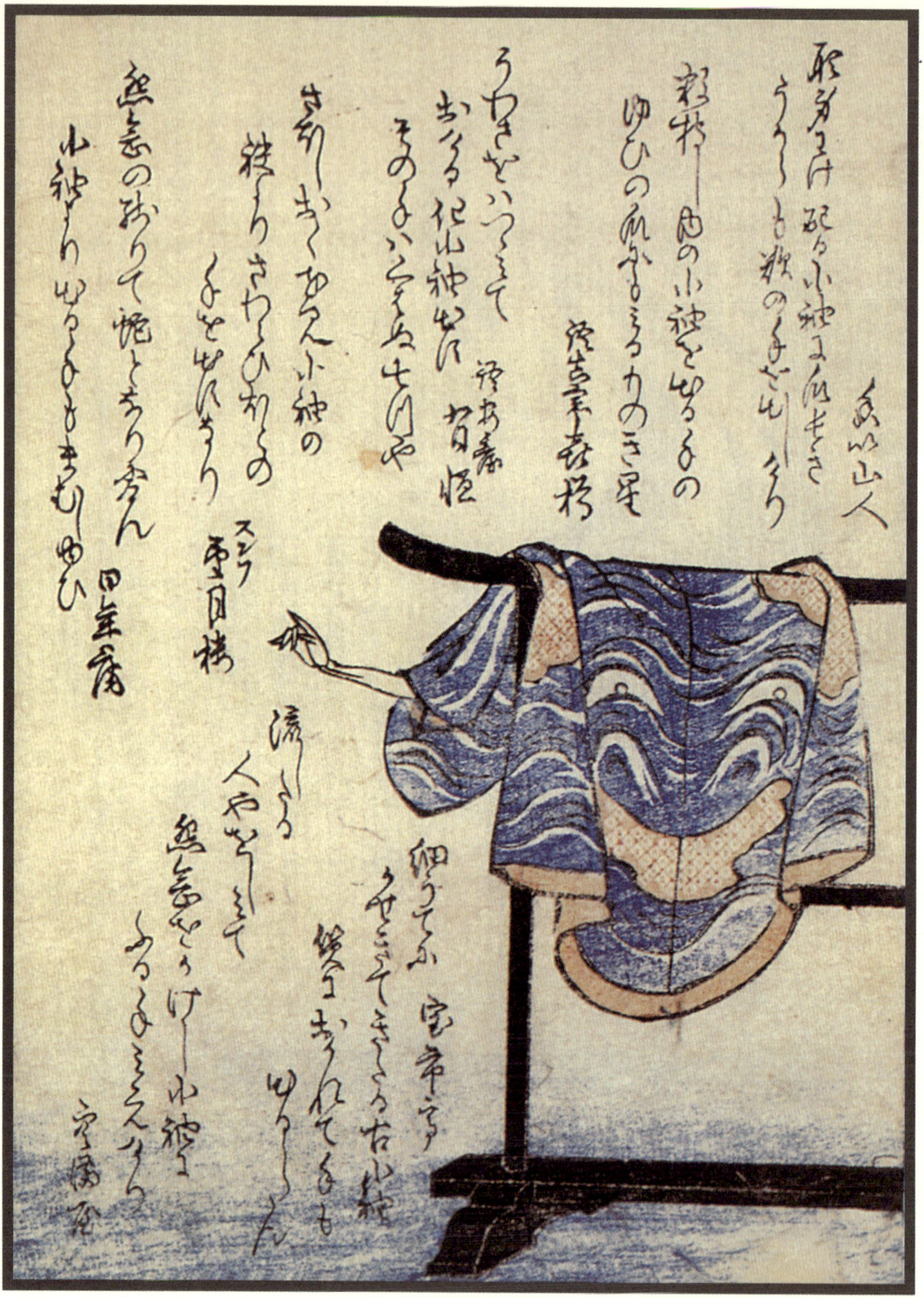

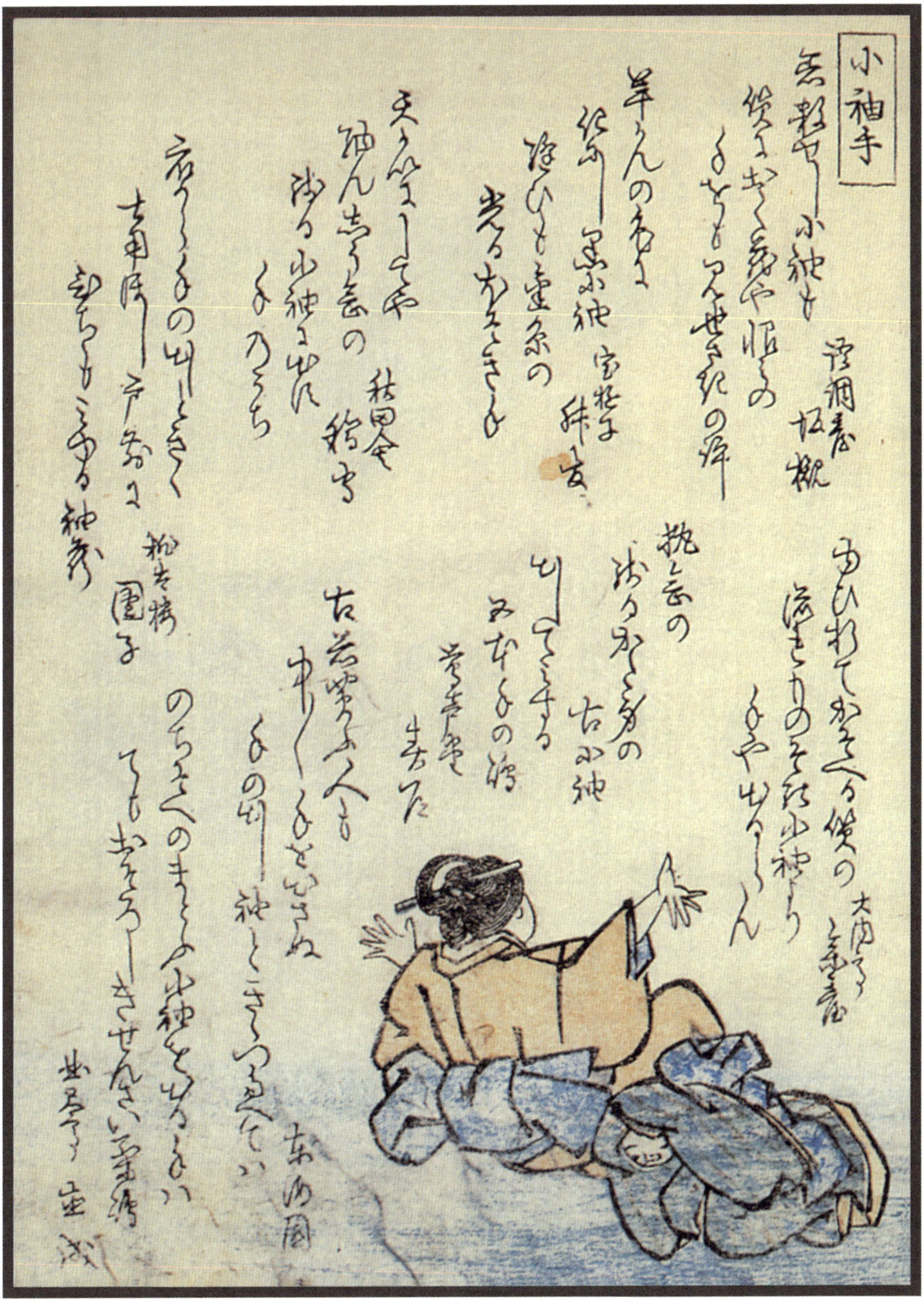
小袖手

猪熊（いのくま）

はにかむも似気（にげ）なかりけり猪熊は　鎧の袖を口にくはへて
藤園高見

太刀とりの鎧の袖に喰ひつくは　人を脅し（縅）の猪熊頼玄
有恒

太刀とりの鎧につきて怖ろしや　いかる刃金（はがね）も鳴らす猪熊
弓のや

緋縅（ひをどし）の鎧喰ひ切る猪熊は　紅葉（もみぢ）を散らす秋の風かも
馬遊亭喜楽

腕まくりしたる肌をも入黒子（いれぼくろ）　ある若人も猪熊を見て
鈴月舎振道

面食らふ凧（たこ）とみ空の疾（はや）ち風　うなり声聞く猪熊の首
南雲堂雨守

猪熊の首は飛び行く太刀風に　切れたる凧の如くなりけり
出久の坊画安

猪熊を書きし姿は坊主凧　空には風の高唸りして
青葉茂住

抜き打ちに眼鞍馬（まなこくらま）（眩）の竹切や　斜（はす）に飛びくる猪熊の首
文昌堂尚丸

武士（もののふ）に討たれし首の唸り声　いま凧の絵に残る猪熊
国吉

地震ほど身を震はして退（の）きにけり　鯰髭（なまづひげ）ある猪熊の首
江戸崎　有文

猪熊

ちからあり
筋骨たくましく
枯熊ハ澄の枝を
取よくす

ちからとりの澄の枝を呼ひくゝ
人を枯しての枝の雄新会　貞阿

ちからとりの澄　うのや
つきて出る手や
いろいろの
ちから澄の枝

澄の熊の
ちから取り
ちからほこ

組れとの
澄唱ひうら
枯の熊ハ名菓を
きれう　帥のやく
ちに枯の飛ぶ
出之坊　画吉

うでまくりまくらまくらをまくりいろいろ
いろいろ人を枯の熊をまくて
悠月亭　振造

めんるう振ぶふくの
さらうふぶなり等
きく枯の熊の首
雨亭　あす

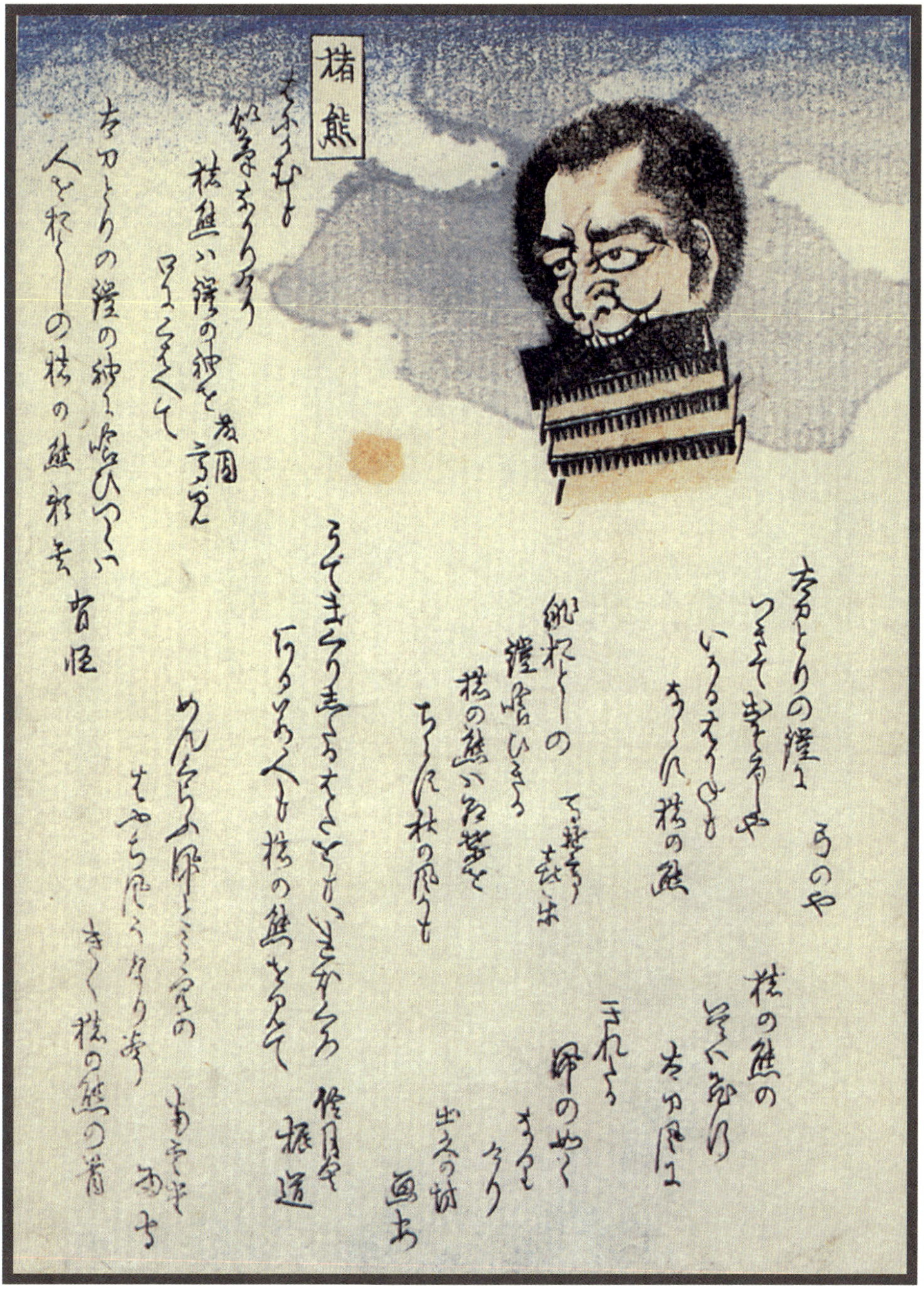

尾崎狐

おさきぎつね

狐をばふところにして尾崎村　腹をふくらす商人(あきうど)もあり　月豊堂水穂

子を産みて増える狐の尾崎村　持参金にもまさる婚礼　東風のや

尻馬にのせて送らん花嫁の　持参に添へし尾崎狐を　和風亭国吉

上つけ〔上野国〕の尾崎狐の玉つむぎ　化かす本場のふえし疋数　升友

嫁入りの釣り合ひ如何(いか)に尾崎村　提灯照らす丑三(うしみ)つの鐘　槙のや

尾崎村婚礼の日も忌まずして　虎の威を借る狐もてゆく　綾のや

買ふ人の袖も袂(たもと)も毛の国に　名も高崎の尾崎狐は　上総大堀　花月亭

売買に利も算盤(そろばん)の玉狐　人を秤の重みにぞなる　松梅亭槙住

手品ほど袖より出して人目をも　眩(くら)ます玉に遣ふ小狐　芝口や

嫁入りに祝儀は要(い)らじ尾崎村　持参の狐火を燈し行く　桃太楼団子

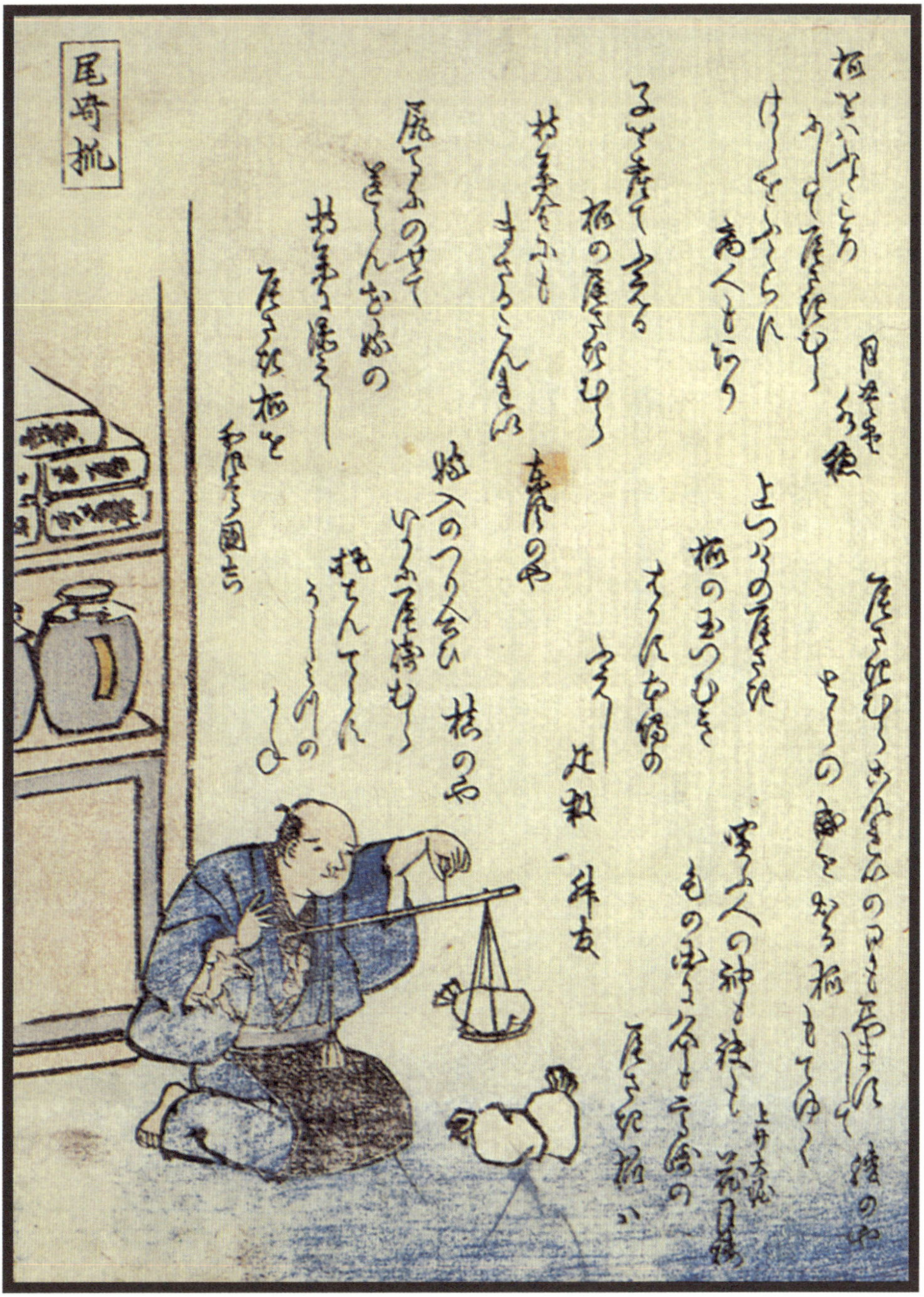
尾崎狐

木魂（こだま）

分け登る庚申山の岨道に　立てる木魂は猿すべりかも　松の門鶴子

石となる楠の木精にうつ斧の　当てゝ怪しき火も出でにけり　銭のや

切り兼ぬる檜の魂に空をうつ　斧の焼刃も鈍る乱れ火　弓のや

狐とも狸とも名の判らぬは　なんじやもんじやの木魂なるらん　藤園高見

楠に木魂あるとは聞きしかど　見んこと難（堅）き石とこそなれ　雛の舎市丸

作らざる眉さへ長く緑なす　髪や柳の木霊なるらん　五葉園松蔭

切らるゝを知りてか杣が昼寝せし　夢に恨みを黄楊（告げ）の木魂は　桃本

行き暮れて宿を仮（借）寝の一人にも　物を磐手（言はで）の森の木魂は　文語楼青梅

斧の音は余所の風とや神木の　魂は□□□□内にこそあれ　綾のや

木の魂は何ぞと人の問ひし時　松とこたへる嶺の夜あらし　宝鏡園元照

作らざる眉さへ長く緑なす　神（髪）や柳の木魂なるらん　五葉園松蔭

岩枕寄りふす妹は夏の日に　生（膿）みし根太（腫物）の木魂なるかも　槙のや

朽ちかゝる榎の虚の光るのは　木の魂の出づる穴かも　馬遊亭喜楽

丈高き杉の股から産まれけん　心直なる木魂なりけり　参台

いざなみの滝に影さす光り物　神代の杉の木魂なるらん　茂住

朧かげ分け行く森の下道に　木の魂や九つのかね　蟻賀亭皺汗

碁盤にも伐らんと寄れば杣人を　榧の木魂や撥ね退けてけり　楽月庵

人間の情や受けん千年経る　老木に目鼻木くらげの耳　南雲舎雨守

山の気の凝りてや魂になりぬらん　擦れあふ樹々に燃ゆる炎は　惟孝

行き逢うた人にもきやつと言はするは　猿滑てふ木魂なるかも　日年庵

切られたる恨みは胸を遠し矢の　的をつらぬく魂は柳か　空満や

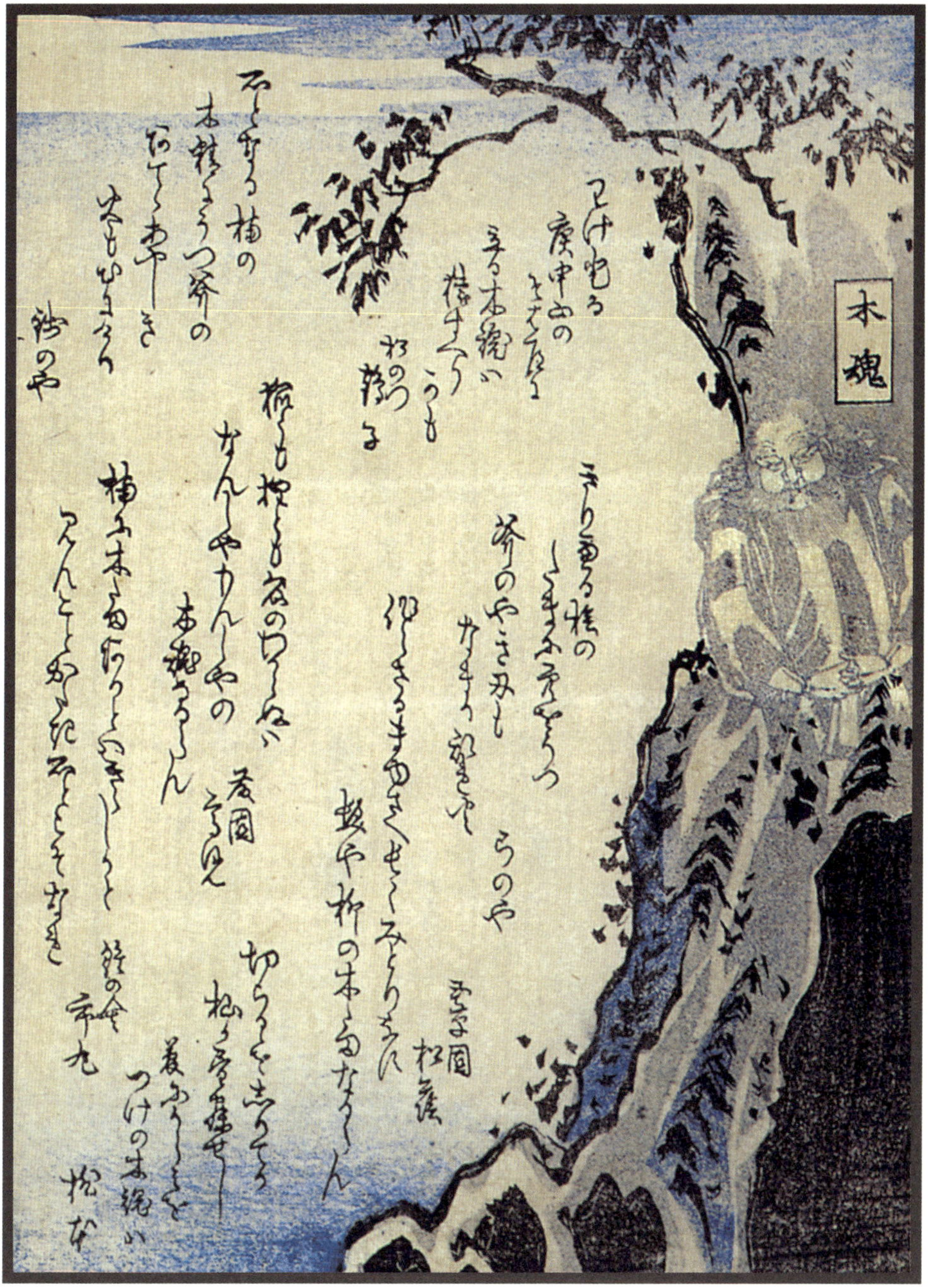
木魂

山姥　やまうば

金時の誕生日には山姥も　赤のまんまの草や食(は)むらん　東海園

己(おの)が子は出世の綱〔渡辺〕に引渡し　雲を霞と帰る足柄　花林堂糸道

親知らず子知らず育つ山姥は　浮世を薩埵(さつた)〔去つた〕峠にや住む　花前亭

鉄漿(かね)つけて笑(ゑ)みぬる様も尖々(とがとが)し　実る栗駒山の山姥　常陸大谷　緑蔓園

其の身には木の実を喰(くら)ひ喰はせて　子をさる者になせし山姥　相模古沢　井仁子

彼方(かなた)にて見てや抜けゝん越(こし)の国　幽霊村を過ぐる山姥　菊園哥居

山姥の真白き肌や雪に似て　世を経〔降〕りてのち消え失せにけり　吾妻井香好

霧を呑み木の実を喰(くら)ふ山姥は　衣も秋の錦なりけり　楽亭西馬

群がりし烏天狗の巣をも取る　子を持つ姥や鼻は高かる　草加　四豊園稲丸

佐保姫と霞男の連れ立つを　にこにこ笑ふ春の山姥　上総大堀　花月楼

木の葉のみ衣に縫へる山姥は　松葉の針や遣ふなるらん　坂槻

乱れ髪染めぬ箱根に続いたる　足柄山に住める山姥　玉兎園月澄

山多くある木曾山の山つゞき　山また山へ帰る山姥　仲住

裏表(うらうへ)に二子の山のふところの　うちへ入りぬと見ゆる山姥　江戸崎　緑亀園広丸

春ごとに山の笑ふは山姥は　子供あしらふ時にやあらん　駿府　望月楼

いゝ薬ある山姥に廻り会ひて　驚く人の煩ひぞ無き　江戸崎　嶺門

乳(ち)の多く出(い)でて枝葉を育てるは　銀杏の性(さが)〔精〕のなれる山姥　草加　四角園

神業と思ふや天津(あまつ)〔天〕児屋根(あめのこやね)をも　訪(と)ふ足柄の子持山姥　南向堂

松風の声のみ聞いて山姥は　浮世のことは知らで暮すや　甘喜

山姥

今divの流行ぶりハ山姥も　東海園
赤のまんまのおまやきもん
己うまハ出世の堀いでたく
毛も雲も気も行けり　花林生
　　　　　　　　　　原石

髪しらぬ馬
ぞ門まつりハうき世と
さらば妹を
や
きぬ
実のる那覇路山の山姥
　　　　　　　崋亭
　　　　　　　　源葉園

毛も雲いろの実を
鳴かせてゐるをくひ
きせて山姥
　　五渓井仁字

うまくふて
そこね
ぬるん
山のふ
逝長女を
さろ山姥　葉園
　　　　　尚岳

山姥の手しろきねは
雪にそせきうりて
ろら汲うせふる
　　　雲井春好

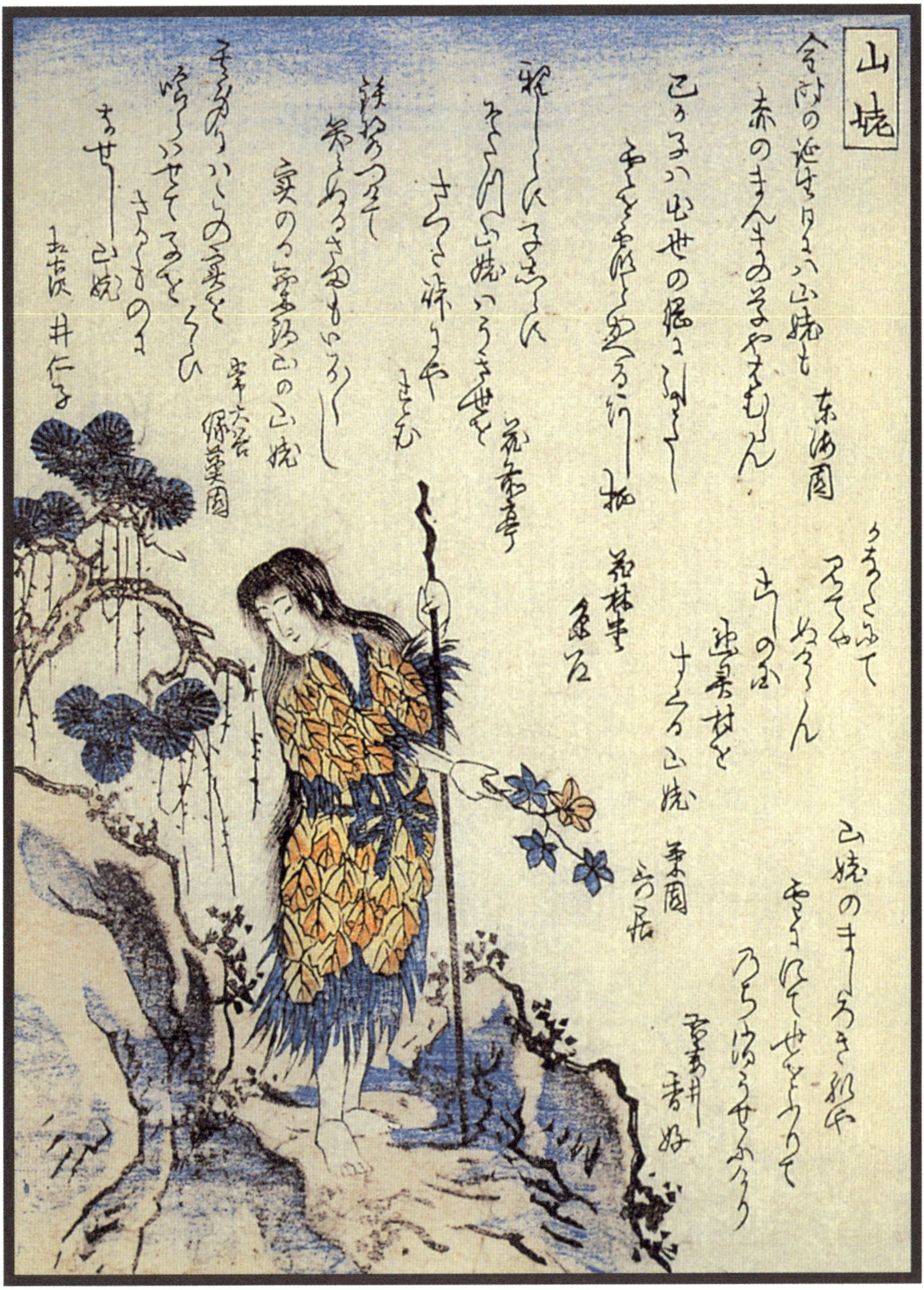

一寸法師 いっすんぼうし

背の低き一寸法師は汝(な)が親の　忌日に魚(うを)を食ひし報いか　南寿園長年

親の身もともに縮まん愛(いと)し子を　一寸法師と言はれぬるたび　語吉庵跡頼

身の丈の延びぬをさぞな託(かこ)つらん　人と肩をも並べられねば　松梅亭槙住

背(せい)低き形(なり)を見おろす下寺に　豆大師とも思ふ小坊主　蓬洲楼惟孝

虫ほどに見ゆると人の見下げても　五分の魂(たま)ある一寸法師　駿府　松径舎

見世物師当たり外れの見込みさへ　七分三分の一寸法師　茂住

人仲間はちふされしも宜(むべ)なるや　鈍い男の一寸法師　松蔭

本堂の勧化檀家をたのむにも　腰低くする一寸法師　下総恩名　暁檜園明信

見たといふ噂咄しも嘘まこと　七分三分や一寸法師　仙台松山　錦著翁

魂は五分ならまくを五尺なる　人は驚く一寸法師　京　花兄

夜あるきの一寸法師人は皆　よく子(ね)（寝）の刻の九つくらゐ　喜樽

闇の夜に五尺男に出(い)で向かひ　五分でも退(ひ)かぬ一寸法師　上総大堀　花月楼

見世物師五尺のからだ養ふも　一寸法師の陰にぞありける　浜松

秋葉山三尺坊に三寸の　舌で経よむ一寸法師　鶴子

物さして裄丈(ゆきたけ)つもる小袖さへ　わきて子たちの一寸法師　参台

夕日には我が影伸びて時の間も　こゝろ嬉しみ一寸法師　橋守

闇の夜の一寸法師一寸の　先の知れぬを取得にぞ出る　江戸崎　緑裘園邦彦

一尺に九寸足らざる法師さへ　まづ一部も経やよむらん　駿府　望月楼

何もせぬ一寸法師おどろけり　五尺のからだ見下されしや　香好

誹(そし)りなば腹や立つらん小さなる　一寸法師の五分の魂　甘喜

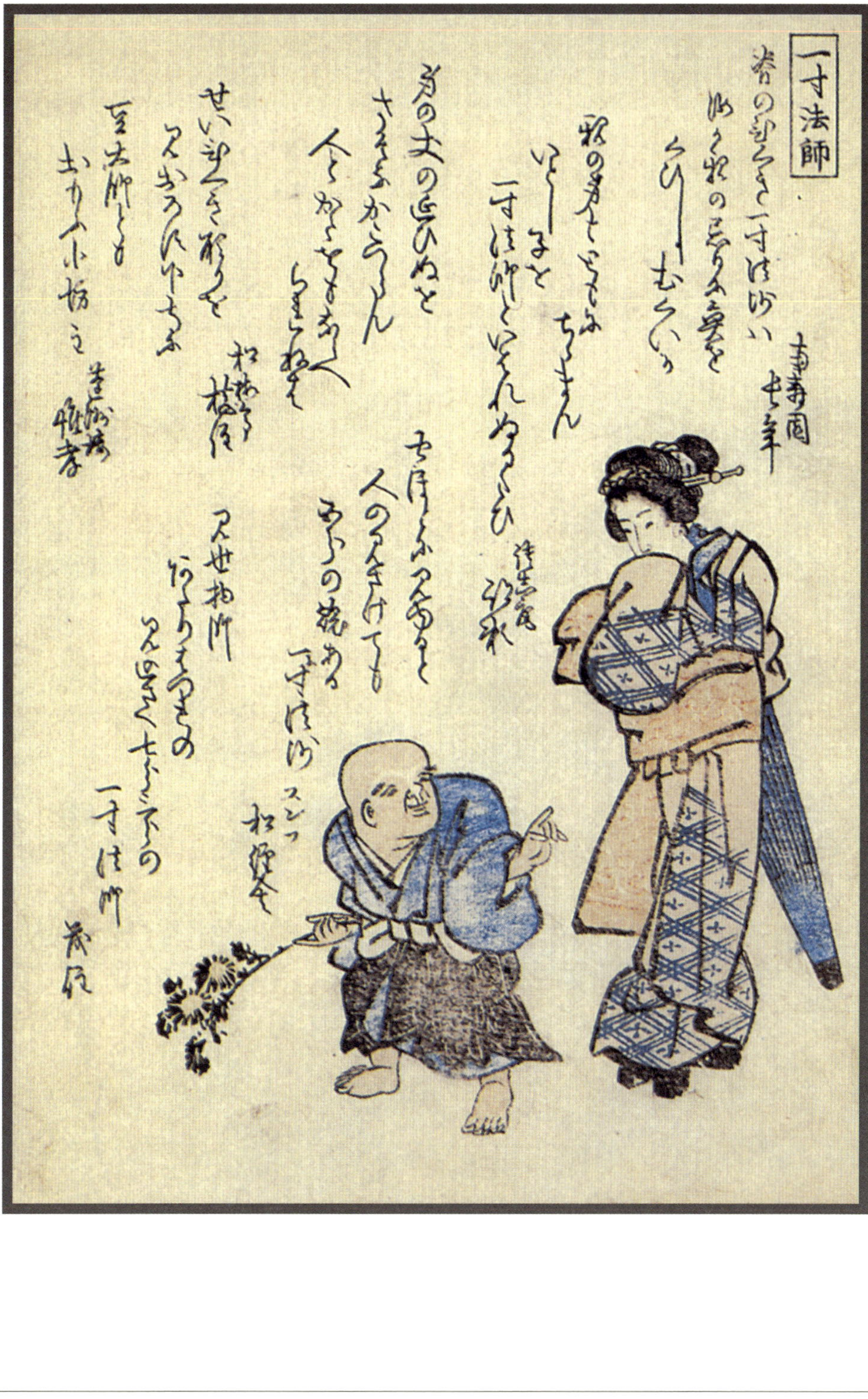
一寸法師

龍燈

りゅうとう

さしのぼる梢の上の龍燈に　鱗きらめく橋立の松　江戸崎　緑樹園

かんてらも幾尋あるか消えずして　鯨の油添はる龍燈　和風亭国吉

のろしほど軋めき出づる龍燈に　龍の宮姫笑みや含まん　鈍々舎香勝

龍燈の夜な夜な上がる磯辺には　昼も鱗を見する松が枝　蟻賀亭皺汗

眠らざる魚の油や照らすらん　見る人の目をさます龍燈　升目山人

一群の螢とや見ん海草の　腐りし中を上がる龍燈　水々亭梅星

龍燈は鯨の油添はりけん　七浦照らす宮嶋の沖　神風や青則

煙をも立てゝ鱗を三保の浦　磯辺の松を照らす龍燈　水穂

秋葉山浮かべる灘の龍燈は　天狗の業か蜑が焚く火か　守文亭

空や海うみや空なる久かたの　星の光に紛ふ龍燈　紫の綾人

法の場夜毎かゞやく光明寺　鵜の木の森にかゝぐ龍燈　五息斎無事也

時の間にかく増えしとは不知火の　筑紫の海の龍燈の数　江戸崎　緑亀園広丸

魚油焚きぬる海士や常に見る　沖に折々龍(立っ)の燈火　遠江見附　草の舎

わだつ海の龍はあかしを照らすらん　尾鰭の光る魚の油に　京　獅々丸

唐崎の松に火ともす龍燈も　たちまち闇と消ゆる一雨　哥居

松浦潟領巾振山の蔦紅葉　昼も火ともす龍燈の松　上毛板鼻　末広庵老泉

竜燈

さしのほる
椿の上の
 龍燈を
 靏きしらく
 梢立の
  松
   わたさき
   孫松園

かんてらを
いくえろうつらさきにて
藤の花さく龍燈

の灯へきへらさむの龍燈
それへえ焼先やふくまん
     唐擦

龍燈の赤おくらう浪らい
きを靏をとすろ松の枝
     穐賀ら
     彼所

所らくる呉の
池やてほしん
きう人の目を
さまん龍燈
   秋月
   山人

一むきの
葦ふやん
海辺のくもり
ちうさひうん
   龍燈
   秋早

和風から
風古
龍燈ふ森の凧
きくりんきくりん青ものてん
定诗の沖
     林屋や
     吉川

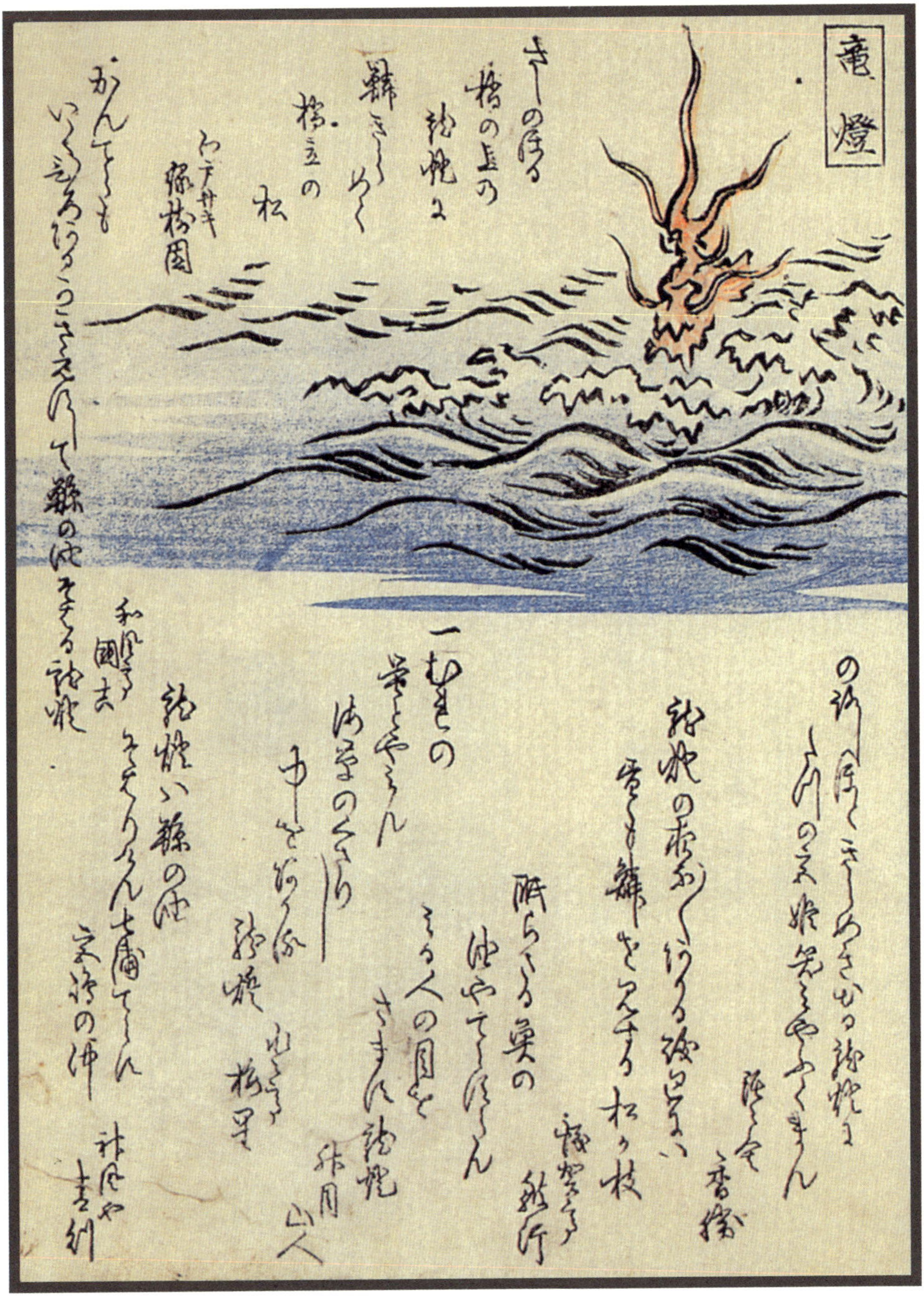

玉藻前

たまものまえ

浮草の玉藻の前はたゞよひて　水穂の国に流れきにけむ　草加　四角園

眉作る星も雲井を追はるれば　那須野に落ちて石となりなむ　東海園

那須野へと飛ばぬ内から祈られて　玉藻の顔ぞ青石の如　草加　四豊園稲丸

化けすがた獣偏に爪紅を　さして玉藻の美しきまで　文語楼青梅

檜扇に天窓隠せと九重に　尻尾の割れてとんだ宮姫　槙のや

清明〔安倍〕のとりし算木に坤の卦の　出でて狐を露はしにけり　楽月庵

石となる玉藻の前の光こそ　星の林と見せて飛びけれ　芝口や

ひとり寐の哥に藻屑は愛でられて　君の玉藻の〔賜物〕前と召さるゝ　語吉窓喜樽

雲井なる星の位のその中を　落ちて那須野の石となりけり　松蔭

毒石と終にはならん飛ぶ鳥の　落つる愛をば得たる玉藻は　日年庵

其の身より光り放ちて夜光る　玉もあざむく姿妖しも　江戸崎　緑錦園有文

虎の威を借りし狐も日の本に　業を那須野の原に滅びつ　神風や青則

光をば己はなちて現はるゝ　玉藻の前や身から出し錆　浜松

寵受けし其の龍躰の鰓なる　玉藻の前も身に光あり　語調台坂槻

捨てし子は藪の上より笹竹の　大内へ這ひのぼる玉藻を　紫の染芳

思ふまゝ玉藻の前に摘まれつ　濡らす眉毛は持たぬ宮人　長年

雲の上に立ち登るこそ怪しけれ　末は那須野の石となる身も　仙台松山　錦著翁

粧ひし柳の腰の宮姫を　見て保親も眉ひそめけん　江戸崎　有文

何一つ問ふに応への暗からぬ　玉藻は身より光放ちて　寿々雄

身から出た光も錆となりふりに　目をつけて尾を見出す玉藻は　足兼

天竺も唐も越し来て日の本の　光に尻の割れし古狐　相模古沢　井仁子

雲井なる星の位の其の中を　落ちて那須野の石となりけり　松蔭

祈られて替りし顔の青御幣　仇も那須野に残す妻石　春道

三つ国の王の御心うごかすは　下腹に毛のあらぬ玉藻か　下毛葉鹿　壺蝶庵花好

玉藻前

市ゐ中の虱の佗の
命を考て妙国寺の
そうそうる
　　　　　杉之屋

光らをいたき
さかとて狩へこし
玉藻の恋やふる
　　　　　月よみ

ほうらい
辛神祚の
想ふる玉藻の
光る也
　　　　　深渕庵
　　　　　　塙

毒石と降くて
たへん虎魚の
濱なとい
け年庵
　　　　　日年庵

武ありく光り
狩ちて戻る
玉いたさむく
光もなしも
　　　　　笑サキ
　　　　　織染園
　　　　　　智文

らうの宙を
うつし捨ら
日のかかる業を
明日をのうち
けろもつ
　　　　　炭の床丹

松一まい義の上よ
無作の大面へ遂ひ
乃ちの玉藻を
　　　　　黛の床冊

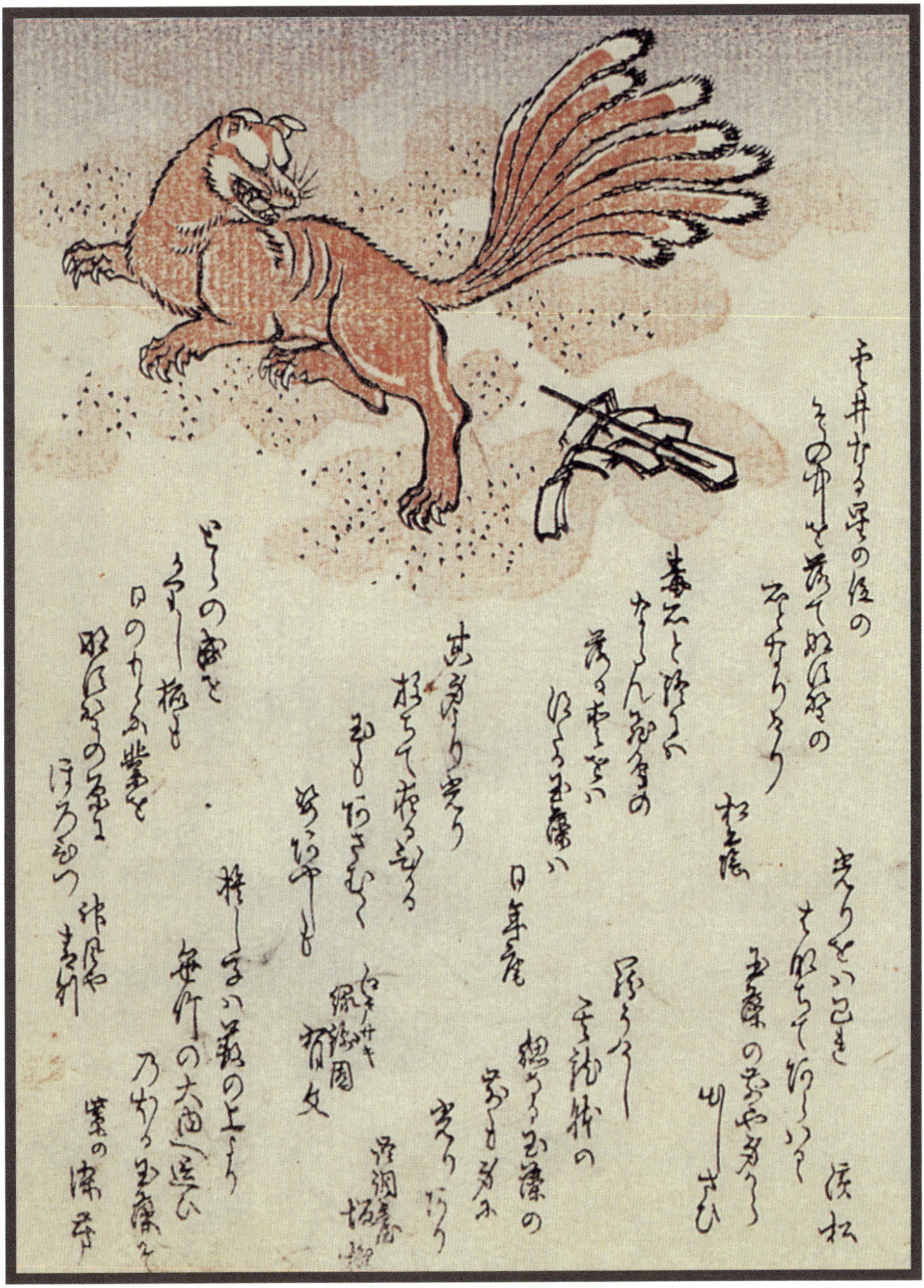

古寺　ふるでら

苔の髭胸にひまなく生(お)ひ出(い)でて　河原の鬼も凄き古寺　升目山人

荒寺は施主の油を絞りたる　護摩(ごま)堂さへも絶えし燈明　日年庵

雨漏りの防ぎもならず方丈も　傘一本で開きたる寺　青葉茂住

つめ米の散りし仏餉(ぶつしやう)梟の　餌(ゑ)拾ふ小夜の中山の寺　陽月庵網成

荒れはてゝ狐狸も住みぬらん　四つ足門の残る古寺　三輪園甘喜

空蝉の抜け殻と見る荒寺は　つくつく法師声立つるのみ　芦原中住

古寺にさとす姿の土(ど)饅頭　一皮剥きし人の亡き跡　香以山人

倒れたる仁王の肩を草鞋(わらぢ)虫　這ふはいぶせく見ゆる荒寺　語安台有恒

七堂は伽藍堂〔がらん洞〕にて古寺に　仏の坐をば草に見るのみ　宝市亭

釈迦達磨尻もうなじも腐れつゝ　羅漢槇(らかんまき)〔樹木〕のみ茂る荒寺　常陸大谷　緑蔓園

律僧の鼠衣も住みかねて　山猫ばかり荒るゝ古寺　朝霞亭

幽霊も出さうな古き破(や)れ寺は　四ツ足門もふらふらとして　徳也

こゝかしこ雨は守屋〔漏〕の大臣か　破却せしごと荒れし古寺　長門　泉源舎清香

年を経し鐘は我から声をたて　鼠も荒るゝ三井の古寺　草加　稲丸

経陀羅尼読むのは絶えて荒寺に　月の影なし虫の声のみ　和松亭羽衣

蜘(くも)の囲(ゐ)にかゝる紅葉(もみぢ)は引く火車(くわしや)と　見えてぞ凄き秋の古寺　槙のや

鰐口(わにぐち)も木魚も口を空き〔開き〕寺の　胸もとゞろくばかり荒れけり　振道

住み荒らし其儘(そのまま)年を経る〔古〕寺に　弥陀の後光を作る笹がに〔蜘蛛〕　神風や青則

幽霊も　出さうな破(や)れし古寺の　達磨の足も見えぬ本尊　参台

菓(くだもの)も散らせるほどの嵐にて　庫裏(くり)〔栗〕も垣〔柿〕根も破れし古寺　下総恩名　文左堂弓雄

蜘の囲は後光となりて本尊の　光を散らす雨の古寺　江戸崎　緑樹園

朽ちはてゝ狐狸の住むところ　四ツ足門の残る古寺　駒綱

古寺の栗〔庫裏〕の土台も朽ちはてゝ　光も青く燃ゆるとや見ん　綾のや糸茂

本尊はいつか窶(やつ)れし古寺の　手(た)向けの閼伽(あか)の水がはりにて　網成

御仏の箔は離れて哀れにも　朽ちし土台の光る古寺　東風のや

本尊も杖を力にたどたどと　小町筵(むしろ)の下がる古寺　振道

曼陀羅も千切れて世々を経る〔古〕寺に　蜘の糸のみかゝる経緯(たてぬき)　常陸大谷　緑蔓園

本尊の箔は禿げけり荒れ寺の　屋根漏る月に光る本堂　下毛葉鹿　花好

古寺

四月分追加題混雑

火柱は焔硝〔煙硝〕臭し古寺の　椽〔縁〕の下なる貂（てん）の業かも　京　牡丹園獅々丸

証文や焼き捨てにけん火の燃えて　黄金（こがね）の玉の迷ひ出づるは　仝

生ひ立ちの昔思へば鎌いたち　古き暦も役に立ちけり　月豊堂水穂

軽々と起きあがり小法師（こぼし）疱瘡神（もがさがみ）　守れば何の一物もなし　文章亭柴人

金岡（かなをか）が絵にあらなくに巨勢（こせ）の山　椿の霊（たま）や夜ごと出づらん　仝　日吉農照信

疱瘡も額（ひたひ）の富士は避（よ）けてけり　軽（かろ）く駿河の山あげて見ゆ　水穂

□の渡し初めたる板橋の　縁きり榎いかで繋れり　照信

軽（かろ）かれと祈る疱瘡（もがさ）の神棚に　供へ物して重く祭らん　仝

勇ましく山を上げたる童（わらはべ）も　疱瘡（もがさ）の神の力なるらん　水穂

実（じつ）のなき噂にまこと無き妹（いも）が　誠と祈る縁きり榎　越前敦賀　邦人

板摺りのくゞつも榎祈るらん　銭の切れ目を縁の切れ目に　京　獅々丸

赤紙の幣（しで）も祓ひなだめけり　疱瘡神の五月蠅（さばへ）なすとも　仝

鵺（ぬえ）を射し其の賜物の菖蒲（あやめ）より　引きわづらひし弓弦（ゆづる）ねらふに　仝　照信

吹き消ちてのばせし金の迷ひけん　箔にも厭ふ風に灯（ともし）は　獅々丸

伊右衛門が殺せし岩が思ひをば　背から負ひしや身も動かざる　越前敦賀　玄黄舎邦人

物言はぬ地蔵を恃（たの）む己が口　言ひし悪事の壁に耳あり　上毛板鼻　六源縁寿々雄

当坐犬盗人見吼　銭の屋大人判

子を持てる犬や吼ゆらん門の戸の　乳かな物を剝（へ）がす盗人　弥生庵

盗人も足や竦（すく）まん犬吼えて　とりまかれたる蔵の腰巻　木黄山人

鏭蔵（しころぐら）切る盗人を見て吼ゆる　犬や兜の面かぶりなる　東海園

盗人の忍ぶを宮の狛犬が　抜け出て吼ゆる甚五郎が作　銭の屋

○

当坐深夜飛脚　宝遊子主人判

早飛脚いそぐや足を空にして　走る夜中の明星が茶屋　和風亭

帷子（かたびら）の紺地の闇の夏飛脚　寐（ね）る間かすり〔絣〕て急ぐ越後路　弥生庵

けゝら〔けけれ、心〕鳴（な）く眠（ねぶ）る比（ころ）にも早飛脚　横ほり臥さず越ゆる中山　東海園

蠟燭の鑓場にしばし挑灯（てうちん）の　小田原宿に休む夜飛脚　語吉窓喜樽

定飛脚問屋に貫目あらためず　足を秤にかける夜半かな　守文亭

○

草も木も眠る比（ころ）なる小夜中に　文の林の動く早状　宝遊子

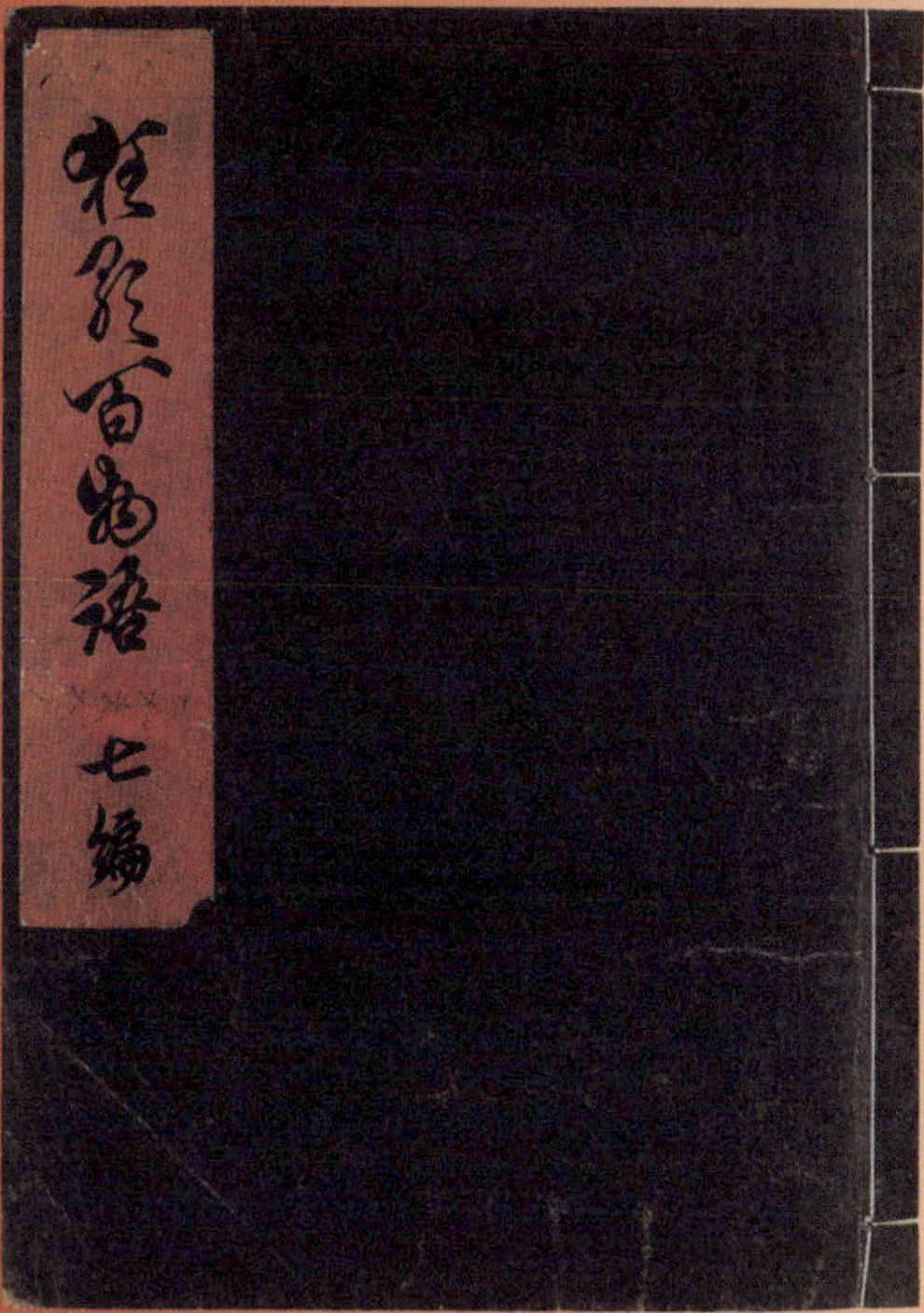

天明老人尽語楼撰
竜斎閑人正澄画図

【兼題】
小幡小平治
越中立山
逆幽霊
大座頭
飛龍
蜃気楼
後髪
あやかし
おいてけ堀
八幡不知
川獺
女首

狂歌百物語——七編

小幡小平治
こはだこへいじ

光さへ青き鬼火はこはだ鮨　透く影凄き蠅帳の蟵　香以山人

魂棚に馬はあれども幽霊の　徒にて戻るこはだ小平次　花垣真咲

煮て喰ふ焼いて喰ふと目論見の　果てはこはだに味噌をつけたり　語安台有恒

殺す智恵浅香〔安積〕の沼の恨み顔　蚊屋の四つ手に這入るこはだを　松の門鶴子

馬に鞍おく間もあらで徒よりぞ　逃げしこはだの星のものゝけ　槙の屋

小平治も果てゝ冥途の旅役者　浅香の沼ぞ名残狂言　曲尺亭直成

小平治が智恵も浅香の沼に果て　水くさしとや妻を恨むる　語志安跡頼

いく嶋のいくたび施餓鬼しつれども　沼の深くも祟る小平治　都月庵駒綱

化かすかと江戸前でなき旅役者　骨に応へて恐きこはだぞ　五葉園松蔭

小平治が凄き話を聞きおちて　脱ぎし小肌も入れて潜みつ　蓬洲楼惟孝

小平治を暗き黄泉へ送りしは　かねて謀りし妻が密か男〔間男〕　花林堂糸道

いく嶋に重なる恨み増鏡　ふたりの影のうつる小平治　鶯声堂春道

小平治も思ひ儲けぬ役廻り　かき狂言の妻が手立は　宝山亭金丸

見て逃げる馬の役者も徒はだし　小幡の名ある小平治の霊　楽月庵

浅ましく果てゝ帰らぬ旅役者　衣裳つゞらの骨も砕けて　桃本

浅香沼昔を偲ぶ〔信夫〕幽霊を　かつみる花の江戸の芝居に　仙台松山　錦著翁

小平治が影のうつれる鏡さへ　浅香の沼をしのぶ水色　雛室正女

小平治を水に沈めて浅はかな　浅香の沼の浅ましき世ぞ　月豊堂水穂

小平治は哀れ心も浅香沼　妻の企みに落ち入りにけり　尚丸

いく嶋に交はす枕の船底へ　取り付き妻を恨む小平治　語志庵跡頼

蓴菜の青い筋をも出だしけん　浅香の沼で果てし小平治　和松亭羽衣

我が影の外にうつれる怪しさを　見れば人さへなき魂の顔　跡頼

うちむかふ鏡に姿うつり香の　風なまぐさき小はだ小平治　駿府　芝人

生臭き風やさこそと思はるれ　こはだの霊の出でし其の夜は　優々閑徳也

小平治が深き恨みはありありと　仏壇へつく沼の足跡　文栄子雪麻呂

小平治も浅香の沼に果てぬるは　水に縁あることはだなりけり　跡頼

怖ろしや妻が仕込みし手料理も　膾にしたることはだ小平治　有恒

替紋につけし浅香の花かつみ　かつみし人の咄す小平治　楽月庵

女房に顔汚されて小平治が　畳へ見する泥の足跡　小倉庵金鍔

鮨つけたやうに凄々(すごすご)押し合ひぬ
小幡小平治

雨夜咄(あまよばなし)の
楽亭西馬

女房と生臭かりし密か男(みそかを)に
を恨むこはだか
こけにされし
松梅亭槙住

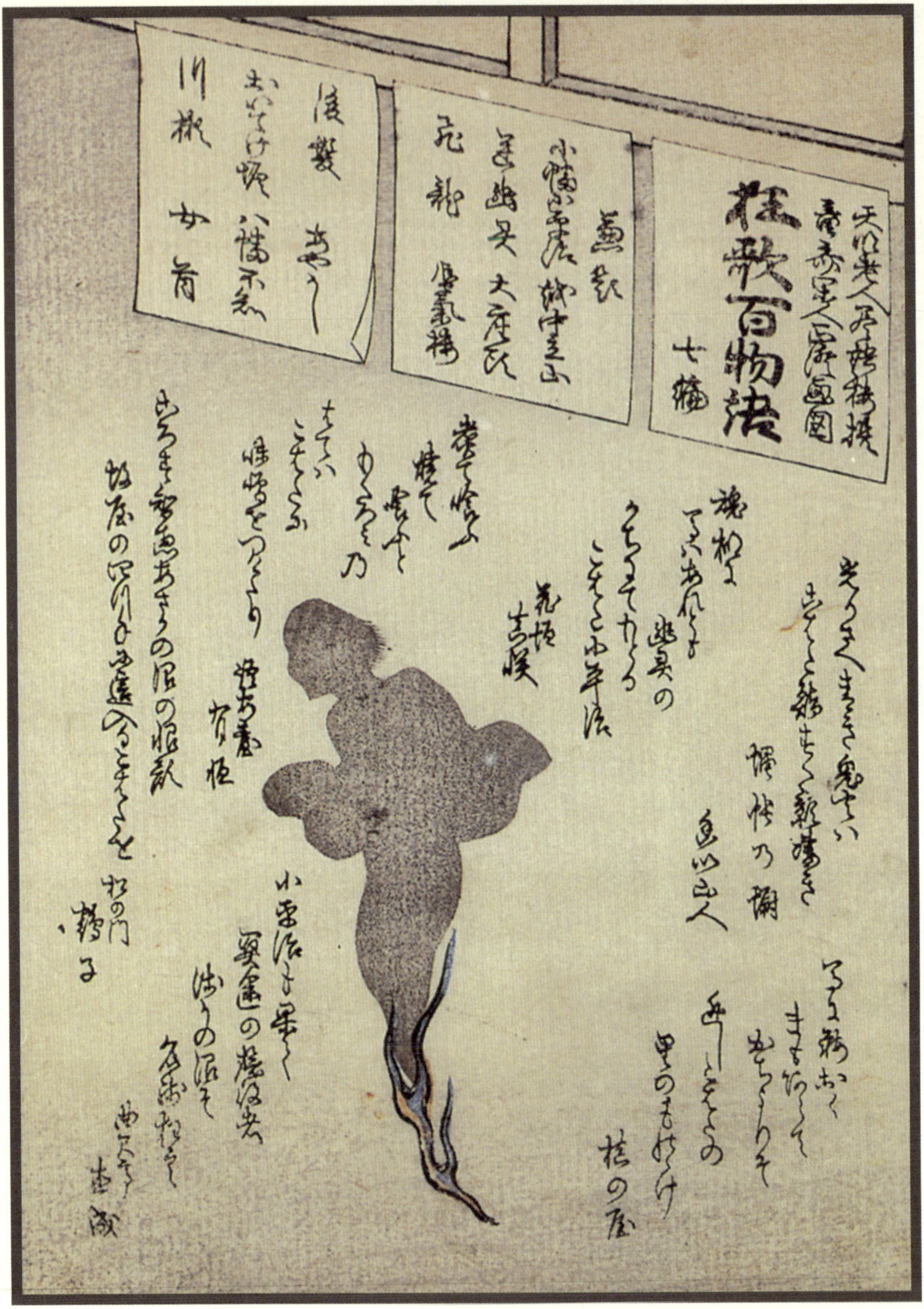
狂歌百物語
七編

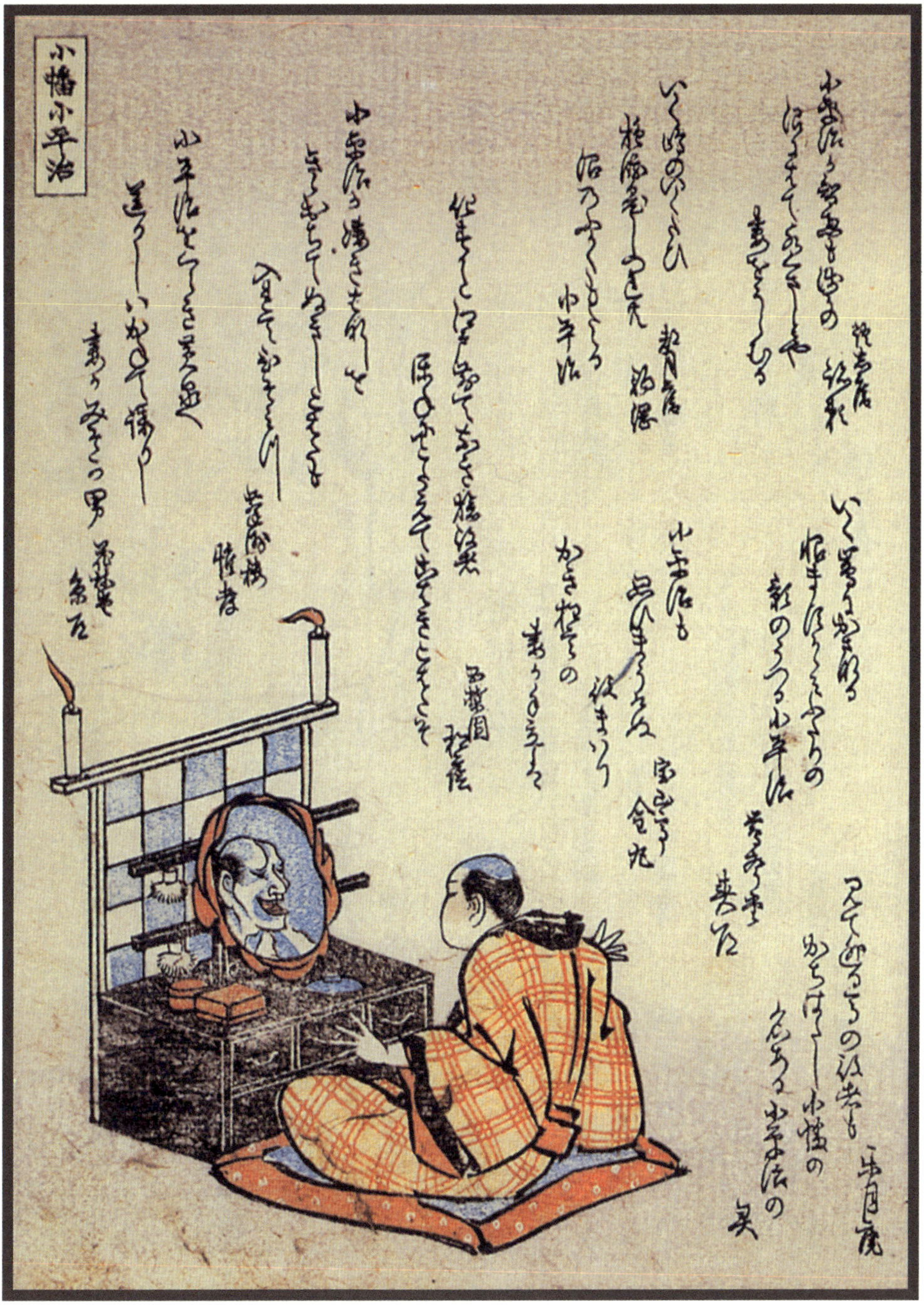
小幡小平治

立山（たてやま）

雇はれてなる立山の幽霊に　足を添ふれば　いくたびも出る　草加　四角園

立山に見る幽霊の白袴（しろばかま）　紺屋（こうや）地獄に落ちし　人かも　弥生庵

立山の地獄に出づる幽霊は　宜（むべ）こそ越（こし）の中　つ国なれ　駿府　松径舎

散り松葉幽霊谷に積もりては　針の山なす　越の立山　宝市亭

亡き人に逢ふも宜なり魂（たま）かへす　薬売り出　る越の立山　下毛（しもつけ）葉鹿　壺蝶庵花好

ふところの火の車なるくゞつ女（め）も　幽霊に　とて雇ふ立山　文語楼青梅

打ち鳴らす鉦（かね）（金）次第にて立山の　地獄の　沙汰を語る修行者　宝遊子升友

下満のかりやす坂もうちすぎて　紺屋地獄　も廻る旅人　弓のや

立山の地獄を廻る案内者（あないしゃ）に　酒代をやれば　地蔵顔せり　神風や青則

染賃（そめちん）を取れば紺屋の地獄にて　誂（あつら）へ向きの　幽霊を出す　芝口や

立山の地獄の道の案内者は　罔目〔傍目〕に　見ては凄き世渡り　東風のや

亡き人に再び逢うて立山に　思ひの胸も燃　ゆる小地獄　文昌堂尚丸

ふんどしの名の越中の物がたり　金（きん）は縮み　て総毛立山　五息斎無事也

雇はれて出る幽霊は立山に　足を元手の細　き世渡り　芝口や

立山の油地獄に燈心で　竹の根を掘る幽霊　ぞ見る　跡頼

欲と罪あらざる我は極楽と　思へば涼し越（こし）　の立山　喜楽

立山の地獄の沙汰を明け六つの　鐘（金）次　第にて見に廻るなり　水穂

鬼上布（じゃうふ）織り出す越の立山へ　きく旅人も行　く地獄谷　雪麻呂

足跡をいとへば雪の立山は　幽霊のみぞ行　き通ふらん　三輪園甘喜

幽霊も煙のやうに見ゆるかな　刻み烟草（たばこ）の　名ある立山　桜川慈悲有

雪女かと見越路（みこしぢ）の立山を　ちらりちらりと　凄き幽霊　京　花遊亭春駒

幽霊に逢ひみん事も金次第　地獄の沙汰も　聞かん立山　羽衣

血の池の流れ出づると見えぬるは　紅葉（もみぢ）散　り敷く秋の立山　神風や青則

立山を見歩（みあり）く見る目嗅ぐ鼻〔人頭幢〕の　鼻　の先にも地獄ありけり　吉野山住

修行者の一つ咄（はなし）に二つなき　娑婆（しゃば）の地獄を　見じと立山　大内亭参台

立山の鍛冶や地獄の責めに遇ふ　人や非道　の金延ばしけん　正女

真青に鳴海絞りのゆかた着て　紺屋地獄を　廻る立山　甘艸亭甘記

幽霊の足を見つけて旅人も　抜けざる越の　立山詣　江戸崎　緑樹園

立山の地獄怖しと犢鼻褌（たふさぎ）の　越中締めて　かゝる旅人　五葉園松蔭

怖ろしき廻国咄し下帯の　緒に緒をつけし
越中立山
水々亭楳星(うめぼし)

毬栗(いがぐり)の針をも踏みて登りけり　地獄へ廻る
秋の立山
水々亭楳星

蓮花草仏の座まで咲き出づる　如何(いか)で地獄
のあなる立山
仝

立山の幽霊村の荒れ鼠　地獄落しをかけて
こそとれ
菊好

日送りに時雨(しぐれ)なしつゝ立山の　紺屋地獄の
木々の満つむら
駿府　芝人

立山の油地獄を見下ろして　己(おの)が身内(みぬち)の汗
も絞りつ
花林堂糸道

まぼろしに見ゆる姿は亡き親に　相宿(あひやど)もな
き立山地獄
桃本

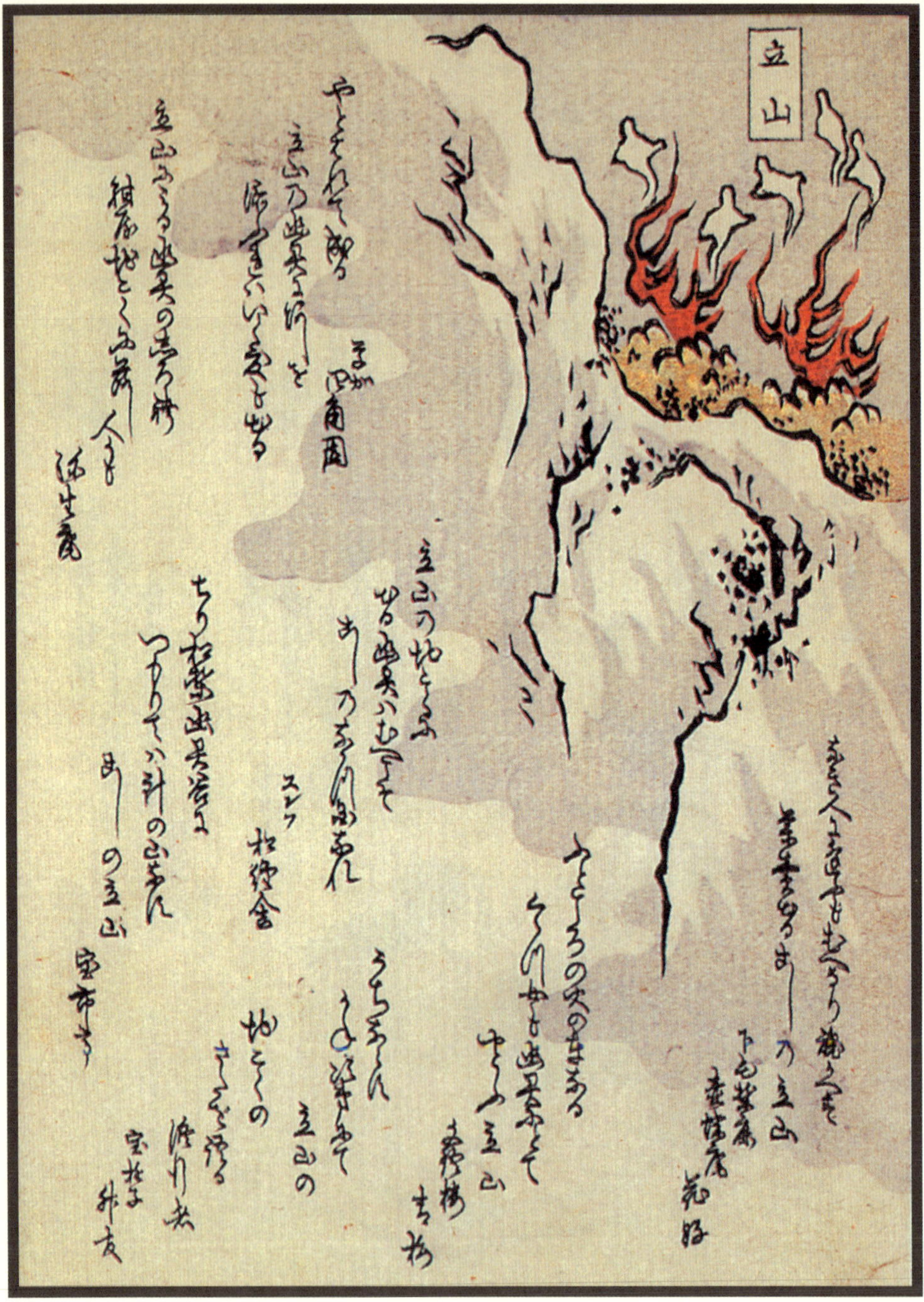
立山

狂歌百物語 ● 七編

やまのうらやま裾の
うしろそのかけたる雪に
まける樵人
　　　　　きのや

立山の地ごくの
名の雪間より
晴ぎぬけり
　　　　　虎の門

立山の地ごくと云ふ
雪白き雲かぜと
ゆけば地獄見せり
　　　　　芳村

済みんと
どなたの風の
あつく雲の
幽巻を見れ
　　　　　芝口

立山の地ごくの
名の雪ぶかき
名所なりけり
　　　　　芝の屋

死人たちも
ゑひ立ちて山
立山の地ごく
一寓亀丸

やよひとて
幽景光
行かれんも
鬼のほすなり
　　　　　芝口や

二〇一

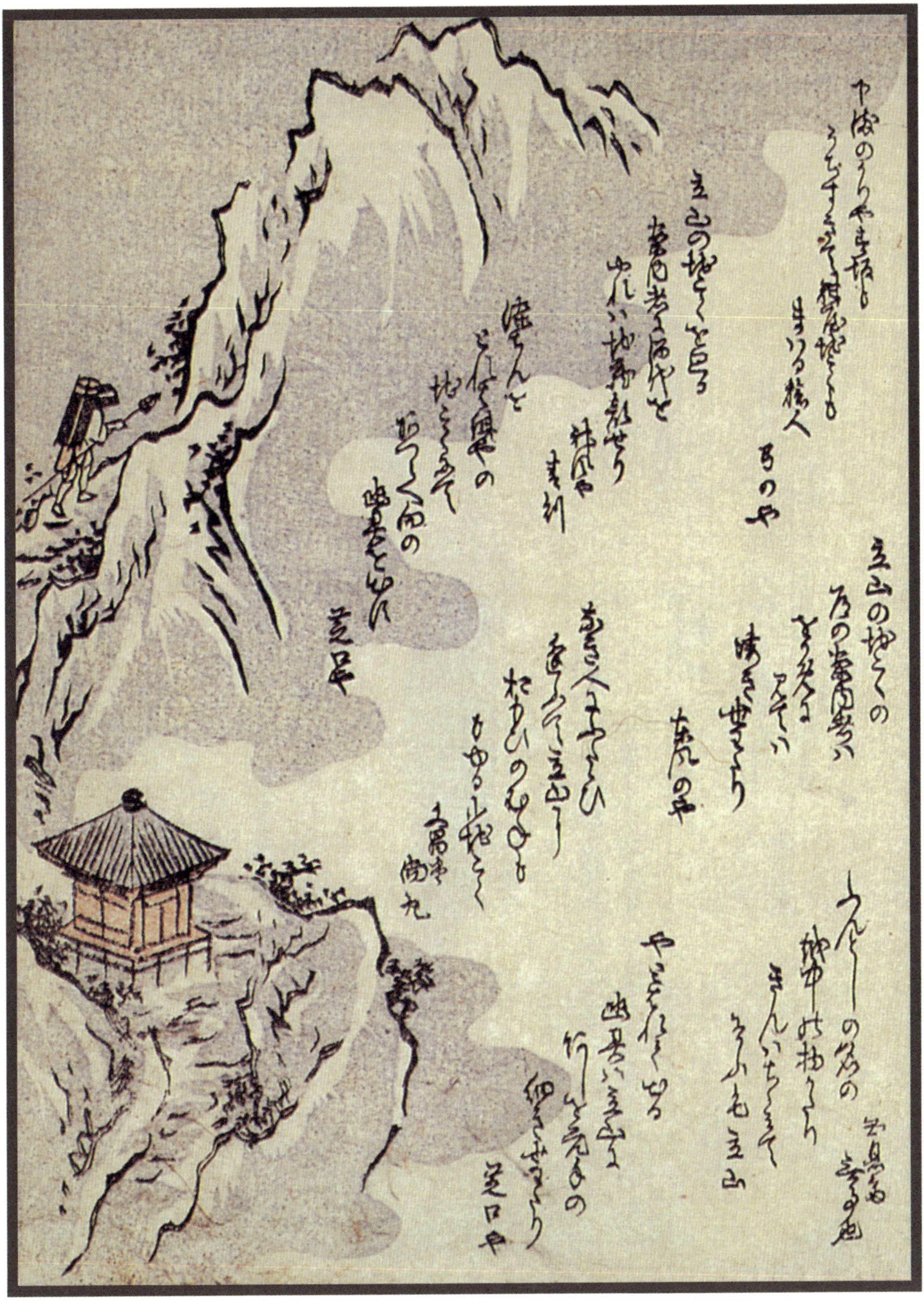

逆幽霊
さかさゆうれい

死水をとらぬゆゑにや月影にうつる　糸瓜(へちま)の逆さ幽霊　於三坊菱持

天窓(あたま)をも病みし遊びの幽霊か　逆さに出(い)づる髪洗ひばし　甘口庵菊好

争はぬ風の柳の蔭になど　人おどろかす逆さ幽霊　綾のや

美しい娘の果てゝ軒口に　吊る硝子(ビードロ)の逆さ幽霊　南寿園長年

めでたしと祝ひ直さん忌まはしき　姿を見する逆さ幽霊　香以山人

かくなれば月の穢れはあらぬとて　逆さに篩(ふる)ひ見する幽霊　語吉窓喜樽

幽霊も逆に出流(いづる)の観音寺　空おそろしき天井のあと　肖雅亭得意

逆さ子を産みたる母も果てにけん　その形にぞ出づる幽霊　藤園高見

振り乱す髪下げ虫〔蛆虫〕も成敗の　札はる門の逆さ幽霊　守文亭

気味悪き恨みこちらで言ふべきを　逆さに出づる女幽霊　望止庵貞麻呂

三界に家なき女の幽霊は　二階を逆になりて下がりつ　甘草庵甘記

冥途から宙を走りて来(きた)りけん　足も空なる逆さ幽霊　桃江園

逆さまに出る幽霊は此の世をも　瘧(ぎゃく)の病で去りし人かも　春廼辺道艸(はるのべみちくさ)

逆さなる幽霊出づるその家は　ひつくりかへるほどに騒ぎつ　語調台坂槻

井戸へ身を果せし人の思ひかも　深き恨みの逆さ幽霊　駿府　東遊亭芝人

不思議にも逆さに人を見越路の　丈なる髪を乱す幽霊　陽月舎網成

井戸へ身を沈めし時雨(しぐれ)浮かみ得ず　其儘(そのまま)出づる逆さ幽霊　駿府　松径舎

逆さまに伝ふ柳の白露は　誰(た)が玉の緒の消え残りけん　京　獅々丸

上を見ぬ心の闇の迷ひより　身を逆しまに出づる幽霊　仙台松山　千潤亭

不思議ぞと見れば越路の竹窓を　逆さに成りて這入る幽霊　雪麻呂

幽霊も浮かぶやうにと御仏へ　逆さになりて願ふなるらん　参台

道ならぬ道に思ひや残りけん　沓(くつ)を冠(かむ)りの逆さ幽霊　緑錦園有文

古井戸に人の思ひの溜り水　釣瓶おとしの逆さ幽霊　宝市亭

逆さまに越後の国の七不思議　角兵衛獅子にも似たる幽霊　駿府　望月楼

緑なす髪洗ふかと水の面(おも)に　映る柳のさかさ幽霊　上総大堀　花月楼

逆さまに奈落へ落ちし女かも　其儘迷ひ出づる幽霊　草加　四豊園稲丸

己が罪出来て如何(いか)でか幽霊は　逆さに人を恨むなるらん　惟孝

雪に猶たわむ逆さの女竹　真白く軒へ下がる幽霊　出久の坊画安

素直なる柳の影の下に見る　水の流れのさかさ幽霊　甘喜

姑(しうとめ)の蚊帳に頭を下げぬるは いぶせし嫁の逆さ幽霊 福部百成

残し置く我が子にこゝろ引窓(ひきまど)を 逆さになりて下がる幽霊 桃本

車井の廻る因果につりこまれ 落ちた姿の逆さ幽霊 画安

ひうどろとひつくり返る逆さまに 出る幽霊は角兵衛が妻 網成

逆さまを親に見させて過ぎ行くは 又も逆さに出づる幽霊 駿府 望月楼

幼子(をさなご)も親も残して逆さまな 足手がらみにならぬ幽霊 仝

幽霊のひつくり返り出づれども 逆さの読みもまた逆さなり 仙台松山 錦著翁

邪見にも親に先だつ女の子 不孝の上の逆さ幽霊 文語楼青楼

物事を頭痛にやみて果てにけん 天窓(あたま)や重き逆さ幽霊 鶯声堂春道

乳呑子(ちのみご)に乳(ち)を与へんと迷ひ出ぬ 銀杏の蔭の逆さ幽霊 宝市亭

幽霊の逆さに出ては酔(ゑ)ひしれて 頭の重き酒も醒めけり 江戸崎 緑亀園広丸

腹をたち腹をたちたる恨みにや 逆さに立ちて出づる幽霊 仝 嶺門

乱れ髪さらさらさらと引窓の 穴おそろしや逆さ幽霊 尚丸

二階から見おろす庭の青柳に ぶらりと下がる逆さ幽霊 下総恩名 暁檜園明信

天井の足の跡にぞ知られける いづれ逆さに出づる幽霊 遠江袋井 延麻呂

逆幽霊

うろついて娘の
　梨を折ろうと
　つる掛けの
　　だった
　　　幽霊
　南寿園
　　　七年

かきつけし月の
　けしに行けん
　逆上のたり
　　たる
　　　幽霊
　梅の屋
　　　貞丸

花よりもなほ
　田舎の夜桜を
　それより重きや
　　　　幽霊
　松三位
　菱形

天にむかひ
　柳の幽霊の
　遠ざかり散ればひ
　　　　幽霊
　甘露庵
　　　菱好

やっと逃び出ん
　気もちよく
　　　逆幽霊
　　　魚山人

あつさぼの柳の蔭ますく
　人おどろかさるる幽霊
　　　　　綾のや

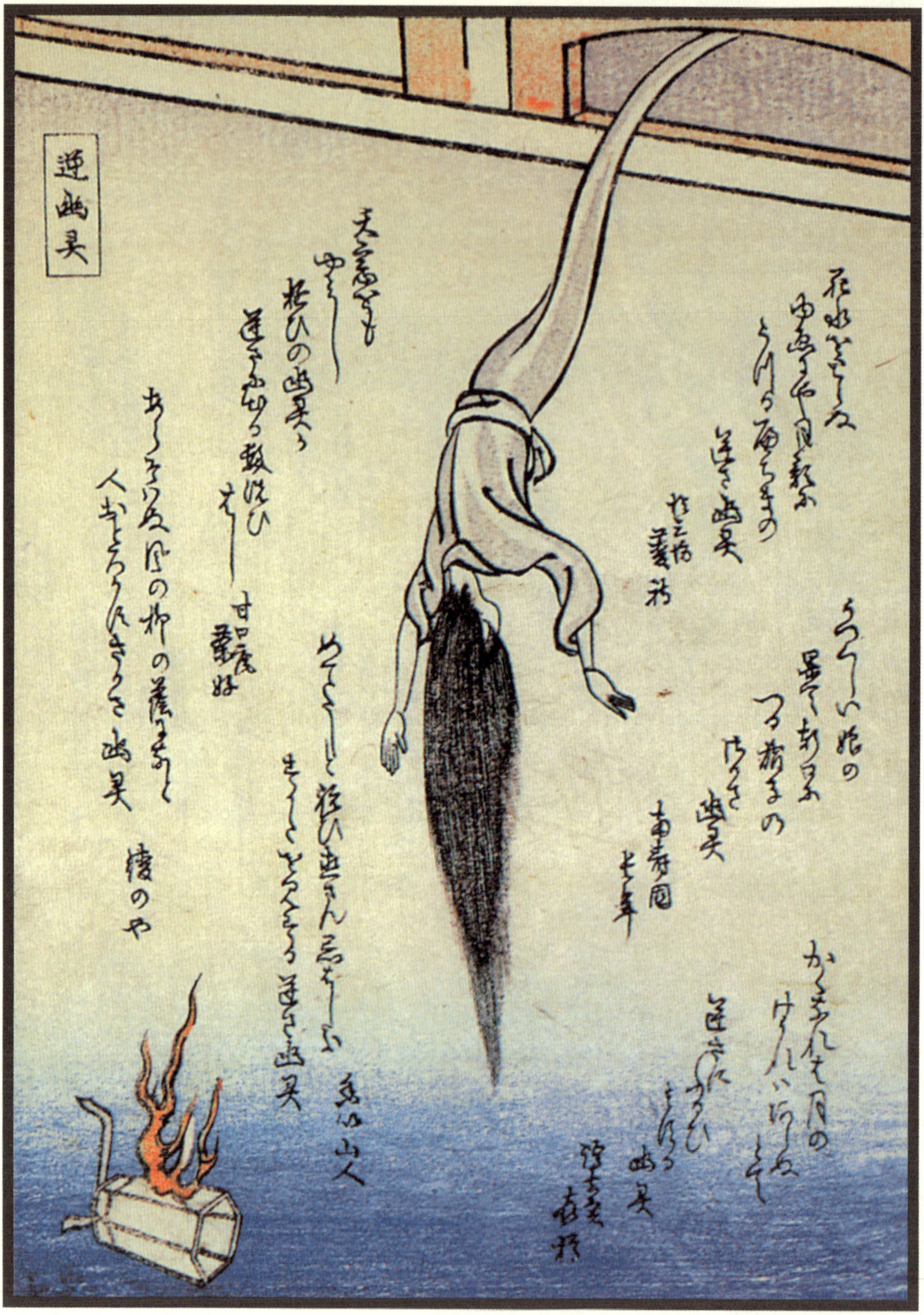

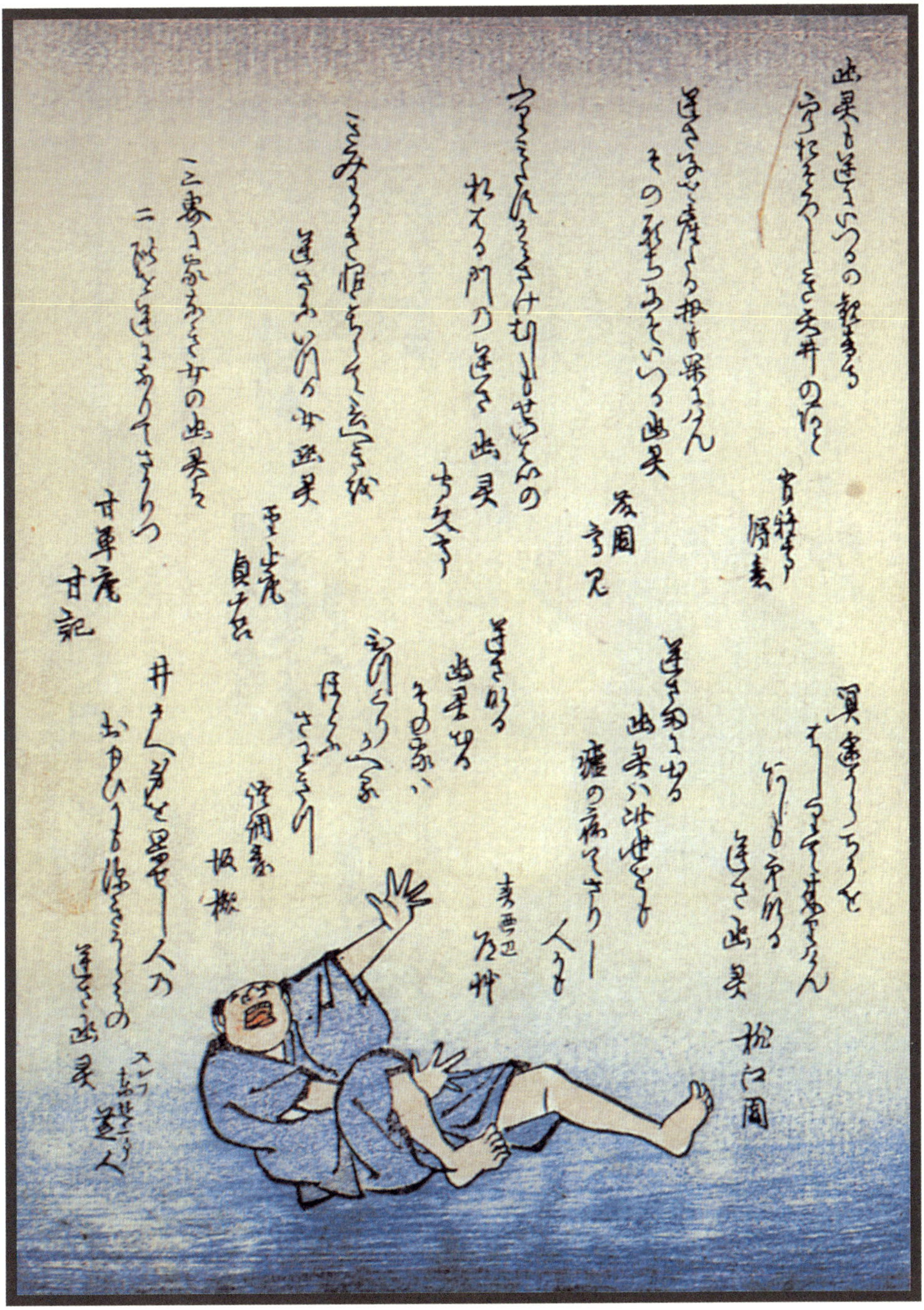

大座頭

おおざとう

塗り込みし京間の壁にあまりしは　大仏ほどに見る大坐頭　桃太楼団子

我邪魔ぞ梅戸いらずの膏薬を　礑（貼った）と睨む大坐頭の坊　和松亭羽衣

物言ひも祥なき性の大坐頭　しばし塗（寝）る間の壁になれなれ　江戸崎　緑樹園

夜もすがら人の肝をも抜き衣紋　ほくほく歩む大坐頭の坊　萬々斎筬丸

平家をも語る坐敷の大坐頭　聞く人もまた目を塞ぎけり　鶏告亭夜宴

身柱元（襟首）ぞつとするほど怖ろしき　出でし坐頭も大坊主襟　陽月舎網成

梢にもならびて杖の長縄手　松の瘤ある大坐頭の坊　四耕園茂躬

大座頭見て逃げるとて挫きたる　腰を我が手に揉むもをかしや　雨守

門口に立ちて怖ろし大坐頭　過ぎし年忌を数へてや来し　槙住

耳のある壁に塗り込む大坐頭　出ては恨むる声聞ゆなり　南寿園長年

怖しとぞ思ふ処へ大坐頭　人の心を探りにや出る　駿府　松径舎

大座頭人を見越しの松の瘤　天窓に出来てつく撞木杖　花前亭

見越すべき背の高さに人みなの　見ぬ目驚く大坐頭の坊　遠江見附　松風琴妻

打ち負けし碁は月の欠けし大坐頭　探る大手もためばかりなり　青梅

見る人も肝より先に目の玉の　潰れて凄き大坐頭の坊　語吉窓喜樽

肩揃ふ友は見越しの入道に　道は大きな坐頭の□□　筬丸

三国の一名をとりし大座頭　富士の山をも見越し入道　浜松

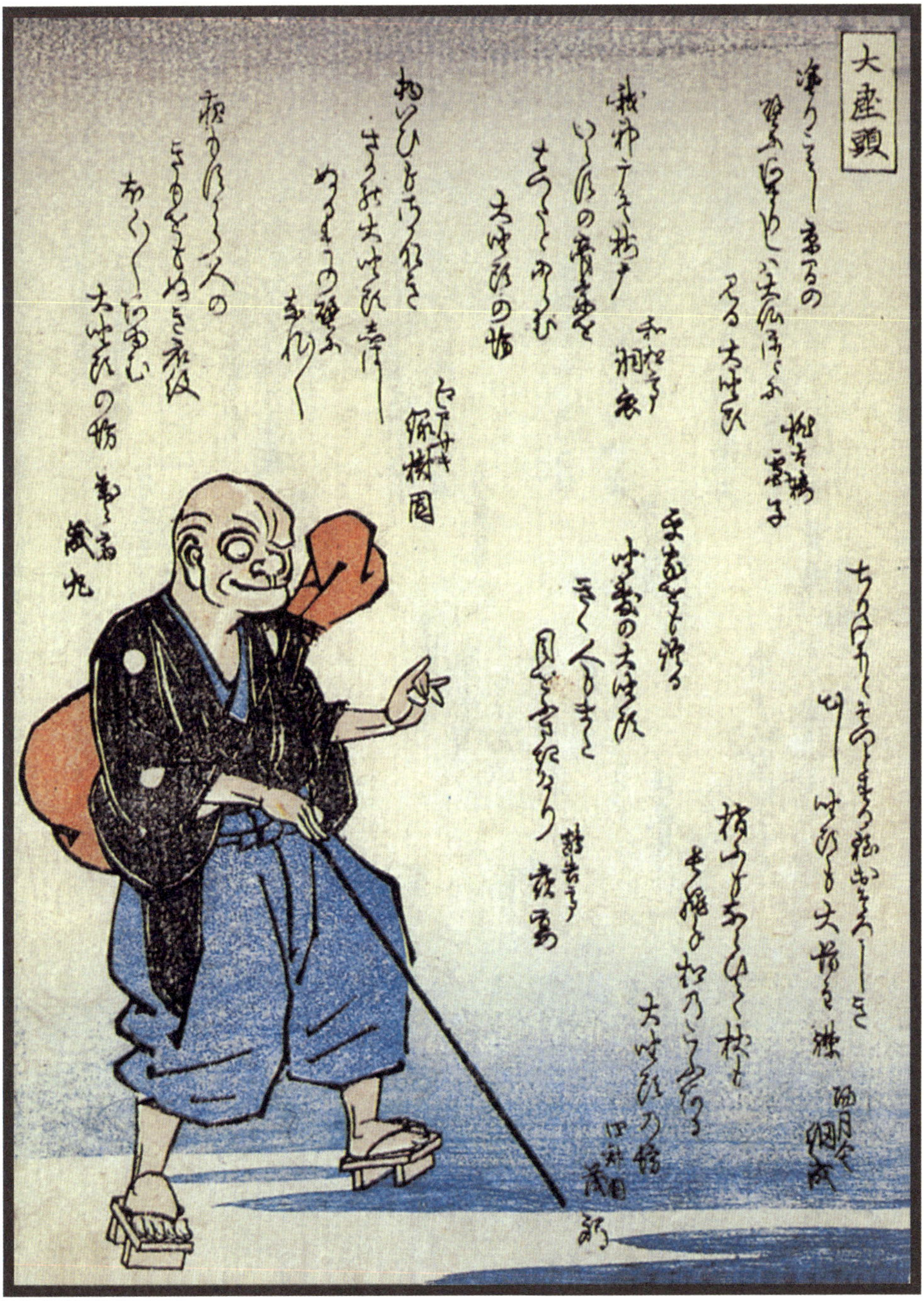
大座頭

飛龍

ひりゅう

蓮生(はちすお)ふ池の鯉もや富士の嶺(ね)の　砂(いさご)を飛ばす
龍となりけん　草加　四豊園稲丸

潜(ひそ)まりて翼得る日を松浦川(まつらがは)　龍立ちのぼる
領巾振山(ひれふるのやま)　宝遊子升友

湖に住みたる鯉や一夜さに　富士を飛び越
す龍となりけん　花前亭

浮いた事とらへて語る咄(はなし)にも　尾鰭の増え
る鯉の化物　香以山人

時を得て今は池にも忍ばずの　鯉や空飛ぶ
龍と化しけん　栄寿堂

不忍(しのばず)ゆ龍立ち昇る上野山　鯉のうろこの三
十六坊　於三坊菱持

水や空と見し湖の鯉や化す　雲の浪をも
くゞる飛龍は　京　楳(うめ)の門花兄

終(つひ)に雨よぶ力をや得しならん　飛龍の登る
霧降(きりふり)の瀧　跡頼

氏なくて龍の鰓(あぎと)の玉の輿　乗りてや雲の上
へ登れり　紫の綾人

湖の鯉も出世を駿河なる　富士の嶺(ね)をこす
龍となりけり　稲守

碁石出る那智の瀧壺撥ね出して　鯉は雲井
へうち登る龍　宝山人

諏訪の湖(うみ)ひたぶる鯉は裏不二（裏富士）を
飛び越す龍となる沢の音　芝口屋

降る雨に風の翅(つばさ)を添へて空　かけるは足や
飛龍なるらん　有明亭月守

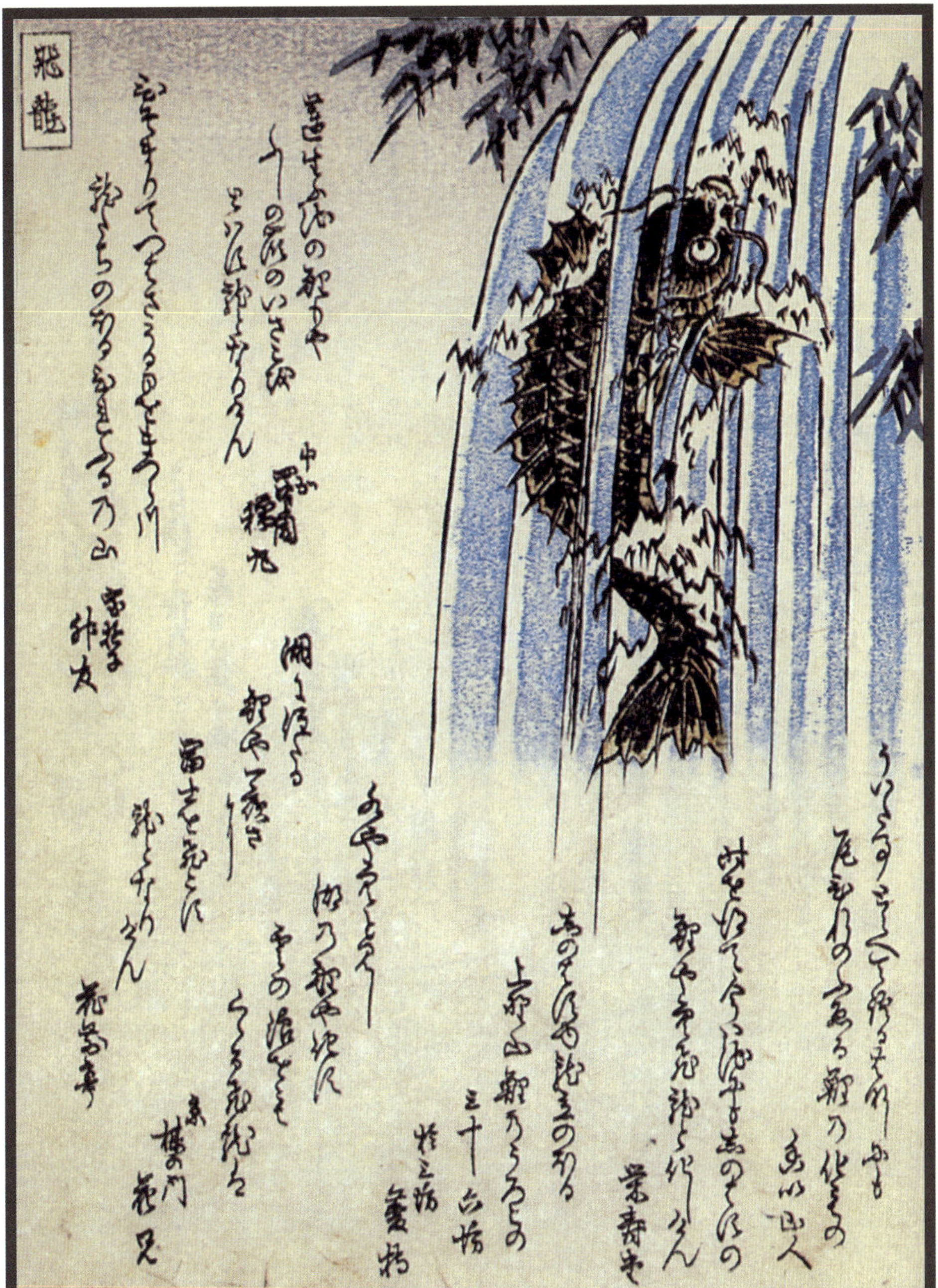
飛龍

蜃気楼
しんきろう

蒙求（もうぎう）〔漢籍〕を囀る雀化しにけん　翰学院を吹けるはまぐり　桃本

はまぐりの吹く絵と澪に棚引きし　霞の網をこす蜃気楼　語吉窓喜樽

蛤もこゝに群れつゝ蜃気楼　建つる支度や柱並べて　駿府　望月楼

うち渡す龍（たつ）の都もうらゝかな　春日は海の市や立つらん　梅屋

春霞龍〔立つ〕の都を蛤の　汐干（しほひ）の潟に吹く朧かげ　宝遊子升友

月の貝有磯（ありそ）の海の蛤は　吹く高楼（たかどの）も不老門めく　綾のや

蛤の貝からくりの蜃気楼　けしき色どるところてん草　陽月堂網成

高楼（たかどの）を吹いてぞ見する蛤は　太しき柱持てばなるべし　草加　四角園

日の本の造りと見えぬ蜃気楼　から蛤の柱建てかも　甘艸庵甘記

蛤が息を吹きしか床の海　心づくしを見る蜃気楼　団子

五百重浪龍（いほへなみたつ）の宮姫おはすらん　海中（わだなか）遠く見る蜃気楼　南向堂

蛤が吹きぬる蜃気楼閣の　鯱（しやちほこ）のみぞ生のものなる　槙住

末終（つひ）に時雨（しぐれ）にや似る蛤の　雲めくる如（ごと）吹く蜃気楼　駿府　東遊亭芝人

拾ひなば雛にさゝげん蛤の　内裏の御所を吹く汐干潟　秋田舎稲守

汐干潟霞の棚のはまぐりも　雛の内裏を吹く蜃気楼　弥彦庵冨幹

開（あ）いた口塞（ふさ）がぬまでに蛤は　たのしき夢や見る蜃気楼　朝霞亭

気を吹いて高楼（たかどの）つくる蛤は　貝の柱や多（さは）に持ちけん　京　獅々丸

蛤の口あく時や蜃気楼　世に知られけん龍の宮姫　槙の屋

沖の石土産になしつ蛤の　柱組して立つ蜃気楼　弓の屋

ほのぼのと霞む朝日に蛤の　龍の都を浜上の浜　駒綱

人の目に佃（つくだ）〔付く〕の沖の狼烟（のろし）ほど　五色の旗も見る蜃気楼　浜松

蜃気楼なつの都の雛形を　汐干の沖に見する蛤　湯嶋山人

蜃気楼吹きたる貝の柱立て　□□と見ゆる海の中道　冨幹

粘（のり）なめし雀をしのぶ蛤も　舌を出だして吹く蜃気楼　山住

海神の内はかくぞと蛤は　龍の都を吹きて見すらん　長年

蛤の吹く楼（たかどの）の家根（やね）にまで　瓦の浪を見る越の海　菱持

蛤も柱をよせて蜃気楼　青海原に立てはじめけむ　慈照有

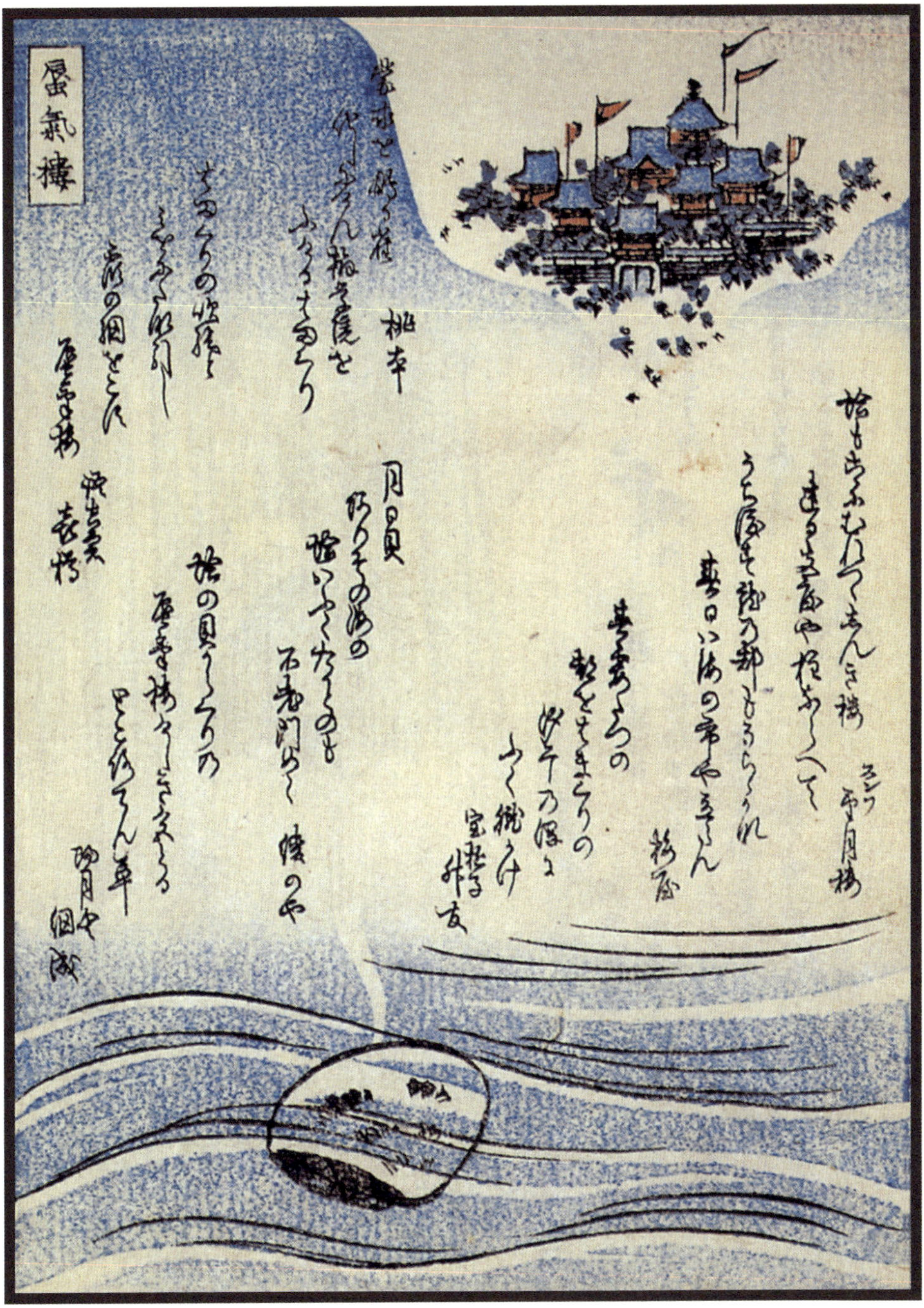
蜃氣樓

後髪　うしろがみ

後髪引かれし事をまこととも　取り上げにくき妹(いも)が縮れ毛　語吉窓喜樽

早蕨(さわらび)の手を差しのべて後髪　ひく幽霊や強き悪念　正女

さしてても行き悩めるを後ろ髪　引かれて凄き闇の真砂地(まさごぢ)　仙台松山　千潤亭

影清き月の下風うしろ髪　錣(しころ)頭巾と諸(もろ)ともに引く　京　牡丹園獅々丸

後髪引ける根掛(ねがけ)〔髪飾り〕の切れて飛ぶ　誰(たれ)か恨みの葛引の紙　陽月舎網成

身に絡む心地せられて一足も　先へ行かれぬ後ろ髪かな　江戸崎　有文

怪しきはからかさの紙後髪　左右の手にて引くにやあるらん　南雲舎雨守

払ひても又払いても蜘の巣の　からまるやうに引く後髪　升丸

うしろ髪引かれて傘も桜姫　やぶれかぶれの清玄の霊　小倉庵金鍔

魂を奪はれ帰る衣紋坂　後髪をも誰(たれ)か引くらん　馬遊亭喜楽

後髪ひかれてあとへ戻り橋　鬼の腕ほど力強さよ　仙台松山　錦著翁

いつの世にとけぬ恨みや結びけん　長くもあとへ引く後ろ髪　貞丸

後ろから妹(いも)がみどりの黒髪に　引かれて落す松葉かんざし　五葉園松蔭

後ろから髪を引かれてぞつとしつ　我が肌は皆寒(さぶ)け立ちけり　江戸崎　嶺門

雨の夜に妹(いも)がりゆけば後ろ髪　引く女房の嫉妬なるかも　百成

襟へ風ぞつとしみこむ衣紋坂　見返る柳引くうしろ髪　直成

梳櫛(すきぐし)の通らぬ恨み重なるは　いたくも引ける後ろ髪かな　青則

うしろ髪やらじと後へ引き戻す　ても怖ろしき人の怨念　直成

はかなくも後ろへ撫づる黒髪は　屠所の羊の角にさへ似つ　清香

善光寺廻壇めぐり真暗きに　引かるゝも又うしろ髪（牛）かも　江戸崎　広丸

後髪

後髪ふかれ行くと
まつさきにあかぬ名ごり
を見られけ里
　　我成堂　喜秀

さうじの色ともへやうしろ髪
引く出されやつらさかきろ島

さびしさを
そやそこゝろをうしろ髪
引きとゞむるく君の
　　まがお枕
　　仙松山
　　千鯛子

うしろ髪さる日の
年度らうしろ髪
きころ沢ゆきて
捨てもさびく
　　京
　　牡丹閣
　　柳々丸

後髪ふかる松けの子ね子花
それうまほく引の風
　　内月代
　　綱成

わううむきあしもたゞ一行も
ゑくゆくぬるうし行成柳
　　　　　　　　　　首文

にやきしかさうれき
後髪左右のひ見て
引きやあらん
　　　　　　南芳

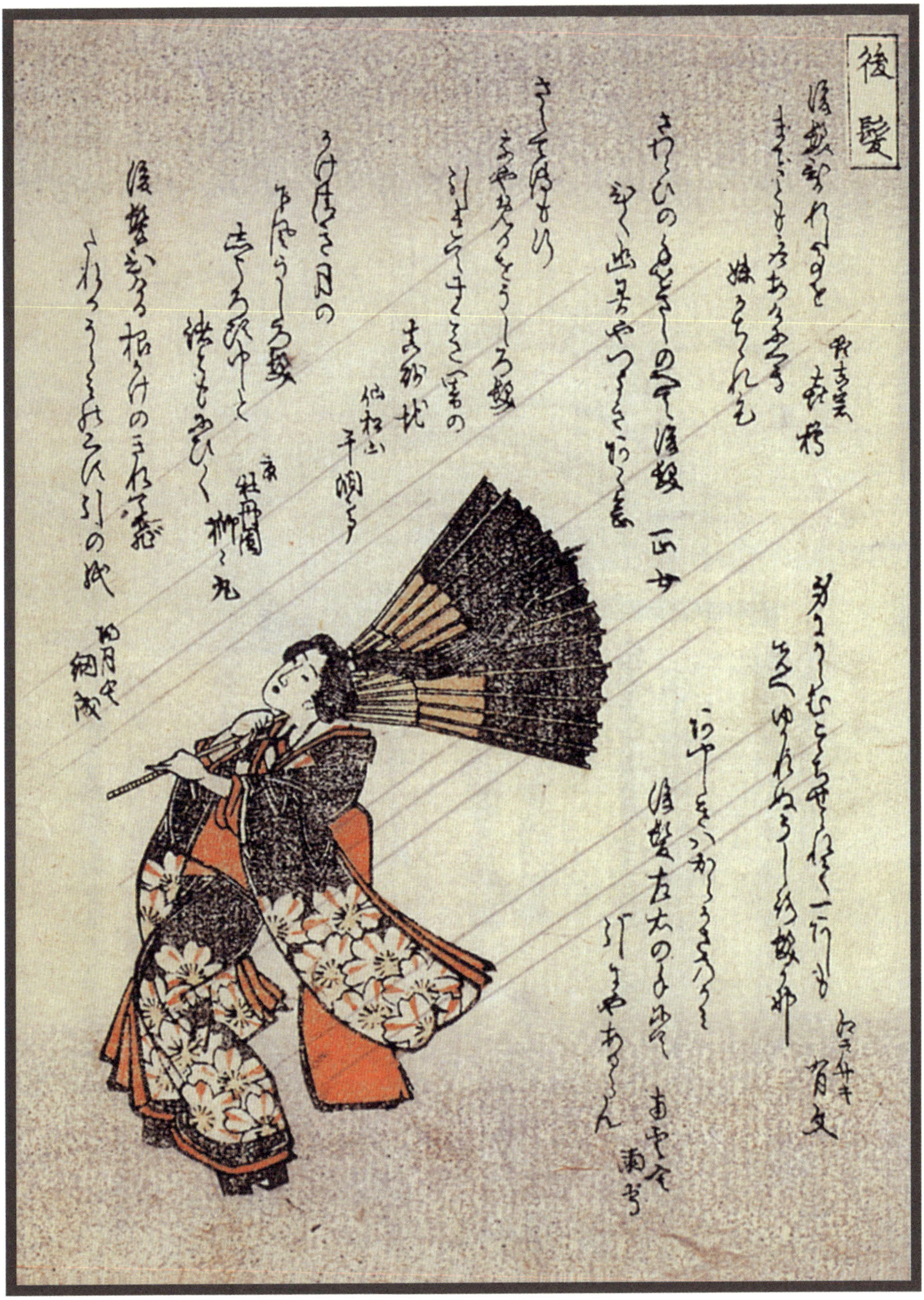

あやかし

室（むろ）の沖くゞつの思ひ荒浪に　あやかし出でて止むる船足　銭の屋別号　宝山人

あやかりて薬罐（やくわん）頭の子を産むは　煮え茶をかけし尨犬（むくいぬ）（報い）の罪　花前亭

あやかしの附きたる家の疾風（はやちかぜ）　吹き返したる船板の塀　語志庵跡頼

ふたまたの猫まね沖のあやかしに　船を取らしてあるか高浪　上総大堀　花月楼

災ひは下と思ひの外にまた　上よりおこるあやかしの風　遠江見附　松風琴妻

あやかしに逢うたる船は海神に　怒り（錨）沈めて詫び祈りけり　春の辺道艸

珠数すりて影弁慶や祈るらん　義経ならぬ船のあやかし　花垣真咲

あやかしに逢うたる灘は遠江　地獄は近き船板の下　道艸

吹き荒るゝ雨夜の浪のあやかしに　影弁慶もひそむ船底　江戸崎　緑樹園

ゆくりなく通りし関の藤川に　舟足止むるあやかしや何　弓のや

浜荻の伊勢の海漕ぐ舟にしも　とりつく声のあやかしうまし　常陸村田　八千代菊成

年越しに払ふ悪魔のあやかしの　西国船の海にたゞよふ　優々閑徳也

あやかしの怖さも夢と思ふまで　ほがらほがらと明けの赭舟（そほぶね）　江戸崎　緑樹園

あやかしに柄杓をかして汲める時　ほといふ息（い）を出だす船人　青則

あやかしの筑紫の沖に黒雲の　巽（たつみ）（立つ）の風に船覆ふ浪　升友

浜荻の声に目ざめし楫（かぢ）枕　置き惑はする船のあやかし　雨守

ぬいてかす柄杓の底もなき魂に　手向（たむ）けてぞやる船のあやかし　下毛葉鹿　花好

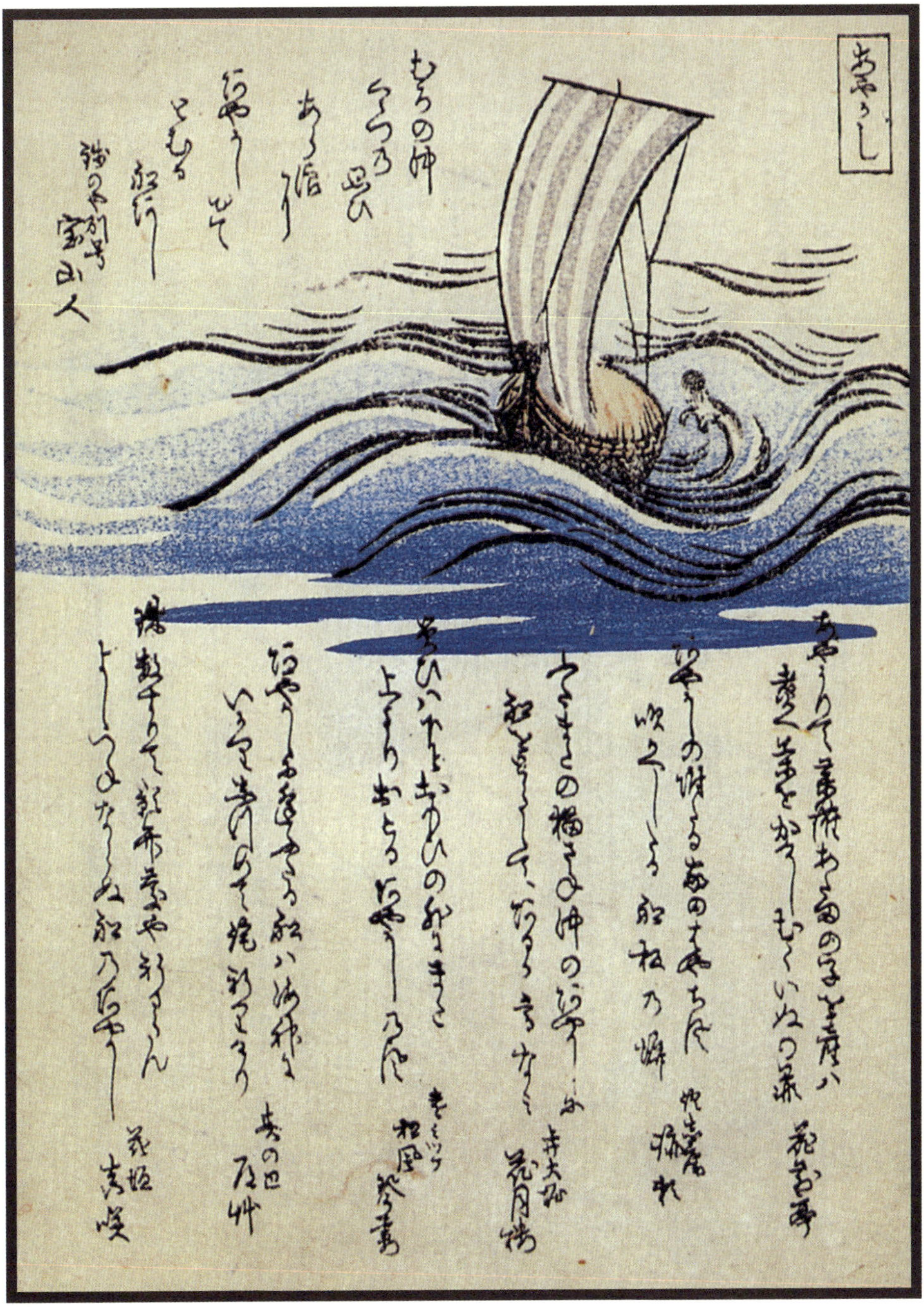
あやかし

おいてけ堀

おいてけばり

蟬の声森の木蔭に釣る魚も　魚籠(びく)を蛻(もぬけ)る置いてゆけ堀　宝市亭

得し魚もおいてけと声たてるなり　度を失ひて逃げる堀端　松梅亭槙住

思ひきや褌(ふどし)ばかりの裸身(はだかみ)を　おいてけ堀に置いていけとは　南向堂

おいてけの声に行来(ゆきき)と鳴く蛙　沓かたかたは捨てゝ逃げけり　宝船亭升丸

釣り溜めし魚籠(びく)の尻まで抜かれしは　おいて行堀の河童なるらん　大内亭参台

かくまでに骨折損を下総(しもふさ)や　おいてけ堀の網にかゝりて　長門　泉源舎清香

数得てし魚は残らず置いてけと　釣師はあとを釣針の鍵　装飾坐浜松

抜かれたるおいてけ堀に釣る魚を　底気味悪く覗く空魚籠(からびく)　尚丸

燭もつ御用も恐れ逃げにけり　おいてけ堀の恐き鳴声　楽亭西馬

よそで釣る魚まで爰(ここ)におい てけと　いふのはあまり欲深き堀　甘喜

物もたぬ人も往来(ゆきき)に怪しまん　何をおいてけ堀のあたりへ　見附　草の舎

海賊のはしけの船の入りし時　おいてけ堀の名にや立ちけん　槙の屋

捨てし物拾はぬ代にもおいて行(ゆけ)の　堀こそ欲の深くあるらめ　駿府　望月楼

堀の名のおいてゆけとは宜(むべ)なるや　代(だい)も置かずに釣つて行くのを　哥居

おいてけと耳にひゞきて魚(うを)一つ　つれなき声を立つる堀端　下総古河　孤松堂延年

魚心ありあまるほど釣り得しを　水心なく置いて行けといふ　松蔭

釣り溜めて魚籠に満つれば駆け出(い)だす　おいてけ堀の声立てぬ間に　陽月舎網成

此の堀の主は何なりおいて行(ゆけ)と　欲の深みに声ぞ聞ゆる　楳星

おいて行の堀に魚みな捕られしは　ちと置いてきた人にやあるらん　金丸

籠の内空にされるも知らぬのは　少しおいて行(ゆけ)堀の鮒釣り　高見

身一つをおいてけ堀は気味悪(わろ)し　馬鹿にならぬと人のさへけば〔喋れば〕　槙の屋

金持ちて返れる人や逃げるらん　おいてけ堀の風の白浪　京　花兄

声立つるおいてけ堀に釣道具　びくりとしてぞ捨てゝ逃げける　槙住

おいてけ堀

八幡不知 やわたのしらず

此の郷にいつの世よりか生ひ繁り　八幡人さへ知らぬ竹藪　喜樽

入るなとの八幡の藪の戒めを　つゞるは蛇の出でもこそせめ　水々亭楳星

藪枯らし八幡の藪に根の張りて　出ること難く茂り合ひけり　春の辺道艸

竹茂る八幡しらずは日の脚も　要らぬばかりの藪にこそあれ　望止庵貞麻呂

覗き見て八幡しらずと書き記す　矢立の筆もいでぬ旅日記　弓のや

恐しとも怖きかぎりと見て過ぎん　八幡知らずの藪の筍　遠江見附　草の舎

見え透けど八幡しらずの藪の中　深さの丈ぞ計りかねける　出久の坊画安

八幡にて八幡の事は白真弓（知）いで見た者も無き藪の内　浜松

尺八も切れぬ八幡の竹藪は　一夜のふしも出来ぬなりけり　松月亭繁成

弓になる竹もあるらん如何なれば　八幡の藪に入る者ぞなき　仝

廻り来し八幡の藪の案内も　心の奥は知れぬ道づれ　綾の屋

宿下りの女も八幡の一村は　藪入りといふ名をや忌むらん　駒綱

出這入りの自由は経の功力にも　八幡知らずの藪の鶯　桃江園

射るとはや帰らざりけり武士の　手挟む弓と八幡知らずは　常陸村田　菊成

濁声の応へもわかぬ竹藪は　八幡知らずといふも肯なり　松蔭

聞き惚れていらまほしくぞ思ほゆる　八幡知らずの藪の鶯　真咲

鶯の月日はさせと人来とは　告げぬ八幡の藪に産まれて　楽月庵

生ひ茂る八幡知らずの藪の内　日の足のみぞ差し入るゝなり　三輪園甘喜

昔より八幡の藪へ入る人の　出たといふのも知らずなりけり　草加　稲丸

人皆の恐る八幡の藪の中へ　踏み込むものは雨の足のみ　夜宴

知らざると言へる八幡の藪の辺に　道問ふ石も見ざる聞かざる　下総古河　永居

八幡不知

世の中のいつの世からう
生ひ出づる八幡の藪ぞ
　　　　　　　　　名作藪　　喜杉

のぞきみる八幡の藪の
じまくらをつゞる袖の
　　ゆもしませぬ
　　　　　　　　　　　樗軒

夢うつし籔の薮を
ねの上にも見やすらく
　　　　　　　　　　　　喜の舎
　　　　　　　　　　石州

牛蒡の薮ずるは
日のあたらぬ年の
　　　　　　　　　　身らな
　　　　　　　　　　屋歳

入る千年の薮立こもの
あらはく忠あらん
　　　　　梅口松　弓のや

入り来れば
薮亭君の画あ
夢の中ゆきの
　　うれそうろ

世にまよふ藪のうぐひすさへも
薮入りの義ありとうんす
　　　　　　　　　　　華の舎

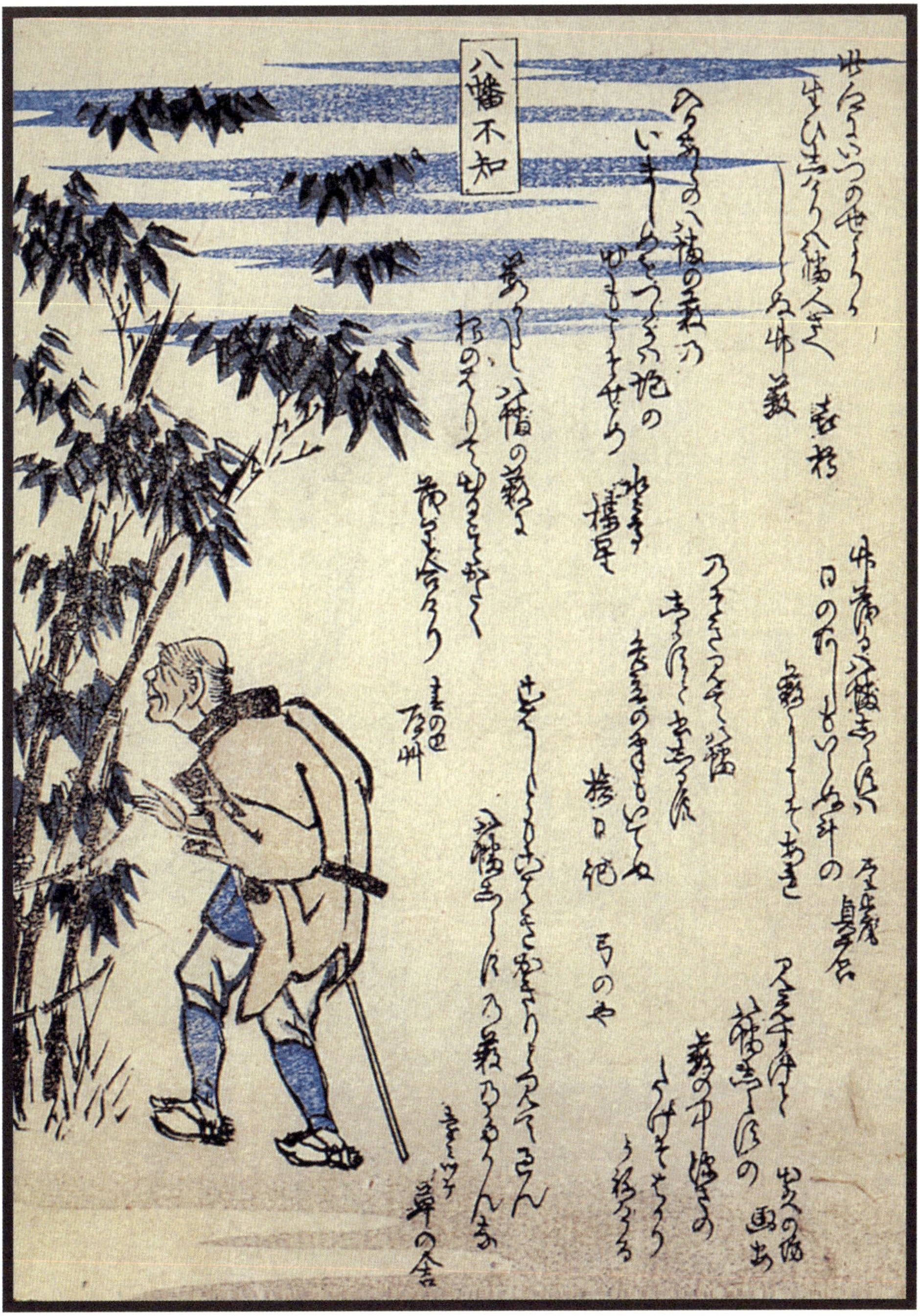

川獺
かわうそ

泊り舟寐(ね)耳に入りて寐つかれず　眠らぬ魚(うを)を脅す獺(をそ)には　稲守

金入るゝ財布にとりて皮剝がん　堤に近き堀の川獺　三輪園甘喜

見世物師儲けし金を入れ物の　財布となさん川獺の革　北総恩名　弓雄

末終(つひ)に喰ひつき合ひになりぬらし　岸に睦(むつ)める獺の戯(たは)れ男(を)　紫の綾人

かりにきて得たる其の火に女等(ら)が　胸を燃やせり獺の戯れ男　駿府　芝人

川辺この石に若鮎さゝげ来て　祭るは獺(をそ)のをそならぬかも　槙の屋

古池の蛙(かはづ)とともに川獺は　岸を徘徊しては飛びこむ　語愛窓笑顔(ごあいさうゑがほ)

魂も一月(ひとつき)足らぬ川獺は　とられし時に潰したりけん　得意

正直の頭(かうべ)に宿るかみや川　獺(うそ)てふものや潜み居るらん　菱持

川に住むゆゑにや火にも焼けざるは　宜(むべ)も火水に強き川獺　草加　稲丸

鵜飼舟かへれば月を篝(かがり)にて　岸の小魚をあさる川獺　仙台松山　千濶亭

薄氷(うすらひ)の張りし三谷の川獺に　驚かされて冷やす肝玉　青則

堀際に不思議に落ちた金財布　拾ひ近場はまゝの川獺　羽衣

餌(ゑさ)におく魚(うを)にはじめは戯(たはぶ)れて　果ては落しにかゝる川獺　草加　四角園

雨風に汝(うぬ)も祭やするならん　鍛冶が鞴(ふいご)となれる川獺　清香

金財布火に焼けぬとは誠やら　うそのかはりと思ふ川獺　守文亭

囲ひおく魚しめ喰(くら)ふ川獺は　人目堤（裏む）に住みやしつらん　下毛葉鹿　松寿

川瀬

浮舟屋根をうちて棹も
堪つれす賎の亭を
おし流す
　　　　　　　　　川魚さのミに
　　　　　　　　　お難さけて
　　　　　　　　　もらハす
　　　　　　　　　あらハれの
　　　　　　　　　枝の庵

名も高き昔に立て
とりてけはしき
つよふかき梅の川瀬
　　　　　　三鳩閣甘良

事所とひつき金をやきの
付部ととさん川枝の華
　　　　　　　四雁弓枝

金いろは帰る
とりてけはらん
　　　　　　　紫の接人

かりふきて折らゝ母花
女年るむはとかやめり
　　　　　　　スシ笠人

古池の橋とこふる川橇ハ
岩をきられバーて飛とむ
　　　　　池亭宝
　　　　　　　英執

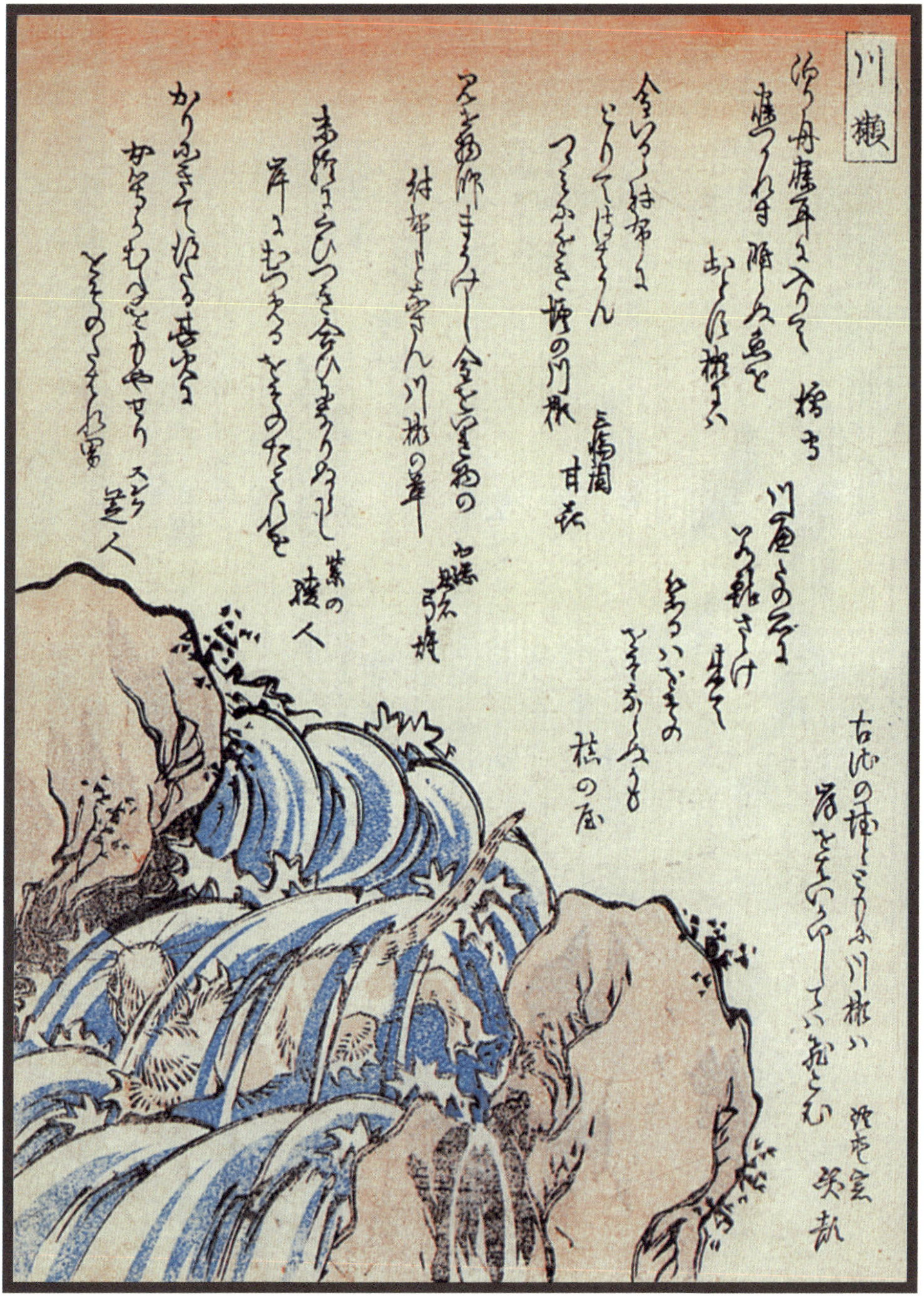

女首 おんなくび

笑ひ顔美しよしとよく見れば　きを空蟬(うつせみ)の
からだなき首　朝霞亭

文殻(ふみがら)を銜(くは)へて出づる生首は　髪をちらしの
女なりけり　吉野山住

からだをば切売にした報いかも　遊びの□
□□首の飛べるは　松の門鶴子

人みなの愛し女も首ばかり　転げこまれて
たまる物かは　花林堂糸道

恨めしと付き纏ふらん其の人に　からだ任
せし浮かれ女の首　水々亭棋星

俤(おもかげ)の変はる女の首ひとつ　たとへ小町の
色香あれども　菊園哥居

生首のころころ出でて笑ふなり　客をころ
りとさせし遊びか　優々閑徳也

転げ出る女の首は悪足(わるあし)〔悪き情夫〕を　切り
て己も切られたりけん　語志庵跡頼

襟元のぞつとするほど物凄き　女の首の揺
るぎ出(い)でては　江戸崎　緑泉園嶺門

黒髪に燃えたつ布(きれ)の緋縮緬(ひぢりめん)　女の首のおつ
こち絞(しぼり)〔絞染の一〕　升友

からき目を見て果てぬると聞きにしも　苦
笑ひして出る女首　下総古河　記永居

たをやめの首にびつくり島田髷　肝を潰し
〔潰し島田〕の髪も乱れて　萬々斎箴丸

白き歯をいかで見せべき黒々と　女の鉄漿(かね)
をつけし首には　三輪園甘喜

笑ひぬる女の首は泣くよりも　百倍すごく
思ほへにけり　江戸崎　有文

袈裟(けさ)掛くる身とやなりけん盛遠(もりとを)〔文覚〕の
切りし女の首の操(みさを)に　鶏告亭夜宴

何をもて切られたりけん生々と　娘の首は
白歯なりけり　有恒

鉄漿(かね)つけし女の首ぞ怖ろしき　只一口のは
つ茄子(なす)の色　北総恩名　弓雄

履物のげたげた笑ふ女首　身のほどの毛を
乱す雨の夜　下総古河　永居

飛び歩(あり)く女の首の襟足も　三本にこそ化粧(けは)
ひたりけめ　京　牡丹園獅々丸

轡屋〔遊女屋〕の遊びのはてが髪の毛も　馬
の尻尾〔馬の尾結び〕に結ぶ生首　弓のや

おそろしや身は亡きものと居竦(すく)みぬ　笑ふ
女の首ばかり見て　北総恩名　弓雄

生首を切られし己が血の池の　地獄もすこ
し稼ぎたる妹(いも)　網成

切られたる女の首のひとつ髷(まげ)　是(これ)ぞ末期(まつご)の
水髪にして　水穂

鮑(あはび)とる海女(あま)かとばかり宮城野の　薄(すすき)の浪を
くゞる生首　網成

首一つ転げ出(い)だすは此の世にて　ころび
〔不見転〕てふ名を取りし芸者か　桃江園

生首の迷うて出たる女こそ　法(のり)の道さへ白
歯なりけれ　道艸

首ばかり出でて嘆くは泥水に　身を果たし
たる女なるかも　跡頼

今切りしやうに血潮のたらたらと　流れか
ん所〔灌頂〕のもとの生首　月守

女首

あだくらべしてしやれかうべ　胡蝶亭

生首のものいふ出てかたり／＼の　　濡宴
おそろしさかをとりもどしつゝ　　徳也

うつろ手のうかとまされしあだ人の　　露宴
かほとやきへし夕ぐれの軒　　　　　　侍吏尾
それもゐを女の首にうらむると　　　　松丼
ねもはをたにきれずなるらん

山なしときゝしもきへじあだ人の
あたしことにもうばれ女の首　　椿早

かゝとのうらみありけん　　　　　侍のかる女乃首哉とて
むごふして　　　　　　　　　　　たぐひ小町のいろ香も
ねめの毒おそろしく　　　　　　　　　　　　　　　栗園
なるものよ　　　　　　　　　　　　　　　　　　　亦辰
　　　　　花橘亭
　　　　　糸石
人さけん哀を見ろよ
女の首ぞあり
とりとまんて
たゞす物そ

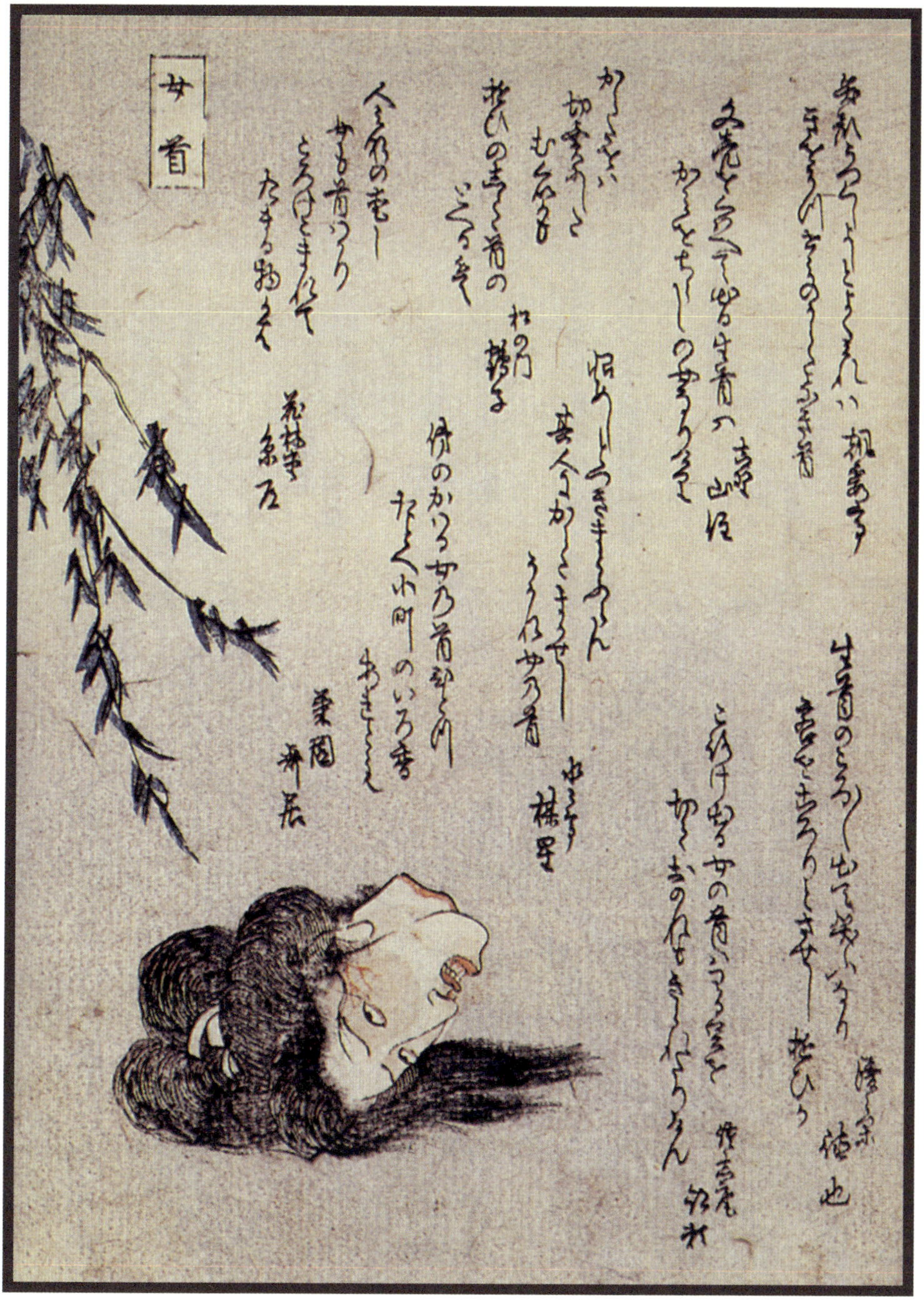

四月分 六月分　追加混雑

榎にて手は合はすれど心には　背中合はせを祈る縁切　仙台松山　千澗亭

三味線の皮にはならぬ怪しさよ　其の名はてん（貂）と音に通へど　仝

影うつる池の玉藻は白鳥の　鳥羽をおそれて飛び去りにけり　京　牡丹園獅々丸

中悪き猿の多かる四国には　犬神遣ひ住み憂かるらん　仝　日枝のや照信

夕日影匂ふ天守の白壁は　小坂部姫の化粧なるらん　仝　獅々丸

御灯も楪も絶えし古寺に　狐火のみぞさ青に燃えける　仝　照信

星ならぶ雲井に光放つ身も　落ちて那須野の石となりけり　大坂　雲井楼鶴文

時雨にはつれなき松の齢もて　など山姥の山めぐりする　京　照信

うつくしき玉藻の前は雲の上に　光を放つ眉墨の星　鎌倉雪の下　皆元廼寄友

女夫中縁切り榎花咲かで　いかで多くの実は結ぶらし　仙台松山　千澗亭

魂は五分とは愚か五尺ある　身もちゞまする一寸法師　仝

人住まで幽霊のみの行き交ひに　足跡つかぬ雪の降る（古）寺　仝

模様なる尾花に風も吹かなくに　招く手を出す小袖あやしも　大坂　鶴文

鐘の音のぼんと響きてさやけさに　月澄む秋の石山の寺　鎌倉雪の下　寄友

若草を模様に縫ひし小袖より　出だす手青き早蕨の色　京　照信

愛宕山天狗笑ひのからからと　木の葉吹き散る風はすさまじ　仙台松山　千澗亭

土蜘の千筋の糸は末つひに　己が身責むる縄となるらん　仝

汝が名の岩をも返す執ねきや　雨の四谷に消えぬ鬼火は　仝

当坐善光寺夜籠　五葉園松蔭判

おどろ髪乱れし旅の親子連れ　苅萱堂に明かす秋の夜　宝市亭

善光寺弥陀は弘誓の舟後光　閼伽を汲みつゝ通夜籠りせり　守文亭

善光寺夜籠りすれば蓮葉の　露と消えにし人に逢ひけり　花前亭

善光寺後の世たのむ夜籠りは　弥陀の弘誓の舟の乗り込み　宝遊子升友

善光寺夜籠る人の浪間にて　渡す弘誓の舟後光かな　花前亭

法の声善光寺に籠る夜は　誓ひの舟に乗る心地せり　松蔭

当坐妙国寺蘇鉄怪　語志庵跡頼判

安土から掘り返したる蘇鉄こそ　深き恨みの根とはなりけり　吉野庵山住

妙法の寺の坊主も八の巻　蘇鉄やらんと怒る宗論　花前亭

化物と釘を刺されて妙国寺　帰りて蘇鉄肥やすなりけり　大内亭参台

年積みしまで育みし妙国寺　蘇鉄によほど金を入れけれ　陽月庵網成

蘇鉄葉の怪の夢をや三度見て　ふたゝびひらく妙国寺領　宝遊子升友

○

ひかれたる蘇鉄の魂は題目の　髭法師出て君を恨むる　跡頼

狂歌百物語——八編

天明老人尽語楼撰
竜斎閑人正澄画図

【兼題】
化物屋敷
不知火
さとり
山鳥
羅生門
生霊
鬼女
のっぺらぼう
札へがし
大入道
橋姫
大鵬

化物屋敷

ばけものやしき

魚鳥をとめにし札も見えながら　通用門の生ぐさき風　五葉園松蔭

怖がつて逃げる大工に敷居まで　外へ駆け出す化物屋敷　梅屋

住居さへならでいつまで秋風の　人驚かす化物屋敷　桃江園

何ゆゑに人や果てけん荒屋敷　あやしき声のはりつけ天井　蝶納言澄兼

こゝも又如何なる縁のくされ木や　夜毎に光る化物屋敷　弥重のや菊枝

破れ屋根雨の垂木も口果てゝ　荒るゝも恐き化物屋敷　宝船亭升友

蛇の目傘茶台も化けて踊り出す　家の畳や八つ八通り　弥生庵

お茶煙草ぼんぼりまでも働けば　人はいらずの化物屋敷　上毛板鼻　六源園寿々雄

骨ばかり見る化屋敷襖さへ　破れて引手のあな怖ろしき　文語楼青梅

三つ足の顰み火鉢も掛けてある　薬罐も踊る化物屋敷　東風のや

化物は母屋に年を経る(古)屋敷　入り初めし夜や久しかりけん　千住　茂群

戸障子に迄も買人は目をつける　売居に出でた化物屋敷　青則

化物を此の擂粉木と追ひ廻す　味噌用人もこまる中の間　楽月庵

楠を用ひて建てし古御殿　土産も石に化物屋敷　升友

化物の屋敷狐の嫁入りも　挑灯小僧先へ立ちけん　夜宴

猫俣の荒るゝ屋敷の勝手には　鼠いらずも倒れかゝれり　繁成

物干の下に這ひ出す猫台の　踊り出さうな化物屋敷　慈悲有

箱根から東には無き化物の　屋敷は西の瓦葺かも　稲守

汲む人もなき荒れ屋敷古井戸を　覗けば凄く水も化けゝり　夜宴

化物も出でん穢れの無浄門　乳かな物も一つ目の如　松蔭

丑三つの比にしなれば角文字の　いかにも凄し化物屋敷　久根

腐りたる根太の撓りに諸道具の　みな踊り出す化物屋敷　市丸

天照らす神の光に消えゆくは　もと僻事の化物伊勢や　江戸崎　緑樹園

荒れ屋敷火ともし比に糸車　細き目凄き三毛猫の婆々　桃太楼団子

寵愛のお道具なるか化屋敷　お手も附いたりお目もついたり　月豊堂水穂

震へつゝ喫みし煙草の火の玉も　膝に転げる化物屋敷　正女

怖ろしき金の唸りの声するは　長者が跡の化物屋敷　清明堂喜代明

竹田主人公
ちよろぎ人形
ちよと又いひ
そうん・廻る
えんの子供
中もをきて
座しふ男子
もちつき天井

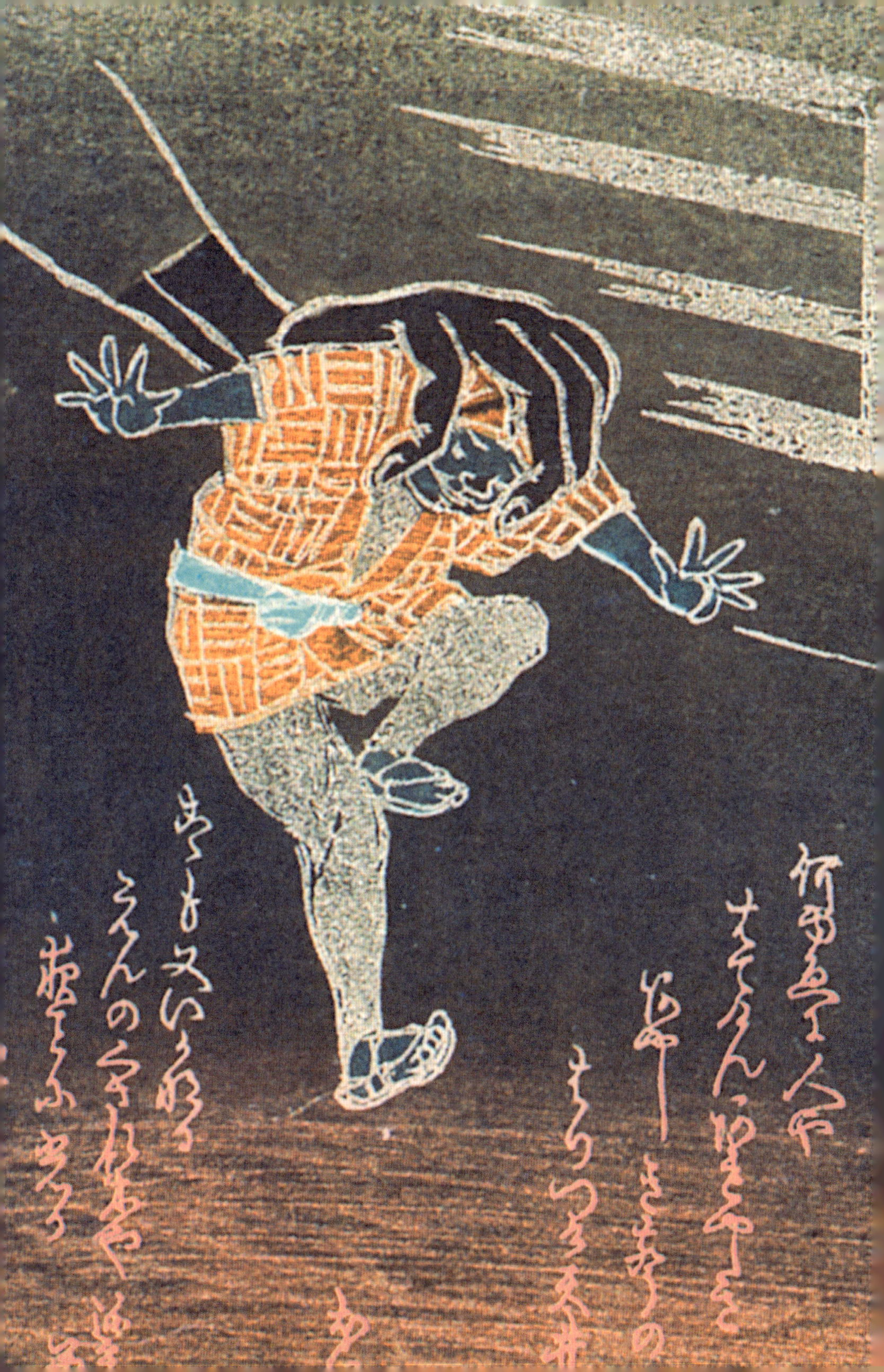

狂歌百物語 八編
天明老人盡語樓撰
竜齋閑人正澄画図
兼 化物屋敷 不知火 さとり 山鳥 羅生門 生霊
題 鬼女 のつぺらぼう 枕返し 大入道 橋姫 大鵬

化物屋敷

破よ屋根のたえまも
宝ゆる
井戸
竹垣やき

蛇の目傘萱塞をとち
とをり古きの火やき
汀三庵より

古家怪しき
ほん所によき
帰らはく上毛板子
六鹿園
秋ら雄

古狸とりくる隣をひき
徳さく中をを引きの
広底柄
吉松

三河虫の声ひら拝を掛で出る
をらんもとる
東屋の木

まきたたい人宅
とそたんへ苦をを
とりつき天井
堂外き
院画

ますえくいへ
えんの今とろや
壺ふをろし
佐たふをき

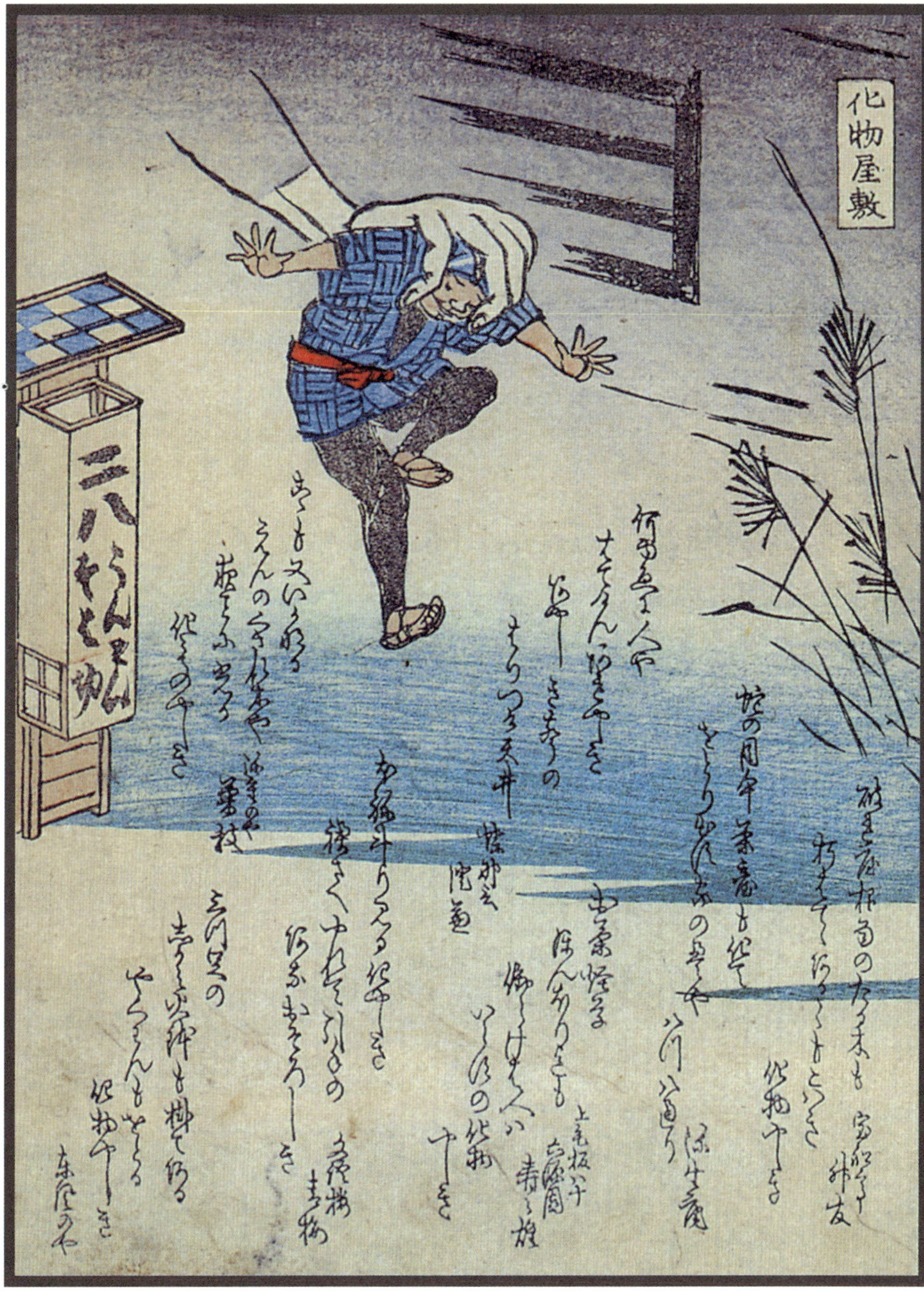

不知火　しらぬい

筑紫潟越路にまさる一不思議　汐を油にともす不知火　槙のや

赤き心みせし宿禰が湯起請を　炊きし事をも偲ぶ不知火　草加　四角園

不知火の数くだくるは火の国の　二つに分かる初めなるらん　江戸崎　緑樹園

筑紫潟波間に燃ゆる不知火は　水もつ月の出でて消ゆらん　仙台松山　錦茶翁

小町紅の色や筑紫（尽し）の不知火は　波のうねうね燃え優るらん　上総大堀　花月楼

筑紫潟龍の都の御垣守　衛士の焚く火と燃ゆる不知火　守文章

筑紫潟かゝる不思議を海松布（見る目）刈る蜑に問へども訳は不知火　花林堂糸道

物問へば知らぬ人（不知火）まで知り顔にほどよく嘘を言ひ筑紫潟　参台

誰がなくに何を種とて筑紫潟　浪のうねうね燃ゆる不知火　綾のや

八汐路の道しるべともなりぬるを　誰が不知火と言ひ始めけん　草加　稲丸

漁りし魚の油や燃ゆるらん　筑紫の人もわけはしらぬ火　喜樽

腰簑に心尽し（筑紫）の蜑人は　燃ゆともしらぬ火を払ふらん　在江戸　獅々丸

是はまた梅の影かや飛び飛びに　筑紫の沖に見ゆるしらぬ火　紫硒綾人

沖遠みちらちらと目につくし潟　蜑の漁りの舟かしらぬ火　下毛葉鹿　花好

肥の海の魚の油や添はりけん　夜毎夜毎に燃ゆるしらぬ火　上毛板鼻　輻湊楼停舫

飛梅の星の光か闇に見る　目にも筑紫の沖のしらぬ火　花前亭

夜もすがら筑紫の海に汐煙り　立ちぬる中に燃ゆる不知火　在明亭月守

志らぬ火

さとり

山賤が焚火をかざす掌に　さとりが悟る胸の占方　宝市亭

酔しれて伏したる杣が寐言まで　さすがさとりは悟り得ぬなり　都月庵駒綱

猟人の狙ひ違うて逸れ行くは　さとりも知らぬ矢先なりけり　綾のや

悟りしは九年母〔香橘〕より紀の国の　みかんを糸でくゝる猿智恵　楽月庵

雪折の松の拳は深山路の　さとりも知らぬ笞なりけり　綾のや

来べきぞと気取りて杣が火を焚けば　さとりは早く当たりにぞ寄る　松月亭繁成

山賤の榾の撥ね火の鉄炮に　当たるさとりや肝を消すらん　雛室正女

達磨柿あるは九年母取り喰ふ　ゆゑにさとりの名をや負ひけん　檮の門久根

里近き所は嫌ひ山深く　さとりは世をも悟りたりけん　語同堂春道

人里をさるの切るべし穴住居　これも浮世をさとりなるらん　下毛葉鹿　壺蝶楼花好

人の知恵さとり難しと恐れけり　ぽんと撥ね火の竹の不思議を　江戸崎　有文

又今宵さとりや来んと山賤の　申の下がり〔時刻〕に業仕舞ふらん　在江戸　獅々丸

撥ねた火で毛を焼きにしか恐がりて　ちりちりしたるさとり可笑しき　青則

年ふりて身に生ふる毛の針をもて　人の心を悟りけるかも　古河　記永居

もの言はで心に思ふ事知るは　山吹生ふる井出のさとりか　江戸崎　広丸

猿といひ狒々ともいへる言の葉を　覚束なくも我は悟りつ　松蔭

人心さとる術もて燃やす火の　とんだ所で恐れなしけり　青則

木魂にはあらで心に思ふ事　さとりが胸にひゞくとぞ聞く　青梅

思ふ事汝が胸にも悟られて　さる〔猿〕ものなりと身も縮むなり　春道

打たんとて握る拳の□をさへ　早くさとりに弱る禅僧　弓の屋

木心を見て伐り出だす杣人を　気心までもさとる曲者　画安

茶の水も乏しき山の木こりらが　心を先に酌めるさとりは　慈悲有

さとり

山鳥　やまどり

しだり尾の長き秋の夜かこつらん　妻とねぐらをへだつ山鳥　望止庵貞丸

鉄炮の狙ひも逸れて脇へ飛ぶ　玉を欺く美なる山鳥　周防　清香

長追ひをしつゝゆけばや山鳥に　谷をへだてゝ道を迷ひつ　和松亭羽衣

妻恋ひてこぼす泪（なみだ）か山鳥の　谷をへだてゝほろほろと啼く　三輪園甘喜

睦まじく契る妹背（いもせ）の山鳥は　へだてぬれども中よしの川　喜樽

山鳥の尾ろの鏡を包めるは　千草の花の錦なりけり　菱持

人さへも谷をへだてゝ行く道を　踏み迷はせる山の山鳥　琴通舎

鏡なす月に淋しく声立つる　山鳥の尾の長々し夜を　遠江見附　草の舎

清き目も闇となりしは山鳥の　尾ろの鏡に曇りあるらん　讃岐黒渕　玉露園秋元

谷へだて寐（ぬ）れども恋の山鳥や　われても末は逢はんとすらん　喜樽

さまざまに人を惑はす山鳥の　尾ろの鏡に姿見つゝも　無事也

我も又いざ立ちよりて見てゆかん　尾ろの鏡の山のやまどり　草加　四角園

惑はして人を蟇目（ひきめ）の山鳥は　汝（なれ）しだり尾のしたり顔なり　仝　稲丸

山鳥は己が尾のみか□□して　人をも長く引きてゆくらん　讃岐黒渕　秋光

猟人（かりうど）もつい撃ち兼ねし山鳥は　玉をあざむく形なりけり　江戸崎　嶺門

山鳥の尾ろの鏡と目をなして　闇の夜人を驚かしけり　真咲

光り物とんだ咄（はなし）も山鳥の　尾に尾をつけて長くなしけり　南向堂

化かされて付いて木曾路の山鳥の　尾の斑（ふ）の数の十三峠　江戸崎　広丸

行き交ひの人惑はせる山鳥は　尾ろの鏡ぞ曇りがちなる　東福丸林楽

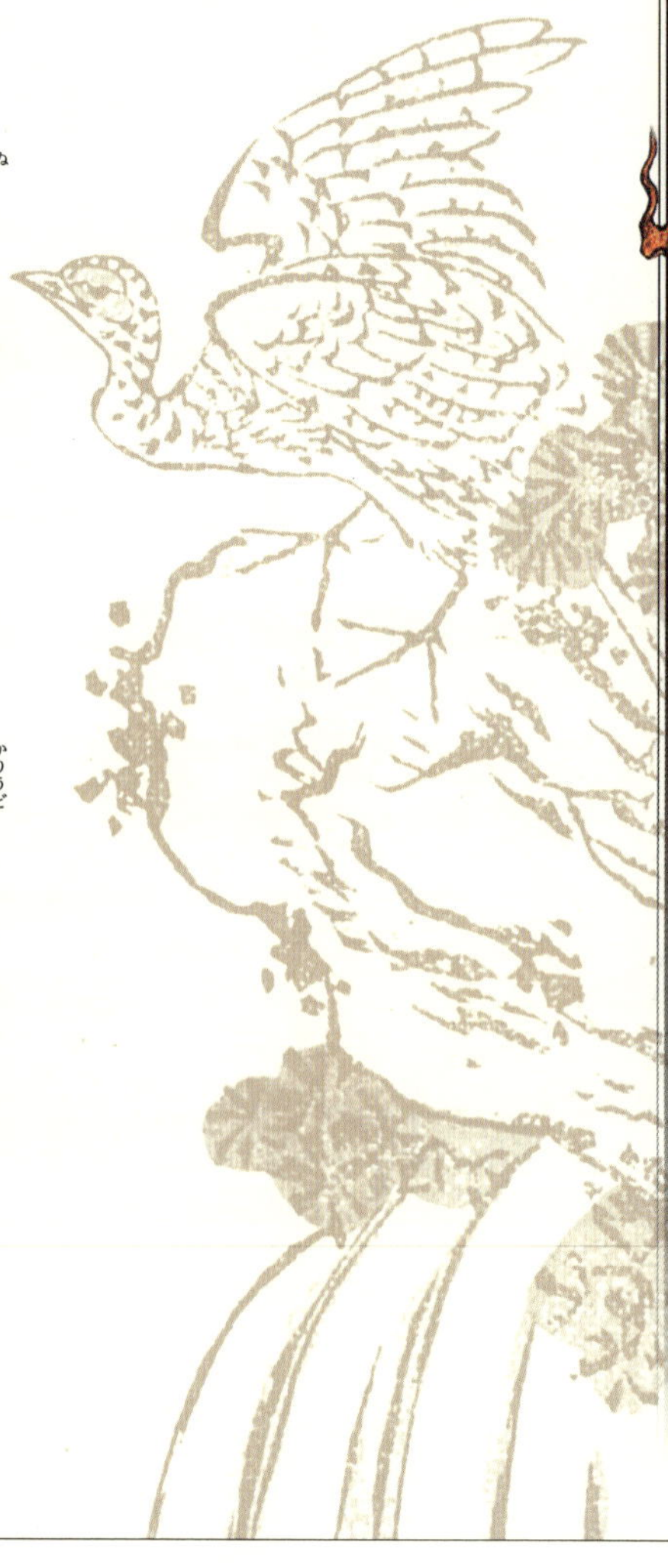

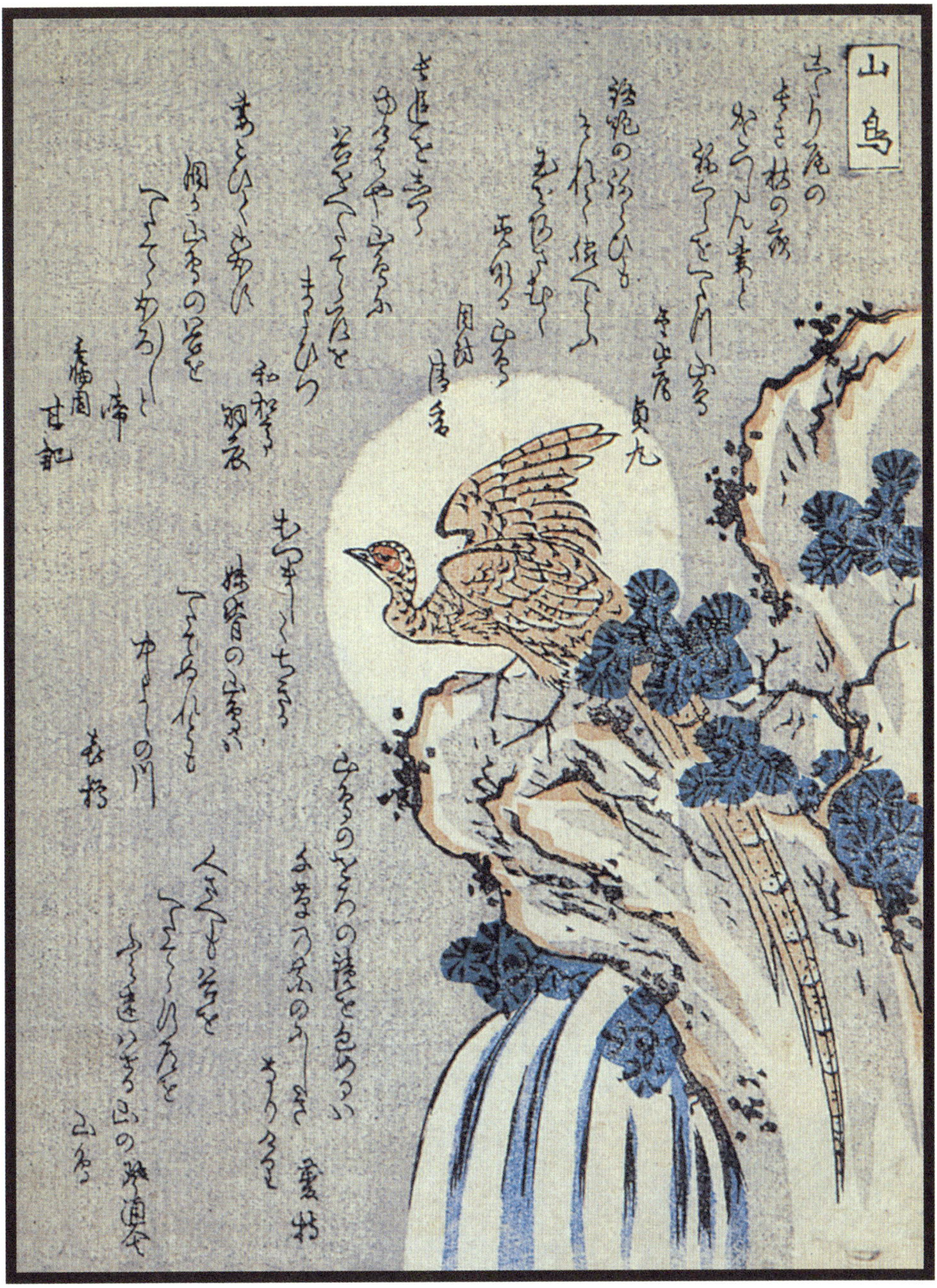
山鳥

羅生門
らしょうもん

鬼の腕切りにし綱が差料〔刀〕は　手棒といへる太刀のたぐひか　駿府　望月楼

切られれば鬼もまことに片腕の　折れし思ひや力落とさん　在江戸　牡丹園獅々丸

いにしへは鬼の荒れたる羅生門　当時は仏在すなりけり　五息斎無事也

片腕を綱に切られて片々の　こぶしを握り鬼は恨まん　槇住

丑寅の鬼も敵はじ七曜の　星兜きし綱が剣さき　駿府　松径舎

渡辺が鬼をものせし羅生門　軒の腕木にむかし偲びつ　喜月庵気楽

羅生門鬼は腕のみ切られけり　死なぬ命の綱が手練に　仙台松山　錦著翁

羅生門手を替へ品を替へ玉と　綱の母〔伯母〕にも化けし茨木　月豊堂水穂

渡辺に腕を切られて茨木は　て〔手〕もなく逃げて何地ゆきけむ　駿府　望月楼

片腕は綱に切られて取り返す　手蔓いかにと鬼や侘ぶらん　仝　松径舎

八幡座つかむ片手を切り落とす　綱は弓矢の神の加護かも　弓のや

羅生門握り拳の手土産と　黄金の札に変へて戻れり　桃江園

投げ出したその金札は渡辺が　鬼の手切りのしるしなるらん　千住　茂群

片腕を切られし鬼も切る綱も　剣はいづれ業物ならん　駿府　松径舎

羅生門切り取られにし汝が腕　また取り戻す鬼も手取りか　千住　茂躬

羅生門鬼も片腕もがれては　いたく力を落とすなるらん　多朗亭正得

弓矢神祈りて綱は鬼の腕　切るも兜の八幡座にて　江戸崎　広丸

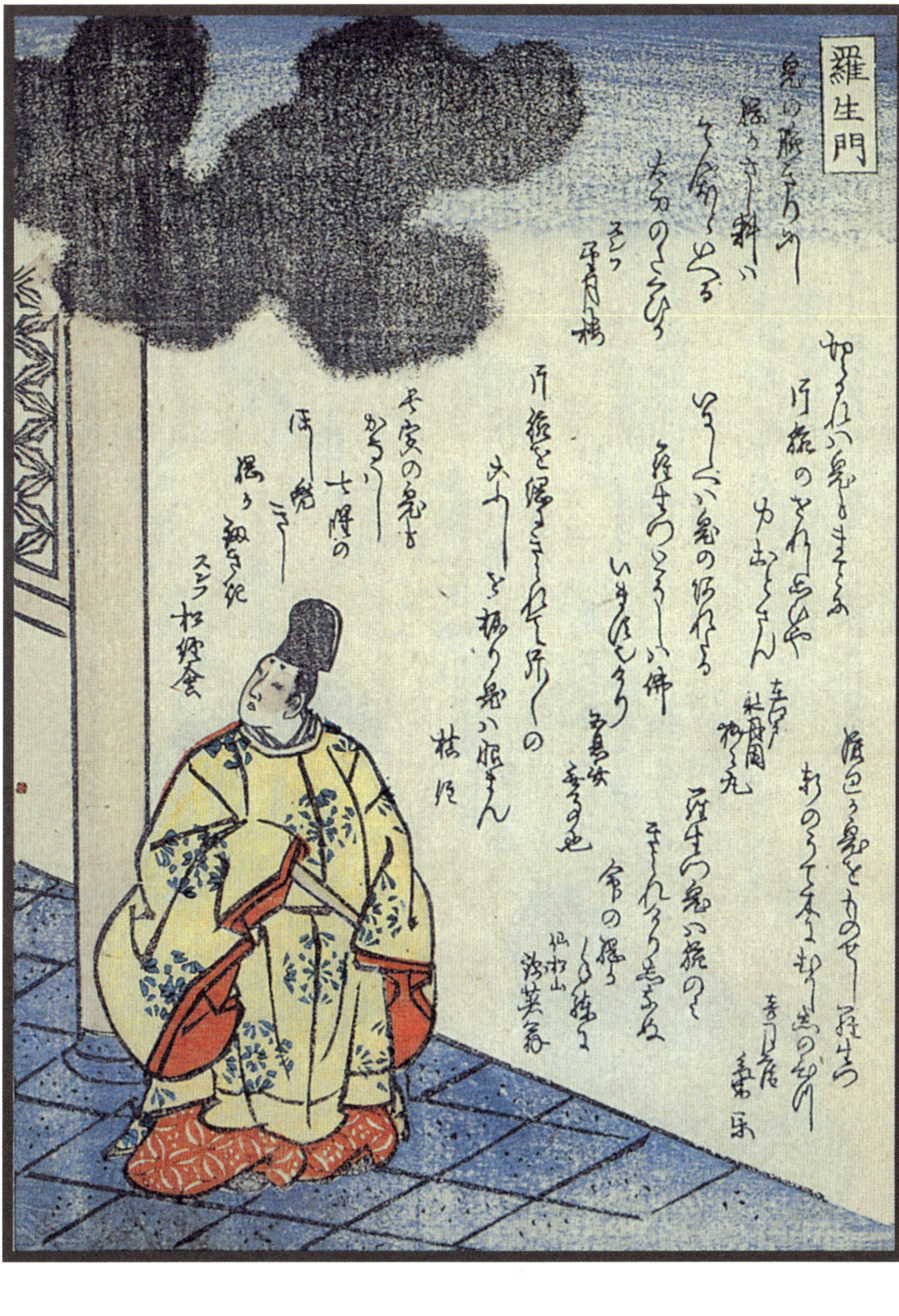
羅生門

鬼女（おにむすめ）

角髪（つのがみ）に結（ゆ）ふも疎（うと）しと鬼娘　赤毛に母の心ちゞみて　春の辺道艸

鬼娘やゝとる年も十三の　琴かき鳴らす指の三つ爪　陽月舎

ざくろ花咲く十七の鬼娘　酸（す）いも甘いも喰ひ習ひけり　有雅亭得意

蛇（じゃ）ともなる鬼娘をば酒薦（さかごも）の　鱗で包む見世物の小屋　宝市亭

嫁入りもならぬ娘の角盥（つのだらひ）　うつせる顔の鬼も十七　花前亭

己が子の転ぶを待ちて喰（くら）はんと　母の心も此の世から鬼　桜川慈悲有

耳に口寄せて語りし清姫の　裂けし顎（あぎと）は塞（ふさ）ぐよしなし　槙の屋

鬼むすめ金にもならぬ顔かたち　地獄の沙汰もなき噂なり　語吉窓喜樽

煮え返る心も溶くる角叉（つのまた）〔海藻〕の　法（のり）〔糊〕の道をも知る鬼娘　蓬洲楼惟孝

二親のために稼ぐや鬼娘　夜は地獄〔私娼〕に昼は見世物　教和楼

かたつぶり角ふり立つる鬼娘　年は十七芭（ば）蕉布（せをふ）を着て　秋田舎稲守

怖ろしく思へば目にも九十九髪（つくもがみ）　角笄（つのかうがい）を挿す鬼娘　月守

男のみ喰ひ散らすのは何ゆゑぞ　油断のならぬ鬼娘かも　羽衣

睦まじく鬼の娘の遊べるは　角つきあひもあらじとぞ思ふ　駿府　望月楼

垂乳根（たらちね）の臑（すね）をも囓（かじ）る怖ろしや　鋭き鬼歯生えし娘は　槙住

地獄屋〔私娼窟〕の鬼娘さへ十七の　眉毛地蔵につくる白粉（おしろひ）　団子

幾（いく）たりか己（おの）が夫を喰（くら）ひけり　恐（こは）や女の丙午（ひのえうま）鬼　江戸崎　有文

角文字の鬼ともなりし八うらみ　喰ひ裂く文の赤き口紅粉（くちべに）　遠江袋井　延麻呂

鬼女

第二図

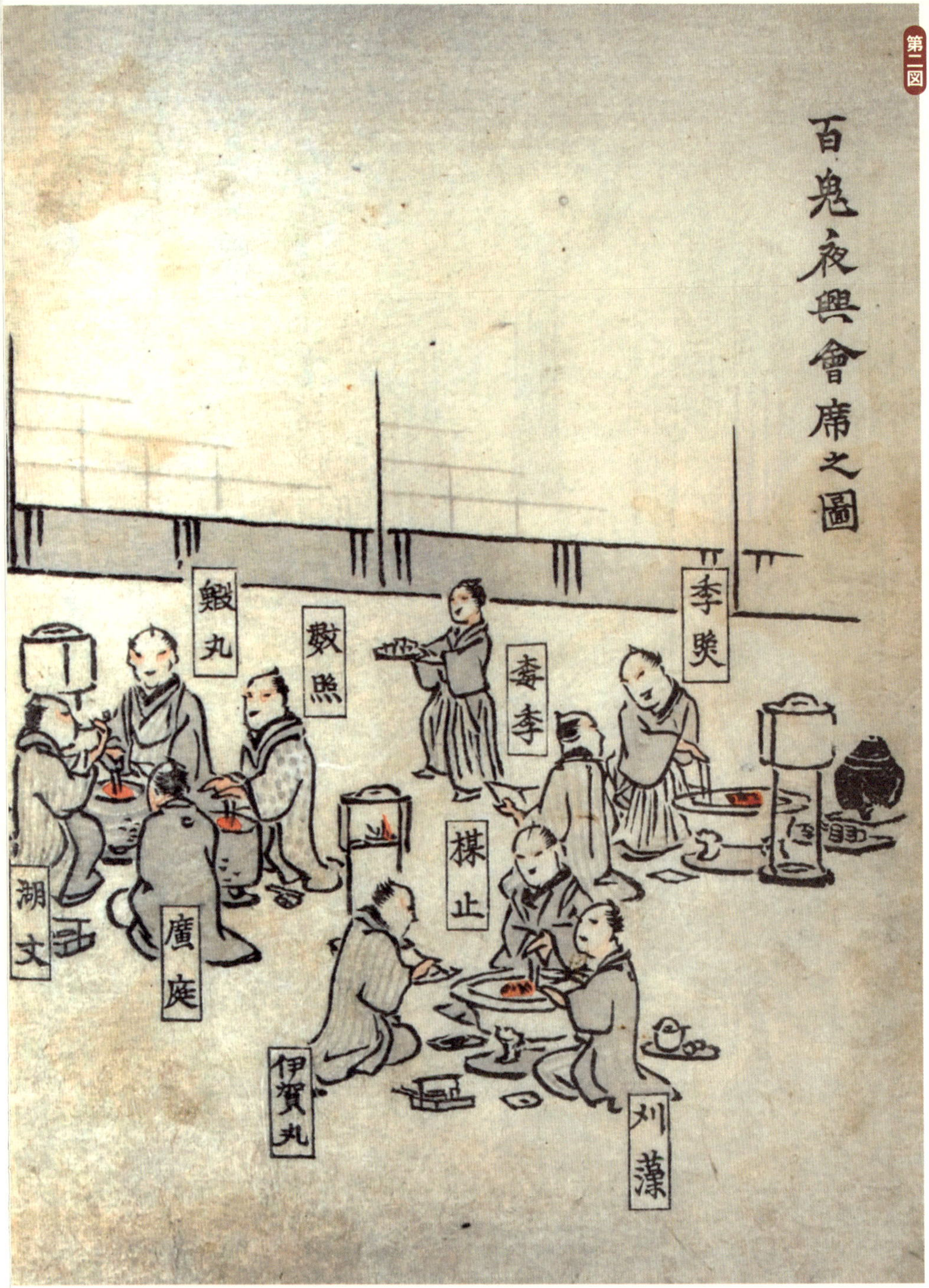

菊廼屋
寸美丸
蘭英
撟庵
直蔭
呑舟斎
岩成
士業
真捸
守棟
鳥信伎
加々丸
虎岳

第三図

第四図

あさ手風の揺椅
その袖を古小袖
けるくと独き
ももヽく
自照女

古手て
きたろつゝき
ころやらとの
くろうてト
切尭
菊廻屋

大和涙ぞゆくや
あらさして
あうそこ月の
ヽうそこ忍の
呑舟斉

小袖ノ手

燈芯堂兎

大座頭

切秀

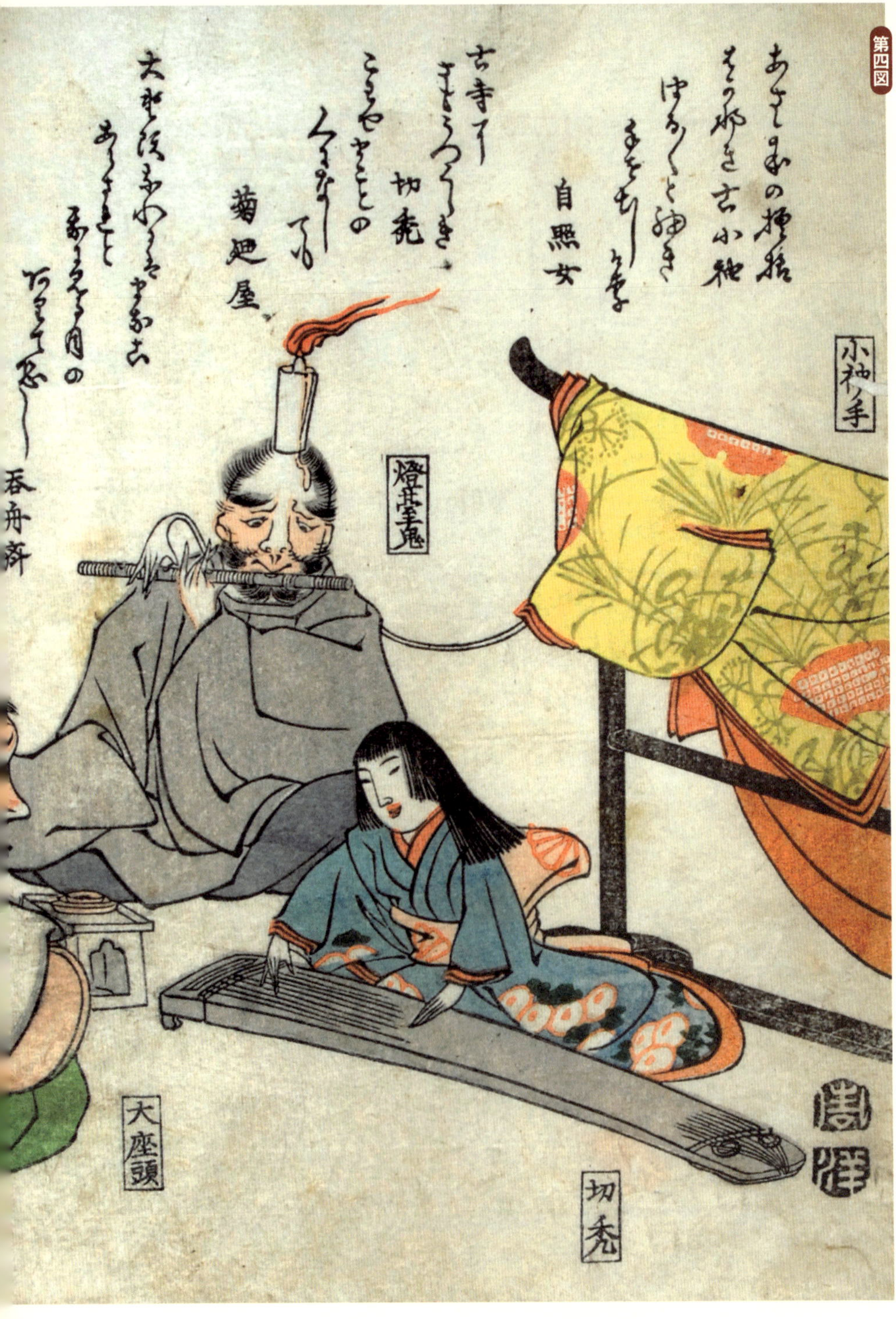

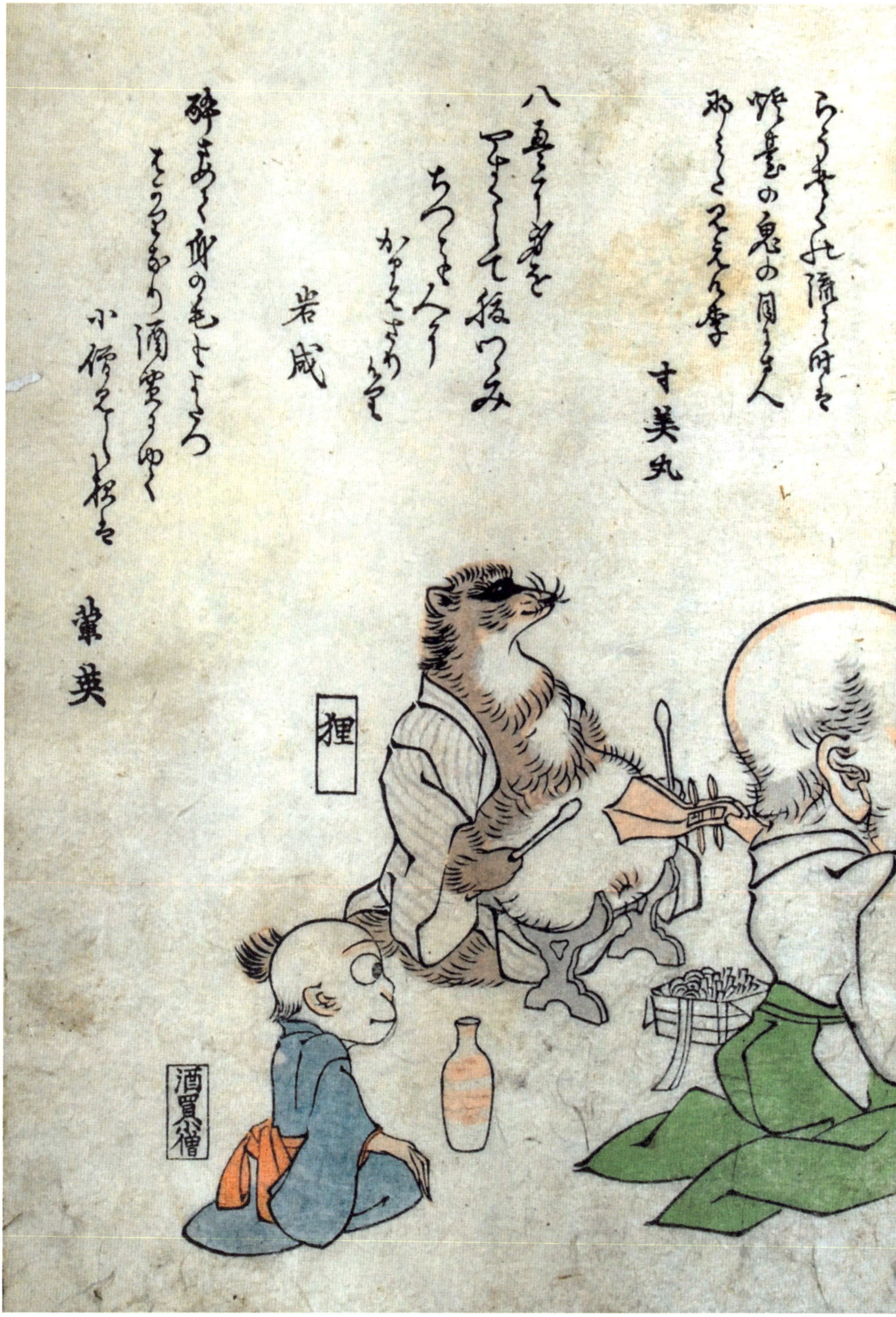
寸美丸
岩成
狸
酒買小僧

第五図

やまと車

三ツ目

鉄鼠

おんな女

待ちあぐむ
おもひを
候
のりもの引を
晋松

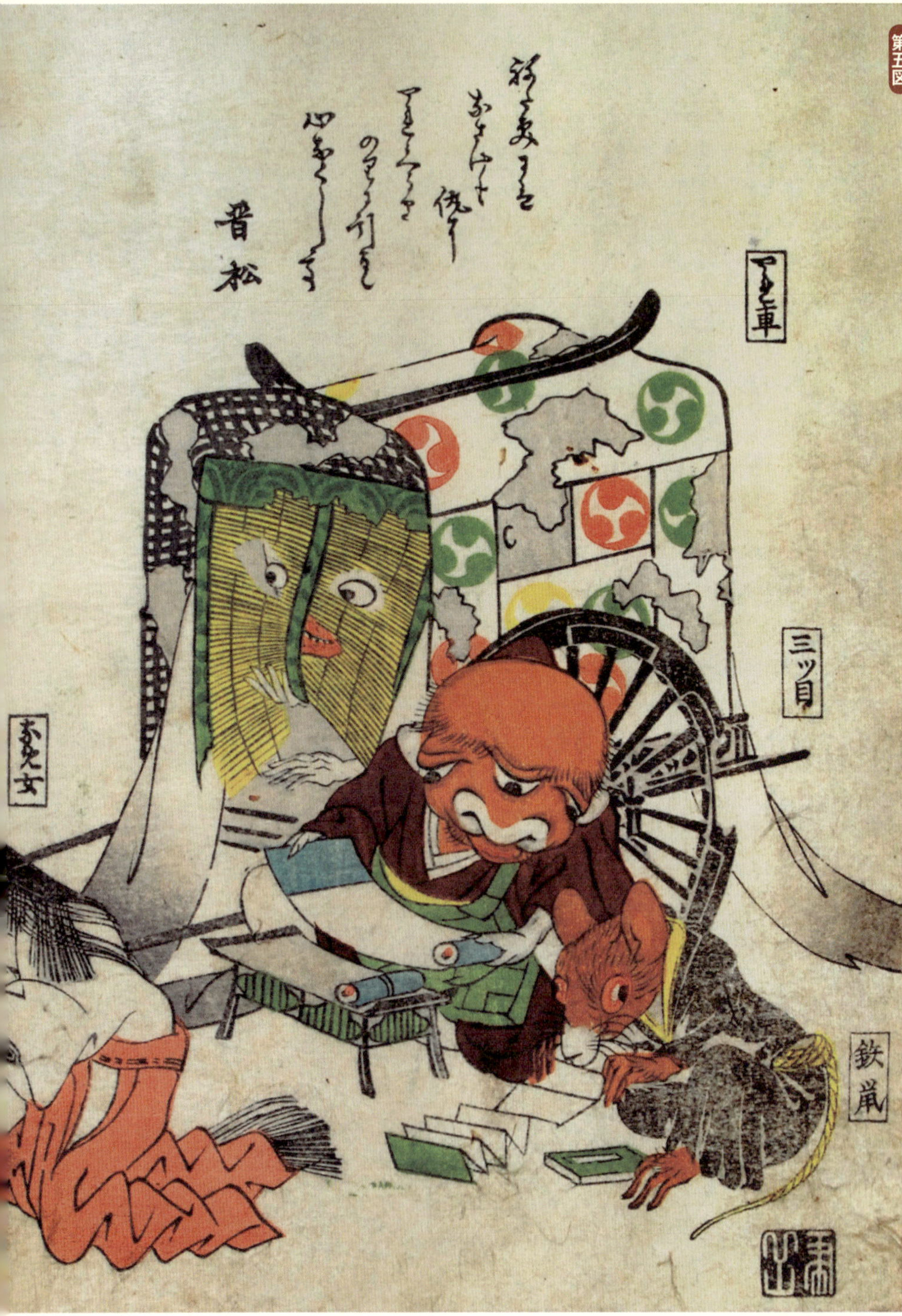

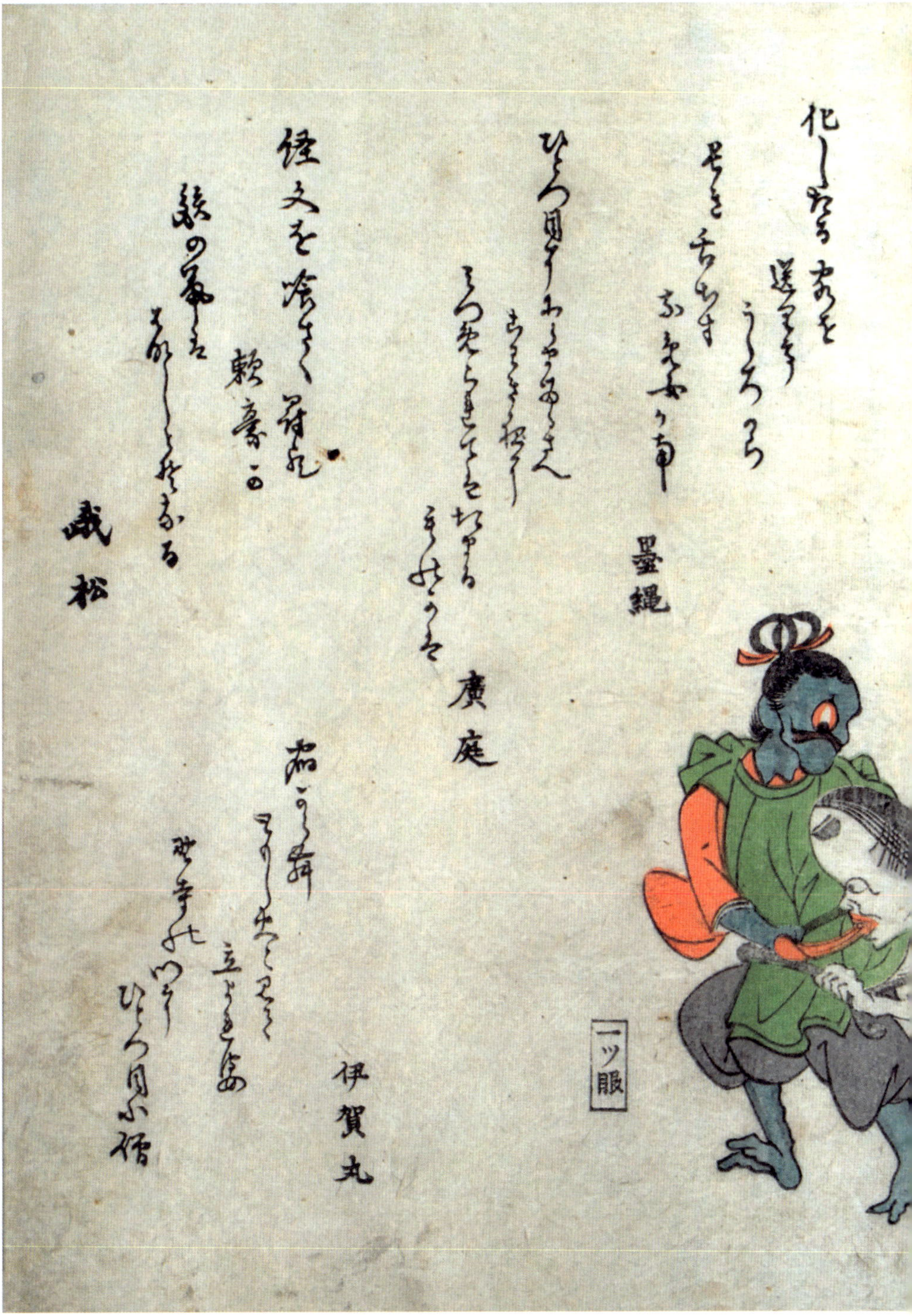
墨縄
廣庭
伊賀丸
戯松
一ツ眼

第六図

若くさやもえむ
もえむをと
あらそいそう
とゆる抓空
　　　鰻丸

おそろしや槻
人をさらう年も
槻のかす
それきは
ある
湖丈

宮女何をやりありれ
ゆきみ
こーえんかとそ
解こをそふ
直薩

岩洋

天狗

抱火

重女

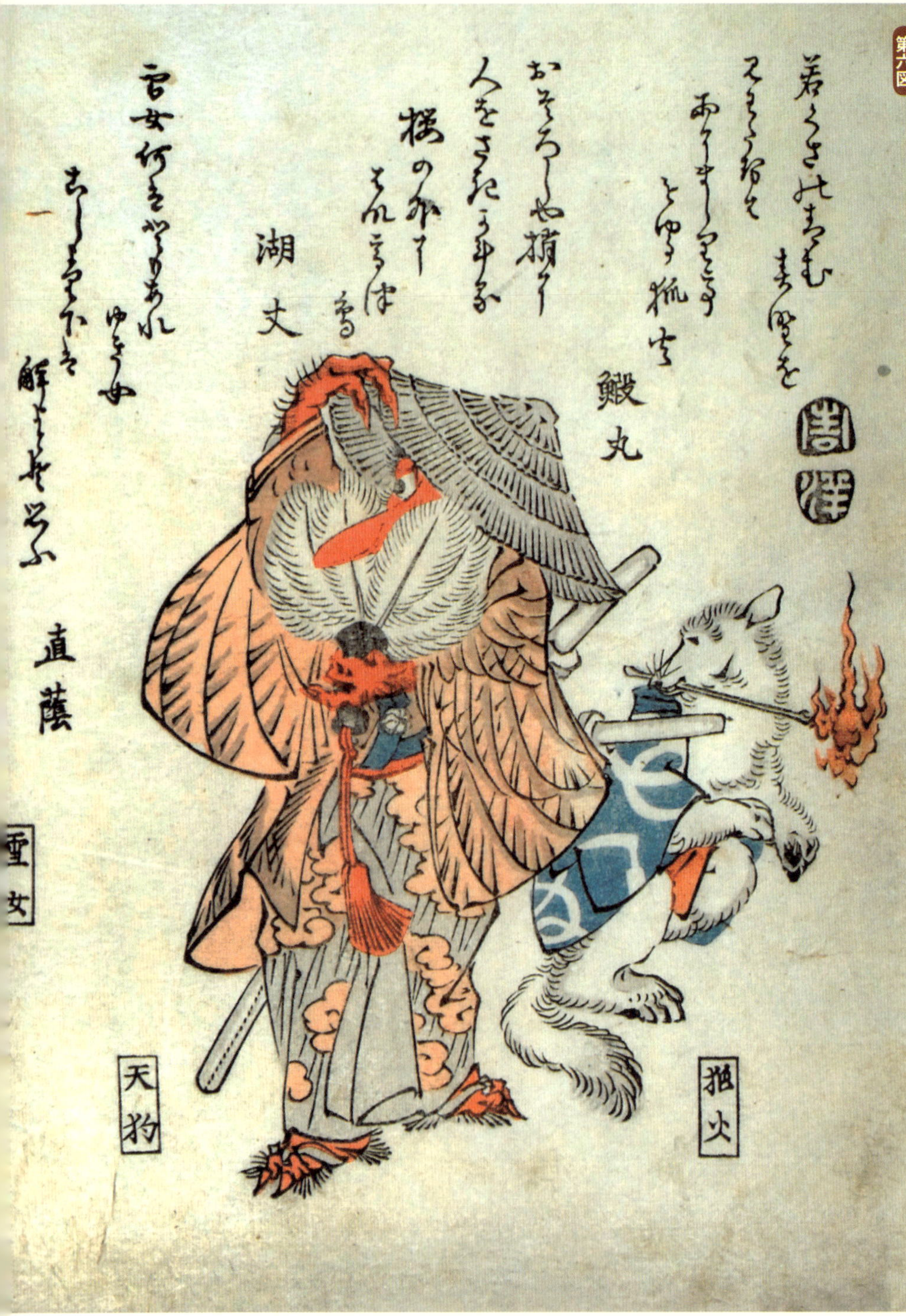

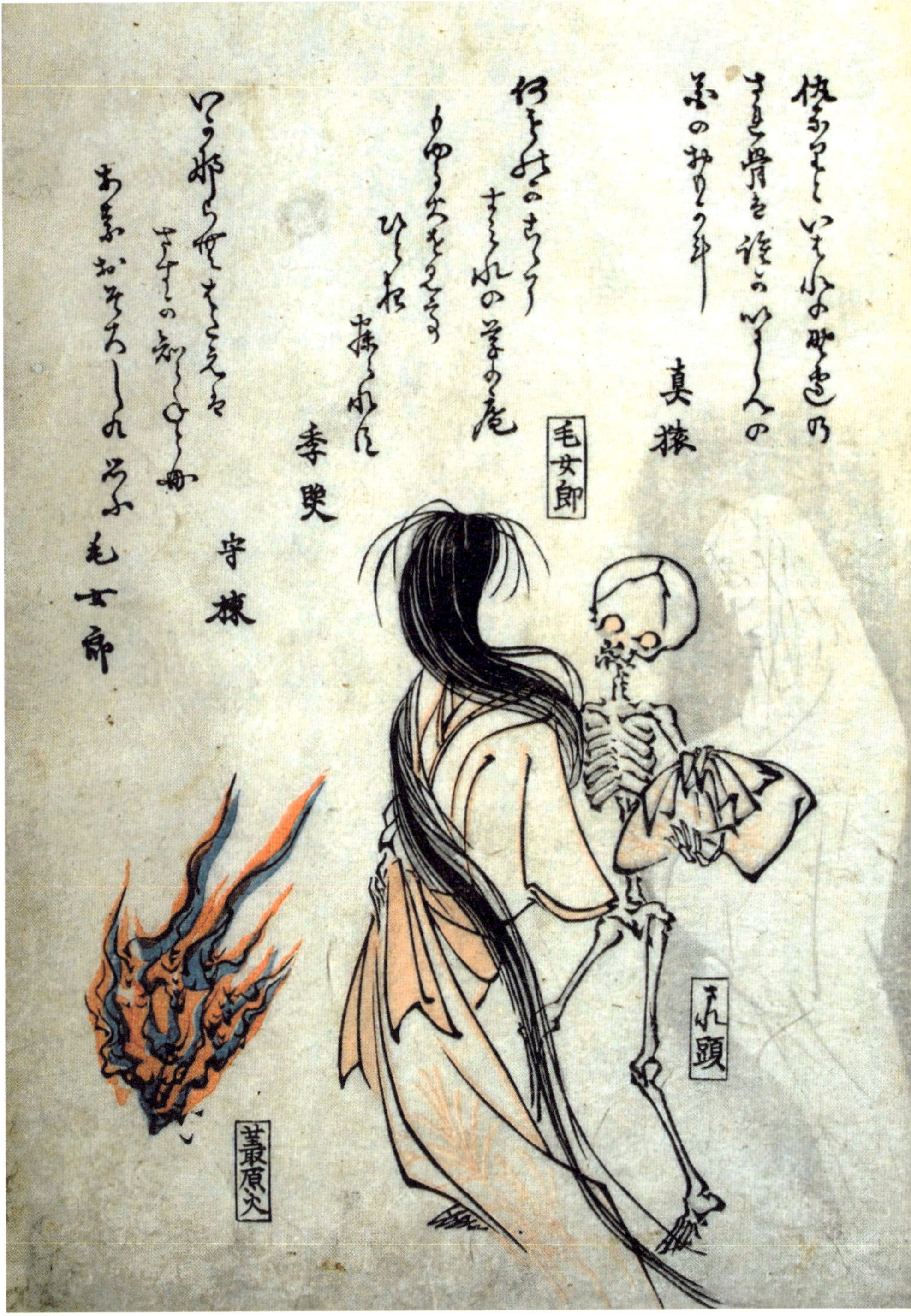
毛女郎
叢原火

けうとくていきなる野辺の
すえて骨を誰の□□人の
ぬのおひてそ卍　真猿

行とみよのもすそ
すそふく峯の雲
ひとり捻る尾　孝奥

てう邪ら化さゝえてや
さゝしの部○○曲
あまおそろしのつふ　毛女郎

毛女郎

真猿

孝奥

守様

髭原火

丸頭

御春とも花ひらくとて
ゆらゝと庭あそぶの魂を
むらさきにせよ
　　　橘庵

花すゝ原胡蝶の夢やも
きえぞきえぬる
牡丹修篭　數照

ひとつ家の
あたり障の
大けさ島を
葦よりみえ小さを
骨あるふる紀
　　　荻藻

かくもちき人くくとて
うえ夢もゝ乃
うやと文猫
あれま文富と
　　　士業

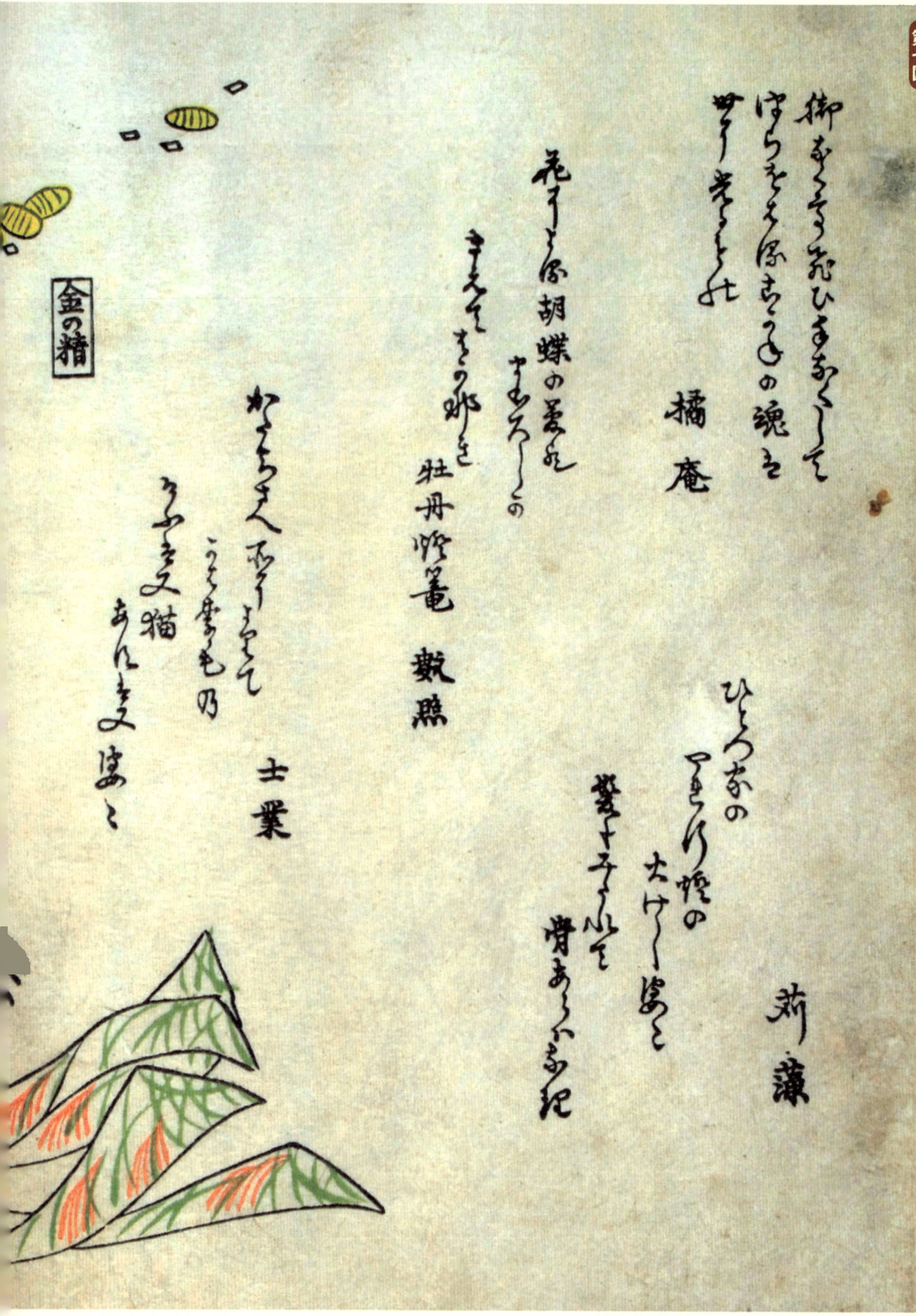

金の精

加賀丸

火消ぐく

ふきつのる
かぜにもえたつ
野もせの早稲も
かりえぬ川や
秋ふかく
あらし

舁灯籠

火柱

猫また

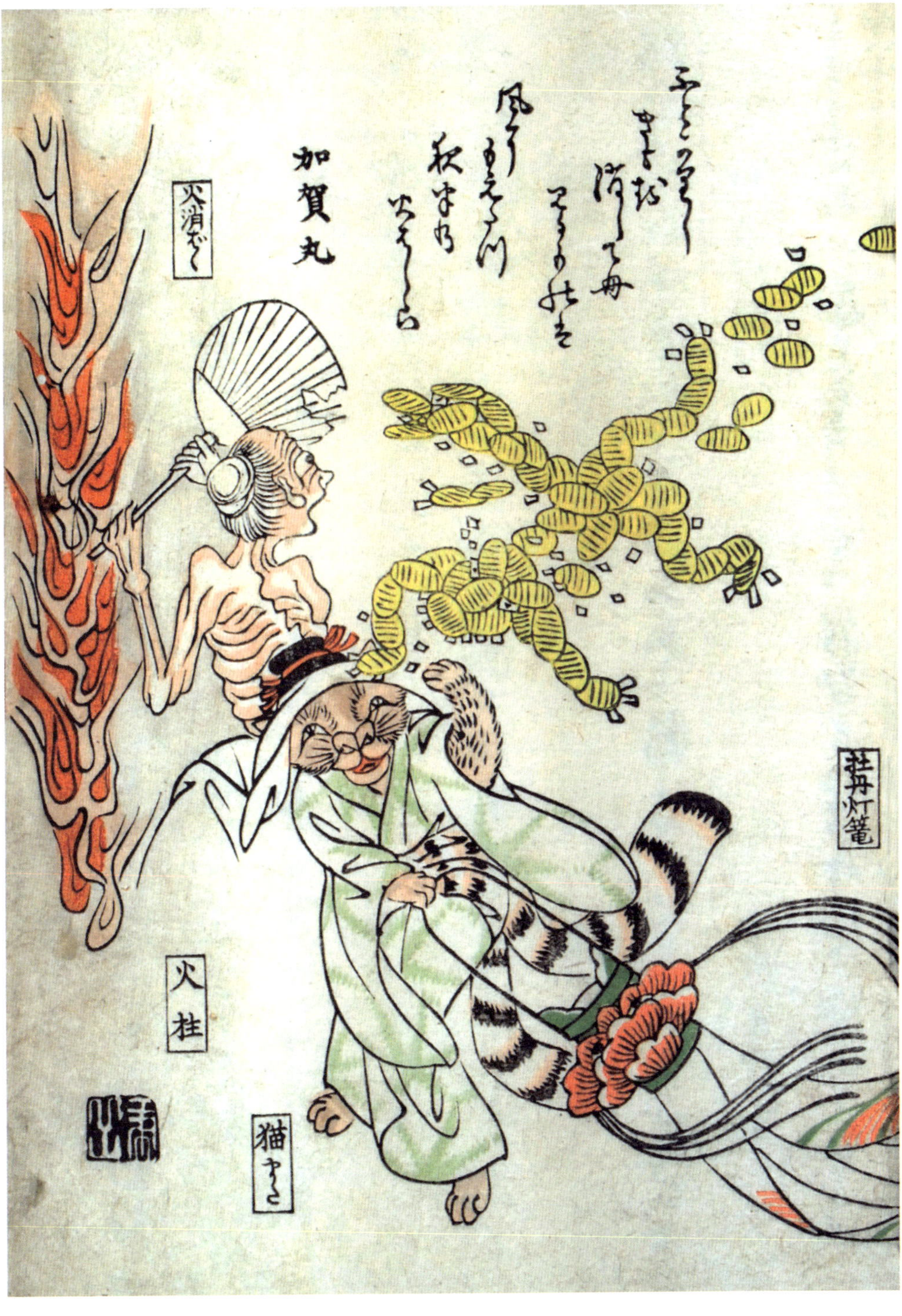

第八図

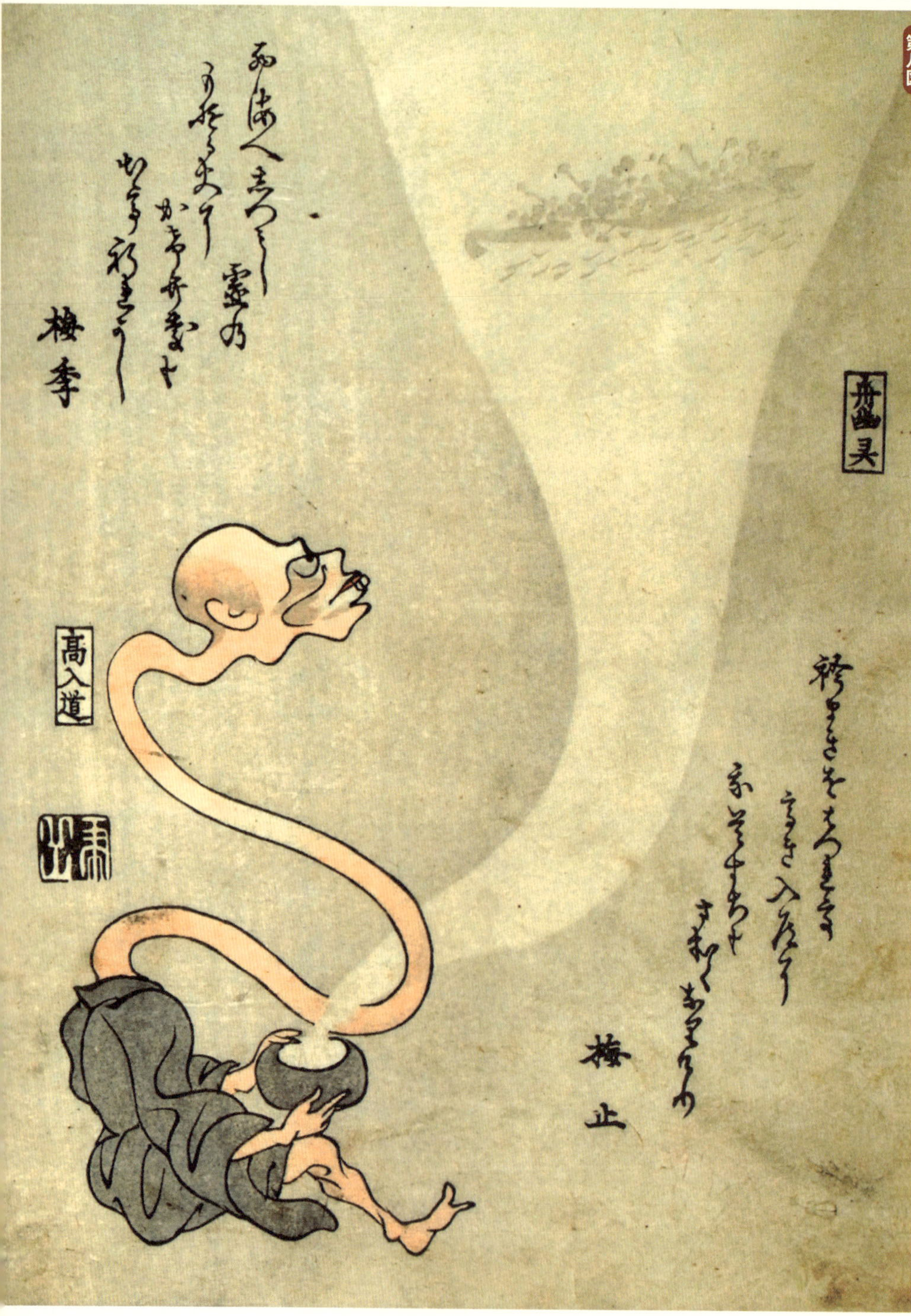

第四図

【小袖の手】　自照女
あさがほの模様はかなき古小袖　つるつると細き手を出だしけり

【切禿】　菊廼屋
古寺にさもうつくしき切禿　こわやまことの人になしても

【大座頭】　呑舟斎
大坐頭なれにはまなこあらざれど　我に見る目のありて怖ろし

【燈台鬼】　寸美丸
蠟燭の流るゝ時は燈台の　鬼の目にさへなみだ見えけり

【狸】　岩成
八畳に身をやすくして腹つゞみ　ちつとも人に構はざりけり

【酒買小僧】　蘭英
酔さめて身の毛もよだつばかりなり　酒買ひにゆく小僧見し夜は

第五図

【破れ車】　晋松
妬みには情けも仇にやれぐるま　法に引かるゝ心なくして

【舐め女】　墨縄
化かしたる客を送りてうしろから　長き舌出すなめ女かな

【三ツ目】　広庭
ひとつ目に睨まるゝさへ恐き夜に　みつめられてはたまるものかは

【鉄鼠】　峨松
経文を喰ひ裂く罰の頼豪が　鉄の鼠は話とぞなる

【一ツ眼】　伊賀丸
宿借らむ灯し火と見て立ちよれば　野寺の門にひとつ目小僧

第六図

【狐火】　鰕丸
若草の青む春野を見わたせば　雨にまじりて燃ゆる狐火

【天狗】　湖丈
おそろしや梢に人を裂き懸くる　桜の外に鼻高つ鳥

【雪女】　直蔭
雪女何はともあれゆき女　腰より下は解けよとぞ思ふ

【晒れ頭】　真猿
仇なりと磐余の野辺のされ骨は　誰がいにしへの花のおもかげ

【叢原火】　季照
何ものか此処にすみれ（菫、住む）の草の庵　もゆる火を見て一夜寐られず

【毛女郎】　守棟
いかならむ膚はさすが知らねども　あな怖ろしく思ふ毛女郎

第七図

【金の精】　橘庵
脚なくて飛び手なくして面を張る　こがねの魂は世に光るもの

【牡丹灯籠】　数照
花による胡蝶の夢かまぼろしか　消えてはかなき牡丹燈籠

【猫また】　士業
かたちさへ所によりてかはきもの　今日は又猫あすは又婆々

【火消ばゝ】　苅藻
ひとつ家の破れ行燈の火消し婆々　髪もみだれて骨あらはなり

【火柱】　加賀丸
太かりしきもを消しても見るものは　風に燃えたつ夜半の火柱

第八図

【高入道】　梅止
衿まきをはづれて高き入道に　我が首すぢも寒くなりけり

【舟幽霊】　梅季
西海へ沈みし霊の燃ゆる火に　かげ弁慶も出て祈れかし

『妖怪画本・狂歌百物語』妖怪総覧

多田克己

はじめに

江戸時代（近世）の怪談史や妖怪（化け物）を解釈するのに当たって、本書のタイトルにもなっている二つの言葉は意味深い。なぜなら、「百物語」は江戸時代の前半を、「狂歌」は江戸時代後半を、それぞれ繙くキーワードになっているからである。

百物語とは、江戸の初期より武家で催され、後には商家や文化人にももてはやされた怪談の会である。数人から数十人の人が一つの部屋に集会し、怪談を交代で語って夜を過ごすという遊びだ。蠟燭などの灯を百ほどともし、一話終わるごとに一つずつ消していく。最後の百話を語り終って全ての灯りが消されると、その場に怪異が起こるとされた。

こうした怪談の会では特別な語り部や咄家が語るのではなく、ごく一般人が話したというが、このことが、各自が怪談を収集する原動力となる。

怪談とは、亡霊や妖怪（化け物）、あるいは怪異、怪奇現象など超自然的なものを、実在するかのように語る話である。語り部は伝説や伝承から、咄家はテキスト化された古典や口承から材をとって怪談を語るのである。必然的に、繰り返して同じ話を語る場面が多いので、ある程度完成された内容で、有名な物語が選択されたであろう。大江山の酒顚童子、安達ヶ原の鬼婆、玉藻前、鵺などの古典、あるいは近世になって成立した四谷怪談や累ヶ淵などである。こうした知名度の高い物語は百物語において問題が生じる場合がある。百物語では重複して同じ怪談を話せない。何度も会を重ねれば有名な怪談は新鮮味がないし、内容が知れたものばかりでは恐怖感も湧かないからだ。

したがって、百物語の会が世間で流行すればするほど、あまり知られていない新鮮で恐い怪談話が求められる。その要求に答えるかのように、江戸前期には多くの怪談書が発刊されたという。そこに収められた新しい怪談の取材源は、主に三つの方向に求められたようだ。

一つは地方の民間信仰や伝説の発掘である。室町時代に成立した謡曲（能楽のテキスト）が地方の伝説や伝承に材を採ったのと同じような方法である。百物語会が催された主な場所が、江戸や大坂などの都市部であったことから、新鮮な怪談は各地の田舎から求められることになる。この時代から、ローカルな化け物や妖怪がドッと都市部の人々に知られるようになる。と同時に、化け物は田舎臭いものと意識されるようになったのだろう。江戸っ子の「野暮と化け物は箱根から先」という認識は、このあたりから始まったのだろうか。

もう一つの取材源は、中国の怪談だ。『聊斎志異』などの怪談短編小説集などが訳され、さらに舞台を日本に置き換えた翻案本も出版されるようになった。狐狸の類が人の姿に変身し、人間を化かすといった話や、幽霊が人を恋慕したり恨んだりする怪談、正体不明の妖怪が人を害する話など、これらは完成度の高い怪談文学としてわが国に大きな影響をおよぼした。江戸中期以降にキャラクターとして成立してゆく日本の妖怪の概念の大枠は、中国に起源するものが多いと思われる。日本の河童が中国の水虎や魍魎と比較されたり、同一視されたりする。轆轤首の妖怪は中国南部に伝承されていた飛頭蛮に由来している。

中国の妖怪にはそれぞれ固有名詞、つまり名前がつけられている場合が多かったというのも見逃せない。日本でも、怪談に登場する化け物はキャラクター化され、ローカルな化け物の固有名詞が重視されて記録された。江戸時代中期になると、その頃に隆盛した博物学に呼応するように、鳥山石燕の『画図百鬼夜行』シリーズのような、カタログ化された妖怪図鑑が発刊されるようになる。

そしてカタログ化されると、妖怪の多様性が強く認識されることになる。最後の取材源は、その多様性に関わる。

未知の新鮮な怪談を発掘し、百物語の怪談の新しい一話として加えることは、同時に化け物＝妖怪の多様性（種類の増加）を拡大することにつながる。意図的に、怪談に登場する化け物や、怪談のしわざと想像される怪異に名称をあたえ、それによって固有名詞を持った化け物が増殖される。この場合、語られる怪談や妖怪変化が個人によって創作されたケースもあった。田舎や洛外の話に、あるいは巷説や個人の体験に題材を求められたすえ、それでも足りなければデッチ上げられた怪談話も存在した。とうぜん創作された怪談には、創作された妖怪も登場する。有名な傘化けや豆腐小僧には、それらにまつわる民間の伝承がまったく存在しない。このことからわかるように、かなりの数の創作妖怪が、伝承されてきた妖怪に混じって共存しているのである。

江戸中期には多くの怪談が創作され、読本に芝居に、娯楽として親しまれるようになっていた。化け物や幽霊も、存在するかしないかわからない、半信半疑の奇妙なキャラクターと化していった。妖怪は正体不明の恐ろしい存在といったものから、妙ちきりんで変てこりんな、人の想像力を刺激するおかしなモノに変容していったのだ。鬼、幽霊、化け物を詠み入れた諺が作られ、その諺が逆に鬼、幽霊、化け物のイメージを固定させるたとえとなった。古典的な、忌み嫌われ恐がられる対象ではなく、お化け・化け物・妖怪の類は、人間のしぐさをも諷刺する滑稽で卑俗な登場者となっていた。

「狂歌」は滑稽や諧謔（冗談や洒落）を本旨とする短歌である。『狂歌百物語』に登場する百体に近い妖怪・幽霊は、滑稽や諧謔を表現するのにふさわしいキャラクターとして歌の題材とされている。聞いたり読んだりして恐怖を実感するための怪談集ではない。〈笑話として怪談を読む〉というのが『狂歌百物語』が刊行された時代の見方なのだ。

恐怖と笑いは相反するものではなく、表裏一体の関係にあるという。緊張と弛緩、忌避されるモノと親しまれるモノ。不快と快感。真逆に思える対立した感情は、振り子運動の両端のようなものだ。日本独自の話芸である落語は、滑稽味を主眼とした大衆演芸である。だが、『真景累ヶ淵』を脚本した三遊亭円朝のようにすぐれた怪談咄家が存在する。落語家にとって落語と怪談は、相反するものではなくて表裏一体だという。

『狂歌百物語』の妖怪たち

『狂歌百物語』は中本。八編八冊。「嘉永六とせの冬　武蔵野ゝ奥　艸かの里ニ隠住四角園草翁」という刊記がある。

編者は天明老人。絵師は竜斎閑人正澄。

妖怪を兼題（歌会で事前に出しておく題、テーマ）とする狂歌を、妖怪ごとに分類・収集し、各々に彩色の妖怪図が付してある。妖怪の数は全部で九十六である。

なお、ラフカディオ・ハーン（小泉八雲）は、『狂歌百物語』を所有していた。もともと、ハーンの夫人が、古本屋から掘り出してきたものらしい。（この本は、現在では富山大学の「ヘルン文庫」に収められている。）ハーンは『狂歌百物語』のなかから気に入った四十八首を英訳し、「ゴブリン・ポエトリー」という題で発表、後にその草稿は、ハーン自身が描いた妖怪画とともに『妖魔詩話』として複製出版された。この『妖魔詩話』は、最近復刻版が出ている（博文館新社刊）。

初編

見越入道　みこしにゅうどう

行路に現れる坊主頭（はげ頭）の妖怪。背丈を伸ばして人を驚かすが、人が見上げれば見上げるほど、ググッと丈を高く見せてゆく化け物。人はその高くなる様に圧倒されて驚きのあまり倒れてしまう。その倒れた方向には何か災難があるから気をつけなければならないとか、正体は川獺が見せる幻覚だとか、人が後方に倒れると咽喉を噛まれ、殺されるともいう。人が見上げると背丈が高くなるので、反対に地上を見下げると丈が低くなり、やがてどこかに消え失せるという。「見越し見下げる」ということわざもあり、「見越入道見越した」とか、「見越入道見抜いた」と呪文を唱えると、やはり消えるともいわれる。愛知県南設楽地方では入道坊主と呼ばれ、はじめは一メートル足らずの小坊主だが、近づくにしたがって二メートルにも三メートルにもなるという。この妖怪に「見ていたぞ」と声をかけると消えるという。

四国の高坊主、高入道、伸び上がり、次第高もこの類の化け物である。高入道の正体は狸で、その人の肩にとまって大入道の幻を見せているとされ、だから上を向くなと戒められており、このときは「負けた、見越した」と呪文を唱えると消えるという。

『狂歌百物語』に載る鶴序の狂歌は、大きな松樹の「見越の松」からの連想。雛好の狂歌は、箱根から東に野暮と化け物は無い（箱根の関からこちらの関東を越えて化け物も気のきかぬ人はいないの意）からの連想。

狐火　きつねび

闇夜の山野に見える怪火。狐が口から吐くとか、尻尾から火を放つともいう。遠目

では人が提灯を持って出歩く様子にも似ているので、「狐の提灯」とか「狐の松明」とも呼ばれる。集団で出現し行列して進行することもあり、この場合は「狐の嫁入り」があるといわれる。

狐火が発火する原因は、肉食動物である狐が餌として食べる、鳥獣の骨や血に含まれる燐が燃えるからだとされる。（常温では燐は徐々に酸化して、暗所で青白色の微光を放ち、五十度に至れば発火する。）そのため、狐火は狐の口から吐かれると解釈された。狐火は陰火（熱を発しない燐光）の一種とされ、他の物には引火しないとされる。

船幽霊（ふなゆうれい）

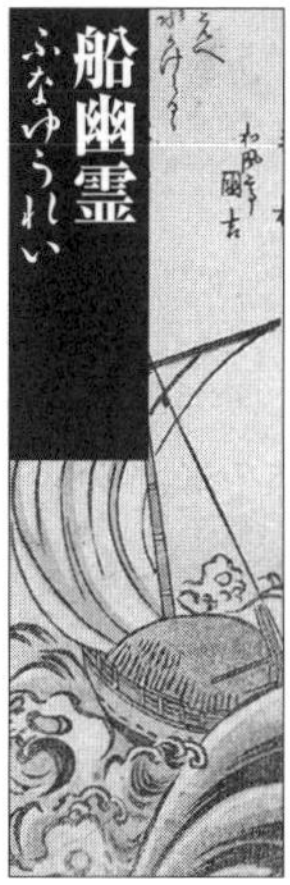

海上で遭難した溺死者達の幽霊で、日本各地で知られており、船幽霊、亡者船、灘幽霊など異名や方言が多い。沈没した船舶の幻とともに出現する亡霊たちで、生者の船舶を沈没させ、新たな溺死者を自分の仲間にしようとするという。

出現は雨天の日や新月、もしくは満月の夜に多いという。本物の船と変わらない様で現れるから、それが船幽霊だとは気がつきにくいが、夜の薄暗い中では分からないような細部も視認できるので、それが船幽霊だと気づくことができるそうだ。幻の船には数人から数十人の亡霊が乗船しており、こちらの船に乗りこんでこようとしたり、「杓をくれ、杓をくれ」と叫んで柄杓を要求する。そのまま渡すと海水を汲み入れてくるので、底が抜けた柄杓を渡すのがならわしだとされる。

船幽霊は、仲間の船舶だと思わせて危険な海域に誘ったり、鬼火を灯台の光に思わせて方向を見失わせるなど、いろいろな方法で人を惑わすとされる。

平家蟹（へいけがに）

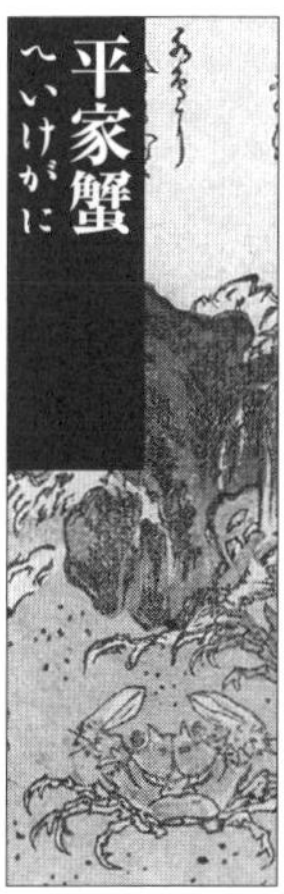

寿永四年（一一八五）三月二十四日、長門の壇ノ浦（山口県下関市）海上で行われた源平最後の合戦で、平家一門は海の藻屑と果てた。その平家の怨霊が化したものが「平家蟹」と呼ばれる人面蟹である。この蟹の背甲には人面に類した隆起があり、しかも、怒りや苦悶の表情をした男顔のように見える。

平家蟹は広く日本近海に分布しているが、とくに壇ノ浦に近い瀬戸内海に多くいる。このため、いつしか平家の怨霊の化したものと想像されるようになった。別名「武文蟹」という。

生物としての分類は、節足動物門・甲殻亜門・軟甲綱・十脚目・平家蟹科に属する。

中国の東部の東シナ海沿岸地方では、三国志の蜀漢の武将「関羽」の怨霊の生まれかわりとされ、関公蟹と呼ばれる。

姑獲鳥（うぶめ）

中国で明代に著された本草学の百科図録『本草綱目』によれば、姑獲鳥は中国の荊州に多く棲息する。羽毛を着ると鳥の姿形に変身し、羽毛を脱ぐと人の姿となり、夜間に空を飛び、人を害する鬼神であるという。人の子供を誘拐し、自分の養子とする習性があるとされる。夜干してある子供の

着物を発見すると血で印をつける。すると着物の物主である子供は魂を奪われ、無辜疳（ひきつけの一種）になるという。

日本では茨城県に姑獲鳥と同じものと思われる「ウブメ鳥」という妖怪の伝承がある。夜間に子供の着物を干していると、ウブメ鳥は自分の子供の着物だと思って、目印に自分の乳をしぼって付けるが、この乳には毒があるとされた。

姑獲鳥は羽衣天女系の伝説に基づいていたが、例外として、産婦の霊が化したものとするという一説があったため、江戸時代の初頭には日本の「産女」と同一視されることになった。産女とは難産で子供を出産できぬまま、母子とも死んでしまった場合、その赤ん坊の死霊を抱いて現れる女の亡霊のことである。出産しないことを罪悪と考えていた、中世から近世にかけての日本では、子供を身ごもったまま出産できずに死亡した婦女は血の池地獄に堕ちると信じられていた。伝承では産女は下半身が血で真っ赤に染まっているとされるが、これは血の池地獄の血で染まったものと考えられる。産女は地獄に堕ちて苦しむ身だが、せめて我が子だけは成仏できるように、通りすがりの人に赤ん坊を抱いてもらい、弔ってもらおうとせがむものである。

九州の海岸地方では「ウグメ」「ウーメ」「ウンメ」などと呼び、怪火や怪鳥、あるいは船幽霊の一種のようなものとして伝承されている。

陰火　いんか

万物の自然現象の原理を説明しようとする中国の陰陽五行説の考えでは、火には陰火と陽火という、性質が正反する二種類があるとされる。陽火は物を燃焼させ、熱を発し、水で消火されるごく普通の火であるが、陰火は物を燃焼させず、熱を発せず、水と接触すると火力を増すとされる。燐火、狐火や人玉、生物が発する燐光、静電気、陽炎などは陰火に属するとされた。

血中や骨に含まれている燐が燃えると陰火になるということから、遺体が埋まる墓地や古戦場などでは陰火が目撃されやすいとされる。亡霊の身辺にともなう青白い火炎もまた、陰火の類である。

貍　ねこまた

「貍」とは「狸」の異字体。犬科の「タヌキ」の意ではなく、『本草綱目』を引用した『和漢三才図会』では、古来、家猫に対する山猫や野良猫の総称だとしている。

狂歌に詠まれている貍は猫の化け物である猫股（猫又）である。鎌倉時代は身体が犬のように大きい猫の怪とされ、山奥にひそんでいるもの、いわば山猫であるとされた。富山県黒部地方の猫又山や、福島県会津地方の猫魔ヶ岳は、猫股または人喰いの山猫が棲んでいたという伝説から名づけられた山名だという。

近世になると齢を経た飼い猫が化けて、尻尾が二つに分かれた猫股になるとされるようになる。この場合、その齢を経た猫は家を離れ、山中に入って猫股になるといわれる。つまり家猫から野良猫に、そして山猫である「貍」となるのである。猫股になるとその家に災いをもたらすので、それがために長い年月にわたって猫を飼うものではないという俗信もあった。

猫股にかぎらず、化け猫が行燈（あんどん）の油を嘗めるという習性は、魚油が近世では主に灯火用として使用されていたからである。

一ツ家（ひとつや）

武蔵国浅茅原（あさぢがはら）の一つ家。現在の東京都台東区浅草の浅草寺（せんそうじ）にまつわる伝説。旅人を泊めては、石の枕に寝石（ねせ）を落として殺害していた老婆がいた。それを見かねた老婆の娘は、母にその罪深さをさとそうと、自らが旅人の身代りとなって犠牲者となる。老婆は浅草寺の観音の霊力によって悔悟する。

浅草寺の末寺の一つが、今でも、一つ家の石の枕と言い伝えられている石を保管している。

実方雀（さねかたすずめ）

一条天皇の時代（在位九八六～一〇一一年）のころ、天皇の侍臣であった藤原実方（さねかた）は歌人としても名高かった。その実方が、藤原行成（ゆきなり）に「実方の歌はおもしろいがバカだ」と陰口をたたかれたことから殿上で口論となり、行成の冠を取って庭に投げ捨てた。この事件によって実方は陸奥（現在の岩手県、宮城県、福島県）へ左遷され、その地で帰京を待ちわびながら死んでしまう。

その後、実方の霊は雀に化して京の内裏の清涼殿に侵入し、台盤（食事を盛る台）の飯をついばんだという。雀が内裏に侵入したということから、「入内雀（にゅうないすずめ）」とも称される。実在する入内雀は雀の近縁種で、雀に似るがやや小さい。夏期は東北地方で繁殖し、秋に全国に渡来し農作物に被害をもたらす害鳥であった。

きまった季節に来訪する鳥や昆虫は、人魂と同様に人の霊魂と同一視されることが多い。しかも入内雀は東北地方で繁殖し、それが秋に京都に飛来してくるので、東北地方に左遷された実方の化身だと想像された。農作物を食害する鳥類や昆虫は、怨霊の化身だと信じられ恐れられた。

三ツ目（みつめ）

目が三つあるもの。三つ目の化け物。三つ目入道もしくは三つ目小僧などの妖怪。『日本の俗信2』に、長野県筑摩郡の妖怪として記され、「三つ目入道は人前で踊る」ともある。式亭三馬の滑稽本『浮世風呂』（一八〇九～一三）には、「目が多けども化け物をはなれず」とある。

「三つ目」は三目錐（みつめぎり）（刃の形が三角になっている錐、三俣錐（みつまたぎり）の意）の略であることから、狂歌でも三つ目小僧と三目錐を掛けている。

鬼（おに）

古来、「オニ」とは、カミ、モノ、タマとともに神霊を意味する総称であったが、中国の鬼（き）（祖霊もしくは死霊の意）信仰と習合して、「鬼」と書かれるようになった。「鬼」の象形文字は、角がある死者の大頭に、足が付いた形で、私欲や利己を意味す

る「ム」を書き添えたものをいう。これが仏教の影響から、地獄の獄卒の鬼、人食いの夜叉（やしゃ）や羅刹（らせつ）、餓鬼（がき）などとも同一視され、無慈悲で残酷であり、人を食う性質が付加された。さらに雷神や風神といった気象災害をもたらす鬼神や、災厄や病気をもたらすという「物怪（モノノケ）」、「疫鬼」、「厄病神」など、祟りを起こす怨霊や生霊までもが鬼の一種となった。恨みや人殺し、人食い行為などによって、生きながら鬼に化身してしまう「人鬼」も登場することになる。鬼は多種多様の存在で多起源であるが、人を食う、人を殺害する、大きくて恐ろしい、醜い容貌などが、鬼を言いあらわす特徴となっている。

髪切 かみきり

夜間に、道行く人の髪を切るという妖怪。男女の区別なく、結んだ髪（男なら髷（まげ）、女なら元結（もとゆい））の際よりバッサリときってしまうが、本人はいつ切られたかはほとんど覚えがないという。日本各地で髪切の被害があったが、とくに伊勢の松坂（三重県）に多く出たという。江戸にも髪切が出たそうだ。『耳袋』巻四、『諸国里人談』巻二、『半日閑話』巻十などにも記されている。

「髪切」の怪は、妖怪のしわざではなく、髪の毛が自然に切れて落ちる病気、もしくは「髪切虫」という虫のしわざとも考えられた。昆虫の髪切（鞘翅目髪切科の総称）ではなく、結髪を元結の際から切り落とす魔力があるとされる想像上の虫である。

弐編

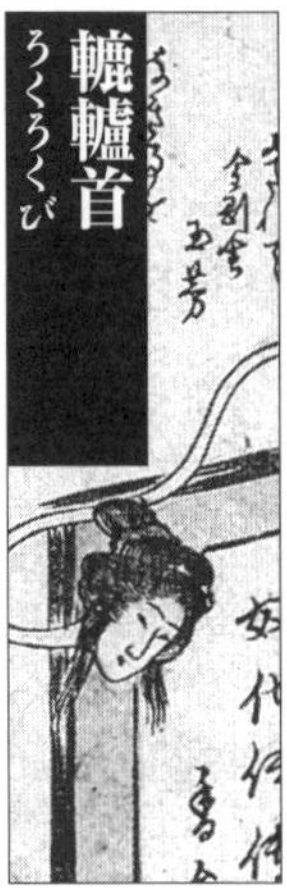

轆轤首 ろくろくび

轆轤とは重い物を牽いたり挙げたりするのに用いる滑車。または車井戸の上にかけて、釣瓶桶を上下させるのに用いる車の意で、その様をイメージして名づけられた妖怪。（陶器を作るための轆轤台は無関係。）ふだんは普通の人間に見えるが、首の伸縮が自由で、正体を現すと身体の何十倍もの長さに首を伸ばす化け物。妖怪ではなく、そういう体質の血筋、もしくは病気の人間であるともいわれる。「抜け首」、あるいは「飛（ひ）頭蛮（とうばん）」ともいう。

東南アジアや中国南部に広く分布する伝承で、江戸時代初め頃に中国の怪談として日本に伝えられた。読本（よみほん）や見世物として有名になるとともに、日本の代表的な妖怪の一つとなったようだ。

絵の屏風の中の文字は、「ともしびのこなにおのれと脱けいでて夢に狂へるかんざしの蝶」と読める。

皿屋舗 さらやしき

日本各地に伝わる怪談「皿屋敷」。菊という屋敷の下働きの女中が、主家秘蔵の十枚ぞろえの皿の一枚を割ってしまい、主人に成敗されて井戸に投げこまれる。以来井戸から菊の亡霊が現れて、数の足りない皿を数えてすすり泣くという伝説。場所は番町（東京都千代田区麹町）とされたり、播州姫路（兵庫県姫路市）だといわれたり、その他種々に伝わっている。姫路城内にはお菊の井戸といわれるものが現存している。

この伝説が演劇の好材料となり、浄瑠璃『播州皿屋敷』や歌舞伎『皿屋敷化粧姿視』、『実成金菊月』などが演じられて有名になっていった。「四谷怪談」と「怪談累が淵」と並ぶ、日本三大怪談の一つである。

舌長娘（したながむすめ）

畸形の印象があり妖怪の類とは思われないが、舌を伸ばして燈灯の油（魚油）を嘗めるのは、人の姿に（主に女性）に化身した化猫か、あるいは女性の轆轤首が真夜中に正体を現したときの場面である。（怪談劇やお化け屋敷などでの演出。）

「舌長」、「舌長い」、「舌長し」という言葉には、広言すること、誇っていうこと、はばからぬ言い様などの意がある。狂歌にもそのような意の歌がみられる。

狒々（ひひ）

人語を解し言葉を発する知恵はあるが、性格は凶暴、淫欲で人の女性をさらい、または人を喰うという。猿人猿のような大型の化け物。山中に棲むが、里の神社の祭神を騙り、人身御供を要求して里の娘を食おうとする猿神伝説と同一視される。

「狒々」は、もともと中国南部の伝承に由来する猿人。人を食うとき、上口唇をむき出してまくり上げるようにして笑うとされる。これが江戸初期に日本古来の猿神伝説と混同され、狒々という化け物が日本にもいることになった。江戸後期には、狒々を鉄砲で退治したという瓦版も出ている。

片輪車（かたわぐるま）

『諸国百物語』には、京都の東洞院通りに現れ、南から御所の方向である北へ向かっていった車輪形の妖怪として記されている。牛車の片方だけの車輪で、その真ん中に坊主頭の凄まじい形相の男の首がついているそうだ。

この化け物の祟りを恐れて外出する者もいなかったが、ある女房が家の中から覗き見した。片輪車は人の足を口にくわえており、覗き見している女房に向かって、「我を見るより、自分の子を見よ」と叫んだ。あわてて我が子の様子を見に行くと、子供は股のあたりから足をもぎ取られており、血まみれになっていた。先ほどの片輪車がくわえていた足は、じつは我が子の足だったという。

『諸国里人談』では、姿形はやや異なる。片方だけの牛車の車輪形で、火炎につつまれて、その車輪の上に人の女性のような妖怪が乗っている。近江国甲賀郡、現在の滋賀県南部の村に、夜な夜な徘徊したという。この片輪車を目撃したり、あるいはその話をするだけでも祟りがあるといって恐れられていたという。ところがある女房が好奇心から戸の隙間から覗いてしまう。すると片輪車は「我を見るよりも我が子を見よ」、という。あわてて自分の子を捜すが、子供はすでに片輪車に誘拐されてしまっていた。嘆き悲しんだ女房は、自分には責められるべき罪はあるが、子供にはないはずだと、「罪科は我にこそあれ小車のやるかたわかぬ子をばかくしそ」という一首を戸口に貼り付けておいた。

翌朝、やって来た片輪車がそれを読むと、「やさしの者かな、さらば子を返すなり。我、人に見えては所にありがたし」といって誘拐していた子を返し、村を去って、二度と訪れなくなったという。

仏教説話風の伝承であること、牛車系の車輪の怪であること、車輪は炎につつまれていること、人の罪科と関係があることなどから、地獄の護送車「火車」と関係があると思われる。

雪女 ゆきおんな

雪降る晩や雪が降り積もった満月の夜などに出没する女性の妖怪。雪の精霊、吹雪で遭難した女の幽霊、月世界から地上に降りてきた姫など、諸説ある。「雪女郎」「雪女子」ともいう。豪雪地帯に伝承は多いが、現在より気温が低かった小氷河期といわれる江戸時代中期前後は、九州や四国にも伝承があった。小泉八雲（ラフカディオ・ハーン）が、『怪談』の題材として取材した雪女の伝説は、東京都の青梅市だそうだ。

村里をさまよい、村の子供を誘拐して自分の養子にしてしまうとか、赤子を抱いて通行人に抱かせようとするという話があるが、これは姑獲鳥（産女）と共通する伝承である。

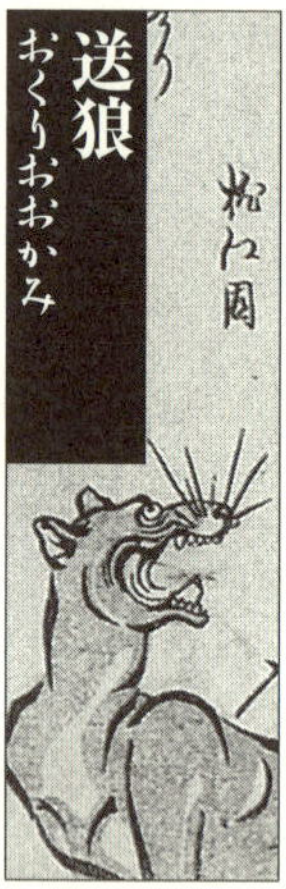

送狼 おくりおおかみ

「送り狼」もしくは「送り犬」とも呼ばれる。山犬（狼）の姿をした化けもの。山路を行く人がいると背後を追い、すきがあればその人を害するといわれる。一匹だけではなく何匹かが列をなしてついてくることもあるという。この送狼を恐れず、すきも見せず、人が助命を請えば、山猫、群狼、狐狸、魔物の害から守護してもらえ、家まで送ってくれるともいう。もし倒れても、あわてずに煙草をふかすとか、声をかけるなどして落ちついていれば襲われないともされる。刃物をもっていたならば、送り狼は腹部の皮が薄いのが弱点で、そこを狙えばよいともいう。火縄の匂いを嗅ぐと逃げ去るといわれ、山野を行く者は火縄を携帯すべきだともされる。

こうした伝承からたとえて、害心を抱きながらうわべは好意を見せる者や、女性の後を追ってつけ狙う男を「送り狼」と呼ぶようになった。

蝦蟆 がま

「蝦蟇」とも書かれる。蟾蜍の別称でもあるが、もとは想像上の大型の蛙の名称でもある。年を経た大蝦蟇はさまざまな怪異をなすという。人の姿に化けたり、怪火を灯したり、火柱を立てたりするという。人の精気を奪い病気にさせるというので、蝦蟇が家の床下に棲むことが忌まれた。

江戸時代の歌舞伎や読本などで、よく大きな化け蝦蟇が妖術（幻術）を使う忍者や仙人などの物語に登場するのは、中国の伝説や説話に由来する。神仙の法を説き、後に漢方薬の教科書にもなった『抱朴子』には、「千年を経た蝦蟇は頭上に角をはやし、下腹部が赤くなる。これを肉芝と呼び、よく霊気を食し霊力を貯えているので、そうした蝦蟇を食せば人は仙人になることができる」と記されている。

天狗 てんぐ

日本各地の深山に棲み、神通力をもち、幻術を使い、天狗倒しや天狗火など、さまざまな怪異を引き起こすと信じられた妖怪。

奈良時代には中国伝来の説を引用し、『日本書紀』では大音響をとどろかせる大流星（火）の正体を天狗（アマギツネ）と呼ぶ狼形の獣とした。天台仏教などの影響から、平安時代には、仏教修行僧に障りをなすという天魔（魔縁）の一種と考えるようになる。仏教が盛んになると、傲慢ゆえ成仏できずに魔道に堕ちた僧侶は天狗に生まれかわると信じられた。仏法者は地獄には堕ちないが、往生して成仏しなければ必ず天狗道に堕ちて天狗になるとされる。または御霊（身分の高い者の怨霊）が天狗（天魔）に化身して災いをなす話もある。日本では天狗を「アマギツネ」と誤訳したことから、射干（ジャッカル＝キツネ）を眷属とする荼吉尼天（天魔の一種から護法神とされた女神）と同一視され、飯縄権現＝天狗として信仰された。また、同じく護法神である毘沙門天の化身を大天狗とし、その配下の夜叉が小天狗（烏天狗）とも信じられた。天狗が山伏姿をしているのは、修験道に端を発するもので、天台宗系修験道の天魔信仰と、真言宗系修験道の飯縄信仰の影響が強く見られる。

天狗は鳥獣の妖怪変化とも考えられ、鳶、糞鳶（ノスリ）、山犬（狼）の姿をしているともいう。大天狗と配下の小天狗があるとされたが、赤ら顔の鼻高天狗を大天狗とし、小天狗を鳥人形の烏天狗として区別するようになったのは、室町時代末期からである。

提灯小僧 ちょうちんこぞう

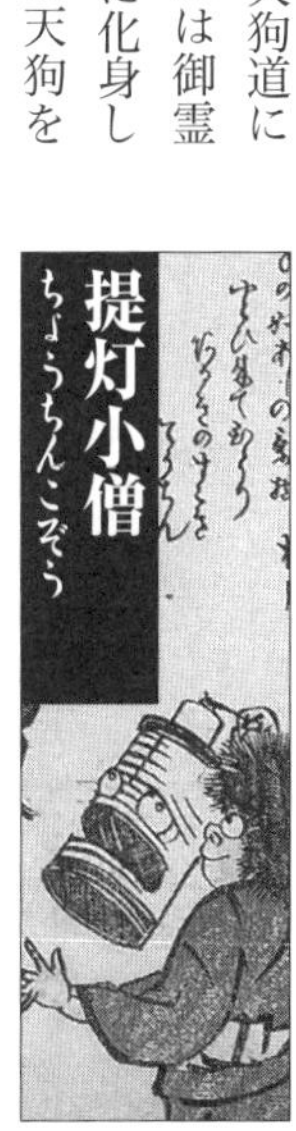

江戸時代に宮城県仙台市の城下町に出没したという話が『仙台萩』に書かれている。手提灯を持った十二、三歳くらいの小僧の姿であったという。小雨がしとしと降る晩に、提灯を下げて歩いていると、後ろから小さな提灯を下げた小僧がついてくる。小僧は早歩きに追い越していくが、そのまま行きすぎるのかと思うと立ち止まっている。変だと思いながら小僧を追い越すと、小僧はまた早足になって追い越していく。小僧の顔を見ると酸漿（鬼灯）の実のように真っ赤で、まもなくスッと姿を消してしまった。

また、江戸の本所（東京都墨田区南西部）にも提灯小僧が現れた話がある。夜間に石原の割下水のあたりを歩いていると、目前に小田原提灯が現れ、追うと消えるが、振り返ると後ろに現れ、前後左右自由自在に出没したというものだ。

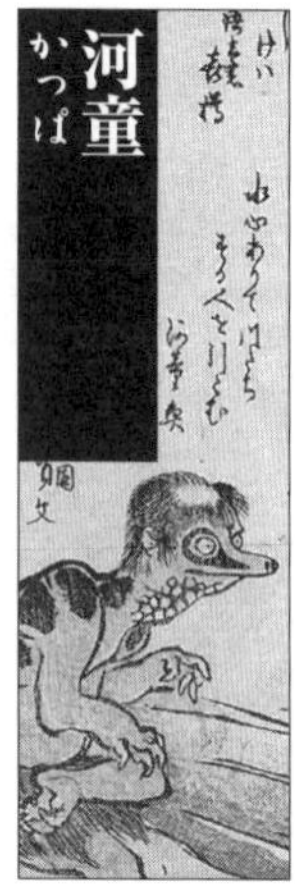

河童 かっぱ

ほぼ日本全国に知られている水辺に棲む妖怪。二、三歳くらいの児童の背丈、頭に水をためる皿がある。大の相撲好き。胡瓜などの瓜類やナス（江戸時代は瓜の一種とされた）、あるいは人の内臓や尻子玉が好物とされる。水中や水際では怪力で馬でも水中に引き込もうとする。陸上では皿の水を失えば動けなくなるという。人畜を溺死させる妖怪だから水難事故の原因として恐れられた反面、農業に欠かせない水をもたらす水の精霊として信仰する地方もある。これらの民間伝承は全国的に共通しているが、江戸時代には各地方ごとに異なる伝承もあり、他の妖怪に見られないような多様性があった。河童の別称が三百種以上は確認できるように、元来は水神信仰、精霊信仰、御霊信仰、疫神信仰といったまったく起源の違った水辺にまつわる民間信仰が、集約されて河童信仰として成立したものらしい。

現代では髪型はオカッパ頭、まん丸の目、鳥のような口ばし、背中には亀のような甲羅があり、肌は緑色系で濡れてヌメヌメしており（蛙を連想させる）、手足に水かきがあるとされる。ただし、これは近年に完成された姿で、江戸時代には大別して三種類の姿形が伝承されていた。

①水虎タイプ＝中国伝来の水辺の妖怪である「水虎」と同一視された姿で、体毛や頭髪は無く、全身が鱗に覆われている。甲羅はないが、「鱗甲」という言葉が誤訳されて、後世にスッポン形の甲羅をもつようになる。

②スッポン・亀タイプ＝スッポンのように口先を尖らせた容貌で、背中に甲羅を背負う姿。中国伝来の水神「河伯」信仰の影響から、河伯神の眷属であるスッポンと同一視されたと考えられるもの。

③猿人形タイプ＝①や②に先行または別系統として成立していた河童。山猫のような容貌、猿あるいは川獺のような体形に濃い体毛。背中には甲羅が無い。河童の別称である「猿猴」は中国西部に棲息する手長猿（尻尾の無い類人猿の一種）だが、両腕が一本につながっている（強く引っ張ると片方に抜ける）という伝承が、猿猴と河童の両方にも言われていた。日本では猿猴と川獺は雌雄関係にあるとされ、「川獺」の名も河童の別称となり、または年を経た川獺は河童に変化するとされた。

また、河童の別称からも、いくつかのタイプに大別することができる。

●子供形系＝河童、カワランバ、カワワフシ、川子、川原小僧、川太郎、ガータロウ、ガラッパなど。「カッパ」はカワワッパ（河の子の意）が語源と考えられるが、河伯の中国語「カッハ」が訛ったとする説もある。「カワタロウ」の語源は大阪府豊中市の神崎川に伝承されていた河虎（カワトラ）が訛ったものであり、川子も河虎（カワコ）が訛ったものと考えられる。

●水神＝ミズシ、メドチ、ミンツチ、ミッツドン、など。北陸の登戸地方の水主や水使など。水神の古名であるミズチ（水霊）が訛ったものや、池沼の主と同一視されたものなど。

●動物系＝猿猴、手長、川猿、川獺、川僧、カメ（スッポン）、ドチ（スッポン）など。水辺に棲む怪しい動物と同一視したもの。

●特定の信仰に由来するもの＝祇園坊主、

甲の神、兵主部など。

●性質や習性に基づくもの＝尻引きマンジュ、イド抜き、駒引(コマヒキ)など。

河童の起源については①人形から河童になったとする説。②千五百年以上昔に、中国から渡来したとする説。③中国の水虎や魍魎などの妖怪と同じものだとする説。④滅亡した平家の怨霊が化身したとする説。⑤年を経た川獺だとする説、などまちまちで、由来は多起源であると考えるべきであろう。

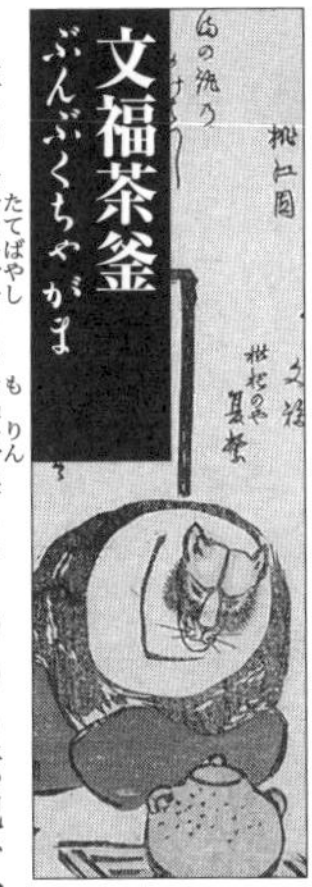

文福茶釜 ぶんぶくちゃがま

群馬県館林(たてばやし)市の茂林(もりん)寺にまつわる伝説で、大林正通禅師より十代目の住職に仕えていた僧、守鶴(しゅかく)が所持していたという魔法の茶釜。いくら汲んでも湯が尽きず、福を分けて与えるという意味から「分福茶釜」とも呼ばれた。

守鶴の正体は、インドから来訪した歳千数百年を経た古狸とされ、居眠りしているときにうっかり化け狸であることを知られてしまい、文福茶釜を残して寺を去っていったという。童話では、化け狸が茶釜に化け、茶釜に尾や手足を生やして正体がばれてしまう。現在も守鶴の文福茶釜は寺の宝物として秘蔵されている。

三編

離魂病 りこんびょう

江戸時代の人々に恐れ騒がれた病気。「影(カゲ)の病(ヤマイ)」「カゲノワズライ」と呼ばれる。自分の肉体から遊離した霊魂（生霊(いきりょう)）が、自分本人の姿と寸分違わないもうひとりの姿（影）に分裂して、同時にふたりの人間になるという。鏡を見るように本人がその姿を目撃したという話もあるし、自分から遊離した生霊のほうに本人の意識が移り、本人自身を外から観察したという体験談もある。生霊が肉体を離れてフラフラ出歩くことを、平安時代では「アクガル」といったが、これは「憧(あこが)れる」の語源。魂が身に添(そ)わない、物事に心を奪われて落ち着かない、という意味である。現代の心霊体験でも、寝ている自分の体から抜け出して、天井から本体である自分を眺めたというような体験談も聞かれる。現代では分裂病などの精神病と疑われるが、トランスパーソナル心理学では、必ずしも精神病とは考えていない。

民間信仰では、重病や寿命から死の直前になると、その人が歩く姿が幻になって他者に目撃されることがあるという。岩手県では「オクマ」と呼んで、生者や死者の思いが凝って出て歩く姿が、幻になって人に目撃されるそうだ。ドイツでは、重複を意味する「ドッペルゲンガー」。同じく、自分とうりふたつの本人の姿を目撃するというもので、この体験も死の前兆であると信じられている。

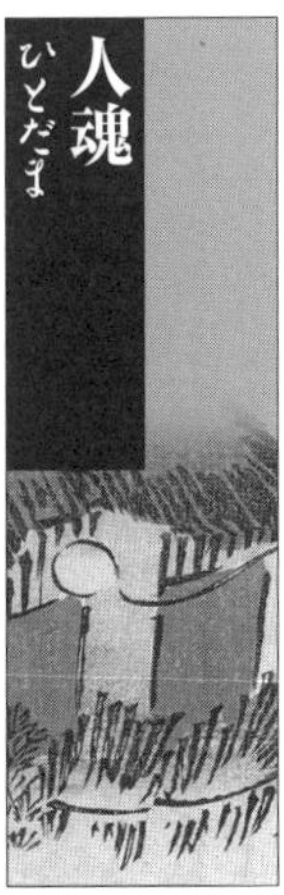

人魂 ひとだま

夜間に空中を浮遊する球体状の発光体。光の色は青白、白、あるいは黄色だという。

古来、人が死ぬ前後にその人の体から抜け出た魂だと信じられていた。

「人玉（ひとだま）」「火の玉」「タマシ」ともいい、青森県では「タマセ」、沖縄県ではフィーダマ（火玉）とかタマガイとも呼ぶ。形状からふつう、火炎状の鬼火（おにび）と区別される。球体の直径は十から数十センチ大で、数メートルほどの長い尾を引いて飛行するという。

出没場所は、墓所や特定の因縁のあった場所だとされ、河川や樹木のそばや、家の屋根を越えるなどの目撃例が多い。もっとも縁故の深い家へ行ったり、檀那寺（だんなでら）へ行くとも信じられていた。

各地で男女の区別があるといわれ、新潟県では男の人魂は座敷から出て寺の玄関から入るが、女の人魂は台所の流しから出て寺の台所口から入る（昔の男女の作法と同じ）とされる。静岡県では人魂は人の死ぬ三日の間に、その家の棟から出るといわれ、青森県では恐山（おそれざん）に向かって飛んで行くと信じられていた。

累（かさね）

江戸時代になってまもない頃、羽生村（茨城県水海道市羽生町）の鬼怒川（きぬ）のほとりで、夫与右衛門に殺害された「累（るい）」という女の怨霊。与右衛門と再婚した後妻との間に、娘お菊が誕生するが、そのお菊が後妻の甥の金五郎と結婚してまもなく、累の怨霊に取り憑かれて狂乱、怨霊は与右衛門に殺害されたことを告げて祟りをなす。どんな陰陽師も祈禱師も怨霊を祓うことはできなかったが、浄土宗の弘経寺（ぐきょうじ）の祐天（ゆうてん）上人によって鎮められた。与右衛門は自分の罪業を悔い、仏門に入って名を西入（さいにゅう）と改めた。なお累の墓と、累の霊を祀った木像が羽生町の法蔵寺にある。

累の怨霊を鎮めたという実話が『古今犬著聞集』（一六八四）に書かれ、それを再構成した『死霊解脱物語聞書』（一六九〇）によって有名となった。

読本や浄瑠璃、歌舞伎狂言にもなり、怪談『累ケ淵（かさねがふち）』として、日本三大怪談の一つとされている。

骸骨（がいこつ）

屍体から皮肉が失われた骨だけの亡骸（なきがら）。怪談「牡丹灯籠（ぼたんどうろう）」などでも、美しい姿で現れる幽霊も、その幽霊に惑わされていない隣人には、亡霊の正体として骸骨の姿形だけがみえてしまう。

千首（せんくび）

治承（じしょう）四年（一一八〇）の冬、福原の雪之御所の屋敷内で、平清盛は瘧病（ぎゃくびょう）（マラリア）による高熱にうなされていた。ふと屋敷の外を見ると、二つの髑髏（どくろ）がころがっていた。それが見る見る数を増し、数十から数百、数千と、庭内は数えきれぬ数の髑髏で埋めつくされてしまった。清盛がそれらに目を見張ると、髑髏たちがいっせいに清盛をにらみつけた。それに怖じ気づかず清盛がにらみ返すと、髑髏はかき消すように見えなくなったという。

この年の六月、清盛は多くの反対に耳をかさず、京都より摂津国の福原（兵庫県神戸市兵庫区）へ遷都した。すると、さまざまな怪異が起きるようになった。にらめっこで髑髏の怪を退けることはできたものの、清盛は祟りを恐れて、皇都はすぐさま京都へ戻されたのだという。

江戸時代、このにらめっこが子供たちの遊びとなり、「目競べ」と名づけられたそうだ。

牡丹燈籠 ぼたんどうろう

もとは中国の怪談で、『剪灯新話』にあった物語「牡丹灯記」が、日本を舞台にした怪談に翻案され、『御伽婢子』の「牡丹灯記」として知られるようになった。さらにそれが三遊亭円朝によって翻案され、明治十七年に『怪談牡丹燈籠』として出版され、「カランコロン」という下駄の効果音などの表現で有名になっている。

お露という美女の亡霊が、新三郎という若者を恋して毎晩のように通うようになる。新三郎は精気を失ってゆき、最後は命が果ててしまう。

五位鷺 ごいさぎ

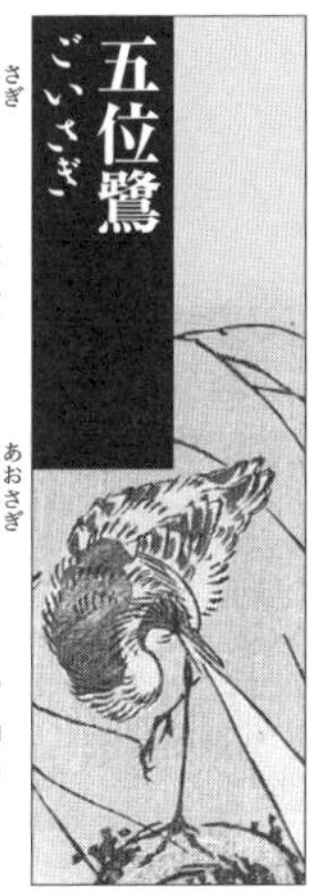

鷺の中型種である青鷺の別名。『平家物語』などに記述されているように、後醍醐天皇が神泉苑の御宴の折に、五位の位を青鷺に与えたという故事から「五位鷺」と呼ばれるようになった。「五位」とは、清涼殿南面の殿上の間に入る「昇殿」を許された者の位である。木の上にお高く止まって人を見くだしている、と詠んでいる狂歌もある。

近世になると、夜間には白装束で腰から下が見えない幽霊がたたずんでいるように見え、驚いてお化けだと見まちがえてしまう人がたえなかったそうだ。月夜の晩には月の光が反射して、五位鷺の身体は青い火をまとっているように見え、「青鷺火」としてやはり驚かれた。

松や杉の茂る林中に、蹴鞠ほどの大きさで昇降する火があり、青鷺が梢に止まり風に揺られて動くたびに羽の光る様は火焔のごとく、などと『裏見寒話』には書かれている。

枕返シ まくらがえし

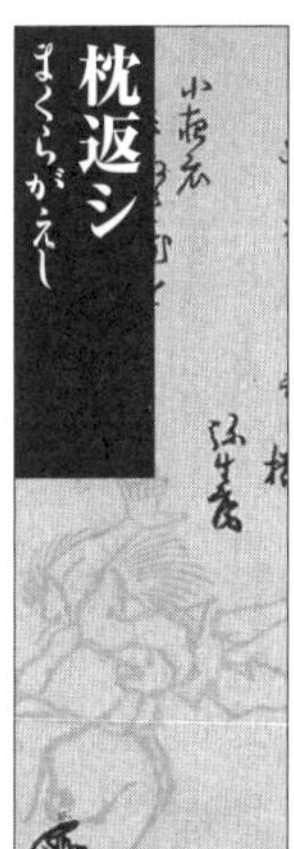

寝ている者の枕を、頭から足元へと、あるべき位置をイタズラして逆さにしてしまう怪異。寝室に出没する幽霊や死霊の類のしわざとされる。東方地方の一部では座敷童子のイタズラとされていた。

静岡県浜名市の北、天龍川中流の山間部に門谷という村があり、そこのある家には家に泊まって殺害された坊主の怨霊が出るといわれていた。怨霊は「座敷坊主」と名づけられ、枕返しをしたといわれる。

枕は、寝具である以前に、古くは睡眠している者の魂の置きどころと考えられた呪具であった。人の霊魂が宿ったまま枕が本人の身辺から移動されてしまうと、霊魂は正しく肉体に帰れないと信じられておそれられていたようだ。

逆柱
さかばしら

建築のさいに木の上下を取り違えた柱で、根の方を上にして立てた柱をいう。これは不吉な建て方で、災厄があるといわれて忌み嫌われていた。「逆木柱」ともいう。『閑田次筆』には、「世に逆木柱を用たる家は、鳴動すといひならはす」とある。家鳴りの怪の原因は、逆柱などによるというわけだ。

いっぽうで、結構（しつらえ）に過ぎるのはかえってよくない事を招くとして、建物の柱の一本だけをわざと逆柱にする場合もある。建物は完成と同時に崩壊が始まるもので、呪術として未完成の部分を設けることがあった。その一例が、日光東照宮の陽明門に一本だけある逆柱であるとされる。

飛倉
とびくら

「飛倉」は野衾（野伏間）の別称である。鼺鼠、尾被、晩鳥とも呼ばれる、栗鼠に近い齧歯類の小動物である。栗鼠に似ているがやや大型で、肢間には鼯鼠と同じく皮膜があり、木から木へと滑空する。

昼間は樹木の空洞内におり見かけることはなく、夜間になると鳥のように滑空するので、それだけで怪しまれていた。蝙蝠に似ているので、年を経た蝙蝠が野衾（飛倉）に変化するとも考えられた。『本朝世事談綺』（一七三四）には、夜行の人の松明を剪って消し、その火を吹くので、妖怪として恐れられた、とある。

鼺鼠や鼯鼠の類は暗視能力が高く、そのため暗闇で滑空中に松明や提灯の火を見てしまうと、目がくらんで着地に失敗する。すると人の頭などにへばりついてしまうこともよくあるそうだ。（強い光でショック死することもあるという。）人はそれを妖怪に襲われたと認識してしまい、怪異の事例として語られていたのだ。

古戦場
こせんじょう

何百、何千という命が失われた戦国時代の古戦場は、鬼火もしくは亡霊が出没するという伝承がつきない怪奇スポットである。

長野県の川中島の古戦跡、大阪府の大坂夏の陣で激戦場となった若江の郷などでは、ときおり複数の鬼火を見たという伝承が残されている。

骨や血液中には燐が含まれており、その燐に引火したものが鬼火として目撃されることがあると考えられていた。そこから多くの血が流された古戦場では、鬼火の集団が現れるといわれていた。

一目
ひとつめ

目が一つの子供のような「一つ目小僧」、もしくは身体が大きい「一つ目入道」の類。いずれにしても小坊主か大坊主かの違いで、髪の無い坊主頭が多い。江戸後期のお化け絵には、よくお盆に茶をのせている、茶くみ坊主風の一つ目小僧の姿が描かれた。

民俗学者の柳田国男は、著書『一つ目小僧その他』に、神様が転んで草（または木）に目を突いて片目となり、その神が零落して一つ目の妖怪とされたか、神につかえる神人が神の犠牲の卵として片目をつぶされ、それが一つ目の異形の由来となったと説くが、化け物の一つ目小僧は、片目ではなくて、もともと一つの目の妖怪である。

日本最古の坊主形の一つ目妖怪の伝説は、天台宗の総本山・比叡山延暦寺に残されている。もと延暦寺の慈忍和尚（尋禅和尚）という高僧の生まれ変わりが、仏教修行を怠って京の街で遊び歩く延暦寺の僧を戒めるため、一つ目一本足の姿に化身し、首からさげた鉦（皿に似た丸い金属製の仏教系の打楽器）を鳴らして威したという。この一つ目一本足で鉦を首にさげて鳴らすという姿は、中国天台宗の総本山である天台山に伝わる妖怪「山魈」の姿にそっくりであった。

古代中国の『山海経』の「一目国」の項を引用した『和漢三才図会』には、北海の外、無臂国の東にあるという一目国の住人はみな一つ目であると書かれている。それが落語の小話にも語られ、一つ目の化け物絵として描かれた。それで、江戸の人々は、人間型の一つ目小僧の姿をイメージしていたようだ。とともに、目が一つだけという特徴は人間型の化け物の表現方法の一つとなり、本来二つ目で普通の人間と見分けがつかない「豆腐小僧」をも一つ目に描写して、化け物らしくみせたりした。

人間型の一つ目の化け物の伝承は、中国、ロシア、ヨーロッパと広く分布する。一つ目の巨人族の伝説は、マンモスやナウマン象の遺骨を巨人のものと想像したもので、頭骨中央の大きな鼻腔を一つ目の跡と見まちがえたものといわれている。

四編

三井寺鼠
みいでらねずみ

天台宗寺門派の総本山である三井寺（滋賀県大津市の園城寺）にまつわる伝説。延慶本『平家物語』第三の十二「白河院三井寺頼豪に皇子を被祈事」に、怨霊譚として記されている。

平安時代の末期に、密教の効験あらたかな三井寺の僧である頼豪阿闍梨は、皇子誕生の祈禱を依頼された。恩賞は思うままという約束に、頼豪は三井寺に戒壇を建立するという望みをかけて祈願し、ついにその効は成った。ところが天台宗山門派の妨害が入り、頼豪の望みは却下されてしまう。それ以来、呪詛のため百日間の断食行に入り、最後は外見は夜叉のような姿で死んだ。餓死する間際、頼豪の吐く最後の息とともに、その怨念は鉄の歯と石の身体をもつ八万四千匹の大鼠と化し、山門派の総本山である比叡山に押し寄せ、山内にある仏像や経典をことごとく齧り破損させたという。祟りを恐れた比叡山は、東坂本の地に鼠の秀倉と呼ぶ祠を創建し、霊を祀るようになったという。

光物
ひかりもの

流星もしくは人魂の意。おそらくは、主に大火球（光度が非常に強い流星、時に音を発し、しばし条痕＝流星が通過した跡に見える大気の弱い発光を残すものがある）の類を目撃したものと考えられる。その昔は、人魂とと

もに怪火の一種とされていたようだ。

神隠 かみかくし

子供などが、にわかに行方不明になってしまう怪事件。古来、魔神、魔物、天狗などの所業で、突然誘拐されてしまったと信じられていた。日本全国に広く分布している伝承。天狗はおおむね男子のみを誘拐すると信じられていたようだ。行方不明になっていた者が、数週間から数年後にひょっこりと帰ってくるという例も多い。

陶子 とくりご

「トクリゴ」もしくは「トクリコ」と呼んで、徳利子または徳利児、陶子と書く。『和漢三才図会』十巻「人倫」の項に、「無手人、俗云、止久利古」とある。両手の無い児の意。

両手または目・鼻・口・耳の無い児ともいわれるが、これは『俚言集覧』の「愚按、余が聞くところの俗言トクリコは目鼻口耳なき者をいふといへり」という記述から誤って認識されるようになったものという。その誤りから想像されて、畸形ではなくノッペラ坊のようなものとして化け物の一例とされたようだ。

談義本『化物判取牒』（一七五五）に、「世にいう陶子（トクリゴ）というふものにて（中略）目もなく、耳ももなし、ただ口のみありて」とある。ずんぼろ坊は東北弁の「すんべら坊」と同じ。ノッペラ坊の意。

楠霊 くすのきのたま

建武三年（一三三六）に、湊川（みなとがわ）の合戦（兵庫県神戸市）で敗けて自害した、南朝の武将・楠木正成の怨霊。『太平記』巻二十三「大森彦七が事」では、湊川で正成を自害へと追い込んだ北朝の大森彦七を、鬼女の姿に化した正成の怨霊が襲う。

戦勝の手柄で伊予国（愛媛県）に所領を賜った彦七には、ある夜、祝いの猿楽見物に出かけたところ、鏡川（八坂川）のそばで道すがら一人の美女に出会う。女一人では物騒な夜道だと、その女性を背負って会場に向かおうとするが、彦七が背負った女はたちまち鬼女に変じ、彦七の襟首を掴んで虚空へ連れ去ろうとする。

鬼女の正体は、北朝方を滅ぼそうとしている正成の怨霊で、彦七の所持している「悪七兵衛景清（あくしちびょうえかげきよ）」の霊剣を奪おうとして現れたのだった。彦七が鬼女に遭遇した場所は愛媛県伊予郡砥部町麻布の地蔵寺付近。霊剣は現在、伊予国一の宮の大山津見神社に奉納されている。

貒 まみ

「真猯（まみ）」の意。食肉目鼬（イタチ）科の穴熊（アナグマ）（貛）の類とされたが、狸（猫科の山猫の総称だったが犬科のタヌキと混同される）や狢（タヌキの意だったが穴熊と混同される）と混同されて混乱している。狸や狢のように人を化かすという獣とされる。総称の猯狸（マミダヌキ）から転じて、西日本では「豆狸」と書いて、化け狸の類とされる。山陰地方では「マメダ」という。

発音が似ていることから「魔魅（マミ）」とも書かれる。魔魅とは人をたぶらかす妖魔、魔物の総称である。「魔」には人を悩ます者、「魅」には人を惑わす者という意味がある。

両頭蛇（りょうとうのへび）

双頭の蛇。尻尾はなく、前後両方に頭部がある畸形の蛇。妖怪の類や、怪異でもなく、江戸時代でも、不気味ではあるもののあくまでも畸形の蛇という認識だったようだ。

中国の明代に著された『本草綱目』には「両頭蛇」の項目があり、そのような形態の蛇類があるように記されている。それが『和漢三才図会』にも引用され、そのために日本にも棲息していると思われるようになった。

豆腐小僧（とうふこぞう）

一丁の豆腐をお盆の上に載せ、それを手に持つ小僧の妖怪。頭に大きな笠をかぶる。舌をペロッと出している場合が多い。手足の指の数が人と違っているとか、一ツ目小僧タイプの豆腐小僧といった場合でないと、一見して人間と区別がつかない。

民間信仰ではまったく知られておらず、出版物や玩具のキャラクター妖怪として人気があった。ゆえに豆腐小僧は、出版もしくは商業関係から創作されたキャラクターと思われる。初出は明和九年（一七七二）頃で、豆腐料理本である『豆腐百珍』が刊行された天明二年（一七八二）には、有名な妖怪に成長していた。主に黄表紙や草双紙に登場した。黄表紙とは安永四年（一七七五）に刊行された『金々先生栄花夢』（恋川春町著）を創始とし、江戸末期にかけて刊行された滑稽文学、漫画絵本の出版物である。黄表紙の作中には、豆腐小僧の父親は化け物の総大将である見越入道で、母親は轆轤（ろくろ）首（くび）とする物語が見られる。

アメリカ人の日本文学研究者アダム・カバット氏は、豆腐小僧は豆腐商業関係者が、販売促進のために考案したキャラクターではないかと推論した。豆腐小僧が持つ豆腐は赤い紅葉（もみじ）の葉が二枚付いている、関西方面の紅葉豆腐（もみじどうふ）である。紅葉の「コウヨウ」とは「買うよう」という言葉に掛けた洒落だという。

いっぽう私（多田）は、豆腐小僧は「恐くない妖怪」という意味で、豆腐を所持していると推論している。硬（かた）い食べ物を「強（こわ）」とか「強（こわ）い」というが、豆腐はその反対の「強（こわ）くない」食べ物である。つまり豆腐小僧は「こわくない食べ物の小僧」という意味で、恐くないと洒落たと思うのだ。

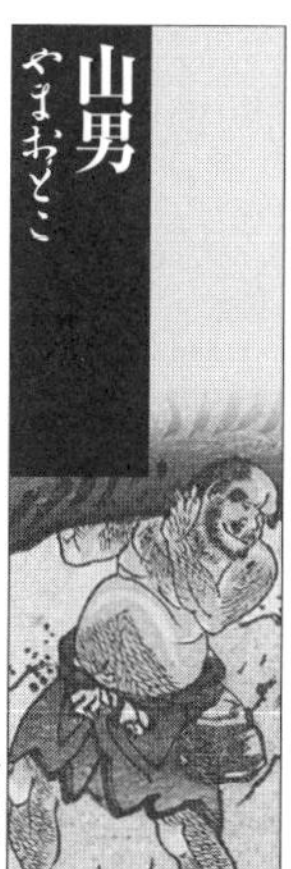

山男（やまおとこ）

山中に棲み、人の姿をした大男。山人（やまひと）、大人（おおひと）ともいう。半裸で体毛が毛深いという。言葉を話すとか、あるいは、会話は出来ないが人語を解するともいう。人に遭遇すると煙草（たばこ）や食べ物などをねだり、その礼として材木や大量の薪（たきぎ）を運んだりするなど、仕事を手伝ってくれるという。怪力なので、人が運べない重い材木も、軽々と一人で運んでしまえる。伝承は長野県や岐阜県、静岡県などの中部地方に多い。人に親切な話が多いが、人を襲ったり、病気にするなどという例外的な口承もある。
妖怪というよりも先史時代の原始人を思わせる。変身するとか、人を化かすといった伝承もないようだ。

雷獣 らいじゅう

形は小狗に似ていて灰色の毛、頭部は長く、嘴は黒く、尾は狐に、爪は鷲に似ているという獣。晴天の日はおとなしく臆病であるが、風雨とともに勢いが猛烈となり、雲にのって飛行する。落雷とともに地上に落下し、樹木を裂き、人畜を害するという。

信濃国（長野県）の八ヶ岳の蓼科山は、雷獣が棲むことから雷岳ともいうと『信濃奇勝録』にある。形は小犬のようで、毛は狢に似ていて、脚の五本の爪は鋭く鷲のようだという。冬は穴を穿って土中に入る。ゆえに「千年もぐら」とも呼ぶという。

下野国鳥山（栃木県那須郡鳥山町）では、雷獣は鼬よりは大きい鼠のような形で、四本足の爪はとても鋭いと『斎諧俗談』にある。夏の頃になると山中のあちらこちらで自然と穴があき、その穴から雷獣が首を出して空を見るようになる。夕立雲を見ていて自分が乗れそうな雲を見つけると、たちまち雷獣は雲に飛び移る。そのときは必ず雷鳴があるという。

江戸時代には雷獣は落雷とともに落ちてくる獣だが、文献によって形は一定していないようだ。『駿国雑誌』には水掻がついていたとあるし、『玄同放言』には、前足は二本だが後足は四本もあるなどと記されている。

夜鳴石 よなきいし

夜になると唸り声や鳴き声を発するという怪石。「夜啼き石」。もしくは泣くような声がでるものは「夜泣き石」ともいう。現在の静岡県掛川市の旧東海道の日坂にあった「小夜の中山夜泣き石」は有名である。

その昔、日坂にお石という身重の女房が住み、金谷宿で働いていた夫のもとに通っていた。ある夜、お石は中山の峠で遭遇した山賊に殺害されてしまった。陣痛中の出産間際で殺されたので、赤児一人残しての死にきれぬ思いが近くの大石に憑き、夜な夜な泣き声を出す夜泣き石となったという。

また、お石の幽霊は自分の赤児を抱き、与えられぬ乳の代わりに、近隣の飴屋を訪れて飴を与えたともいう。不審に思った飴屋の主人が母子の後をつけると、幽霊は夜泣き石の場所で姿を消し、石のわきでは赤児が眠っていた。主人はその赤児を中山久延寺にあずけて、寺の小僧として子供は育てられたという。

海坊主 うみぼうず

海上に突然出現する、巨人の上半身のような黒い物体の怪。髪が無く丸い坊主頭のようなので「海坊主」という。海が荒れている日に現れやすいが、波が穏やかな時に現れるのは、荒れる前兆といわれる。

海獣の見まちがいの可能性もあるが、海上を立って歩くこともできるというような、妖怪らしいこの世にあり得ない行動もとる。頭だけでも数メートル、全身はまっ黒、朱色にらんらんと光る大きな目、大きな口は耳元まで裂けている。海坊主が出現すると、船員は沈黙してやり過ごそうとする。人の声を聞くとたちまち船を転覆させてしまうのだと恐れられた。海坊主に遭遇すると、乗船者の誰かが必ず死ぬともいわれていた。

　地方によっては、海坊主は妖怪ではなく船幽霊の一種として信仰されている。船に近づくと「柄杓を貸せ」と言ってくると静岡県では伝承されていた。

五編

四谷於岩 よつやおいわ

　四世鶴屋南北が江戸中村座のために書き下ろした歌舞伎『東海道四谷怪談』は、文政八年（一八二五）七月の初演以来、人気を博した。今日でも『番町皿屋敷』や『真景累ケ淵』と共に、日本三大怪談話に数えられる。

　四谷怪談の主人公は民谷お岩、その夫が民谷伊右衛門である。お岩は出世に目がくらむ夫伊右衛門に亡き者にされてしまう。だが、お岩の霊の祟りが発動し、最後にお岩の妹の夫佐藤与茂七に、伊右衛門は討ち取られて果てる。

　お岩に関する話は、全てを鶴屋南北が創作した脚本ではなく、時の幕府の公式文書である『於岩稲荷由来書上』文政十年（一八二七）という調査報告書に、ほぼ同じ逸話が記録されているという。貞享年間（一六八〇年頃）に、四谷左門町在住の田宮伊右衛門（三十一歳）と妻の岩（二十一歳）がおり、伊右衛門は婿養子の身分でありながら、上役の娘と重婚して子までもうけてしまい、それが原因で岩は狂死。死後、岩の霊が祟りをなしたという話だ。しかし、これは一部を鶴屋南北が、四谷怪談の上演後に改竄したものという説がある。

　またある説では、実際にあった怪談ではなく、実在のお岩は貞女の鑑とうたわれていたという。『模文画今怪談』や『四谷雑談』などにあるお岩の怪談をモデルに、当時世間を騒がせた猟奇事件を参考にした演出で、四谷怪談として脚色されたのだという。

化鳥 けちょう

　京都の御所の紫宸殿（内裏の正殿）の屋根の上に、怪しき鳥が現れたという話は、平安時代から江戸時代にかけて、いくつかの事例が記されている。

　平安時代にもっとも有名な化鳥は「鵺」である。『平家物語』『源平盛衰記』には、仁平三年（一一五三）に、三位入道源頼政が、皇居に夜な夜な襲来し近衛天皇を悩ませていた鵺を、弓矢で射て退治したことが記されている。

　また『太平記』には、元弘四年（一三三四）、紫宸殿上空に、体長は一丈六尺（およそ五メートル近く）、人面で、曲がったくちばしに鋸のような歯が生え、下半身が蛇形に長い化鳥が現れ、「イツマデ、イツマデ」と鳴き叫んだとある。このときも源頼政の鵺退治にならって、隠岐次郎左衛門広有という者が、魔除けの鏑矢を放って退治したという。

江戸時代になっても化鳥は紫宸殿の屋根に出現している。『閑窓自語』によれば、安永三年（一七七四）卯月に、化鳥が夜の寝殿の上に手車を引くような音をさせ、後桃園天皇や女房殿上人らを驚かしたという。大きさは鳩ほどであったという。後に人々が調べたところ、東山若王寺の深林に棲む、「うめき鳥」と名付けられたものではないかといわれた。

化地蔵 ばけじぞう

路傍に置かれて信仰される石の地蔵が、化けて人を驚かすという話は各地にある。茨城県古河市の日光街道には、人の姿に化けて通行人を驚かす石地蔵があったといわれる。

静岡県浜名郡湖西町白須賀の潮見坂にあった、六体の石地蔵のうち一体は、一ツ目入道に化けて驚かしたという。この村を訪れたある浪人が噂を聞きつけて潮見坂におもむくと、化け地蔵はたちまち大きな一ツ目入道の姿となり、赤い舌をペロリと出して笑った。浪人がすぐさま刀で切りつけると、入道は悲鳴をあげて消え去った。翌朝に確かめに行くと、石地蔵の一つが、肩から斜めに切りおろされて倒れていたという。

家鳴 やなり

ある日突然、家の窓、戸、床、家具などが、軋む音や叩く音などとともにゆれだす怪異。家の中だけが鳴動するもので、地震だと思って外へ出ても、なんの異常も感じない。

建築時に「逆柱」を立ててしまうと家鳴りがあるとか、姿を見せない小鬼の類が家をゆらしているとか、その家に憑いている死霊のしわざとかいわれるが、よくはわからない。香川県や岡山県などには「ナメラ筋」という魔が行き来する道があり、その道を塞ぐように建築すると家鳴りや怪異があるという。また、宮崎県ではヒョウスボ（河童または山童の一種）の通り道に建てると、家をゆらされたうえに破壊されてしまうともいう。

西洋でもポルターガイストと呼んで、幽霊が家や家具を揺するのだと信じられた。明治時代の心霊研究家浅野和三郎は、「騒霊」と名づけている。

科学的には、人の耳には聞こえない超低重音（およそ二十ヘルツ以下）は、物体を振動させる高エネルギーをもっており、河口堰や下水管からの落水が、家鳴りの原因になる場合もあるそうだ。

蝮蝎 うわばみ

蝮蝎は毒蛇である蝮と、毒虫である蠍（蝎）の合成字である。また「蛇蝎」とは、人が恐れ忌み嫌う物のたとえであった。古い中国の呪法に蠱毒というものがあり、蛇蝎はその蠱毒の意が転じたものである。蠱毒とは、一つの器に何種類もの毒蛇や毒虫を盛り、おたがい食い競わせて、最後に生き残った生き物が、人を呪殺することができる呪物になるとされたもの。

一方狂歌の本文を読むと、蛇蝎の意ではなく、見るからに恐ろしい大蛇の意として用いられている。奇稲田姫を襲おうとした八岐八蛇や、蟒蛇を例にして詠まれている。古来、大蛇を蟒蛇（蚺蛇）といい、最大のものを巨蟒と呼んだ。いずれも性質が大酒飲みで、大きな獣や人なども一飲みにするという。普通の蛇と違うのは大きさだけではなく、大きな鼾をかく点である。ことわざに「鯨の遠吠え大蛇が唸る」とは、悪い音声で大声を発することのたとえだという。

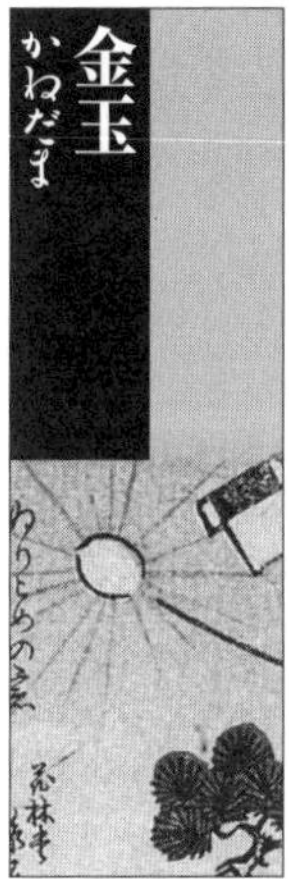

金玉 かねだま

金玉、もしくは金霊と書いて「かねだま」という。『兎園小説』第七集には、房州朝夷群大井村五反目に、三月の朝五時ごろに落下してきたという記述がある。青天に雷鳴のような音を響かせて落ちたといい、土中に五寸ほど埋まっていたものは、赤々と光る鶏卵のごとき玉であったという。これをひろった丈助という野夫が家に持ち帰ると、村では富貴になれる名玉を得たと人々に羨まれた。丈助は日頃正直者であったので、こうした恵みもあった、と記されている。

赤々と光っていたというこの落下物が、熱を持っていたとは記されていないが、おそらくこれは隕石、正確にいうと隕鉄（鉄またはニッケルを主成分とする金属質の隕石）の類ではないかと思われる。

静岡県沼津地方の伝承では、色は赤く、手鞠ほどの大きさで、地上を猛烈な勢いで転げていく。これが家に入ると、家の者は金持ちになるといわれる。

貂 てん

食肉目鼬科の獣。鼬に似ているがそれよりも体長は大きく、猫ぐらいはある。淡黄色のものは黄鼬と呼ばれる。年を経た鼬が貂になるという俗信があり、貂は鼬と同じく火の災いがあるとか、目の前を横切ると縁起が悪いともいわれていた。

三重県伊賀地方では、「狐の七化け、狸の八化け、貂の九化け、やれ恐ろしや」と謡われる。貂は九種類の変化ができる化け物だとも信じられていたようだ。

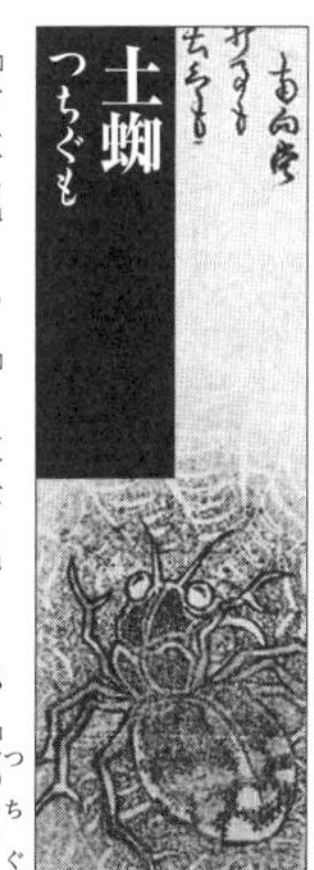

土蜘 つちぐも

『古事記』や『日本書紀』に、「都知久母」もしくは「土蜘蛛」と記されている、朝廷から異民族視された人々への蔑称。各地の伝説にも見える。身長は低くて手足は長いという縄文人的体形の特徴に、農耕ではなく狩猟と採集を主とした穴居生活という暮らしぶりから、蜘蛛類の土蜘蛛（地中に管状の巣を作る地蜘蛛もしくは穴蜘蛛とも呼ばれる）の生態を連想したものらしい。朝廷に服従しないという理由や生活習慣の違いから、やがて鬼のような存在として妖怪視され、忌まれるようになる。

巨大な蜘蛛の姿をした怪物として、京の都に登場するという「土蜘蛛」の話は、『土蜘蛛草紙』に見ることができ、能楽の五番目物『土蜘蛛』で演じられている。平安の中ごろ、鬼退治で有名な源頼光が病いに伏せている所へ僧の姿をした土蜘蛛の霊が現れ、糸を吐きかけて頼光をからめとろうとする。頼光が名刀「髯切りの太刀」で斬りつけると、土蜘蛛は逃走する。翌朝頼光が家来の四天王と共に血痕を追って行くと、大和国葛城山のふもとにたどり着く。土蜘蛛は、神武天皇東征のさいに葛城山で退治された土蜘蛛一族の魂魄が妖怪と化したものであった。頼光たちは奮戦のすえに土蜘蛛を退治し、葛城神社の境内に埋葬した。以来、名刀髯切りは「蜘蛛切り」の名で呼ばれるようになったという。

縁切榎（えんきりえのき）

榎はニレ科の落葉高木だが、江戸時代には街道の一宮塚の榎として植えられていた。縁切榎は、「榎」の音が「縁の切り」に通じるため、親子・夫婦などの関係を絶って、他人の関係になる「縁切」の信仰対象となったもの。榎は縁を切る不思議な力があると信じられ、夫の不身持や強制結婚に苦しむ女性などの心のよりどころとなった。

縁切り榎の信仰が始まる以前、各地の縁切り寺、かけこみ寺が縁切信仰の対象で、とくに鎌倉の東慶寺が有名であった。江戸では中山道板橋宿の縁切榎が簡便なものとして女性に信仰されたといい、樹の下には第六天の小祠があり、男女の悪縁を離絶するとされた。

鎌鼬（かまいたち）

野外で急に転んだ時など、打ちつけもしていないのに突然鋭利な刃物で切られたように深く皮肉が裂け、切傷が生じる奇怪な現象。骨まで達することさえある切傷だが、はじめは痛みは感じず出血もなく、まもなくして激痛があって大出血となり、致命傷になる場合もある。傷は上半身よりも下半身に受けることが多いという。その昔は、旋風に乗って飛来する鼬のしわざとされ、鎌で切られたような傷なので「鎌鼬」と呼ばれた。鎌鼬のしわざとする伝承は、信越地方を中心に東日本に多く、西日本では昆虫の蟷螂（鎌切）の亡霊とする話や、野原に置き忘れてしまった草刈り鎌の祟りとする伝承もあった。越後国（新潟県）の奇談怪談をまとめた『北越奇談』には、この怪現象は鬼神の刃に当たったことによるもので、それで「構太刀」と称するとある。もしこの構太刀が語源とすれば、鎌鼬を鼬の怪とする説は名称から誤解された可能性もある。

その一方で、愛知県東部地方では「飯綱」とも呼ばれる。飯綱使い（飯綱もしくは管狐とも呼ばれる妖獣を使役して魔術をつかう呪術者）が、弟子に封じ方を伝授していなかったために逃げてしまった飯綱が、血を吸おうと旋風に乗って人を傷つけるとしている。岐阜県北部の飛騨地方では鎌鼬は三人組の神とされ、一人目が人を転倒させ、二人目が切りつけ、三人目が薬を塗ってゆく。だから、切られても出血しないのだというのである。

鎌鼬は旋風中に真空の空間が発生しそれが人を傷つける原因だともいわれる。だが、これは、実験で証明されたこともなければ、物理的にもありえない、ただの俗説である。また突風などで小枝や砂石が人体に当たって生じた傷とする説もあるが、鎌鼬による裂傷は風のほとんどない日にも発生しているので、これもまたおかしい。信憑性のある説では、地表面近くとその上の気温差が大きいとき、皮肉の一部が萎縮して裂傷につながるというものがある。だがこれもまた実験による証明がなされていない。鎌鼬の怪はいまだ未解明のままだ。

疱瘡神　ほうそうかみ

疱瘡をつかさどるという神。この神を祀り祈れば、疱瘡に罹らず死を免れるとして信仰された。疱瘡とはすなわち死亡率の極めて高かったウイルス性の疫病である天然痘（裳瘡、豌豆瘡、痘瘡）の俗称。

疱瘡（天然痘）は起元前に南アジアに発祥した。『続日本紀』によると、聖武天皇の天平七年（七三五）に、新羅（朝鮮半島の南東部）より伝えられたとある。筑前国筑紫郡に置かれた役所・大宰府が外交をつかさどるため外国人との接触が多かったので、しばしば疱瘡の流行の発生源となった。大宰府に左遷された藤原広嗣や菅原道真などの御霊信仰とも関係づけられ、疱瘡は怨霊の祟りとも考えられた。平安時代には、疱瘡神を送り出す鬼神祭などが盛んに行われている。

疱瘡は一命をとりとめても、顔一面をひどく醜いあばた顔（面瘡顔）にするとして恐れられた。現代のように種痘のなかった昔の疱瘡は、麻疹同様に一生に一度はかかる病気であったため、「麻疹は命さだめ、疱瘡は器量定め」といわれた。

疱瘡神は赤色を忌み嫌うとされたことから、疱瘡に罹った患者のまわりに赤色の物品を置く俗信がある。未患の子供には疱瘡除けの呪いとして、赤色の玩具、下着、置き物を与える風習が多かった。

古椿　ふるつばき

椿の古木が変化したもの。椿の精が怪しい形に化け、人をたぶらかすという。

島根県邇摩郡温泉津では、古い椿の根が牛鬼（鬼頭牛形の化け物）に化けたという話が『郷土研究』第七巻第四号に記されている。

岐阜県大垣市（旧・不波郡青墓村）では、さる円墳上にある椿を「化け椿」と呼んでいる。円墳からは古鏡や遺骨が発掘されたが、掘り出した者が祟りで死んだことから、近隣の者が古墳を修復し、その上に椿を植えた。その後、夜間にそばを通ると、その椿が美女に化けて路傍で光ったという。

肥後国（熊本県）では、椿で擂粉木を作ると、「木心坊」という妖怪になるといわれる。京都府には、椿の木は「トビモノ」と呼ばれる火の玉となって飛ぶという伝承が残されている。

六編

小阪部姫　おさかべひめ

「オサカベヒメ」とよんで、刑部姫または長壁姫とも書かれる。播州姫路城（兵庫県姫路市の姫路城）の天守に住んでいる主といわれていた女性形の妖怪。

『甲子夜話』第三巻には次のようにある。

姫路城中にオサカベという妖魅がいる。城に長年にわたって住む。いつも天守櫓の上層に居て、つねに人の入ることを嫌う。年に一度だけ城主のみと対面する。それゆえ他の者は登らない。城主の前に現れるとき、その妖は老婆の姿だという。私がある年に、雅楽頭忠以朝臣という者に質問したところ、「なるほど世にはそのようにいわれているが、格別にかわった天守でもなく、上がる者もいる。されど器物を置くには不便な場所だから何も入れず、しかる間は行く人もまれである。上層には昔より日丸のついた胴丸が一つだけ置かれていると語られている」といった。

その後、姫路に一宿したとき、宿主にもこのオサカベの話を問うてみた。すると宿主は、「城中にはさような話もあるようで、この地方ではオサカベとは〝不言ハツテンドウ〟ともうします。天守櫓のわきには祠があり、社僧がいて神事をしています。城主も信仰して尊仰されているそうです」という。

『甲子夜話』の著者松浦静山は現地に行って、オサカベ伝説を調査している。

実際に現在の姫路城天守櫓にも祠があり、オサカベと称して霊狐を祀っている。姫路城が建つ姫山には、古くから鎮守神である刑部大神を祀っている。城主の池田輝政が病んだおりにいろいろな霊験があったので、刑部大神を城内と三門内に遷座したのがはじまりだという。寛政元年（一七八九）に松平明矩の奏請によって正一位を授けられ、そのときに「刑部」から「長壁」に名を改められたそうだ。

『西鶴諸国ばなし』巻一によれば、於佐賀部狐には八百匹の眷属があるという。

犬神 いぬがみ

四国の高知県、徳島県などを中心に、西日本で知られていた憑き物。突然、個人に憑依するものを「犬神憑き」といい、家系に憑く犬神を「犬神筋」という。また、犬神を使役する者を「犬神使い」ともいう。

一説に犬神は二十日鼠ぐらいの大きさで、口が縦に裂けているとか口先が尖っているとかいう。口が耳まで裂け、眼は鋭く、体に白黒の斑があるともいう。大分県では、モグラの近縁の地鼠（尖鼠目の食虫類の一種）に似ているという。これが人の耳から内臓中に進入して憑くと、その人は病身になり、あるいは嫉妬深くなり、最悪は死に至るという。犬神筋の家では犬神が富を盗んでくるので裕福になるが、他家の者を害するので民間では忌み嫌われていた。不従な性格なので犬神筋の者を害することもあるという。

中国の呪術「蠱毒」の一種として、犬を虐殺して、その犬の怨霊を犬神（山口県では犬外道）として祀り、使役する方法もある。

魔風 まふう

「まふう」もしくは「まかぜ」という。人を惑わす悪魔や魔物が吹かす風。恐ろしい突風や強風。災害をもたらす強風は恐怖の対象であるが、季節の気象条件と地域独特の地形がもたらす局所的な突風が魔風信仰の由来となっており、地方ごとに固有名詞がある。

兵庫県、大阪府、和歌山県から九州地方にかけての広範囲で呼ばれる「アナジ」は、北寄りもしくは北西寄りの強い冬の季節風。古代の方位信仰で西北方角に死者の異界があると信じられたことから、人の魂を奪う魔風として恐れられていた。

「タマカゼ」は青森県、秋田県を中心に富山県以北の日本海沿岸地方で呼ばれる冬の季節風。海上では強烈な暴風となって船を転覆させるので、悪霊の吹かせる風といわれる。東海、関東、三陸地方の「イサナ」や、日本一帯の「ヒカタ」も、人に死の危険をもたらす恐ろしい魔風であった。

日本海沿岸で山から吹き出す強風を「ダシ」といい、とくに山形県最上川沿いの「清川ダシ」は被害をもたらす突風で有名。最近ではＪＲ線の列車さえも脱線させている。愛媛県の瀬戸内海沿岸地方の新居浜以東の土居、伊予三島、川之江地方では、「ヤマジ」と呼ぶ南寄りの魔風が恐れられている。ここは南側に東西に走る法皇山脈の急崖下の平地で、ヤマジの吹き出す前兆として、背後の法皇山脈上に「ケタ雲」と呼ばれる笠雲が出現する。するとやがては山鳴りが起こり、数時間後にヤマジ風が吹きはじめる。ヤマジは農作物に多大な被害をあたえるという。

ヤマジは風神が怒って起こす悪風と信じられ、法皇山脈の豊受山（一二四八メートル）山頂付近にある豊受神社の西側の風穴から吹き出す風と信じられた。豊受神社は荒ぶる風神を鎮魂するための社であるという。

三重県桑名市の多度神社に祭られている鍛冶と風の神は「一目連（いちもくれん）」とも呼ばれ、引き起こす空風で建物を壊し、伊勢湾を航行する船舶も転覆させることがあるという。

小袖手 こそでのて

広袖や大袖に対し、袖口が細く詰まった形の高級な和服を「小袖」という。その小袖から手を顕現させた女性の幽霊を小袖手（小袖の手）というらしい。生前に着ていた衣服は死後に片身となり、「死皮」として菩提寺に納められて供養の対象となる。高級な小袖なら納められずに、売却されることもある。成仏できぬ霊は、その小袖に憑いて手を現すことがあるというのだろう。

猪熊 いのくま

江戸時代の読本、演劇、俗曲、浮世絵などに、豪勇な坊主（僧兵風）のキャラクターとして登場した。「猪の熊入道」ともいう。『俚言集覧』には「猪の熊、悪僧の頸ばかりの甲の袖をくわへたる画を云々」とあり、本書の絵をはじめとして、よく知られている図像では、生首の大入道が鎧の袖をくわえている姿が描かれていた。この絵は、豪壮な図柄が好まれていた凧の絵にもよく描かれ、凧上げで競争相手の凧を食ってしまおうという意かもしれない。またこの図像の由来としては、源頼光の四天王に斬られた酒呑童子（しゅてんどうじ）の生首が、頼光の鎧兜（よろいかぶと）に喰いついている場面とよく似ていることが指摘される。また江戸末期に全盛を極めた刺青（いれずみ）との関連もあるといわれる。

尾崎狐 おさききつね

「オサキギツネ」と読んで、尾先狐もしくは尾裂狐とも書かれる。上野国（群馬県）を中心に、下野国（栃木県）や武蔵国（埼玉県）などに伝承される、狐憑きの一種。

　姿形は狐よりも小さく、鼠と鼬が混ざったような姿（おそらくイズナやオコジョのような姿形と大きさ）だとか、大きな二十日鼠のようだともいわれる。体色はさまざまで、黒い一本線が頭から尾に続いているとか、背中に白い条があるとかされる。滝沢馬琴らの編集した『兎園小説』には、尾が二股に裂けておりそこから名が付いたという説が記されている。名称のオサキは、おそらく未来の吉凶を人に知らせる神の眷属「ミサキ」が語源であろう。

　尾崎狐が憑いている家は財産が増えるが、他家に害を及ぼすとされる。繁殖力が強く、女系の家族に付き随うので、花嫁に憑いて嫁ぎ先で繁殖し、代々受け継がれるという。

　位の低い狐なので、狐の嫁入りの行燈行列には、「お先棒を担いで」先達するという。また、江戸市中は位の高い稲荷の眷属が治める地域なので、田舎者の尾崎狐は、戸田川（埼玉県川口市と東京都練馬区を隔てる旧荒川の名称）を渡って江戸に入れないと信じられた。

　玄翁が殺生石の祟りを鎮めようと石を割ったとき、その破片の一つが四国へ飛来して犬神に、上野国に飛来したものがオサキギツネになったという伝説もある。

木魂 こだま

　古い神社寺院の神域や境内にある神木（樹神）、神が宿る憑代となる古木、神が天から地上に降りるための通路となる神木、山の神の祭礼に祀られた木、千年も二千年も樹齢を重ねた古樹、圧倒されるほど大きい巨樹――こうした特別な樹木には木の精である木魂が宿っているという。古ければどれでも木魂が宿っているわけではないが、老木に注連縄が張られている場合は、まちがいなく木魂が宿っているらしい。

　そんな木魂が宿る樹木を切ろうとすると、必ず祟りがあるといって恐れられた。祟りは小枝の一部を切り落とすだけで発動するらしく、現地でも道路工事現場の事故の原因などのウワサ話として語られている。木魂が宿る樹木が山全体におよび、イラズ山、タタリ山、アゲ山などと呼んで、人の侵入を禁ずる聖域も存在した。

　『百物語評判』巻一には、「空谷響」または「幽霊響」と書き、山谷堂塔などで人の声に応じて響くものをいうとある。

　科学的な音の反響現象が知られていなかった江戸時代には、その反響効果の「コダマ」そのものが木魂の類の仕業として驚かれていた。

山姥 やまうば

　深山に住んでいるという女性の妖怪。赤毛の頭髪を長く垂らし、眼が青く光り、手の爪を鋭がらし、腰のまわりに樹皮、木の葉、あるいは襤褸をつづり合わせて着ているという。本書の絵のように年若く美女だ

という話もあるが、白髪の老婆だという伝承も多い。虫類や蛇、蛙などを常食しているといわれる一方で、春先の暖かい日などに、茸(きのこ)や蕨(わらび)などを持って町を訪れ、醤油や味噌、塩、酒などを買って山に帰るという話もある。

山の神が醜い容貌の女神への信仰と関連づけられ、山姥と山の神との違いが分かりにくい地方もある。四国地方では山姥が憑いた畑は豊作になるが、山姥を追い出すとたちまち凶作となるという伝承がある。近畿、四国、九州北部地方では十二月二十日を「果(はて)の二十日(はつか)」、もしくは「山姥の洗濯(せんたく)日」といい、この日は祟りがあるといって、山仕事に行くことが忌まれている。

謡曲『山姥』や歌舞伎舞踊『嫗(こもち)山姥』などによって、近世には山間や山麓部の民間信仰としてではなく、広く日本全国の口承文芸となり、よく知られる妖怪の代表となった。

一寸法師 いっすんぼうし

お伽話に登場するキャラクターだが、蜀山人他編の『夷歌(えびすうた)百鬼夜狂(狂歌百鬼夜狂)』の狂歌には、妖怪の類として詠まれている。

単位としての一寸は約二・五四センチメートルだが、「一寸法師」は身長の低い人をののしる言葉、侏儒(しゅじゅ)の差別的な用語として引用されていた。

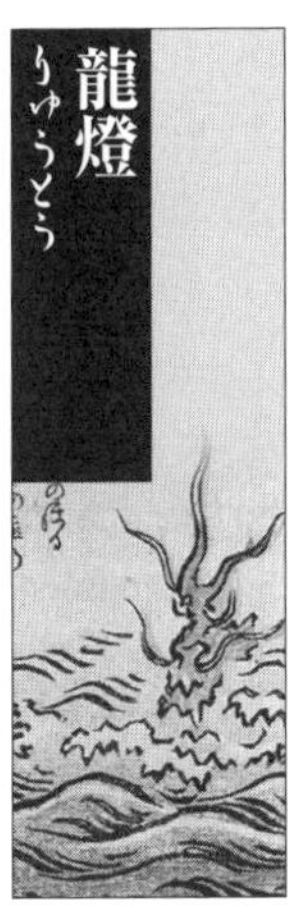

龍燈 りゅうとう

海中より出現する燐光で、海面に浮かび、灯火の列のように連なったり、あるいは海岸の松などの樹木にとどまるという、怪異を思わせる現象。全国の沿岸地方で見られたというが、とくに厳島(いつくしま)神社(広島)の社前の海上に見えたという龍燈が有名であった。旧暦の元旦から六日ごろまで、風浪の静かな夜に現れるというもので、最初は一燈だが、やがて数燈が出現し、どんどん数をふやして五十燈ほどになり、それが集合してまた一燈となり、明け方には消滅するという。厳島(宮島)ではこの夜の見物人が多く、この島の最高峰である弥山(みせん)(標高五三〇メートル)から海上の龍燈を拝するのが、もっともよいとされていたそうだ。神社で祀られている厳島明神が海神であるので、龍宮にちなんで「龍燈」と称したといわれる。

『東遊記』後編巻二には富山の龍燈として記される。毎年七月十三日に越中国新川郡の眼前山という寺の境内にある松の上に、一つは山から飛来した龍燈が登り、またもう一つの龍燈が海中から飛来して、ともに松の梢にとどまる。これを「山燈」と「龍灯」という、とある。

『諸国里人談』では、相模国(神奈川県)鎌倉光明寺、丹後国(京都府)与謝郡天橋立(あまのはしだて)、周防国(山口県)野上庄熊野(くまの)権現などの、各地の龍燈を紹介している。龍燈は海中の龍神が神社や寺院に献じた神火であると信じられ、その神火が灯ったとされる各樹木が、「龍灯松」、「龍灯杉」「灯明松」などと呼ばれている。

玉藻前
たまものまえ

謡曲『殺生石』や、江戸時代の『絵本三国妖婦伝』などで有名な狐の大妖。古代中国の商（殷）国を滅ぼし、同じく周国や古代インドの摩羯陀国を滅ぼそうとし、平安時代に日本に渡来、鳥羽天皇を惑わして日本をも滅ぼそうとした九尾の狐である。

この狐は少女の姿に化身し、天平七年（七三五）に唐から日本に帰る吉備真備の船に同乗、日本国内に潜伏した。それから四百年後、北面の武士板部行綱にひろわれ藻と名づけられたという。

白面、九本の尾を持つ狐の化物は、玉藻前と呼ばれる美しい女官に化身し宮中に入り、天皇を誑しこんだ。しかし陰陽師安倍泰成に正体を見破られ、調伏されそうになって那須野（栃木県那須郡）に逃走したという。そしてその地で、帝の勅命を受けた三浦之介と上総之介に追い詰められ、射殺される。

九尾の狐の執念は死して殺生石として残り、瘴気を吐き続けて近づく生き物を殺したという（那須町湯本の湯本神社の縁起）。それから月日がたって、玄翁という和尚が訪れ、大きな金槌で石を砕き、霊を鎮めたとされる。

古寺
ふるでら

古びて荒れた寺。古刹。昔話には化け狸が本尊に化けて人を驚かすという話は多い。住職のいなくなった古寺に化け物が住みつき、坊主に化けて旅人を襲うという話もある。無住の寺に沢蟹の化け物が棲みついて、新しい僧が訪れるたびに食い殺していたが、ある僧が蟹の化け物の正体を曝いて退治するという話もある。

かつての立派な古刹も廃寺ともなれば、化け物も棲んでいそうな凄みが出る。

七編

小幡小平次
こはだこへいじ

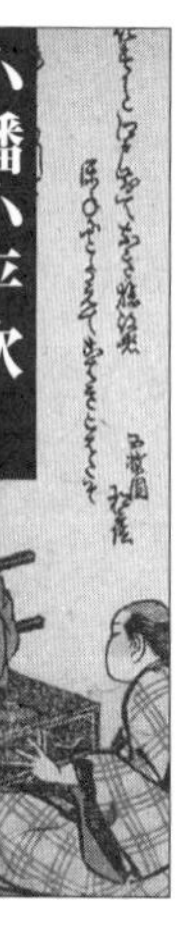

江戸の役者小幡小平次（小平治）の怪談は、山東京伝の読本『復讐奇談安積沼』（一八〇三）で有名になった創作物語である。森田座の鰻鱺屋太郎兵衛の門弟小幡小平次は、幽霊の演技だけは長けていた役者だったが、女房のお塚は鼓打ちの安達左久郎と密通していた。二人の邪魔となった小平次は、左久郎にはかられて、旅芝居中に奥州安積郡の安積沼（福島県郡山市）で殺害されてしまう。小平治は本物の幽霊となり、怪事が起こり、最後にはお塚と左久郎は非業の死をとげる。

『海録』巻三によると、創作と思われている小幡小平次の怪談には、モデルとなった旅芝居の役者がいたという。名前も「こはだ小平次」といい、伊豆で芝居をしたがふるわず、それが原因で自殺したという。その霊の祟りか、小平次の話をすれば必ずや怪事が起こるといわれ、芝居役者の間でも小幡小平次の上演には不気味な噂が流れた。

一説には、小平次は下総国印旛沼（千葉県）で市川家三郎という者に殺され、沼の中に沈められたという。創作と同じく、密通していた女房のしわざだという。小平次が安積沼で殺されるという話を山東京伝が書いたのは、この印旛沼の事件をふまえているともいわれる。

立山　たてやま

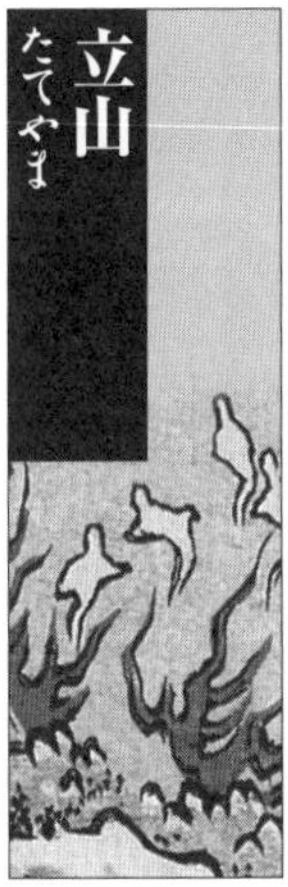

越中国の立山の山頂付近にある山中地獄の信仰地（現・富山県南東隅にある立山）。鎌倉時代に成立した『今昔物語集』巻十四に、「日本国ノ人、罪ヲ造リテ、多ク此ノ立山ノ地獄ニ堕ツ」とある。

立山の山頂付近にある地獄谷は、旧火口付近で今も硫煙を吹き出しており、このあたりは現世で見ることのできる地獄の一部だとされる。また、立山は死者の霊が集まる場所とされたことから、死んでしまった縁者の幽霊に逢いたいため、登山して来る者が多かった。

『飛騨の伝説』に、岐阜県小大野小坂町にあったという板橋は、夜間になると立山の地獄へ堕ちてゆくと亡霊たちが渡るとされた。姿が見えなくてもガタガタと鳴らす音がするのでガタガタ橋と呼ばれていたという。

青森県の恐山もまた、立山と同じ山中地獄の代表の一つで、死者の霊がさまよっているとされる。

逆幽霊　さかさゆうれい

地獄の亡者がこの世への未練からさ迷い出て、亡霊となって現れることがあるという。逆立ちや逆さの姿で現れ出る亡霊も、奈落の底に落ちる途中で、この世にさ迷いでた亡霊である。奈落の底（八大地獄の底）は、地上から一千由旬（約十六万キロメートル）下にあると『往生要集』にあり、自由落下でも何日間もかかるほど深い。逆幽霊はその落下するポーズのままの姿で現れ出た亡霊である。

近世の幽霊画では、足の無い幽霊が柳の上などから逆さに現れ出る姿が描かれることが多いが、地獄からさ迷い出るという考えは、ここでは意識されることがなくなっていたようだ。幽霊画に見える足無しの逆幽霊は蛇の姿を連想させる。蛇は執念深さや嫉妬を象徴する動物で、幽霊の恨みを演出しやすい表現となった。

大座頭　おおざとう

『夷歌百鬼夜狂（狂歌百鬼夜狂）』や『狂歌百鬼夜興』の狂歌にも詠まれている。鳥山石燕の『今昔百鬼拾遺』には次のように記されている。

「大座頭はやれたる袴を穿、足に木履をつけ、手に杖をつきて、風雨の夜ごとに大通りを徘徊す。ある人はこれに問て曰、いづくんかゆくと。答ていはく、いつも倡家に三絃を弄すと。」

石燕の大座頭の姿形は、ほぼ『狂歌百物語』の絵と同様である。

大座頭は正しくは妖怪類ではなく、高利貸の借金取りとして恐れられた「座頭」である。座頭とは琵琶法師の首座（上座につく資格者）もしくは剃髪の盲人で、琵琶・箏・三味線などを弾じ、歌を歌い、語り物を語り、あるいは按摩や鍼などを職業としていたが、江戸時代には幕府の庇護のもと、高利貸も業とした。それゆえに冷酷非道の借金取りの鬼として恐れられ、年末に「座頭が来る」とは、鬼のように恐ろしい者が訪れるたとえであった。

飛龍 ひりゅう

天に昇るようになった龍。あるいは天に昇れるようになった龍。これに対して、まだ天に昇らない（昇れない）龍を蟠龍という。龍は成長して、昇天できるようになって一人前となる。龍は霊を呼び雨を降らせることできる霊獣・神獣で、龍巻はその龍が地上（もしくは水中）から昇天する姿であると信じられていた。江戸時代に上野の不忍の池から龍が昇天したという記録が見えるが、これも龍巻が目撃された一例であるらしい。

一方、鯉は勢いのよい魚として「鯉の瀧登り」といわれ、五月の節句の男子の成長を祝う鯉幟の行事の由来となっている。中国の伝説では琴高という仙人が鯉に乗って空を飛んだという話や、龍門という瀧を鯉が登れば化して龍となったという話がある。瀧登る鯉は飛龍のいきおいがあるとも語られる。

蜃気楼 しんきろう

「海市」、「蜃楼」、「貝楼」、「空中楼閣」、「長太」、「狐松原」とも呼ばれ、陸上では武蔵国の「逃げ水」や、信濃・美濃国境の「帚木」も、この類の現象だという。

古くは蛟（龍蛇の一種）や大蛤が気を吐いて、それが楼閣の映像を現すものと信じられた。

中国では紀元前より記録されており、『史記評林』には、春夏の時に、遥かに水面が見え、そこに城や町があって、人馬が往来していると記述されている。

日本の近世では『笈埃随筆』に、海市は北海（日本海）に多く、中でも越中国魚津（富山県魚津市）を最上とし、三、四月の天気がのどかな風のない時に海面に現れるもので、世間では「狐の森」というと記されている。

また『閑散余録』には、和名を「ながふ」といい、長門（山口県）の海中にままあり、伊勢（三重県）の海（伊勢湾）にもあるという。旧暦の二、三月のころ天気よく風浪のない日によく現れる。これは俗に蛤蜊の吐いた気というが、蜃と蛤は別もので、蜃は蛟の一種のことである。伊勢の羽津・楠邑（現在の四日市市から鈴鹿市のあたり）の海辺に多く、この近くの村の名を長太と書いて、「ながふ」と読む。これは蜃気によって地名として名づけられたものであろう、という。

近代以降の自然科学では、大気の温度が場所によって異なる（例えば低温の海で海面付近の気温は低いが、少し上空は十度以上も高温であるとか）時に、空気の密度が違って光線が屈折するために、地上の物体が空中に浮かんだり地面に反射するように見えたり遠方の物体が近くに見えたりする現象とされる。しかし、気象のせいだとはわからなかった近代以前では、蜃気楼は、まれに目撃される白昼夢のような怪異だったのである。

後髪 うしろがみ

後頭の髪を「後髪（うしろがみ）」といい、情にひかされて、思い切れないことを「後髪を引かれる」という。

なにかを決断して行動しようとするとき、その人の決意よりも強い力で思いとどまらせようとする心の働きを、狂歌では本人自身の心のとまどい、逡巡としてではなく、本人の背後にいるある種の霊（臆病神など）の働きとして表現している。

『西鶴織留』巻四「諸国の人を見しるは伊勢」の一節に、伊勢神宮の摂神の一つに後髪を祀る宮が登場する。

錦著翁の狂歌は、京都の一条戻橋で、橋のたもとに現れた女性に化けた鬼の茨木童子が、源頼光の臣である渡辺綱（つな）のえり首をつかんだエピソードに由来する。

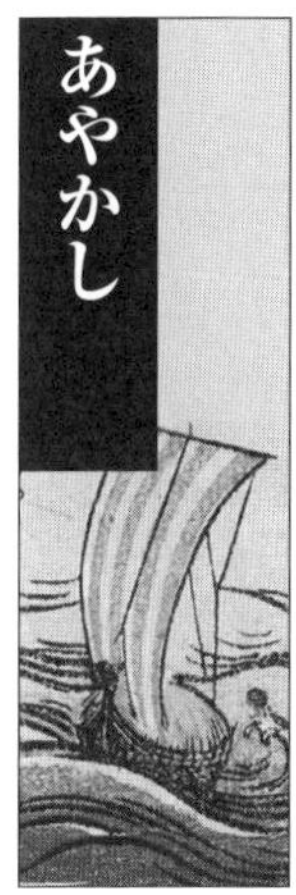

あやかし

海の魔物や死霊（舟幽霊、磯幽霊、敷幽霊、沖幽霊などという）の類が舟底に憑き、船が動かなくなるという怪異。もしくは船が難破しそうなときに出るという海の怪物や船幽霊、死霊、ウブメなどの総称。あやかしは「妖し（あやかし）」ではなく船を動かさなくするという意で「操し（あやかし）」と書く。転じて、船底に粘着すると船が動かなくなり害があるという俗信から、小判鮫（こばんざめ）の異称となった。

おいてけ堀 おいてけぼり

江戸の本所の付近にあったという掘割で、本所七不思議の一つとして、江戸時代の有名な怪奇スポットであった。

この堀ではよく魚が釣れたが、日が暮れて釣った魚を持ち帰ろうとすると、堀の中から「置いてけー、置いてけー」という声がするという怪。気のせいだと思ったり、無視してそのまま帰ろうとすると、魚籠（びく）などの中に入れておいたはずの釣った魚が、いつのまにか消え失せているという。

現在の東京都墨田区の南部辺りといわれるが、候補地はいくつかあるものの定かではない。

台東区蔵前一丁目の榊神社のあたりにも「置いてけ堀」と呼ばれていた溜め池があった。ある農民が河童の皿を釣り上げたことがあり、池の河童が自分の皿を返してほしくて「おいてけ」と言ったという昔話がある。

八幡不知 やわたのしらず

千葉県市川市の八幡（やわた）神社が所領する禁足地で、「八幡の藪知らず」という。この藪の中に侵入する者に祟りがあるとされて恐れられた。現在は市街地に三百坪ほど残された竹藪だが、入口が無い禁足地のままである。その昔はこの中に入ると、迷って外に出てこられなくなるといわれていた。

一説に、平安時代中期頃に平将門の息子、平貞盛が八面遁甲の陣という呪術をしかけた場所で、術が解かれぬままにあるため、侵入者に害があるのだとされる。

また一説には、平将門が討たれたとき、六人の家来が将門の首級を慕ってこの地に入り、そのまま土人形と化した。その後、人形は風化して破壊したが、侵入者に祟りをなすようになったという。これは『江戸名所図会』に記されている。

水戸黄門の一行が噂の真相を探るべく侵入したところ、仙人のような妖怪と妖しい侍女に出会ったという伝説もある。

川獺 かわうそ

食肉目犬亜目鼬科に属する、水辺に棲む肉食動物である。江戸時代では、狐狸の類のように人の姿などに変身して人を化かすとされた変化の一種であった。二十歳前後の若い女、碁盤縞の着物を着た子供に化けるという。狐狸ほどは変身がうまくはないようだ。

「誰れだ」と問えば、人ならば「オラヤ」と返事するものだが、これが川獺ならば「アラヤ」と答えてしまうという。また、「お前はどこのもんじゃ」と聞くと、「カハイ」と答えるそうだ。

川獺はふつう河川や池沼に棲んでいるが、紀伊半島や瀬戸内海地方では、海岸に棲むという川獺もかなり多かった。年を経たという川獺は「河童」になるという伝承がある一方、登戸半島や瀬戸内海地方には、川獺や川僧という河童の方言が知られている。

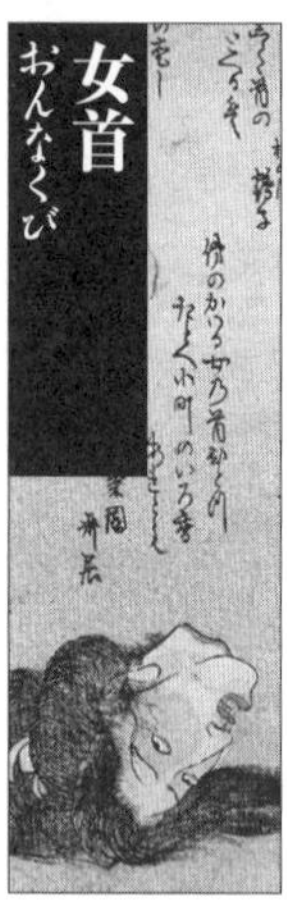

女首 おんなくび

女の生首。妖怪や怨霊の類ではなく、首を切られ殺害された遊女の生首、という主題らしい。首だけの死体の姿は、お化けなみに恐ろしいという意図なのだろうか。「首っ切り」とは、深く惚れ込んでいるという意であることから、多くの男たちを魅了させ惚れさせていた美しい遊女も、首だけの姿になってしまっては恐ろしがられる、というのだろう。

八編

化物屋敷 ばけものやしき

妖怪変化が現れ、怪異が起きるという家屋敷。寛政年間に出版された『梅翁随筆』巻二に、次のような記述がある。

本多氏の後室円晴院という人がまだ若き頃、六番町三年坂の中ほどに色々と怪しき事が起こる化物屋敷があった。夜ふけに行燈のもとで仕事などしていると、側女の顔がたちまち長くなり、かと思うと短くなり、あるいは恐ろしい顔に変わって消え失せる事があった。座敷で突然火が燃え出るという事も珍しくない。ある下女が病気になって部屋で休んでいたはずが、その女は紫色の足袋をはいて掃除をしていた。それをはなはだ怪しいと思いながら、その休み部屋へ行って見ると、やはり女は床に伏していた。そこで掃除をしていた所に戻って見れば女の姿などどこにもなかった。こうした怪事が数多く、家内難儀するからとうとう加賀屋敷へと引っ越してしまったという。

不知火 しらぬい

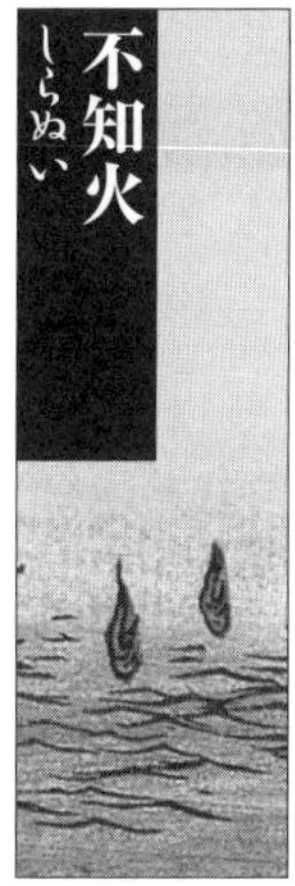

肥前国（長崎県側）と肥後国（熊本側）にかこまれた内海、八代海に現れる怪火。年に一回のみ、九月晦日（大潮となる新月）の引き潮が最大となる午前三時前後のみに見られるという。はじめ遠い沖にオレンジ色の火がポッと現れ、それが次第に数を増やし、数十数百という火が海面に現れるといわれる。雨が降っていたり、風が強かったり、波浪が高かったりすると観測されない。船中、波際といった海面から低い位置では見えにくいが、海面から十メートルほどの高みからが、もっとも見やすいという。

不知火のことは奈良時代に成立した『日本書紀』にも記述があって古く、景行天皇が行幸中に見たことが書かれている。

不知火を間近に見ようと船で向かっても、それに応じて遠ざかってゆくように見えるという。これは不知火が蜃気楼の一種だからだと解明された。しかし、昭和以前は龍神が灯した龍灯の一種だとも信じられていた。

さとり

深山に棲む類人猿のような妖怪。人語を理解し、話すこともできる。人の心をよく察知し、とくに自分に危害がありそうだと逃げてしまう。民話では読心術に長じた猿の化け物として登場する。人を傷つけたという話は聞かれないが、虚言を混えて人を脅すことは心得ているようだ。かなり臆病だが、焚火などに暖まりに近づくことがある。「黒ん坊」、「おもい」などの異名もある。

名称の「覚」は、「玃（かく）」の字の略だと考えられる。玃は中国は四川省西部の山間部に棲んでいると信じられた、伝説の猿人。玃には雄ばかりで雌がいないので、人の婦人を誘拐して性交して、子孫を残すと信じられていた。その名は誘拐を意味する「玃」だという。日本でも玃は深山に棲むとされ、「やまこ」という名称で呼ばれていた。

山鳥 やまどり

鶉鶏目雉（キジ）科の野鳥。雉に似ているがやや体が大きい。雄は長い尾羽をもち、頭部は黄金色、胴体は赤、黄、黒、白などと美しく、まだらがある。日本特産種で本州、四国、九州の山間部の森に棲む。

言い伝えに、昼間は雌雄一緒に暮らしているが、夜は山の峰を隔てて寝るとされ、独り寝することのたとえとなり、和歌の枕（まくら）詞（ことば）でも「独り寝」にかかる。また、尾が長いことから、長いことの形容に用いられ、とくに夜が長いことのたとえとなった。

山鳥の雄の長い尾羽は光沢があり、鏡のように光って見えるというので、鬼火の一種のようにも思われた。俗説に、山鳥が巣を移動させるときは、付近に山火事があるなどともいわれた。

羅生門 らしょうもん

平安京の中央、朱雀大路の南入口である二層からなる壮大な楼門。平安時代中期頃、この羅生門に鬼が棲みつくようになったと信じられて恐れられるようになった。

羅生門の鬼が、頼光四天王（源頼光の四人の英傑）の一人である渡辺綱を襲ったことが『平家物語剣巻』に記されている。羅生門の鬼は若い女性に化けて油断させ、鬼の姿に戻ったところで綱をつかんで空を飛び、愛宕山につれて行こうとした。綱は間髪を入れず太刀を抜いて鬼の腕を切り落とし、鬼は恨み言を叫びつつ逃げ去って、難を逃れた。

綱は鬼の腕を持ち帰り、主人の頼光に報告した。また占い師の言により鬼の祟りをさけるため七日間の物忌みに入って門を閉ざした。その物忌み中に綱の伯母が来訪し、鬼の腕を見たいとせがむ。鬼の腕を手に持つと、伯母に化けていた鬼は正体を現し、天井を破って飛び去った。この物語の顛末は謡曲『羅生門』として演じられ、江戸時代の歌舞伎では鬼は「茨城童子（いばらきどうじ）」という名称があたえられて有名になった。

生霊 いきりょう

死者の体から抜け出してさまよう死霊型の幽霊に対し、一時的に生者の身体から抜け出して行動してしまう霊魂。強い嫉妬や恨みのため、多くは無意識のうちに自分の生霊を抜け出させ思う相手に憑いたり祟ったりして、攻撃し苦しめるという。祟りが激しいと重い病気にさせ、あるいは死に至らしめるという。無意識のうちに自動的に行動してしまうのが生霊ならば、これを儀式化し、意識的な怨念で相手を苦しめようとするのが因縁調伏（いんねんちょうぶく）、丑の刻参り（うしのこくまいり）といった呪詛である。

沖縄県では生霊は「生邪魔（イキジャマ）」といい、人や家畜に憑かせて害する呪詛の一種である。

平安時代、病気や憑依現象、または災厄の原因を「物の怪（もののけ）」と考えたとき、その正体は、①人の霊以外の疫鬼や疫病神の仕業、②人の死霊や怨霊の祟り、③生霊の呪い、などが想定された。

鬼女 おにむすめ

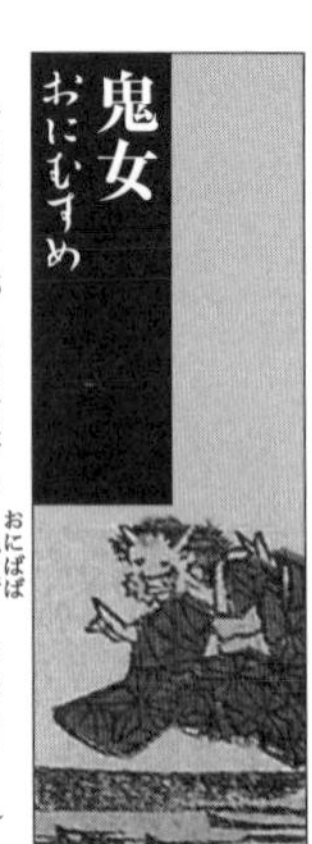

女性の鬼。老婆形の鬼婆（おにばば）と区別されるが、安達ヶ原（あだちがはら）の鬼婆などの例外が含まれている。

鬼女物の謡曲としては、安達ヶ原（黒塚）、紅葉狩（もみじがり）、鉄輪（かなわ）、葵上（あおいのうえ）、道成寺（どうじょうじ）、山姥（やまうば）などがある。謡曲「山姥」に登場する山姥は老婆形ではなく、ずっと年若い女性の外見で登場する。「紅葉狩」に登場する鬼女紅葉（もみじ）は、魔王の申し子で邪な心を持っているが、鬼女と化すまでは、美しい容貌の人の娘であった。「鉄輪」の女房は、人を呪うあまり生きながら鬼になりかける「生成の鬼（なまなり）」と化す。「葵上」では六条御息所の生霊が、人を恨むあまり半分鬼と化した「半成の鬼」となる。「道成寺」では娘清姫が完全な鬼である「本成の鬼（ほんなり）」と化し、身体は邪心を表現する蛇身に変化している。

のっぺらぼう

人間の姿だが、頭部にあるはずの目、鼻、口が無い化け物。「ぬっぺらぼう」ともいう。東北地方では方言で「すべらぼう」「ずんべらぼう」と呼ぶ。

江戸中期頃のお化け絵巻の類では、顔と体の区別がつかない姿に手足がついた絵が描かれ、「ぬっぺっぽう」などの名称がつけられていた。

札へがし（ふだへがし）

仏の加護を受けたありがたい経文の文句や、法力がこめられた護符は、悪霊や魔を除き祓うと信じられた。そうしたお札を家の入口である戸や窓や欄間の上などに貼っておくと、一切の悪霊は家の中へ入ってこないとされた。お札が貼ってある家には、いかなる強い怨念や、遺恨のある霊でも、その札が無くならない限り侵入できないのだ。しかし、悪霊自身が札をはがせないのならば、誰か代理人にはがさせればいい。生きている人にはお札の効果は無い。悪知恵の働く霊ならば、誰かを惑わすなり脅すなり、あるいはその人の欲心をそそのかし、袖の下をつかませてお札をはがさせればよい。こうして他人に魔除けの札をはがさせてしまう行為を、「札返し」とも呼んだ。

悪霊はたちまち家に侵入して、祟りを発動させる。欲心からお札をはがして礼金をもらったとしても、必ずや札をはがしたも者にその報いが訪れる。

大入道（おおにゅうどう）

入道は仏門に入って修行する人＝剃髪（坊主頭になる）、染衣して出家の相をなす人の意から、「大入道」とは大きな坊主、もしくは入道のような坊主頭（またはそのうえに僧形をした）の化け物の意。巨人のような化け物もしくは影のようなものなどさまざま。徳島県名西郡石井町では二丈八尺（約八・五メートル）ほどの大入道が川の水車の所に現れた。水車を踏むというので米などを置いておくと、その米を搗いておいてくれるという。しかしその姿を見ようとすると脅かされるといわれる。

富山県下新川郡黒部峡谷の鐘釣温泉には、美しい七彩の後光（光背）とともに、背丈が五〜六丈（約十五〜十八メートル）の大入道が十六体も現れ、湯治客を驚かせたという。七彩の後光をともなった複数の大入道の出現という話は、ブロッケンの妖怪と呼ばれる現象（雲や霧に映った人影と光輪）に類似し、おそらく湯治場の湯気に映った湯治客の影が正体と思われる。

橋姫（はしひめ）

橋を守護するという女神。とくに山城国の宇治橋（京都府宇治市）の橋姫が有名。「玉姫」ともいう。人に祟りや呪いをあたえるので、妖怪視された。

宇治橋の橋姫は女性の美しさや、あるいは男女のむつまじい様に嫉妬するといわれ、橋を渡ろうとする美女には不幸をあたえ、婚礼の行列があると祟るといわれる。現在でも婚礼の際には道筋を変更して遠回りするそうだ。

　能楽の「橋姫」の原作にもなった『今昔物語』では、夫に妾ができたため本妻がその女を呪い殺そうと毎晩のように宇治川の水に浸って呪いの儀式を行う。そしてついに鬼に半分なりかけて呪いが成功し、祟り殺してしまう。その女鬼が橋姫になったのだという。

大鵬 おおとり

中国の想像上の巨鳥で、戦国時代の荘周が著した『荘子』逍遥遊篇には次のように記述されている。「鯤之大不知其幾千里也、化而為鳥、其名為鵬」
　伝説とあわせて意訳すると、北海に鯤（こん）という大きさの計り知れない巨大魚がいるが、それが変化して鳥となったものが鵬（ほう）という巨鳥である。鵬も計り知れない大きな鳥で、南海に鵬が飛ぶときは、翼で海面を撃つこと三千里、一とびに九万里も飛び上がるという。
　袁枚（えんばい）の『続子不語』によれば、ときおり大鵬が落とす巨大な羽根や糞が、家を破壊し、人命を奪うことがあるという。一つの羽根の長さは、十戸以上の家の上を被いつくすほどであったという。大鵬の常食は海の魚で、大鵬の糞は魚臭いという。一説に日蝕の原因は、大鵬が上空を通過するためだともいう。
　地球の引力圏をも飛び出してしまうほどの巨鳥であるが、この鳥は熱帯モンスーン（赤道を越えて南半球から北半球にやって来る地球規模の季節風）を象徴化、神話化したものではないかという研究がある。

『狂歌百鬼夜興』の妖怪たち

『狂歌百鬼夜興』は中本一冊。題簽の文字は「狂謌百鬼夜興」。裏見返しに「揖者　平安　菊農屋」「画図　平安　青洋・虎岳」「書肆　都文園　木城小兵衛」とある。刊年は記されていないが、『近世書林板元総覧』には、天保元年（一八三〇）刊と出ている。

　百種の妖怪を題に百の狂歌が詠まれているが、絵が付されているのは、ここに収録した二十四だけである。

　本書には百物語の会席図（第二図）が見られるが、それと同時に、百物語を開催する時のルールが本文中に「席則倣旧例」として出ている。この決まり事を参考までに以下に掲げておく。
一、歌員百首出座の人数々分つ。多く詠得たる人ありとも、一度に一首をしるし、席を守りて順行すべき事。
一、南の殿に燈台を設く。青紙の覆をかくべし。大なる皿に燈心百筋を入れ一首をしるし、一筋を減すべき事。
一、文台ひとつ燈の左におく。硯・料紙かたはらに、鉦ひとつをおく。歌をしるし終て後、鉦をうつべき事。
一、居間より南の殿へ通ふ道に、燈火を置べからず。或はものの陰に隠れて人をおどし怪しきかたちなど作り置事、禁制たるべき事。
一、居間にて雑談高声すべからず。尤禁酒たるべき事。一百首にあたりたる人は、燈をけちはてて後、さうじ、襖をつきゆるがして、化物どのに、げんざう申さうよと言て踊るべき事。
一、妖怪は暁にいたりてかくるる理なれば、寅刻に退散すべし。披講、後日たるべき事。
右七ヶ条之趣、堅守るべし。若違背之人者、酒一斗、連衆へ差出さるべき者也。

月　日

鹿都部（シカツベ）左衛門尉
在判

❖小袖の手

『狂歌百物語』と同じ（二九七頁）。小袖の袖口から手を出す怪。

❖切禿（きりかぶろ）

切りそろえて、結ばない髪型の子供。近世では、遊女に仕えた十歳未満の少女の意。一方、古寺に出たという「切禿」は、陰間（かげま）（男色の対象となった少年、女装した男娼）の霊もしくは妖怪の類と思われる。鳥山石燕の『今昔画図続百鬼』にも、男娼の妖怪「大禿（おおかぶろ）」が載る。

❖大座頭

『狂歌百物語』に同じ（三〇一頁）。座頭の怪。

❖燈台鬼

頭上に燈台（もしくは燭台（しょくだい））を載せた鬼。軽（かる）の大臣は遣唐使となって大陸に渡ったが、皇帝（もしくは唐の大臣）によって口がきけなくなる薬を飲まされたうえ、身を彩られ、額に燭台を打ち付けられて鬼に姿を変えられてしまった。この伝説に基づく鬼のこと。
長門本版や延慶本版の『平家物語』や『源平盛衰記』には、鬼ヶ島に流された俊寛僧都（しゅんかんそうず）と、有王が再会する様子をつたえる記述中に、燈台鬼のエピソードが語られている。

❖狸

陰嚢（いんのう）を八丈敷（はちじょうじき）に広げて人を化かす化け狸。

❖酒買小僧

酒瓶を下げ、酒や酒の肴を買いに来る小僧姿の妖怪。四国あたりでは豆狸、もしくは化け狸が小僧に変身して酒や肴を買いに来るという。扮装が一部「豆腐小僧」や「川獺」と共通する場合もある。

❖破れ車（やれぐるま）

能楽の「葵の上」では、六条御息所の生霊が鬼の姿で葵の上を死に至らしめようと訪れる場面で、ボロボロになった牛車に乗って訪れるという演出がある。（最近ではこの演出の無いほうが多い。）その車を「破れ車（やれぐるま）」という。

❖舐め女
『絵本小夜時雨』には「嘗女」とある。妖怪というより奇人変人の類。男を嘗める性癖のあった阿波国の富豪の娘で、猫の舌のようにザラザラした感触の舌なので、「猫娘」とも呼ばれたという。

❖三ツ目
『狂歌百物語』にも載る（二七七頁）。三つ目入道、三つ目小僧の類で坊主型。

❖鉄鼠
三井寺の頼豪が化身した大鼠の妖怪。くわしくは『狂歌百物語』参照（二八七頁）。

❖一ツ眼
一ツ目小僧の類。『狂歌百物語』の「一目」の項を参照（二八六頁）。

❖狐火
『狂歌百物語』に同じ（二七四頁）。

❖天狗
『狂歌百物語』に同じ（二八一頁）。

❖雪女
『狂歌百物語』に同じ（二八〇頁）。

❖晒れ頭
「髑髏」の怪。『狂歌百物語』の「骸骨」の項参照（二八四頁）。

❖叢原火
『新御伽婢子』に記されている怪火。「宗源火」とも書かれる。旧京都御所の朱雀通りに出没したという。壬生寺（現・京都市中京区壬生）の地蔵堂にいた悪僧は、寺の賽銭や灯油を盗んでは売っていた。死後、その悪行によって地獄に堕ちたが、時折り火の玉となって地上に現れ出たという。

寺の油を盗んでいた悪僧が、死後に火の玉となって現れたという伝説は多い。たとえば兵庫県宝塚市の中山寺の「油返し」、滋賀県守山市欲賀町の「油坊」などはその一例。中世では燈火のための油は貴重だったうえ、寺院の物品を盗むことは、仏教でも戒律を破る大罪であった。そうした者が悪行を重ねて地獄に堕ちると地獄の業火で苦しめられると考えられたようだ。「叢原火」伝説の発祥地である壬生寺は、戒律の実践を主とする律宗の別格本山。

❖毛女郎
鳥山石燕の『今昔画図続百鬼』に「毛倡妓」とあるものが初出。長髪が身体の前面を隠して顔が見えない、遊女姿の怪。

❖金の精
「金霊」もしくは「金玉」など、金銭の精霊の類か。橘庵の歌を訳すと、脚なくて（おあしが無い＝金銭が無いと思いどおりに動けない）、飛び手なく（目立った活動もしない）して、面を張る（交際を広くはでにする）。こがねの魂は世に光るもの（金持ちの威力は遠く広く及んで、世間の人から尊敬される様の意）となる。

❖牡丹灯籠
『狂歌百物語』に同じ（二八五頁）。

❖猫また

猫股もしくは猫又と書いて「ねこまた」という。中世では人を襲う山猫の類、近世では年を経て化け猫になったものをいう。『狂歌百物語』の「狸」の項を参照（二七六頁）。

❖火消ばば

鳥山石燕の『今昔画図続百鬼』の「火消婆」が初出。江戸のサブカルチャーにもくわしかった石燕が創作した妖怪。モデルは年増の私娼で、性病などの恐ろしさを諷刺した妖怪であるらしい。

❖火柱

火柱状になった鬼火の一種。市街地などに目撃されると、それは近所で火事が起きる前兆だとされた。鼬の集団が群れて火柱になるとも信じられた。

❖高入道

兵庫県や四国の香川県、徳島県などで知られる「見越入道」（二七四頁参照）に類する妖怪。香川県さぬき市長尾町では狸が化けたものという。はじめは小さな人のようだが、見る見る背が高くなって大入道の姿になる。このとき「負けた、見越した」と唱えてお辞儀をすると消え去るという。徳島県では「高須の隠元」という狸が高入道に化け、通行人に相撲をいどんだといわれる。よく漁師を相手にし、勝てば大漁を約束し、もし負けると不漁が続いたという。漁師はこれを心得て機嫌をとり、いつも相撲に負けていたという。徳島市沖洲町の高洲堤防上に隠元大明神（旭大明神）として祀る祠があり、地元では有名だそうだ。

兵庫県西宮市の今津にある酒蔵の狭い路地にも現れたという。不意に人の前に現れ、見上げれば見上げるほど身長が高くなって天に達するほど大きく見えるが、物差しで「一尺、二尺、三尺」と数えてゆくと消え去るといわれる。この地方の高入道は、正体が狸もしくは狐とされていた。

❖舟幽霊

「船幽霊」「船亡霊」の類。『狂歌百物語』参照（二七五頁）。

江戸の狂歌

須永朝彦

◉ 狂歌盛衰のあらまし

狂歌は江戸文壇花形の地位を占めたこともある短詩形文芸だが、今日では殆ど詠まれることがない。俳諧連歌（連句）の前句附から出発し、発句（俳句）の擬き（パロディ）たり得て、今もそれなりに命脈を保ってきた川柳と比べると、その凋落ぶりが一層際立つ。

川柳が発句（俳句）の「もどき」であるのと同様、狂歌は和歌の「もどき」であると申し得る。和歌の有心（優雅端正）に対して無心（卑俗滑稽）を旨とする、今風に「パロディ」と言えぬこともないが、やはりこれは日本独特の擬きと捉えるべきだろう。

狂歌は中世より興隆を看るが、可笑し味を旨とする三十一音律の歌は古代から詠まれていた。『萬葉集』の戯咲歌、『古今集』以下の勅撰集が載せる俳諧歌、中世の軍記が載せる「落首」などが想起され、これらに狂歌の源流を見る説が嘗ては主流であったが、近年は異説（平安時代から狂歌と称して詠まれていたが歌道の権威を憚って「言い捨て」扱いされ表に出るのが遅れた……云々）も出ており、一概に是々とは断じ難いようだ。

狂歌師の元祖は鎌倉後期の歌人暁月坊（冷泉為守、定家卿の孫）とされるが多分に伝説的であり、表立って狂歌が詠まれるようになるのは戦国末期からで、細川幽斎（大名）、英甫永雄（建仁寺住持）、大村由己、木下長嘯子（大名、北政所甥）、烏丸光廣（公家）、安楽庵策伝（僧侶、『醒睡笑』作者）、松永貞徳（歌人・俳諧師）など畿内在住の公家・武家・僧侶などの交遊の裡に興隆した、申さば〈風流の玩びもの〉であった。このうち、貞徳が俳諧普及の傍ら狂歌伝播者の役割をも担い、これを承けて江戸にも半井卜養・石田未得のごとき作者が出るも、上方ほどには流行らなかった。

その後、編集者タイプの生白堂行風が出て『古今夷曲集』『後撰夷曲集』『銀葉夷歌集』を編み、此の時代の狂歌の集成を図っている。夷曲・夷歌は和歌に対しての憚りを表した修辞ならん。同時期、十代より頭角を現した油煙斎貞柳（貞徳の孫弟子、浄瑠璃作者紀海音の実兄）は大坂の菓子屋の跡取りにて、その作風が狂歌享受層の拡がり（歌風の俗化）に合うたのか、声名大いに上がり、門弟三千を擁して浪花狂歌の頂点に立つも、貞柳流の浪花狂歌が東海道を下って江戸を席巻する事は無かった。

江戸に狂歌の花火が開くのは安永・天明（一七七二～八九）の世で、折から文化の東漸期に合致する。政権の地ではあっても、それまで文化芸能に関しては何事も京坂の後塵を拝していたのが、ここに至って漸く主導権を掌中に納めたのである。浮世絵では鈴木春信が錦絵を創始、幼童向け草双紙（赤本・黒本・青本）しか出し得なかった戯作も談義本（滑稽本）や黄表紙や洒落本に新機軸を打ち出し、歌舞伎も優位に立つに至る。しかし、この時代は天災人災が引きも切らず、天下の経済は滞り、権勢は賄賂政治家と指差された田沼意次の手に握られ、閉塞感は強かったに違いない。

明和九年（一七七二）、江戸が大火に打ち拉がれ西国が颱風に冒されて喘ぐ折から、十一月に至って安永と改元したものの、人々の暮らしは逼迫し、ために次の如き落首が現れたという。

年号は安く永くとかはれども
　諸色高くて今に明和九

右は極めて直截的な諷刺に過ぎないが、滑稽・洒脱に託して諷刺を盛り諧謔を弄する詩形でもある狂歌は、或いはかかる世相に際して、より輝きを放つのかも知れない。

天明の世に未曾有の狂歌熱を招来せしめる事になる、抑もの契機は、大田南畝（幕臣徒士、狂名・四方赤良）、山崎景貫（幕臣御先手与力、狂名・朱楽菅江）、小島謙之（御三卿田安家小十人組、狂名・唐衣橘洲）ら若く身分低き武士の交遊の裡に生まれたという。彼らは倶に賀邸先生こと内山椿軒（幕臣、儒者にして歌人、江戸六歌仙の一）の門弟にて、少年時より狂歌に親しんできた橘洲（当時廿七歳）が赤良（廿一歳）や菅江（三一

四方赤良（大田南畝）

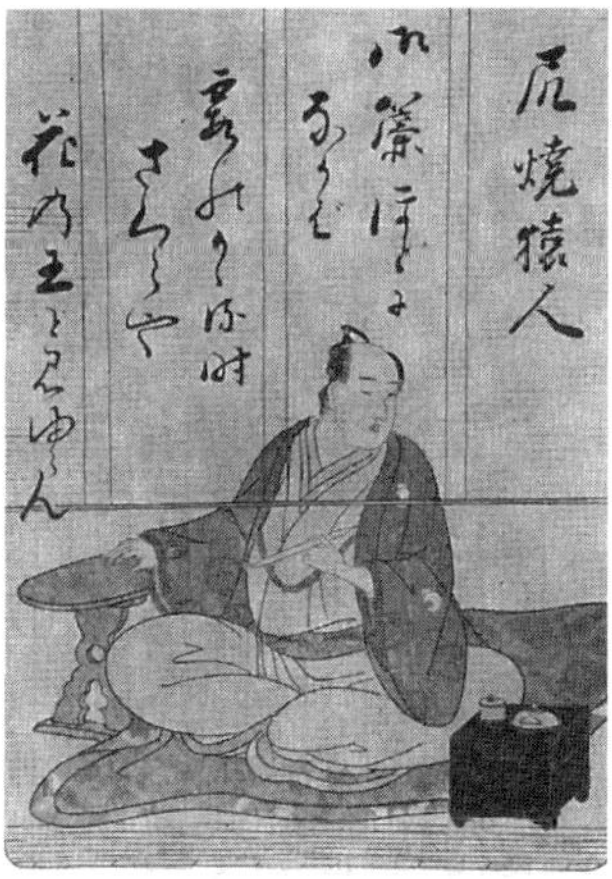

尻焼猿人（酒井抱一）

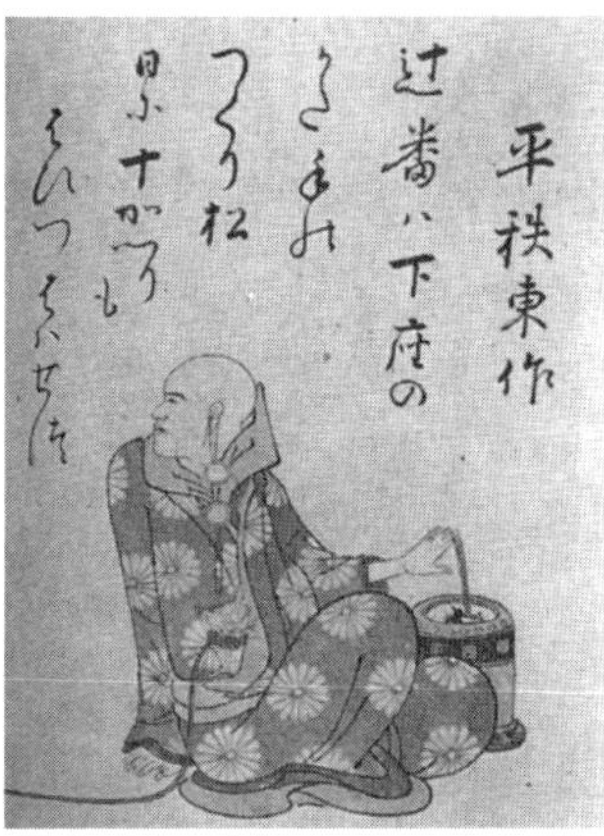

平秩東作

歳）に呼びかけ、明和六年（一七六九）某日、自邸にて狂歌会を催したのが発端となり、度々狂歌合など催すうちに其の輪が拡がり、安永の中頃には武士・町人・役者たちの間に様々な組連が結成されるに至る。この間、牽引役の橘洲と赤良の作風の違いが次第に際立つようになり、両者の間に隙間風が立ち、天明の初め、橘洲が秘密裡に『狂歌若葉集』を編むと、是を察知した赤良は急ぎ『萬載狂歌集』を編纂して対抗、二書は三年初春に売り出されたが、軍配は赤良に上がり決着をみる。以後、赤良を中心に狂歌大流行の観を呈するも、底辺が拡がれば質が落ちるの道理にて、狂歌が江戸文芸の最先端を走ったのは天明（一七八一〜八九）前期五年ほどと言われている。六年には田沼意次が罷免され、七年には改革派の松平定信が老中首座に就き、やがて、宝暦末より興った「粋」と「穿ち」を旨とする江戸根生いの文芸（洒落本・黄表紙・天明調狂歌など）は寛政の改革により壊滅的な打撃を受ける。赤良・菅江ら武家身分の作者は逸早く改革前に筆を折り戯作から身を退いている。

寛政以降、狂歌は、赤良・橘洲の次世代に属する鹿都部真顔（北川嘉兵衛、汁粉屋）と宿屋飯盛（六樹園・石川雅望、旅籠屋）が中心に坐り、なお一定の勢力を維持するものの、この二者の間にも対立が生じ、量産される作品には天明盛時の活力は認められず、空しき繁栄と映らぬでもない。

天明の狂歌絶頂期に、興味深き集いを催したり、美しき狂歌絵本を出したりした書肆がある。その主こそ、新吉原の細見版元から日本橋に店を張るまでに出世した耕書堂主人蔦屋重三郎にて、蔦唐丸の狂名を持ち、天明五年に『夷歌百鬼夜狂』を主催刊行。また喜多川歌麿や北尾重政の絵に諸家吟詠の狂歌を配した美麗な絵本を幾つも出しており、就中、歌麿の彩色花虫図に尻焼猿人（酒井抱一）や唐来参和、赤良・橘洲・菅江・飯盛らの歌を配した『画本虫撰』は狂歌絵本中の白眉と申せよう。

◉狂歌と妖怪の遭遇

四方赤良の門人某所有の隅田川畔の佳き高楼は、赤良をはじめ門人らの恰好の遊び場となっていた。天明五年（一七八五）神無月三日、この日も例の如く集うて箱根や秩父の遠き峰々を眺めつつ酒宴に興じていたが、月も梢に傾く折から、対岸の森より毬ほどの光り物が飛び出し、こちらの手許の盃の絵も見えるばかりに輝きつつ何処へか消え失せた。人魂か、金魂か、青鷺の火か……など諸説喧しき中、蔦唐丸曰く「目の当たり怪しき事を見るものかな。世に百物語という事をすれば怪異を見ると申すが、それでは事が長引いて煩わしき故、化物を題として戯歌百首を詠んでは如何」云々、同座の面々「それは興あるわざならん」と賛同して、来る十四日に催す事となった。

以上は『夷歌百鬼夜狂（狂歌百鬼夜狂）』に載る平秩東作（立松懐之、内藤新宿馬宿・煙草商）の「百物語の記」冒頭の摘要にて、以下、七条の式目（決まり事）を催主蔦唐丸が壁に張り出したこと、詠題は土佐某の百鬼夜行図また鳥山石燕描くところの化物の名より採ったことなど、当日の模様を逐一記している。参集者十五人、正しく百首にて壮観、「噺を百話も続けるのは時が嵩んでまどろっこしいから狂歌に代えよう」などというのは、如何にも気短な江戸っ子らしい発想で寔に微笑ましい。百物語の常式を踏まえたにも拘わらず、標題にそれを謳わなかったのは、当時評判の鳥山石燕の【百鬼夜行】シリーズ四部作に引きずられた為であろうか。大田南畝をはじめ狂歌壇の立者達が石燕と交遊を持っていた事とも関わりがあろう。

百鬼夜行は平安朝以来の妖怪群行伝説、百物語は戦国末起源の巷説（怪を語れば怪に至る）にて、倶に近世の怪談嗜好に吸い上げられて文芸化されたものだが、それに就いては詳述の遑も無いので、東雅夫『百物語の怪談史』（角川文庫）などを参照して頂きたい。

『夷歌百鬼夜狂』は成立した天明五年の末か翌六年初春に出版されたと推量されるが、文化の初めにはもう版木の半ばが失われてしまったらしい。私が若き日に出合って興趣を覚えたのは、幸田露伴の校訂に成る明治版【新群書類従】第十『狂歌』収載のもの（赤良の序文、東作の「百物語の記」、唐衣橘洲の跋を附す）にて、後に国書刊行会版【日本古典文学幻想コレクション】を編んだ折、編集者に諮り諒解を得て『怪談』の巻に附録として収録したが、その時は是が天明の版本に拠るものと思い込んでいた。その後、この百首は古典文庫『狂歌百鬼夜狂』に収録されたが、これは蔦屋の二代目が文政三年（一八二〇）に出したもので、元版の序跋等に加えて新たに蜀山人と六樹園飯盛の序、紀定丸（吉見義方、南畝甥。幕臣）と狂歌堂（鹿都部真顔）の詠歌、二代目蔦加良麿の奥書を附す。新群書類従本は文政版の序跋詠歌を載せておらぬから、矢張り露伴翁は天明版を用いたのかと推するものの断言は出来ず、何やら片づかぬ気がする。

◉ 幕末の妖怪狂歌本
『狂歌百鬼夜興』と『狂歌百物語』

天明調の昂揚は望み得ぬとしても、世に狂歌愛好の層は厚く、文化文政（一八〇四〜三〇）に及んでも盛んに詠まれ、狂歌本の出版も少なくなかった。天明盛時の『夷歌百鬼夜狂』は際立つ趣向の故に永く語り種とされたと思しく、文政の末に至って、上方は京都にてこれに倣う集いが催され、『狂歌百鬼夜興』として出版されている。百物語の場所は「東山の麓、何某の古寺」にて「今はあやしの老法師只ひとり住めども、元よりの御堂方丈などさながら残りて、甍朽ち壁落ち草茂りて、荻芒の招くよりほかは人げ無き所」、参会者は催主の菊栖屋真恵美をはじめ二十四人を数えるも、その素性など、残念ながら私には皆目判りかねる。定式は天明狂歌壇の生き残り鹿都部左衛門尉の作に成るものを麗々しく掲げているが、「席則倣旧例」とある通り、往昔の蔦屋初代の「百物語戯歌の式」の引き写しである。

出版は京の都文園、「庚寅新鐫」とあるから天保元年（一八三〇）の春であろう。国学者城戸千楯の序を附し、菊栖屋が催事に就いて一部始終を記している。所々に挿絵が見られるのが此の書の殊色にて、絵師は桂青洋（狂名は玉兎園寸美丸）と虎岳（虎嶽とも。参会者にして発案者たる呑舟斎の子息）、当時の江戸の版本挿絵に比べると筆致は古風と映る。

天保期（一八三〇〜四三）は、化政度の文化爛熟の餘映残光の裡に過ぎて、曲亭馬琴の読本やら柳亭種彦の草双紙など後世に誇るべき戯作も残したが、大御所家斉死すや忽ち改革の嵐が吹き荒れ、戯作は打ち萎れ江戸三座の芝居は市外（浅草田圃）へ追い遣られる始末。天保十二年版の竹原春泉『絵本百物語（桃山人夜話）』などは危うく難を逃れた体にて、振り返れば鎖される鉄門の如きが見えたに違いない。この年の秋以降、奢侈禁止をはじめ諸々の禁令が矢継早に発せられたのである。十三年正月には未だ二百冊にも上る草双紙が世に出たが、夏には為永春水や種彦らが罪に問われ、『偐紫田舎源氏』等の版木は没収破却、翌十四年正月売出しの草双紙は僅か七冊にまで落ち込んだ。性急な改革は同年中に失敗に帰したものの、一度打ちのめされたものが復旧するには時が要る。弘化を経て嘉永に至り、合巻草双紙などは復活をみるが、戯作界に昔日の殷賑は戻らなかった。この時期、中本八冊という大部の狂歌集『狂歌百物語』が版行（嘉永六年〔一八五三〕）されたが、何やら妖怪どもが江戸戯作に対して詠んだ挽歌のように映らぬでもない。

四角園草翁の跋に「天明の古つゞらを開き、題号となし、真生戯咲歌の集会を催せるすみか営みしも、かのけものゝ八畳敷に足らぬ洞穴、あなをかし穴面白と、恐いもの見たしにはあらで、入道どもと力を合せ、終日夜もすがら披講の声嚣しく……」とあるからには一座しての詠歌もあったのだろうが、全体の構成を見るに、これは全国より詠草を募って撰者たる天明老人（尽語老人。通称・本田甚五郎）が中心となり精撰したものと推される。それにしても、居住地の多岐に亙っているのは驚くばかりで、関八州はもとより北は盛岡・仙台から、西は信濃・駿河・遠江・伊勢・越前・近江・京・讃岐・長門・周防にまで及んでいる。前代の情報ながら、文化初年より狂歌伝授の点料（謝礼）にて生計を立てたという鹿都部真顔（文政十二年没）は三千人の門人（陸奥から九州に及ぶ）を有したというから、狂歌のネットワークの如きが存在していた事が窺い得る。

雑多重複の観は否めないが、題号の多彩なる事すなわち妖怪の種類の多さは、妖怪関係本の中でも一二を争うのではあるまいか。多ければいいというものでもないが、まずは壮観である。各巻巻頭に挿絵を載せるが、絵師は竜斎閑人（道人とも）にて此の年還暦とあり、撰者の天明老人は七十三歳というから、昔も今も老人の力は侮れない。

本書の筆耕は能筆なれど、草書の癖に読み難きところがあり、翻字に苦しんだ。力足らずして読み解けぬ箇所を少なからず残したが、御寛恕のほどを願い上げる。また、仮名文字が続いて読みにくい所は適宜漢字を当てるなど、読み易さを図った。歌の集であるから、最後に佳什数首を挙げておこう。

足引の山猫の尾の二股の
　長々しきを曳きて踊るや（貉）　歌評子頓々

硝子（ビードロ）を逆さに登る雪女
　軒のつらゝにひやす生肝（雪女）　和風亭国吉

孔門を狙ふと聞けば神田川
　河童に尻は向けぬ聖堂（河童）　桃実園

煩ひも影とひなたの紋所
　比翼仕立の化物小袖（離魂病）　烏柿廼部た成

肝玉は大晦日（おほつごもり）に海坊主
　出てもその手は桑名屋徳蔵（海坊主）　宝鏡園元照

旅人を脅す地蔵の七変化
　名に負ふ賽の河原者なり（化地蔵）　語龍件足兼

妖怪名索引

＊（　）は解説頁を示す。

あ行

あやかし……二一四（三〇三）
生霊……二三八（三〇六）
一寸法師……一八二（二九九）
犬神……一六六（二九六）
猪熊……一七四（二九七）
陰火……三二（二七六）
後髪……二一二（三〇三）
姑獲鳥……三〇（二七五）
海坊主……一三〇（二九〇）
蝮蝎……一四四（二九二）
縁切榎……一五二（二九四）
おいてけ堀……二一六（三〇三）
大座頭……二〇六、二六〇（三〇一）
大鵬……二五〇（三〇八）
大入道……二四六（三〇七）
送狼……六四（二八〇）
小坂部姫……一六二（二九五）
尾崎狐……一七六（二九八）
鬼……四二（二七七）
鬼女……二四〇（三〇六）
女首……二二二（三〇四）

か行

骸骨……八六（二八四）
累……八四（二八四）
片輪車……六〇（二七九）
河童……七二（二八二）
金玉……一四六（二九三）
蝦蟇……六六（二八〇）
鎌鼬……一五四（二九四）
神隠……一一二（二八八）
髪切……四四（二七八）
川獺……二二〇（三〇四）
狐火……二二、二六四（二七四）
切禿……二六〇（三〇九）
楠霊……一一六（二八八）
毛女郎……二六五（三一〇）
化鳥……一三八（二九一）
五位鷺……九二（二八五）
金の精……二六六（三一〇）
古戦場……一〇〇（二八六）
小袖手……一七〇、二六〇（二九七）
木魂……一七八（二九八）
小幡小平治……一九四（三〇〇）

さ行

逆幽霊……二〇二（三〇一）
逆柱……九六（二八六）
酒買小僧……二六一（三〇九）
さとり……二三二（三〇五）
実方雀……三八（二七七）
皿屋舗……五二（二七八）
晒れ頭……二六五（三一〇）
舌長娘……五六（二七九）
不知火……二三〇（三〇五）
蜃気楼……二一〇（三〇二）
千首……八八（二八四）
叢原火……二六五（三一〇）

た行

高入道……二六八（三一一）
立山……一九八（三〇一）

狸……………………二六一（三〇九）
玉藻前………………一八六（三〇〇）
提灯小僧……………七〇（二八一）
土蜘…………………一五〇（二九三）
鉄鼠→三井寺鼠
貂……………………一四八（二九三）
天狗…………六八、二六四（二八一）
燈台鬼………………二六〇（三〇九）
豆腐小僧……………一二二（二八九）
陶子…………………一一四（二八八）
飛倉…………………九八（二八六）

な行

舐め女………………二六二（三一〇）
ねこまた……三四、二六七（二七六）
のっぺらぼう………二四二（三〇七）

は行

化地蔵………………一四〇（二九二）
化物屋敷……………二二六（三〇四）
橋姫…………………二四八（三〇七）
光物…………………一一〇（二八七）
火消しばば…………二六七（三一一）
人魂…………………八二（二八三）
一目…………一〇二、二六三（二八六）
一ツ家………………三六（二七七）
火柱…………………二六七（三一一）
狒々…………………五八（二七九）
飛龍…………………二〇八（三〇二）
札へがし……………二四四（三〇七）
船幽霊………二四、二六八（二七五）
古椿…………………一五八（二九五）
古寺…………………一九〇（三〇〇）
文福茶釜……………七四（二八三）
平家蟹………………二六（二七五）
疱瘡神………………一五六（二九五）
牡丹燈籠……九〇、二六七（二八五）

ま行

枕返シ………………九四（二八五）
魔風…………………一六八（二九六）
貓……………………一一八（二八八）
三井寺鼠……一〇六、二六二（二八七）
見越入道……………二〇（二七四）
三ツ目………四〇、二六、一（二七七）

や行

家鳴…………………一四二（二九二）
山姥…………………一八〇（二九八）
山男…………………一二四（二八九）
山鳥…………………二三四（三〇五）
破れ車………………二六二（三〇九）
八幡不知……………二一八（三〇三）
雪女…………六二、二六四（二八〇）
四谷於岩……………一三四（二九一）
夜鳴石………………一二八（二九〇）

ら行

雷獣…………………一二六（二九〇）
羅生門………………二三六（三〇六）
離魂病………………七八（二八三）
龍燈…………………一八四（二九九）
両頭蛇………………一二〇（二八九）
轆轤首………………四八（二七八）

妖怪画本・狂歌百物語
二〇〇八年八月一一日初版第一刷印刷
二〇〇八年八月一五日初版第一刷発行

編著者……京極夏彦・多田克己
発行者……佐藤今朝夫
発行所……(株)国書刊行会
東京都板橋区志村一—一三—一五
電話……〇三—五九七〇—七四二一
ファックス……〇三—五九七〇—七四二七
http://www.kokusho.co.jp

造本・装丁……山田英春
印刷……近代プロセス株式会社
製本……株式会社ブックアート
ISBN978-4-336-05055-7

『画図百鬼夜行』高田衛◉監修　稲田篤信・田中直日◉編……七九八〇円

『絵本百物語』京極夏彦◉文　多田克己◉編……三九九〇円

『国芳妖怪百景』須永朝彦◉文　悳俊彦◉編……四二〇〇円

『芳年妖怪百景』悳俊彦◉編……四二〇〇円

『暁斎妖怪百景』京極夏彦◉文　多田克己◉編……四二〇〇円

『北斎妖怪百景』京極夏彦◉文　多田克己・久保田洋一◉編……四二〇〇円

『妖怪図巻』京極夏彦◉文　多田克己◉編……三九九〇円

『続・妖怪図巻』湯本豪一◉編……三九九〇円

『妖怪百物語絵巻』湯本豪一◉編……三六七五円

『妖怪曼陀羅』悳俊彦◉編……四二〇〇円

『百鬼繚乱』近藤瑞木◉編……七一四〇円

『稲生物怪録絵巻集成』杉本好伸◉編……四二〇〇円

『大江戸怪奇画帖』尾崎久彌◉編……三九九〇円

『江戸妖怪かるた』多田克己◉編……三五七〇円

定価は税込み。二〇〇八年八月現在のものです。